DER BULLE VON HAMBURG

Ben Westphal, 1981 in Hamburg geboren, machte nach dem Abitur eine Ausbildung als Kriminalbeamter. 2006 wechselte er ins Rauschgiftdezernat. Einige Jahre später begann er, Rauschgift-Krimis mit Hamburg-Bezug zu schreiben – und was als einmaliges Pensionsgeschenk für einen Kollegen begann, wurde zu einer Leidenschaft fürs Schreiben.

BEN WESTPHAL

DER BULLE VON HAMBURG

Kriminalroman

emons:

Bibliografische Information der Deutschen Nationalbibliothek
Die Deutsche Nationalbibliothek verzeichnet diese Publikation in der Deutschen Nationalbibliografie; detaillierte bibliografische Daten sind im Internet über http://dnb.d-nb.de abrufbar.

FSC www.fsc.org
MIX
Papier | Fördert gute Waldnutzung
FSC® C083411

Umschlagmotiv: photocase.de/FloKu., pixabay.com/rcvd
Umschlaggestaltung: Nina Schäfer, nach einem Konzept von Leonardo Magrelli und Nina Schäfer
Umsetzung: Tobias Doetsch
Gestaltung Innenteil: DÜDE Satz und Grafik, Odenthal
Lektorat: Marit Obsen
Druck und Bindung: CPI – Clausen & Bosse, Leck
Printed in Germany 2024
ISBN 978-3-7408-2103-6
Originalausgabe

Für ’n Bullen ist »Bulle« doch keine Beleidigung.

Detlef »Dedl« Heymann, Rauschgiftfahnder (a. D.)

1

Unweit vom Wandsbeker Markt in Hamburg schleicht Kevin Schröter über die matschigen Wege durch ein Gehölz. Der Regen der letzten Tage hat sie aufgeweicht, und so schnalzen seine hellen Turnschuhe bei jedem Schritt. Dennoch wollte er lieber durch den kleinen Wald gehen, um zu dem Treffpunkt mit Claas zu gelangen.

In seiner Sprachnachricht hat er sich bedrückt angehört. Nicht so fröhlich und gelöst wie sonst. Auch der Treffpunkt ist ungewöhnlich. Noch nie haben sie sich in dieser dunklen Sackgasse am Eingang zum Gehölz getroffen. Es sei wichtig, hat Claas ihm versichert und seinen Standort per Messenger geschickt. So schnell es geht, soll Kevin kommen, und die Kohle soll er mitbringen, hat Claas betont. Alles, was er hat. Doch erst einmal will Kevin sich anhören, wofür seine Reserven so dringend benötigt werden.

Unruhe macht sich in Kevin breit, je näher er dem Treffpunkt kommt. Die Sackgasse ist gleich erreicht, und er kann schon die Silhouette der Limousine von Claas sehen. Das Licht ist aus, auch der Motor scheint nicht zu laufen. Stille liegt über allem, nur der Wind pfeift durch die restlichen Blätter, die noch an den Zweigen der Bäume hängen. Das bunte Laub erscheint grau im Licht der Dämmerung. Kevin hätte jetzt sowieso keinen Sinn für die Schönheit der Natur.

Er zieht noch einmal kräftig an seiner Zigarette und lässt sie in eine Pfütze fallen, sodass die Glut erlischt. Die kurzen dunkelblonden Haare hat er mit Gel zu einer igelhaften Frisur drapiert. Am Kinn trägt er einen Ziegenbart, den er zu einem Zopf geflochten hat.

Kevin bleibt stehen. Er kann das Auto von Claas nun erkennen. Kurz beobachtet er das Umfeld. Niemand zu sehen. Hierher verirren sich die Menschen lediglich im Sommer, wenn der Eisladen am Anfang der Sackgasse geöffnet hat. Der hat bereits Winterpause, kein Wunder bei diesem trüben Wetter.

Eine Hand winkt im Fahrzeug. Es scheint Claas zu sein, der in einem dunklen Anzug hinter dem Lenkrad sitzt. Das schwache Licht der Straßenlaterne fällt durch die Windschutzscheibe und lässt ein helles Hemd erahnen, als Kevin dichter an das Fahrzeug herankommt. Er wundert sich, warum Claas heute keine Krawatte trägt, auf die er sonst immer großen Wert legt, doch er ist sich sicher, dass er es ist, und tritt an die Beifahrerseite heran.

Kevin öffnet die Tür und setzt sich neben ihn. »Moin, Claas, was ist denn los, Alter? Du hast mir tierische Sorgen gemacht, als ich die Nachricht gehört habe.« Er zieht die Tür zu, und das Licht im Fahrzeug geht gleich wieder aus.

Ungewohnt lange kommt keine Antwort von Claas, und Kevin schaut zu seinem Freund. Ein Schreck durchfährt ihn, als er dessen Gesichtsausdruck sieht. Claas' ansonsten stets blasses Gesicht ist rot. Seine Augen quellen leicht hervor, er schnappt mit weit aufgerissenem Mund nach Luft. Ein Schnaufen und Japsen ist zu hören.

»Nicht umdrehen!«, befiehlt eine tiefe Stimme im Fahrzeugfond.

Kevin schreckt zusammen und schaut reflexhaft nach hinten, sieht einen dunkelhaarigen Mann mit teuflisch lodernden Augen und guckt schnell wieder nach vorne. Sein Herz überschlägt sich, als er aus dem Augenwinkel heraus Claas betrachtet. Dessen dunkle Krawatte liegt eng um Claas' Hals und führt nach hinten zu dem Mann. Im fahlen Laternenlicht blitzt kurzzeitig eine Klinge auf. Ihre Spitze drückt von hinten in Claas' Hals, Blutstropfen laufen aus der Wunde über das Metall und versickern in seinem Hemdkragen.

»Ihr schuldet mir Geld. Achtzigtausend Euro sind es bereits«, sagt der Mann hinter ihnen mit ruhiger Stimme. Sein Tonfall wirkt völlig unangemessen, bohrt er doch gerade mit einem Messer in Claas' Hals herum. »Du hast Zeit bis zum Morgengrauen, um uns das Geld zu bringen. Ansonsten wird Schlimmes passieren.«

»Ich habe bei meiner Freundin noch dreißigtausend Euro. Mehr habe ich momentan noch nicht. Wir zahlen schon bald, wirklich. Es gab ein Problem mit unseren Abnehmern, aber wir holen uns die Kohle.«

»Aaaarg.« Claas stöhnt auf, weil die Klinge noch ein Stück tiefer in seinen Hals eindringt. Doch der kurze Aufschrei wird durch ein kräftiges Ziehen an der Krawatte umgehend erstickt.

»Alter, lass ihn am Leben«, fleht Kevin, ohne in der Lage zu sein, seinem Freund irgendwie zu helfen.

»Claas bleibt mein Pfand, bis du mir mein Geld bringst, Fettsack. Hier, nimm. Das ist meine Nummer.« Eine Hand legt sich auf Kevins Schulter, einen kleinen weißen Zettel zwischen den Fingern. Kevin nimmt ihn wortlos entgegen und steckt ihn zitternd in seine Hosentasche. Er will einfach nur noch weg. Angst ergreift seinen ganzen Körper. Das Zittern wird immer stärker. »Speicher sie in deinem Telefon ab und ruf an, sobald du das Geld zusammenhast. Bis zum Morgengrauen! Oder …« Der Mann beugt sich vor, und Claas entfährt ein markerschütternder Schrei.

Kevin wartet keinen weiteren Moment. Er stößt die Beifahrertür auf und springt aus dem Auto. So schnell er kann, läuft er durch den Matsch in den Wald hinein. Bereits nach kurzer Zeit beginnt seine Lunge unter der ungewohnten Anstrengung zu brennen. Sein dicker Bauch wackelt im Takt der Schritte, doch er hetzt weiter, getrieben von dem Schrei, der immer noch in seinem Kopf brüllt, obwohl er ihn längst nicht mehr hört.

»Scheiße, Scheiße, Scheiße. Kacke!«, schimpft Kevin. Immer wieder dreht er sich um, doch niemand scheint ihm zu folgen. Schnaufend bleibt er stehen, schlägt die Hände vors Gesicht, schaut zum Himmel und stützt sich dann wild keuchend auf den Knien ab. »Scheiße, Alter!«

2

In der achten Etage eines Hochhauses am Achtern Born in Osdorf sitzt Frührentner Rainer Plöger am Esstisch in der Küche seiner kleinen Zwei-Zimmer-Wohnung. Wie jeden Abend hat er sich Margarine und Marmelade aufs Graubrot geschmiert. Mit einem kleinen Jagdmesser schneidet er auf einem Holzbrett dicke Scheiben von einer dünnen Salami ab, die er sich umgehend in den Mund steckt und schmatzend zerkaut.

Im Hintergrund läuft die Schlagermusik der Welle Nord, unschön untermalt von den schleifenden Kabeln des Fahrstuhls.

Rainer Plöger weiß genau, wann die Kabine auf seiner Etage zum Stehen kommt. Immer wenn es so weit ist, steht er von seinem Stuhl auf und läuft zur Wohnungstür, um durch den Spion zu beobachten, was im Flur vor sich geht. Rainer ist sich sicher, dass der Fahrstuhl auch jetzt wieder auf seiner Etage halten wird, und erhebt sich ächzend vom Stuhl.

Seit Neuestem kommen dunkelbärtige Südländer in die Nachbarwohnung, was Rainer Plöger überhaupt nicht recht ist. Nachdem die Pakistaner und die Afrikaner ausgezogen waren, hatte er gehofft, dass er endlich wieder deutsche Nachbarn bekommen würde. Der Name auf dem Klingelschild hat jedenfalls darauf hingedeutet. Umso größer war die Enttäuschung, als ihm ein Südländer mit dunklen Haaren und langem dunklen Bart die Wohnungstür öffnete. Rainer wollte den neuen Nachbarn traditionell mit Salz und Brot begrüßen, wie es schon seine Eltern gemacht hatten.

Er drückt das Auge eng an den Spion, um möglichst viel vom Flur zu sehen. Das Rattern des Fahrstuhls verstummt. Kurz darauf öffnen sich die Türen. Heraus steigt wieder dieser Mann, gefolgt von einem weiteren. Beide haben lange dunkle Bärte. Der Besucher hat kurze Haare, der neue Nachbar trägt sie lang und nach hinten gekämmt. Sie machen kein Licht im Flur. Nur der leichte Schein des weißen Neonlichts aus dem Fahrstuhl erhellt die Szene.

Rainer Plöger sieht, dass sie Kanister in den Händen halten. Große, schwere Kanister, die sie auf dem Boden vor der Wohnungstür abstellen. Der andere Mann eilt schnell wieder zum Fahrstuhl zurück, während der Nachbar mit den langen Haaren den Wohnungsschlüssel herausholt und aufschließt. Mit einem lauten Klacken öffnet sich die Tür. Er wuchtet die Kanister in die Wohnung hinein, verschließt die Wohnungstür wieder und steigt zu seinem Begleiter in den Fahrstuhl.

Rainer Plöger läuft zum Fenster seines Schlafzimmers, das zur Straße hinausgeht. Er schaut aufgeregt hinab und versucht zu erkennen, was dort unten passiert. Ein Kombi steht direkt vor dem Eingang auf dem Gehweg. Die Blinker leuchten auf, und der Bärtige mit den kurzen Haaren tritt an den Kofferraum heran. Nun kommt auch der Nachbar aus dem Haus und geht zu ihm. Während er eine Art Plastikwanne aus dem Kofferraum nimmt, in der mehrere Gegenstände liegen, greift sich der andere Mann zwei weitere Kanister, schließt die Klappe und geht mit dem Nachbarn zurück ins Haus.

Rainer Plöger hetzt zur Wohnungstür und presst das Auge an den Spion. Es verrinnen Sekunden, die sich wie eine Unendlichkeit anfühlen, bis sich die Fahrstuhltüren öffnen.

Der Nachbar stellt die Plastikwanne vor der Wohnungstür ab. Es scheinen Werkzeuge und kleinere Flaschen darin zu liegen. Er schließt auf und geht mit der Wanne in die Wohnung. Sein Freund folgt ihm und schließt die Tür hinter sich.

Rainer Plöger streicht sich mit nachdenklichem Blick über den Schnurrbart und bleibt ratlos im Wohnungsflur stehen. Der Appetit aufs Abendbrot ist ihm gründlich vergangen.

3

Im Hamburger Polizeipräsidium in Alsterdorf sind fast alle Fenster dunkel. Die Ermittler und Angestellten sind im Wochenende und genießen den späten Sonntagabend, bevor die neue Arbeitswoche beginnt.

Nur im zweiten Stockwerk des Südwestflügels brennt in einem Büro des Rauschgiftdezernats das Licht. Otto Kuhnert sitzt an seinem Schreibtisch und hat große Kopfhörer auf den Ohren. Nach seiner Chemotherapie und anschließenden Operation an der Lunge ist er nach einer kurzen Reha auf eigenen Wunsch in den Dienst zurückgekehrt. Ihm würde zu Hause sonst die Decke auf den Kopf fallen, hatte er Harry Goldutt, dem Chef des Rauschgiftdezernats, gegenüber betont. Harry kennt seinen rastlosen Ermittler und fand, dass die Ablenkung durch die Arbeit vielleicht wirklich die richtige Therapie für ihn war. Er erlaubte Otto die Rückkehr in den Innendienst. Er sollte es ruhig angehen, doch nach nur wenigen Wochen war Otto wieder voll in die Ermittlungen verstrickt.

Jetzt wittert der auch in seiner Freizeit passionierte Angler die Chance, einen dicken Fisch an Land ziehen zu können. Er überwacht das Handy von DJ SnakeRave, der in der Hamburger Techno-Szene immer mehr in den Vordergrund tritt und inzwischen seinen eigenen Club an der Stresemannstraße betreibt. Dort kommen die Fans von elektronischer Musik von Donnerstagnachmittag bis Montagmittag durchgehend in den Genuss von tiefen Bässen und schnellen Rhythmen. Nicht wenige der Gäste nutzen Amphetamine, um den Tanzmarathon, so lange es geht, durchzuhalten. Der örtlichen Polizeiführung ist der Club ein Dorn im Auge, doch die verwinkelten Räumlichkeiten und aufmerksame Türsteher tragen dazu bei, dass Razzien bisher nur bei wenigen Besuchern zum Auffinden von Drogen geführt haben. DJ SnakeRave konnte man nie etwas nachweisen. Die Besitzer der Betäubungsmittel betonten stets, dass sie die Drogen in den Club geschmuggelt hätten. Daher läuft das rege Treiben Woche für Woche weiter, und der Techno-Club erhält immer mehr Zulauf, auch von sehr jungen Gästen, die sich tagsüber dem Rausch der Musik hingeben.

Ein anonymer Brief an das Hamburger Rauschgiftdezernat

hatte Otto Kuhnert mit detaillierten Angaben auf DJ SnakeRaves Spur gebracht. Darin wurde er darüber informiert, dass der Discjockey Speed und Ecstasy im Kilogrammbereich einkaufen und an seine Gäste, aber auch an Großabnehmer aus Norddeutschland verteilen soll. Nur wie es genau abläuft, hat Otto noch nicht rausbekommen können. Die Türsteher verstehen es, verdeckten Polizeibeamten, die für Scheinkäufe versuchen, in den Club zu gelangen, den Zutritt zu verwehren. Nur bekannte Gesichter erhalten Einlass und bürgen mit ihrer Zutrittsberechtigung für neue Gäste, die dann ebenfalls hineingelassen werden.

Immerhin hat der Hinweisgeber Otto in seinem Brief die Telefonnummer mitgeteilt, über die DJ SnakeRave angeblich seinen Handel betreibt. So sitzt der Workaholic der Abteilung nun seit eineinhalb Wochen jeden Tag und gefühlt rund um die Uhr in seinem Büro und hört die Gespräche ab, die über diese Nummer geführt werden. Immer in der Hoffnung, das eine wichtige Telefonat mitzubekommen, das ihm den entscheidenden Hinweis liefert – auf einen möglichen Lieferanten oder eine Wohnung, einen Raum, ein Versteck, in dem der Discjockey seine Drogen lagert. Einen möglichen Mittäter konnte Otto bereits identifizieren. Mit Timon Schneider spricht SnakeRave immer wieder kryptisch über Eiscreme und Bonbons. Die Gespräche zeigen, dass Timon vermutlich Rauschgift lagert. Er dürfte in der Nähe der Horner Rennbahn wohnen, leider unangemeldet, und nach einem konspirativen Treffen mit dem DJ geriet er außer Kontrolle. Niemand konnte sehen, in welchen Hauseingang er verschwunden ist. Auf den daraufhin beantragten Beschluss des Gerichts zur Überwachung und Lokalisierung der Rufnummer von Timon wartet Otto bereits mehrere Tage.

Ansonsten ist die Abhöraktion beim DJ leider nicht sehr ergiebig gewesen. Ungewöhnlicherweise ist das Handy heute jedoch in Bewegung. SnakeRave war eine Zeit lang am Wandsbeker Markt und fährt nun den Ring 2 in Richtung Billstedt hinab. Telefoniert hat er bereits seit den Morgenstunden nicht mehr. Otto hat keine Erklärung für das, was heute vor sich geht. Er wartet ab und verfolgt die Geodaten des Mobiltelefons, das gerade an der Horner Rampe ankommt.

Otto leckt sich über die trockenen Lippen. Er trinkt einen Schluck Kaffee aus der weißen Tasse, deren Ränder beinahe durchgängig braun sind von Kaffeeablagerungen. Nur zum Urlaub wäscht er das Behältnis notdürftig sauber. »Alles Geschmack«, pflegt Otto schroff zu antworten, wenn er von Kollegen auf die verschmutzten Becherwände angesprochen wird. Nach einem schnellen Griff in die neu geöffnete Spekulatiustüte stopft er sich zwei der Kekse in den Mund und beginnt zu kauen. Das Handy bewegt sich währenddessen auf der A 24 aus Hamburg hinaus.

»Wo willst du hin, mein Lieber? Wo willst du hin?«, fragt Otto den Monitor und wischt sich mit der Hand die Krümel vom Mund. Seine kleinen Schweinsaugen kneift er grübelnd zusammen und schiebt energisch das breite Kinn vor, während er schnaufend ein- und ausatmet.

4

Zwischen dem Berliner Tor und den Elbbrücken ragen die hohen Geschäftsgebäude der City Süd in den Himmel. Mitten in Hammerbrook tummeln sich unter der Woche Geschäftsleute, Studenten und Schüler. Am Sonntagabend sind die Straßen hier leer. Restaurants haben geschlossen, und auch nur wenige Autos stören die unwirkliche Ruhe in den Betonschluchten.

In der fünften Etage eines Hochhauses brennt Licht in den Räumen von SafeSafe, einem privaten Sicherheitsunternehmen für Veranstaltungen. Hier sitzt der ehemalige Rauschgiftfahnder Gerd Sehling und hat aus dem Aufenthaltsraum der Firma ein Sixpack Bier geholt, das er sich am Samstagmorgen extra kalt gestellt hatte. Es ist seine wohlverdiente Belohnung für ein langes Wochenende.

Als er vor ein paar Monaten, knapp eineinhalb Jahre nach seiner Pensionierung, den neuen Job als Dozent für deeskalierende Gesprächsführung angenommen hat, der ihm von einer guten Freundin vermittelt wurde, dachte er weder, dass er ihm sonderlich viel Freude bereiten würde, noch, dass es derart anstrengend sein kann, Lehrer zu sein. Er soll jungen Erwachsenen beibringen, dass Gewalt der letzte und nicht der erste Lösungsweg im Sicherheitsgewerbe ist. Als er das erste Mal vor einer Klasse stand, hatte er sich vorher Konzepte für eine deeskalierende Gesprächsführung überlegt, die er seinen Schützlingen beibringen wollte. Schnell musste er allerdings einsehen, dass nicht jeder die Inhalte verstand, geschweige denn umsetzen konnte.

Gerd, der während seiner Zeit im Rauschgiftdezernat als »die Ramme aus Dalldorf« verschrien war und bekannt ist für seine laute, polternde Art, konnte die Verständnisprobleme gut nachvollziehen. Er entschloss sich daher, das vorgegebene Lernziel zu modifizieren. Seitdem unterrichtet er die Sicherheitsleute darin, wie man störende Gäste mit einfachen Griffen zu Boden bringt, ohne sie erheblich zu verletzen.

Die anfängliche Skepsis konnte er beim ersten Seminar schnell ausräumen, als er, ein rüstiger Pensionär mit leichtem Bauchansatz, einen wesentlich größeren, muskelbepackten Mann auf der weichen Turnmatte fixierte, während der erst noch realisieren musste, was gerade mit ihm geschah.

Der spontane Applaus der staunenden Zuschauer war Balsam für Gerds Seele. Er fühlte sich für einen kurzen Moment zurückversetzt in die Zeit als Rauschgiftfahnder.

Während Gerd Schluck für Schluck die vor ihm stehende Flasche leert, kontrolliert er die heutige Anwesenheitsliste. Mit Sorge stellt er fest, dass einer seiner Schützlinge unentschuldigt gefehlt hat. Einer von denen, für die der Job bei SafeSafe die letzte Chance und fester Teil ihrer Bewährungsauflagen ist. Mit

Schrecken hat dieser junge Mann Gerd vor einigen Wochen in die Augen geblickt, als er in ihm den Mann wiedererkannte, der ihn vor fünf Jahren in den Knast gebracht hatte. Die Reststrafe von eineinhalb Jahren wurde inzwischen zur Bewährung ausgesetzt, und der erfolgreiche Abschluss der Berufsausbildung zum Security-Manager, zu der auch die Fortbildungen mit Gerd Sehling am Wochenende gehören, ist Teil der auf zwei Jahre ausgelegten Bewährungszeit.

Gerd weiß, dass es in der Vergangenheit bereits zu zwei Abmahnungen gekommen ist, weil der Junge nicht zur Arbeit erschien. Doch er hatte Gerd versichert, dass er den richtigen Weg für sich gefunden habe und die Chance auf ein neues Leben ohne Kriminalität unbedingt ergreifen wolle.

Gerd versucht, ihn anzurufen, um ihm erneut ins Gewissen zu reden.

»Junge, Junge, wat machst du nur?«, fragt er in den Raum hinein, als sekundenlang nur das Freizeichen ertönt. Er greift nach der nächsten Flasche Bier und beendet den Anwählversuch. »Dat wird nich gut enden, wenn er da keine gute Erklärung parat hat.« Mit einem lauten Ploppen öffnet Gerd die Flasche und setzt zum Trinken an, während der Deckel auf den Boden fällt und dort klackernd zum Liegen kommt.

5

Ein herbstlicher Wind frischt immer mehr auf und lässt farbenprächtige Blätter über den Bramfelder Dorfplatz tanzen. Die angrenzende viel befahrene Straße führt aus der Stadt hinaus nach Sasel und Volksdorf. Traute Walther kann sich in diesen Stadtteilen keine Wohnung leisten. Ihre kleine Rente reicht gerade so, um über die Runden zu kommen. Sie wohnt in einer kleinen Zwei-Zimmer-Wohnung direkt gegenüber der Postfiliale am Dorfplatz. Jeden Monat spart sie zwanzig Euro und steckt sie in einen alten Strumpf ihres Mannes, der vor sieben Jahren verstorben ist.

Das Geld ist für ihre einzige Enkelin, die mit ihrer Mutter zurück nach Rostock gezogen ist, nachdem sie sich von Trautes Sohn getrennt hatte. Der Alkohol brachte schon Trautes Mann ins Grab, und auch ihren Sohn hat er fest im Griff. Doch ihre mahnenden Worte dringen nicht zu ihm durch. Der Kontakt ist inzwischen abgerissen. Nach der Trennung hat er nur noch mehr gesoffen. Der einzige Lebenssinn für Traute ist ihre Enkeltochter, von der sie immer mal wieder Bilder zugeschickt bekommt. Jetzt wird die Kleine vier Jahre alt, und Traute hat eine Karte geschrieben und sechzig Euro hineingelegt. Louise soll sich davon etwas Schönes zum Spielen kaufen. Einen Herzenswunsch erfüllen. Mit dem Umschlag in der Hand kommt Traute aus ihrem Hauseingang und geht zur Ampel.

Nach kurzem Warten wird es grün, und Traute geht zum Briefkasten hinüber, der bald geleert wird. Sie wirft den kostbaren Brief absichtlich erst kurz vor der Nachtruhe ein. Bei so einem Vermögen würde ihr ganz unwohl werden, wenn der Umschlag längere Zeit, vielleicht den ganzen Tag, in dem unbewachten Briefkasten liegen würde.

Mehrfach sieht sie sich um, bevor sie den Brief einwirft, doch niemand Auffälliges ist in ihrer Nähe. Mit einem kräftigen Schubser katapultiert sie den Umschlag durch den Schlitz und hört, dass er tief in den gelben Kasten hinunterfällt. Zufrieden tritt sie wieder an die Ampel heran, die in diesem Moment auf Grün umspringt.

Bevor sie über die Straße geht, wendet sich Traute, von einem inneren Drang getrieben, noch einmal kurz um. Ein Schreck durchfährt ihre Glieder. Ein junger Mann steuert direkt auf den Briefkasten zu. Er trägt eine blaue, weite Jeans, die ihm gerade noch so auf den Hüften hängt, und einen Kapuzenpullover, der ebenfalls viel zu groß ist. Die Kapuze hat er über den Kopf gezogen. Auf der Mittelinsel blickt Traute vorsichtig über ihre Schulter und sieht, dass der junge Mann sich Plastikhandschuhe über die Finger streift. So schnell sie kann, läuft sie auf die andere Straßenseite, stellt sich hinter einen Mauervorsprung und betrachtet den Jungen, der seine Umgebung aufmerksam beobachtet. Traute hat er entweder nicht bemerkt, oder kleine, ältere Damen wecken nicht seinen Argwohn.

Er nimmt seinen Rucksack vom Rücken und öffnet ihn. Dann steckt er braune, etwas größere und dickere Briefumschläge in den Briefkasten. Der ganze Rucksack scheint damit befüllt zu sein. Hin und wieder schaut er sich um und wirft dann die nächsten Briefe ein. Er ist nicht hektisch, scheint aber zügig fertig werden zu wollen.

Traute ist erst einmal beruhigt, weil ihr Brief nun sicher unter diversen Sendungen begraben im Briefkasten liegt. Ihm dürfte also nichts mehr geschehen.

Als der Junge, nachdem er den Rucksack wieder verschlossen hat, mit schnellen Schritten davonläuft, wird Traute jedoch misstrauisch. Die Handschuhe wirft er im Vorbeigehen in den Mülleimer an der Ampel.

Traute reckt den Kopf. Sie ist sich sicher, dass hier etwas nicht mit rechten Dingen zugeht. Die nächste Grünphase nutzt sie aus, um hinüberzulaufen. Mit einem schützenden Papiertaschentuch in der Hand fischt sie die beiden blassgelben Handschuhe aus dem roten Mülleimer und wickelt sie darin ein.

Auch wenn sie bereits über siebzig Jahre alt ist, so ist Traute noch immer schnell auf den Füßen. Getrieben von Spannung und Neugier sowie mit dem Kribbeln einer Ahnung im Bauch, dass sich gerade ein Krimi vor ihr abgespielt haben könnte, läuft sie zum Polizeikommissariat in der Ellernreihe.

Die Wache ist voller Polizisten. Die sollten mal lieber draußen rumlaufen und wie unsereins die Augen aufhalten, denkt Traute. Sie weiß nicht, dass gerade die Spätschicht vom Nachtdienst abgelöst wird. Nach kurzer Wartezeit kommt ein dunkelhaariger Polizist auf sie zu und setzt ein freundliches Lächeln auf.

»Wie darf ich Ihnen helfen?«

»Ich hab wat beobachtet, da müssen Sie wat unternehmen.

Einen jungen Ganoven hab ich gesehn, wie er Briefe eingesteckt hat. Und ich hab Beweismaterial gesichert«, verkündet Traute voller Stolz. Sie öffnet ihre Handtasche und nimmt das Taschentuch mit den Handschuhen heraus.

Der Polizeibeamte hebt die buschigen Augenbrauen und betrachtet sie aufmerksam. »Dann wolln wir mal alles zu Papier bringen, was Sie beobachtet haben. Folgen Sie mir bitte.«

6

In einer Neubauwohnung des Immergrün-Wohnviertels nahe dem Prenzlauer Berg in Berlin liegt der Hamburger Rauschgiftfahnder Tim Dombrowski auf der großen Couch seiner Freundin Claire. Ihr wuscheliger Kopf liegt auf seinem Bauch. Zärtlich streicht er ihr durch das lockige Haar. Er würde so gerne einfach hierbleiben, nicht zurückfahren nach Hamburg, doch die Arbeit ruft. Morgen ist eine Observationsgruppe für ihn auf der Straße, und vorher muss er noch alle Telefongespräche anhören, die am Wochenende von seiner Zielperson geführt wurden. Nur so kann er einschätzen, ob Treffen vereinbart wurden. Indem er seinen Tätern zuhört, entwickelt Dombrowski, der von seinen Kollegen Dumbo genannt wird, ein Gefühl für ihre Emotionen und das zu erwartende Verhalten. Die wichtigen Worte werden nicht gesprochen. Sie stehen zwischen den Zeilen, im Klang der Stimme, im Ausdruck von Wut oder Verzweiflung, im autoritären Nachdruck oder einer Unterwürfigkeit, die Genaueres über die Stellung zwischen den Gesprächspartnern aussagt.

Dombrowski streicht seine halblangen Haare aus dem Gesicht und kratzt sich verlegen an seinem Dreitagebart. Er mag Claire nicht sagen, dass es an der Zeit ist, sich zu verabschieden.

»Willst du schon los?«, fragt sie, als könnte sie seine Gedanken lesen.

»Ich will nicht, aber ich muss wohl langsam.«

Claire hebt den Kopf und schaut ihn mit ihren dunkelbraunen Augen verführerisch an. »Wirklich schon jetzt? Oder haben wir noch ein paar Minuten?« Sie schiebt sich an Dombrowski hinauf. Er riecht ihr süßliches Parfüm, atmet tief ein, und sein Herz beginnt kräftig zu schlagen. Langsam legen sich ihre zarten Lippen auf seine, und sie beginnt, ihn zärtlich zu küssen.

Im selben Moment fängt Dombrowskis Handy an zu lärmen und zerstört den innigen Augenblick. Am liebsten würde er es nehmen und aus dem Fenster werfen, doch Claire hat es bereits ergriffen und reicht es ihm mit einem schelmischen Grinsen.

»Merci«, bedankt sich Dombrowski und schaut widerwillig auf das Display. »Es ist Otto«, stellt er fest und nimmt den Anruf seines Kollegen an. »Otto, es ist wirklich nicht der richtige Zeitpunkt gerade. Ich bin doch in Berlin und …« Dombrowski verstummt und hört nun aufmerksam zu. Ab und an bejaht er oder brummt zustimmend, dabei schaut er Claire an, die gespannt abwartet, was als Nächstes passieren wird. »Ja, in Ordnung. Dann sag Bescheid, wenn es so weit ist. Wir sind in der Nähe. Ja. Bis dann.« Dombrowski legt auf und schmeißt sein Telefon auf das Polster. »Kleine Planänderung. Wir haben noch eine gute Stunde Zeit, bis ich aufbrechen muss«, verkündet er gut gelaunt und schmeißt sich seiner kichernden Freundin entgegen.

7

Im Hochhaus am Achtern Born steht Rainer Plöger an seiner Wohnungstür und späht durch den Türspion in den dunklen Hausflur. Er hat das Licht in seiner Wohnung ausgeschaltet. Niemand soll sehen, dass er zu Hause ist oder, noch schlimmer, dass er durch den Spion schaut und das Treiben auf dem Flur beobachtet.

Plöger ist sich sicher, dass er einer ganz großen Sache auf der Spur ist. Die Männer in der Nachbarwohnung müssen Terroristen sein, das ist klar. Die Bärte, ihre Sprache und dann diese Wanne und die vier Kanister, bestimmt Chemikalien. Er hört, wie der Fahrstuhl wieder in Betrieb geht. Dem Rattern der Stahlkabel lauscht er mit geschlossenen Augen, um sich besser konzentrieren zu können. Es scheint bis zu ihm hinaufzugehen. Rainer Plöger öffnet die Augen und linst durch den Türspion. Noch sieht er nichts, aber das Licht aus dem Fahrstuhl wird gleich in den Flur fallen. Ein metallisches Rumpeln steigert die Anspannung. Die Kabine ist soeben im achten Stockwerk angekommen. Mit einem Klappern öffnet sich die Tür, und der Mann mit den kürzeren Haaren steigt aus. Er bleibt stehen und zieht Pappkartons aus dem Fahrstuhl. Sie sind nicht sonderlich groß, aber anscheinend schwer, denn er schiebt sie äußerst langsam über den Boden. Oder sind sie gar nicht schwer, sondern nur empfindlich? Rainer Plöger kommt ins Grübeln. Vielleicht sollte er doch die Bullen rufen. Aber wenn die in seine Wohnung kommen? Das will er auf keinen Fall riskieren. Die würden ja sehen, was er hier alles stehen hat, und das ist nicht für deren Augen bestimmt.

Immer mehr Kartons zieht der Mann aus dem Fahrstuhl und schiebt sie vor die Wohnungstür, die in diesem Moment abrupt geöffnet wird. Der Mieter schaut aus der Wohnung. Rainer Plöger lauscht, doch er kann kein Wort verstehen. Was sie sagen, hört sich arabisch an. Zusammen schaffen sie die Kartons in die Wohnung und verriegeln lautstark die Tür.

»Jetzt schließt ihr euch auch noch ein. Das gibt es doch gar nicht. Wat mach ich denn bloß? Wat soll ich machen?« Rainer Plöger rauft sich das schüttere ergraute Haar.

8

Scotty liegt in ihrem Wohnzimmer auf ihrer Couch. Heute mal ganz allein, denn sie hat Rufbereitschaft, und da ist sie gerne für sich. Sie schläft wesentlich ruhiger, wenn sie weiß, dass sie niemanden allein lassen muss, wenn ein Einsatz ansteht. Häufig wird man im Bereitschaftsdienst nicht angerufen, obwohl Hamburg mit seinem Hafen das Einfallstor für den internationalen Rauschgiftschmuggel ist. Doch es werden eher selten Kuriere und Händler mit Waren im Kilogrammbereich festgenommen. Sie bleiben unentdeckt im Trubel der Großstadt, während die kleinen Fische von den Zivilfahndern der verschiedenen Wachen beobachtet und auf frischer Tat festgenommen werden. Diese Festnahmen werden jedoch vom Dezernat für Straßendeal oder vom Kriminaldauerdienst bearbeitet. Sie zählen nicht zur Ebene der organisierten Rauschgiftkriminalität, für die Scotty mit ihrem Dezernat zuständig und in dieser Nacht erreichbar ist.

In ihrem Reihenhaus in Rahlstedt hat sie es sich mit einer Wolldecke gemütlich gemacht, während draußen der Wind in den Bäumen liegt und durch den Schornstein pfeift. Ein dampfender Tee steht neben ihr auf einem Holztablett. Sie zuckt leicht zusammen, als ihr Telefon zu klingeln beginnt. Das Display zeigt an, dass die Rufnummer unterdrückt ist. Kein gutes Zeichen für die weitere Abendplanung, denn die Kollegen melden sich meistens mit unterdrückter Nummer.

»'n Abend, Basti Raum hier, vom Dauerdienst.« Eine freundliche Stimme begrüßt Scotty.

»Moin. Wenn du anrufst, dürfte es das mit der Gemütlichkeit nun wohl gewesen sein.«

»Genau. Du wirst gleich von den Kollegen vom LKA in Kiel kontaktiert. Die haben soeben einen Kurierfahrer festgenommen, der auf dem Weg zur dänischen Grenze angehalten wurde. Sie haben einen kleinen Anschlag auf dich vor. Sie beantragen gerade einen Durchsuchungsbeschluss bei ihrem

Eil-Richter für die Hamburger Meldeanschrift des Kurierfahrers. Ich wollte dich nur kurz vorwarnen. Mehr weiß ich auch noch nicht.«

»Hast du schon einen Namen für mich? Oder Infos, was er bei sich hatte?«, hakt Scotty nach, pustet in ihren Tee und schlürft ein wenig vom Rand der Tasse ab.

»Nee, haben die mir nicht gesagt. Ich geh mal aus der Leitung. Bis denne«, zwitschert Basti Raum fröhlich und trennt die Verbindung. Scotty legt ihr Handy weg und trinkt weiter ihren Tee. Die Tasse ist halb leer, als unter lautem Klingeln eine Kieler Festnetznummer auf ihrem Display erscheint.

»Moin moin, Scotty hier vom Hamburger Rauschgiftdezernat.«

»Moin, Micha hier. Schön, dich zu hören«, begrüßt eine ältere, raue Stimme sie fröhlich.

Micha Heller ist ihr bestens bekannt. Meistens bedeuten seine Anrufe Arbeit, denn häufig gibt er die ermittelten Lieferanten seiner Kieler Täter zuständigkeitshalber und ohne große Wehmut nach Hamburg ab. Sie wohnen in Hamburg und versorgen seine Kieler von hier. Micha ist allerdings der Typ Teddybär, dem man kaum einen Gefallen abschlagen kann.

»Ich würde mich gerne Stunden mit dir unterhalten, aber es eilt ein bisschen. Es wurde in Rendsburg ein Herr Pagel festgenommen. Er hatte zwanzig Kilogramm Amphetamine in einer Sporttasche im Kofferraum seiner Limousine. Eher zufällig kam es zu einer Kontrolle, aber es war ein Volltreffer. Er wohnt in der Gustav-Adolf-Straße in Marienthal. Wir würden euch bitten, den Durchsuchungsbeschluss der Nachtrichterin zu vollstrecken. Ich schicke dir gleich per Mail alle Informationen und den Beschluss. Wir können leider nicht unterstützen. Aber bis wir von Kiel bei euch wären, wärt ihr wahrscheinlich sowieso schon durch. Bei Google sieht es nach einem Mehrfamilienhaus mit kleinen Wohnungen aus.«

»Ist schon gut, Micha. Ich trinke noch schnell meinen Tee aus, und dann kümmere ich mich darum. Brauchst du heute noch eine Schriftlage?«

»Das kommt drauf an, was ihr findet. Melde dich doch einfach bei mir, wenn ihr fertig seid. Ich werde noch länger hier sitzen und die Akte zusammenschreiben.«

»So machen wir es. Ich ruf dich an.« Scotty verabschiedet sich. Eine innere Unruhe treibt sie um. Sie lässt den Rest vom Tee stehen und springt auf. »Dann wollen wir mal«, beschließt sie und geht ins Badezimmer, um sich umzuziehen.

9

Dombrowski steht im dunklen Wohnzimmer von Claires Neubauwohnung und sieht aus dem Fenster. Wirklich grün ist hier im Pankower Immergrün-Wohnviertel noch nichts, zumindest nicht viel. Dombrowski ist von seiner eigenen Wohnung den Ausblick in einen Park gewöhnt und mag es nicht, durch bodentiefe Fenster in ein direkt gegenüberliegendes, hell erleuchtetes Wohnzimmer zu schauen. Die Bewohner des Appartements gegenüber nutzen keinerlei Vorhänge. Sie streiten sich offensichtlich. Dombrowski muss unweigerlich hinschauen. Jede Mimik und Gestik kann er erkennen. Eigentlich will er sie nicht beobachten, doch er kann den Blick nicht von dem Pärchen lösen.

Er wartet auf Claire, die sich noch schnell im Badezimmer frisch machen wollte. Es dauert bereits mehrere Minuten, doch nun hört er endlich die erlösende Türklinke und wendet seinen Blick von den Nachbarn ab.

»Die Bewohner gegenüber haben Streit«, erklärt er, als er Claires fragenden Blick bemerkt.

»Dann lass uns lieber aufbrechen, bevor wir den beiden bei der Versöhnung zuschauen müssen. Das willst du nicht sehen«, erwidert sie verschmitzt und öffnet die Wohnungstür, als Dombrowskis Handy zu klingeln beginnt.

»Moin, Otto. Wie ist der Stand? Wo ist unser Mann?«

»Dumbo, er ist eben von der A 10 auf die A 114 gefahren. Ich denke, er braucht höchstens noch zwanzig Minuten bis in die Schonensche Straße. Ihr solltet also langsam los. Seinen kleinen Bruder hat er gerade angerufen und sein Erscheinen angekündigt.«

»Okay. Wir sind startklar und brauchen von hier nur zwei, drei Minuten. War es die Hausnummer 18?«

»Jo!«, bestätigt Otto mit einem kehligen Schnaufen und hustet einmal kräftig.

»Gut. Ruf an, wenn er von der Autobahn runterfährt«, bittet Dombrowski und legt auf, nachdem Otto bestätigt hat. »Claire, wir müssen los. Nehmen wir dein Auto?«

»Ja, gerne. Ich fahre«, entgegnet sie und nimmt ihm den Autoschlüssel, den er gerade von der Ablage genommen hat, aus der Hand.

Kurz darauf fährt Claire den französischen Kombi aus der Tiefgarage des Gebäudes und nur zwei Straßen weiter, wo sie mit Glück eine Parklücke mit bester Sicht auf den Hauseingang findet. Kaum sind die Scheinwerfer erloschen, krabbelt Dombrowski in den Kofferraum, der mit getönten Scheiben abgedunkelt ist. Claire folgt ihm, während Dombrowskis Handy, das er stummgeschaltet hat, zu surren beginnt.

»Otto?«, flüstert er ins Telefon, obwohl kein Mensch in der Nähe ist.

»Er ist jetzt auf der Bundesstraße und dürfte jeden Moment bei euch eintreffen.«

»Otto, sag mal. Was ist eigentlich unser Ziel? Ich habe keine Waffe dabei. Falls jemand überprüft oder festgenommen werden soll, brauche ich Unterstützung.«

»Nee, wir gucken erst mal. Dann schauen wir weiter.«

»Okay. Alles klar.«

»Dahinten kommt ein Auto um die Ecke«, flüstert Claire.

Die eingeschalteten Scheinwerfer lassen noch nichts Genaues erkennen und blenden die beiden trotz der getönten Scheiben.

Mit einem dumpfen Rappeln fährt das Auto über das Kopfsteinpflaster an ihnen vorbei.

»Mit was für einem Auto fährt er eigentlich bis Berlin?«, hakt Dombrowski bei Otto nach.

»Keine Ahnung. Bestimmt nicht mit dem kleinen seiner Freundin. Weite Touren meistens mit Mietwagen, aber ich habe die großen Autovermietungen nicht mehr erreicht.«

»Das nächste Auto«, meldet Claire und schaut dem herannahenden Fahrzeug gebannt entgegen. Es ist ein weißer Mittelklassewagen. Mehr ist wegen der Scheinwerfer nicht zu erkennen. Doch statt zu beschleunigen, wird das Auto langsamer.

»Der scheint einen Parkplatz zu suchen. Ja, er hält an«, stellt Claire begeistert fest und dämpft ihre vor Aufregung bebende Stimme, indem sie sich die Hand vor den Mund hält.

»Könnte sein, dass unser Mann hier gerade einparkt, Otto.«

Das Licht der Scheinwerfer erlischt. Die Innenraumbeleuchtung im Fahrzeug geht an, als die Tür geöffnet wird. Der Fahrer steigt aus und schließt die Tür gleich wieder. Er schaut sich prüfend um, blickt auch zu Dombrowski und Claire, doch er kann sie nicht sehen, nicht einmal erahnen.

»Otto, er öffnet den Kofferraum.«

»Nur gucken, Dumbo. Nur gucken.«

»Mmh«, bestätigt Dombrowski grimmig und sieht, dass der Mann dem Kofferraum eine große Tasche entnimmt.

»Der hat eine große Tasche«, japst Claire, bevor Dombrowski etwas sagen kann. »Er läuft damit zum Haus.«

Der Mann zieht aus der Jacke einen Schlüssel und schließt die Haustür auf. Das Licht im Treppenhaus schaltet er nicht an.

»Er ist mit der Tasche ins Haus gegangen, Otto. Ich hole schnell das Kennzeichen«, verkündet Dombrowski.

Claire kommt ihm jedoch zuvor und verlässt ohne Umschweife das Auto. Sie geht an dem weißen Fahrzeug vorbei und weiter bis zur Straßenecke. Kurz darauf summt Dombrowskis Telefon, und auf dem Display erscheint das Kennzeichen, das er per Messenger direkt an Otto weiterleitet.

»Okay. Mmh. Bleibt bitte an ihm dran und schaut, was er macht, wenn er das Haus wieder verlässt.«

»Die Haustür öffnet sich bereits wieder. Der Typ kommt raus. Er läuft zum Auto und schließt auf. Er setzt sich auf den Fahrersitz. Scheinwerfer an. Du, Otto, der fährt wieder los.«

Dombrowski klettert rasch nach vorn und startet den Motor, nachdem der Mietwagen ihn passiert hat.

Kurze Zeit später biegt er hinter dem weißen Wagen auf die Prenzlauer Promenade ab. »Otto, wir sind grob in Richtung Autobahn unterwegs. Ich melde mich später wieder. Ich muss eben Claire anrufen. Der Abschied kam ein wenig zu kurz.«

»Jo, bis gleich.«

Dombrowski wählt Claires Nummer, die das Telefonat sogleich entgegennimmt. »Wo bist du?«

»Der ist direkt wieder losgefahren. Ich folge ihm in Richtung Autobahn. Kommst du mit meinem Auto nach?«

»Mais non. Mit deinem Smart komme ich sowieso nicht hinterher. Nächstes Wochenende bin ich wieder bei dir in Hamburg. Morgen muss ich arbeiten. Ich liebe dich. Melde dich, wenn du heil angekommen bist«, erwidert sie ohne jeden Vorwurf. Dombrowski ist froh, dass sie so viel Verständnis hat, doch gleichzeitig schmerzt sein Herz, dass er sich nicht vernünftig von ihr verabschieden konnte.

»Je t'aime aussi, Claire. Je t'aime!«, haucht Dombrowski ins Telefon und beendet das Gespräch. Er muss sich wieder auf seinen Vordermann konzentrieren.

10

Rainer Plöger steht in seiner Küche. Eigentlich ist es nur ein kleiner Raum mit zwei Schränken, einer Spüle, einem alten

Kühlschrank und dem antiquarisch anmutenden Plattenherd. Neben dem Durchgang zum Wohnzimmer befindet sich sein kleiner Holztisch, auf dem noch immer das geschmierte Graubrot unberührt auf dem Teller liegt.

Doch für das Abendbrot hegt Rainer Plöger gerade kein Interesse. Mühevoll versucht er, sein Küchenfenster zu öffnen. Er lehnt im Dunkeln auf der Arbeitsfläche und hat alle Dinge, die seit Jahren fettig und verstaubt auf dem Fensterbrett gestapelt sind, weggeräumt, um das Fenster aufziehen zu können. Dabei produziert der Fenstergriff ein leichtes Quietschen, das sich in der Stille viel lauter anhört, als es eigentlich ist. Plöger öffnet das Fenster einen Spaltbreit und lehnt seinen Bauch auf die vollgestellte Trockenfläche der Spüle, während er sich mit dem Ohr zur Fensteröffnung vorbeugt.

Mit angehaltenem Atem versucht er, ein paar Worte aufzuschnappen. Eben noch hat er durch seinen Türspion einen jungen blonden Mann die Nachbarwohnung betreten sehen, nachdem er mehrfach an die Tür geklopft hatte.

Rainer Plöger hofft, dass er nun endlich Klarheit darüber erlangen kann, was nebenan vor sich geht, weil sie sich jetzt nicht mehr in dieser fremdländischen Sprache unterhalten können, nachdem offensichtlich ein Deutscher bei ihnen ist.

»Digger, lasst erst mal eine Ziese rauchen. Kein Bock, gleich dann irgendwann den Anzug wieder auszuziehen, wenn ich Schmacht hab, Digger«, sagt der blonde Mann, der eher aussieht wie ein Junge, soweit Rainer das im schwachen Lichtschein, der aus der Nachbarwohnung auf den Balkon fällt, beurteilen kann.

»Du weißt ja, was du zu tun hast. Ich hau jetzt ab. Mein Freund hier bleibt bei dir. Es ist alles da, was du bestellt hast.«

»Ja, Bombe, Digger.«

Rainer zuckt bei dem Wort Bombe kurz zusammen und schubst dabei mit seinem Bauch beinahe das dreckige Geschirr vor sich ins Spülbecken.

»Lasst mich bloß allein. Könnte sonst gefährlich werden

für euch ohne Schutzanzug. Außerdem will ich meine Ruhe haben. Ich verpiss mich, sobald alles fertig ist, und gebe euch Bescheid. Dann könnt ihr loslegen. Aber bevor ihr geht …« Der Blonde reibt Daumen und Zeigefinger aneinander. »Ohne Cash geht hier gar nichts los.«

Rainers Nachbar lehnt lässig am Geländer des Balkons. Er betrachtet sein Gegenüber schweigend und zieht dabei langsam ein Geldbündel aus seiner Hosentasche, das er dem Blonden entgegenstreckt. Als dieser zugreifen will, hält er es noch einmal außer Reichweite. »Ich erwarte gute Arbeit dafür, verstanden? Wir dürfen uns keine Fehler erlauben. Morgen komme ich und helfe dir, ich bringe auch einen Anzug für mich mit. Bis dahin sollte mindestens die Hälfte fertig sein.«

Der Blonde greift nach den Scheinen und blättert sie einmal schnell mit dem Daumen durch. »Ich weiß, was ich tue. Und jetzt Abflug. Ich hab eine lange Nacht vor mir. Eure Forderungen werden erfüllt.«

»Wir wollen beide nicht, dass etwas schiefläuft. Es geht schließlich um große Ziele. Wir sehen uns morgen.«

Ohne ein weiteres Wort gehen die beiden Südländer zurück in die Wohnung. Kurz darauf hört Rainer, wie die Wohnungstür ins Schloss fällt und die Drahtseile vom Fahrstuhl zu rattern beginnen. Schweißperlen haben sich auf seiner Stirn gebildet. Ratlos schaut er noch einmal durch das Küchenfenster. Er sieht die glimmende Zigarette des blonden Jungen vom Balkon fliegen. Kurz darauf hört er Schritte und die Balkontür. Was hat der Kerl bloß vor? Rainer drückt sein Ohr an die Wand, doch er kann im Moment nichts weiter hören.

11

Der Stadtteil Marienthal mit seinen Gehölzen, Einfamilienhäusern und Rotklinkerbauten ist in keinem Stadtführer zu finden. Sehenswürdigkeiten, Attraktionen oder ein pulsierendes Nachtleben gibt es hier nicht. Es geht eher ruhig und beschaulich zu.

Auf dem Parkplatz eines Supermarktes in der Gustav-Adolf-Straße herrscht gähnende Leere. Es ist Sonntagabend, niemand hat einen Grund, sich hier aufzuhalten. Nur in der hinteren Ecke stehen drei dunkle Limousinen rückwärts eingeparkt nebeneinander. Gelegentlich rauscht ein Auto auf der zweispurigen Straße vorbei, ohne die Geschwindigkeit zu verringern.

Ein Kleinwagen nähert sich und biegt in die Zuwegung zum Parkplatz ein. Scotty sitzt auf dem Fahrersitz. Sie hält geradewegs auf die drei Limousinen zu und bleibt ihnen gegenüber in einer Parkbucht stehen. Das Scheinwerferlicht ihres Wagens fällt auf die Fahrzeuge und lässt die Umrisse von Personen auf den Vordersitzen erahnen. Kurz darauf erlischt das Licht, und Scotty steigt aus. Sie läuft mit schnellen Schritten zu den drei Fahrzeugen. Auch dort öffnen sich nun die Türen, und neun Personen steigen aus.

»Moin, Scotty! Was liegt an? Wie dürfen wir helfen?«, fragt ein unscheinbarer Mann, auf dessen breiter Schutzweste mit großen weißen Buchstaben »Polizei« geschrieben steht und direkt darüber in derselben Schrift »Möller«.

»Moin, René. Alles gut bei euch? Schön, dass ihr Zeit für mich habt. Wir wurden von den Kollegen in Kiel gebeten, einen Durchsuchungsbeschluss für die Wohnung ihres Beschuldigten zu vollstrecken. Er wurde auf dem Weg Richtung Dänemark angehalten und festgenommen. In seinem Kofferraum hatte er eine Tasche mit zwanzig Kilogramm Amphetaminen, also Speed. Wir sollen die Wohnung durchsuchen, um möglichst weitere Betäubungsmittel, Aufzeichnungen, Bargeld oder aber jegliche Art von technischen Kommunikationsmitteln sicherzustellen.«

»Also, eigentlich klingt das wie immer bei euch.«

»Ist es auch. Eine normale Durchsuchung bei einem Rauschgifthändler.«

»Was kannst du uns zur Wohnung sagen?«

»Es war eine spontane Kontrolle. Es blieb keine Zeit, um die Wohnung weitergehend aufzuklären. Ich weiß weder, wie der Grundriss aussieht, noch, wer sich darin befinden könnte«, erklärt Scotty.

»Gibt es Hinweise auf bewaffnete Täter?«

»Das kann ich nicht sagen. Mein Bauchgefühl sagt Nein, aber man weiß es immer erst, wenn man drin ist. Er soll dort mit seiner brasilianischen Freundin wohnen. Die könnten wir durchaus antreffen, hat er den Kollegen gesagt.«

»Okay.« René Möller stellt sich neben Scotty und schaut zu seinen Kollegen, die auf eine klare Ansage von ihm warten. »Leute, wir betreten die Wohnung mit der Ramme. Bodo rammt die Wohnungstür. Deniz trägt dir die Ramme hinauf. Blümchen, du klärst jetzt das Objekt auf und öffnest uns schon mal die Hauseingangstür. Wenn wir betreten, legen wir alle angetroffenen Personen in Fesseln, und Scotty entscheidet, wie es weitergeht.«

»Ich geh dann mal rüber«, erwidert ein mehr als zwei Meter großer Mann mit breiten Schultern, schmalen Hüften und tiefer Stimme. Er verlässt den Einsatztrupp und geht zur Straße, die er überquert, ehe er im Schatten der rot verklinkerten Mehrfamilienhäuser verschwindet.

»Tür ist geöffnet«, meldet Blümchen kurze Zeit später über Funk. Leise, wie Katzen in der Dunkelheit, schleichen die Beamten zu den Häusern, zwischen denen der Kollege verschwunden ist. Außerhalb des Lichts der Straßenlaternen sind die acht Zivilfahnder, gefolgt von Scotty, kaum wahrzunehmen.

Die Fenster des Hauses, in das sie wollen, sind dunkel. Keine Geräusche sind zu hören außer ihren leisen Schritten auf den Gehwegplatten zur Eingangstür, die von Blümchen für sie aufgehalten wird.

Langsam steigen die Beamten die Treppe ins dritte Obergeschoss hinauf, wo Deniz die Tasche mit der Ramme lautlos auf den Boden vor der Wohnungstür legt und den Reißverschluss öffnet. Die Fahnder stellen sich in einer Reihe hinter Blümchen auf, legen die Hand auf die Schulter des Vordermanns und umfassen den Griff ihrer Waffe im Holster.

Bodo tritt an die Tasche heran und nimmt die schwarz lackierte Ramme aus schwerem Metall heraus. Er positioniert sich vor der Tür, schaut über die Schulter nach hinten und gibt den Kollegen mit einem leichten Kopfnicken das Zeichen, dass es losgeht. Er zielt zweimal schwungvoll auf das Schließblech und schlägt beim dritten Mal fest auf das Schloss. Knarzend zersplittert das Holz der Türzarge. Die Tür öffnet sich leicht, und durch den Spalt fällt ein schwacher Lichtschimmer hinaus in den Flur. Im selben Moment schlägt Bodo mit der Ramme gegen das Türblatt, das aus der zerrissenen Zarge herausspringt und die Sicht auf einen langen Flur freigibt.

»Polizei! Polizei!«, rufen die Beamten laut, während sie, Blümchen voran, mit gezogenen Waffen an Bodo vorbeipreschen. Sie tragen Sturmhauben, um ihre Gesichter zu verbergen. Auch auf den Seiten des schwarzen Stoffs prangt in großen Lettern das Wort »Polizei«.

Die feuchten Schuhsohlen quietschen auf dem billigen Laminatboden, als sie Raum für Raum betreten.

»Wohnzimmer sauber.«

»Schlafzimmer sauber.«

»Küche sauber.«

»Badezimmer –«

»Aaaaaaah!« Der durchdringende Schrei einer Frau ertönt aus dem Badezimmer, dessen Türrahmen von Blümchen gerade vollumfänglich ausgefüllt wird.

»Ähm. ’tschuldigung. Bleiben Sie ruhig. – Scotty? Du bist hier gefragt.« Blümchen kann seinen Blick im ersten Moment kaum von dem braun gebrannten Traumkörper wenden, der sich ihm in der Badewanne stehend offenbart. Immer noch kreischend, reißt die Südamerikanerin ein großes Handtuch von einer Stange und bedeckt ihren Körper, als auch schon Scotty in den Raum kommt. Blümchen kann sich endlich aus der Schockstarre lösen und macht den Weg für sie frei, in der Hoffnung, dass die äußerst attraktive Frau nun aufhört zu schreien.

»Wir sind von der Polizei. Wer sind Sie?«

»Não entendo!«

»Policia. Nombre, nombre?«, fragt Scotty und zeigt mehrfach auf die junge Frau in der Badewanne.

»Porque?«

»Signor Pagel es verhaftet, comprende?«, versucht Scotty zu erklären und hebt ihre Hände, als trüge sie Handschellen.

»Não, não. Não, não, não.«

»Doch, doch. Drogen. Comprende? Also, wie ist Ihr Name?«

»Er nichts machen drogas. Er ist guter Mann.«

»Ach, Sie sprechen ja doch Deutsch.«

»Deutsch nicht gut. Nicht verstehen.«

»Echt jetzt? Passen Sie mal auf. Ich erzähle Ihnen alles. Wenn Sie mich nicht verstehen, dann geben Sie mir ein Zeichen, okay?« Scotty wartet, bis die junge Frau kurz nickt, und fährt dann fort: »Herr Pagel ist kurz vor der dänischen Grenze festgenommen worden, es befanden sich mehrere Kilogramm Speed in seinem Besitz. Wir werden jetzt die Wohnung nach Drogen, Geld, Waffen und anderen Dingen durchsuchen, die wichtig für unsere Ermittlungen sind. Verstanden?«

»Nix verstehen. Ich nix wissen«, erwidert die Frau und macht ein unschuldiges Gesicht.

»Könnten Sie sich bitte etwas anziehen?«

Ohne Umschweife greift die Frau nach einem Bademantel, der an einem Haken an der Wand hängt, streift sich diesen über die schmalen Schultern und verknotet den Gürtel gleich mehrfach vor ihrem Bauch. Ihre nassen Füße steckt sie in grell leuchtende pinke Fellhausschuhe, wringt die dunklen Locken über der Wanne aus und wickelt ein Handtuch um ihren Kopf, das sie zu einem Turban auftürmt.

Mit erhobenem Haupt schlurft sie an Scotty vorbei in die

Küche, wo sie am Küchentisch Platz nimmt und aus einer geöffnet neben einem Aschenbecher liegenden Schachtel eine Zigarette zieht.

Scotty setzt sich ebenfalls an den Tisch und schaut ihr in die rehbraunen Augen. »Ich weiß, dass Sie mich sehr gut verstehen. Wir werden jetzt die Wohnung durchsuchen. Ich kann noch einen Nachbarn als Zeugen hinzuziehen, wenn Sie das wünschen.«

»Nix Nachbarn. Sie nicht müssen wissen.«

»Okay. Bodo, pass mal bitte kurz auf hier. Ich mache Fotos von der Wohnung.«

Scotty macht von jedem Raum Bilder. Als sie wieder in die Küche zurückkehrt, schaut ihr die Frau vorwurfsvoll entgegen. »Warum Sie schießen Fotos von meine Wohnung? Sie nicht dürfen.«

»Oh doch. Das darf ich. Ich fotografiere die Räume, bevor wir durchsuchen, und wenn wir etwas Wichtiges finden, ebenso.«

»Aber ist meine Wohnung.«

»Ja. Und die Wohnung von Herrn Pagel. Der sitzt jetzt im Gefängnis, und ein Richter hat beschlossen, dass wir hier durchsuchen sollen. Das tun wir, und dazu gehört auch, Fotos zu machen.« Scotty dreht sich kurz in Richtung Flur. »Ihr könnt anfangen. Sie will keinen Nachbarn als Zeugen haben. Wenn ihr etwas findet, gebt Bescheid.«

»Jo. Verstanden«, bestätigt René Möller, der Scotty zunickt. Doch die hat sich bereits wieder der Südamerikanerin zugewandt.

»Wie ist Ihr Name? Haben Sie einen Pass in der Wohnung?«

»Sim. Naturalmente.« Sie erhebt sich, geht zu einer Schublade in der Küchenzeile, die sie mit einem kräftigen Ruck öffnet, zieht einen Pass heraus und drückt ihn Scotty in die Hand, nachdem sie die Schublade hastig wieder verschlossen hat.

Scotty klappt das brasilianische Ausweispapier auf.

»Eva Fernandes.« Sie blickt kurz auf und gleicht das Passfoto mit der vor ihr sitzenden Frau ab. »Frau Fernandes, auf Ihrem Bett habe ich eben zwei leere aufgeklappte Koffer liegen sehen. Wollen Sie in den Urlaub fahren?«

»Sim. Morgen.«

»Das wird wohl nichts. Zumindest nicht für Herrn Pagel.« Scotty beobachtet Eva Fernandes ganz genau. In den Augen der Brasilianerin sammeln sich Tränen, die kurz darauf über ihre ausgeprägten Wangenknochen hinablaufen.

Scotty erhebt sich von ihrem Stuhl und geht zum amerikanischen Kühlschrank in der Ecke der Küche. Sie öffnet das Gefrierfach. Die obere Schublade ist bis zum Rand gefüllt mit eingefrorenem Rindfleisch. Sie zieht die zweite der insgesamt vier Schubladen auf und findet genau das, was sie gehofft hatte. In dem Fach liegen gleich mehrere Vakuumbeutel, befüllt mit einer gelblich weißen Paste. Genau so, wie Speed üblicherweise in größeren Mengen unmittelbar nach der Produktion gehandelt wird.

»Es sieht nicht gut aus für Ihren Freund, Frau Fernandes. Gar nicht gut.«

12

Das Graubrot liegt unangetastet vor Rainer Plöger auf dem Teller. Er konnte bislang keinen Bissen herunterbringen. Seine Finger trippeln nervös auf der hellen Plastiktischdecke, die einige Kaffeeflecken zieren. Das Radio hat Rainer längst ausgeschaltet. Er horcht auf Geräusche aus der Nachbarwohnung. Immer wenn er etwas hört, drückt er sein Ohr an die Wand und schließt die Augen. Außer einem anhaltenden Surren kann er nichts vernehmen. Keine lauten Geräusche, keine Musik. Nur ein Rattern und Rauschen. Doch sosehr Rainer sich bemüht, er hat keinerlei Vorstellung davon, was dort drüben vor sich geht.

Wenn er doch nur irgendwie in die Nachbarwohnung

schauen könnte. Aber leider hat er die einzige Bleibe auf der Etage ohne Balkon. Er hatte sich bereits auf die Arbeitsfläche gewuchtet, um aus dem Küchenfenster zu schauen, doch seine Höhenangst, die er immer verspürt, wenn er durch ein geöffnetes Fenster in die Tiefe schaut, hielt ihn davon ab, sich weit genug hinauszulehnen, um einen Blick zu riskieren.

Rainer geht durch seine Wohnung und schaut in jeden Schrank auf der Suche nach einer zündenden Idee.

Im Badezimmer fällt sein Blick auf einen kleinen rosafarbenen Spiegel. Seine Mutter hatte ihn stets benutzt, um den Sitz ihrer Steckfrisur am Hinterkopf zu überprüfen. Rainer hat ihn selbst noch nie verwendet. Er schaut meistens nicht einmal mehr in den richtigen Badezimmerspiegel, es sei denn, wenn er sich von Zeit zu Zeit rasiert.

Mit dem Spiegel in der Hand läuft er zurück zum Küchenfenster, lehnt sich auf die Arbeitsfläche und streckt den Arm möglichst weit hinaus, um über den Spiegel in die Nachbarwohnung zu schauen. Wieder ertönt dieses surrende Geräusch. Was geht dort bloß vor?

Der Arm reicht nicht aus. Verbissen sucht Rainer weiter nach einer zündenden Idee. In der Abstellkammer wird er endlich fündig. Ein langer Waschbesen steht dort. Seine Mutter schrubbte früher fast täglich die Badezimmerfliesen damit, doch seit sie auf der Toilette an einem Schlaganfall verstorben ist, steht er ungenutzt in der Abstellkammer.

Rainer ergreift ihn und befestigt mit Klebeband den Schminkspiegel an der Bürste. Zufrieden betrachtet er sein Werk, geht noch einmal zur Küchenwand und lauscht. Er vernimmt auch weiterhin das surrende Geräusch, das mit kurzen Unterbrechungen zu ihm herübertönt.

Entschlossen streckt er den Stiel zum Küchenfenster hinaus. Er richtet die Plastikstange durch Drehen geduldig aus, bis er in dem kleinen Spiegel endlich die Balkontür der Nachbarwohnung erkennen kann. Unzufrieden betrachtet er das Spiegelbild. Alles ist total verschwommen.

»Das kann doch gar nicht sein«, schimpft Rainer vor sich hin. »Der ist doch sauber.« Er lehnt sich ein wenig vor, um besser in den Spiegel schauen zu können, verändert den Winkel und erfasst das Fenster der Wohnung. Das verschafft ihm Gewissheit. Der Spiegel ist in Ordnung. Die Nachbarn haben die Fensterscheibe mit einer Plastikfolie verklebt, die die Sicht trübt. Aber warum machen die das? Lassen sie die Wände streichen? Vielleicht geht dort doch alles mit rechten Dingen zu, und die renovieren einfach die Wohnung? »Das wird es sein«, sagt Rainer zufrieden zu sich selbst und setzt sich an den Küchentisch. Der Appetit ist zurückgekehrt. Es wird Zeit, endlich das leckere Marmeladenbrot zu genießen.

Er schaltet das Küchenradio ein, dreht die Lautstärke auf, bis er von den Geräuschen nebenan nichts mehr wahrnimmt, und lässt es sich schmecken.

13

»Fund!«, tönt es aus dem Schlafzimmer.

Scotty, die neben der inzwischen verstummten und missmutig dreinschauenden Brasilianerin in der Küche Platz genommen hat, erhebt sich und geht rüber, um Fotos zu machen. Bodo bleibt in der Küche; mit einem Auge behält er die Freundin des Beschuldigten im Blick und durchsucht weiter die Küchenschränke. Die achtunddreißig Kilogramm Amphetamine, die Scotty auf drei Schubladen verteilt im Tiefkühlfach des Eisschranks gefunden hat, stehen in Plastikasservatentüten neben der Küchentür.

»Wohin geht es denn?«, fragt Bodo. Zum Teil aus Neugier, aber auch, um die bedrückende Stille in der Küche zu durchbrechen.

Eva Fernandes schaut auf, doch ihr Schweigen zeigt, dass sie die Frage nicht verstanden hat oder nicht verstehen will.

Scotty kommt zurück in die Küche und stellt ein elektronisches Gerät auf den Küchentisch. Unmittelbar davor legt sie zwei Flugtickets, zwei Smartphones und einen Zettel.

»Sie wollten also nach Rio de Janeiro fliegen.«

»Ja, Urlaub. Ich sagte«, erwidert Eva Fernandes schmallippig.

»Mit One-Way-Tickets?« Scotty lehnt sich mit beiden Händen auf den Küchentisch und schaut auf die Südamerikanerin herab.

»Ja. Wir wissen nicht, wann zurück nach Deutschland kommen.«

»Und wofür brauchen Sie diese Geldzählmaschine?«

Eva Fernandes starrt auf das einem Miniatur-Laserdrucker ähnelnde Gerät. Über dem digitalen Display befindet sich eine Art Trichter zum Einlegen der Scheine, darunter ein Auffangfach. »Geldzählmaschine? Ich wissen nicht, was das ist.«

»Ja, ist klar. Jetzt wissen Sie wieder nichts, und gleich verstehen Sie auch nichts mehr. Wir stellen hier alles auf den Kopf. Irgendwo wird die Kohle schon sein, die mit der Maschine gezählt wurde.«

Eva Fernandes bleibt einfach regungslos sitzen, doch ihr Blick streift kaum merklich den Backofen. Sie fixiert die Flugtickets, die auf dem Küchentisch liegen.

»Ihr Ticket können Sie haben, das andere bleibt hier. Ihnen können wir ja nichts vorwerfen«, teilt Scotty ihr mit und schiebt der verdutzt dreinschauenden Südamerikanerin eins der beiden Flugtickets rüber. »Aber warum schauen Sie unwillkürlich auf den Backofen, wenn ich von Geld rede? Ich hätte da eine Idee.«

»Im Backofen habe ich bereits nachgeschaut. Da ist nichts drin«, wirft Bodo ein, während er beginnt, diverse Auflaufformen aus einem Schrank herauszunehmen.

Scotty kniet sich vor dem Backofen hin und betrachtet ihn. Dann schaut sie zu Eva Fernandes, die sie beobachtet, aber gleich wieder auf den Tisch schaut, als sie Scottys Blick bemerkt. Probehalber drückt Scotty gegen die Blende unterhalb des Backofens. »Wackelt.« Bodo sieht interessiert zu ihr herüber. Sie drückt, schiebt und ruckelt an der Blende, die sich schließlich löst und eine Öffnung unter dem Standherd freigibt. »Mit Magneten befestigt. Das ist mal neu.«

Aus ihrer Gürteltasche zieht Scotty ihre Taschenlampe und leuchtet in den Hohlraum. »Na bitte«, ruft sie triumphierend, fotografiert ihren Fund und zieht nacheinander mehrere Bündel Zwanziger, Fünfziger und Hunderter unter dem Herd hervor. Sie steht auf und legt die Scheine auf den Tisch. »Das ist wohl die Reisebörse, oder? Das Geld wird beschlagnahmt.«

Im Türrahmen stehen mittlerweile Blümchen und René, die wie Bodo anerkennend auf den Geldhaufen schauen, während Eva Fernandes die Tränen aus den Augen trudeln.

»Wir wären dann auch so weit durch, Scotty«, berichtet René. »Keine weiteren Funde.«

»Okay. Zählen wir noch rasch das Geld, tüten alles ein, und dann erhalten Sie, Frau Fernandes, von uns ein paar Formulare und sind uns auch schon wieder los.«

14

Mit einer weitreichenden Röte steigt am Morgen die Sonne über Hamburg auf und lässt die Farbe des Himmels mit ihren Strahlen sanft von Orange über Goldgelb in ein helles Blau übergehen.

Nördlich des Hamburger Stadtparks in Alsterdorf befindet sich das Polizeipräsidium, ein sternförmiger Bau mit einem kreisrunden Gebäude in der Mitte und zehn davon abgehenden »Fingern«. Über insgesamt fünf Etagen erstreckt sich der repräsentative Bau, der aus der Sicht vieler Beamter ein Geschoss zu flach ausgefallen ist, um wirklich ausreichend Platz für alle Beschäftigten zu bieten. Dombrowski hat Claires Wagen in der offenen Tiefgarage unter dem Präsidium abgestellt, in der normalerweise nur die Dienstwagen sowie die Privatfahrzeuge der höheren Dienste auf ihren Einsatz warten. Vor der Zugangstür im zweiten Stockwerk des südwestlichen Fingers bleibt er stehen und hält seinen Dienstausweis gegen das Kartenlesegerät am Eingang. Unter leisem Surren öffnet sich die Tür. Er reißt sie auf und läuft mit schlurfenden Schritten den Gang entlang. Mit einem aufgeräumten »Moin« begrüßt er die Kollegen in ihren Büros.

»Dumbo, warte mal bitte«, ruft Harry Goldutt ihm nach. Dombrowski kehrt langsam rückwärtsgehend zum Büro des Dienststellenleiters zurück.

»Was ist denn?«

»Ich habe einen neuen Fall für dich.« Harry sitzt hinter dem quer mitten im Büro stehenden Schreibtisch. In seinem bequemen Chefsessel wirkt er aufgrund seiner Körpergröße ein wenig verloren, aber das täuscht, denn Harry weiß sich mit bloßen Blicken durchzusetzen, sobald seine Mitarbeiter das Büro betreten.

»Harry, ich habe schon einen Fall, der mich voll bindet. Und muss nun noch zusätzlich einen Bericht zu einer spontanen Observation schreiben. Otto hatte mich gestern –«

»Spar dir die Worte. Otto hat mich schon umfassend ins Bild gesetzt.« Harry schiebt ein paar Seiten Papier über seinen Tisch auf den davorstehenden Trapeztisch. »Es ist nur eine kleine Sache, aber es könnte ein größerer Fall dahinterstecken. Eventuell ein Darknet-Händler. Schau es dir einfach mal an.«

Dombrowski stöhnt gequält auf. »Aus ›kleinen Sachen‹ wird häufig ein dickes Ding, Harry. Du weißt, dass ich nicht aufhöre, falls wirklich etwas dahintersteckt?«

»Genau das wollte ich hören. Wenn wir so einen Darknet-Typen kriegen, liegt uns die Baake vielleicht nicht mehr damit in den Ohren, dass wir dort mal etwas erreichen müssen.«

Beiden läuft beim Gedanken an die ungeliebte Kriminaldirektorin und Leiterin der Abteilung für Organisierte Kriminalität ein kalter Schauer über den Rücken.

»Also gut. Aber wir erzählen ihr erst von den Ermittlungen, wenn wir etwas erreicht haben. Ich will nicht, dass die sich hier einmischt und aus vermeintlichem Interesse auf unseren Flur kommt.« Dombrowski nimmt die Zettel und beginnt, den Bericht zu lesen. Geduldig schaut Harry ihm über seine Lesebrille hinweg dabei zu und lehnt sich in seinem Stuhl zurück. Er legt die Kuppen der gespreizten Finger sachte aneinander und lächelt, weil er in Dombrowskis Augen bereits den Funken der Begeisterung auflodern sieht. Der lässt die Papiere sinken und blickt ihn an. »Okay, Harry. Ich fahre mit Heini raus zu der Zeugin Walther und werde sie noch einmal dazu befragen und mir den Briefkasten anschauen.«

Ohne auf eine Antwort zu warten, verlässt Dombrowski das Büro des Chefs mit der Strafanzeige in der Hand und geht mit schnellen Schritten in sein eigenes.

»Ach, der Spätdienst. Auch schon da«, begrüßt ihn Otto aus dem Zimmer schräg gegenüber mit einem kehligen Lachen.

»Du musstest ja nicht zweieinhalb Stunden lang dem DJ hinterherfahren, um dann weitere zwei Stunden vor einem Puff darauf zu warten, dass er fertig ist und zu seiner Freundin nach Hause fährt. Zumal die Sporttasche längst in dem Berliner Mehrfamilienhaus verschwunden war. Wir hätten das Verfahren locker beenden können«, ruft Dombrowski über den Flur.

»Dann würden wir aber nie erfahren, woher er es bekommt. Wir haben bislang keinen Stoff auf der Waage, und die Wohnung von seinem Bunkerhalter und Läufer Timon ist auch noch nicht sicher identifiziert. Immerhin konnte ich seine Nummer heute Morgen aufschalten. Das Gericht hat endlich den Beschluss zur Überwachung der Telefonnummer erlassen. Bislang hat Timon aber noch nicht telefoniert. Außerdem: Was, wenn sich in der Tasche gestern doch nur Klamotten für den Bruder befunden haben? Dann wäre alles umsonst gewesen.«

Otto ist inzwischen mit seinem Kaffeebecher in der Hand zu Dombrowski ins Büro gekommen und lehnt sich gegen den

Türrahmen, während er den ausgeprägten Bauch vorstreckt, um den sich sein kurzärmliges Hemd spannt.

»Ja, stimmt. Dennoch ist es ärgerlich. Und die Nacht war kurz. Gleich muss ich auch noch für das nächste Ding rausfahren, das mir Harry zugeschoben hat.«

»Ähm, das geht nicht, Dumbo. Ich könnte deine Unterstützung für die Begleitung der Observation heute gut gebrauchen. Es hat sich eben ein möglicher Abnehmer beim DJ gemeldet. Er will mit seinem Kumpel heute noch nach Hamburg kommen und fragte, ob das Eis wieder so lecker schmeckt wie beim letzten Mal. Liam hat geantwortet, dass er heute richtig viel leckeres Softeis besorgen würde, und sie könnten gerne vorbeikommen. Die holen bestimmt nicht zum ersten Mal Stoff bei Liam, so wie er und der Typ miteinander sprachen. Eiscreme, dass ich nicht lache.« Ein kehliges Glucksen entfährt Otto, bevor er sich kurz räuspert. »Das wäre die Chance, zu sehen, wo unser DJ seine Lieferung herbekommt, da er den Stoff anscheinend erst noch holen muss. Anschlussinhaberin der Rufnummer des Abnehmers ist eine ältere Dame aus Wismar. Aber die hat einen erwachsenen Sohn, der noch bei ihr gemeldet ist. Und die Rufnummer kenne ich auch bereits aus den Verkehrsdaten. Die standen die letzten Monate etwa alle zwei Wochen in Kontakt. Da geht bestimmt was, wenn der extra ganz aus Wismar kommt.«

»Wann haben die sich denn angekündigt?«, hakt Dombrowski nach.

»Um vierzehn Uhr wollen sie hier sein, aber wir müssen Liam schon deutlich früher mit Observationskräften aufnehmen. Wer weiß, wann er losfährt.« Otto nimmt einen kräftigen Schluck aus seinem Becher.

»Gut, bis Mittag bin ich locker zurück. Dauert nicht lang. Nur eine kurze Vernehmung einer älteren Dame in Bramfeld. Soll ich Fred für die Observation anrufen?«

»Jupp. Wenn du das machst mit deinem Charme, haben die garantiert Zeit für uns. Außerdem muss ich noch Auswertungen der gestrigen Gespräche schreiben und Gesprächsprotokolle anfertigen.«

»Okay. Hast du Heini schon gesehen? Ich wollte ihn gerne zur Zeugin mitnehmen.« Dombrowski verlässt sein Büro und schaut den Flur hinab.

»Jo. Der sitzt in seinem Büro und bereitet sich auf seinen Gerichtstermin morgen vor.«

Ohne weitere Worte geht Dombrowski zwei Büros weiter und schaut durch die offene Tür auf den dortigen Platz, an dem ein kleiner, untersetzter Mann mit langen grau gelockten Haaren, einer dicken Nase und kleinen Augen sitzt. Er trägt ein dunkles Harley-Davidson-T-Shirt mit orange-weißem Schriftzug. Vor ihm auf dem Tisch stapeln sich mehrere Aktenordner, die er alle aufgeschlagen hat. Die schmale, rahmenlose Lesebrille auf der knolligen Nase, liest er gerade in einem der abgehefteten Berichte.

»Soll ich dich für eine Stunde von dem Papierkram erlösen?«

»Dumbo, Alter. Gerne. Was liegt denn an?«, fragt Heini freudig.

»Ich muss kurz nach Bramfeld zu einer älteren Dame und sie zu ihren gestrigen Beobachtungen befragen. Du bist ja so der Schwiegermutter-Typ«, unkt Dombrowski im Wissen, dass Heini, wenn er ein wenig größer wäre, bei den meisten Menschen beim ersten Anblick Angst und Schrecken erwecken würde.

»Logo. Da bin ich dabei. Einlesen kann ich mich später immer noch.« Heini steht auf, schmeißt sich in seine dunkle Bomberjacke, durch die sein wulstiger Oberkörper im Vergleich zu den schmalen Hüften noch massiger wirkt, streicht seine Haarpracht einmal kräftig nach hinten und folgt Dombrowski mit aufgrund von altersbedingten Gebrechen holprigem Gang, untermalt vom Klang seiner Lederstiefel auf dem Linoleumboden.

Sie nehmen sich einen Dienstwagen und erreichen eine

Viertelstunde später die Postfiliale an der Bramfelder Chaussee. Dombrowski steigt auf der Beifahrerseite aus und geht zum Briefkasten. Auf dem Schild kontrolliert er, wann die letzte Leerung war, doch seine leise Hoffnung, die gestern eingesteckten Briefe könnten sich immer noch darin befinden, zerschlägt sich. Dieser Briefkasten wird zweimal am Tag, das erste Mal schon früh am Morgen, geleert. Er macht ein Foto von dem Briefkasten und geht zur Ampel, an der Heini bereits steht und immer wieder auf den Knopf drückt, obwohl der längst leuchtet.

»Hausnummer 249 war das, oder?«

»Jo«, erwidert Dombrowski.

Sie gehen bei Grün über die Ampel, Dombrowski deutlich schneller als Heini, aber auf der anderen Seite wartet Dombrowski und passt sich Heinis Tempo an. An der Haustür angekommen, drückt er zweimal auf die Klingel neben dem Schild mit dem Namen Walther.

»Ja, bitte?«, kommt es knatschend aus dem Lautsprecher.

»Dombrowski mein Name. Ich bin vom Landeskriminalamt und komme wegen Ihrer Beobachtungen vom gestrigen Abend.«

Ein Summer ertönt, und Heini drückt die Tür auf.

Die Position des Klingelknopfs auf dem Tableau hat es ihnen bereits verraten: Die Wohnung liegt mal wieder in der obersten Etage, wie gefühlt bei jedem ihrer Einsätze. Natürlich nur in Häusern ohne Fahrstuhl.

Mehr oder weniger schnaufend kommen die beiden Ermittler im Dachgeschoss des Mehrfamilienhauses an und bleiben vor einer Tür mit einem verblichenen Kunstblumenkranz und einer kratzigen Fußmatte mit »Herzlich willkommen«-Schriftzug stehen. Nur einen Moment später wird die Tür langsam geöffnet. Die Kette ist vorgelegt. Eine kleine, ältere Frau schaut durch den handbreiten Spalt.

»Woher weiß ich, dass Sie wirklich von der Polizei sind?«, fragt sie argwöhnisch.

»Wie sollten wir ansonsten von Ihrer gestrigen Anzeige auf der Wache wissen?«, fragt Dombrowski irritiert. »Hier ist mein Dienstausweis.« Er streckt ihr seinen Ausweis entgegen, der einer bedruckten Telefonkarte gleicht.

»Ja, okay. Man hört ja die schlimmsten Dinge über falsche Polizisten. Da muss man vorsichtig sein.«

»Jo, das machen Sie auch genau richtig so«, bestätigt Heini mit seiner tiefen Stimme, woraufhin Frau Walther die Tür schließt, um die Kette zu entfernen. Sie öffnet sie wieder und lässt die beiden Beamten in ihre Wohnung.

»Gleich links ist die gute alte Stube. Sie können die Schuhe anbehalten.«

»Sehr freundlich, danke«, erwidert Dombrowski und tritt in das Wohnzimmer, das seinen liebevollen Namen verdient hat. Altbackene Sitzmöbel und eine rustikale Schrankwand aus Eichenfurnier lassen es dunkel erscheinen. Die Spitzengardinen vor den Fenstern tun ihr Übriges. An einem runden Tisch mit vier Stühlen nehmen Dombrowski und Heini Platz. Kurz darauf kommt Traute Walther mit einem Tablett herein, darauf drei Kaffeetassen und ein Teller Kekse, und stellt alles auf der Tischplatte ab.

»Der Kaffee läuft noch durch. Geht gleich los.«

»Sehr freundlich. Danke schön«, sagt Heini erfreut, während Dombrowski noch grübelt, wie er der liebenswerten Dame erklären soll, dass er lediglich Kakao, aber keinen Kaffee mag.

Frau Walther verschwindet erneut und kommt kurze Zeit später mit einer vollen Kanne Kaffee zurück. Ohne zu zögern, schenkt sie allen ein.

Nachdem sie sich ebenfalls gesetzt hat, bleibt ihr Blick an Heini hängen. Kurz mustert sie Dombrowski, aber dann sieht sie wieder zu Heini, reckt ihren Hals und schaut an ihm hinab. »Wissen Sie eigentlich, wie Sie aussehen? Sind Sie wirklich Polizist?«, fragt sie mit verkniffenem Gesichtsausdruck.

»Na klar. Hier ist mein Ausweis, werte Dame.« Heini legt sein Kärtchen auf den Tisch.

»Sie sehen aus, Sie sehen aus …« Frau Walther schaut auf den Ausweis und gleicht das Bild mit seinem Aussehen ab. »Sie sehen aus wie ein Rocker vom Kiez. Nur irgendwie kleiner. Wie ein Zwergrocker.« Ein schelmisches Grinsen stiehlt sich auf ihr faltiges Gesicht, während Dombrowski belustigt kichert.

Heini stört sich nicht an der Bemerkung. Auch er muss schmunzeln.

»Ich habe bis Ende der achtziger Jahre auf der Reeperbahn gearbeitet«, erzählt Frau Walther. Sie nimmt einen kräftigen Schluck Kaffee und stellt die Tasse zurück auf die blau geblümte Untertasse. »Nee, nich, wat Sie jetzt denken. In 'nem Imbiss. War ein wildes Leben damals aufm Kiez. Aber ehrliche Arbeit. Den Imbiss gibt es schon lang nich mehr, genauso wie die Typen von damals. Heut ist ja alles in anderer Hand. Aber deswegen sind Sie nich hier.«

»Wir haben heute früh eine Anzeige erhalten, laut der Sie gesehen haben, wie der Briefkasten der Postfiliale gegenüber mit diversen verdächtig aussehenden Briefen befüllt wurde. Warum war das ungewöhnlich für Sie?«, fragt Dombrowski und nimmt sich einen Butterkeks vom Teller.

»Dat war ganz komisch. Der Mann war viel zu jung, um so viele Briefe zu schreiben. Er hat sich auffallend häufig umgeschaut und Handschuhe angezogen, bevor er die Briefe aus seinem Rucksack rausgeholt und eingeworfen hat. Die Handschuhe habe ich ja Ihren Kollegen mitgebracht. War in den Briefen etwas Verbotenes?«

»Wir wissen es nicht. Der Briefkasten wurde inzwischen geleert«, erklärt Dombrowski.

»Aber haben Ihre Kollegen denn nich gleich nachgeschaut?«

»Die haben das Briefgeheimnis ein wenig zu ernst genommen, uns nur einen Bericht zu Ihren Beobachtungen übersandt und vorerst keine weiteren Maßnahmen getroffen.«

»Dat is aber ärgerlich.«

»Ja, finden wir auch«, stimmt Heini zu, nimmt sich seinen

dritten Keks und trinkt einen kräftigen Schluck Kaffee. »Der schmeckt wirklich ausgezeichnet.«

»Haben Sie die Person, die die Briefe eingeworfen hat, vorher schon einmal gesehen?«

»Ach, wissen Sie, es war ja schon sehr dunkel, und ich konnte eigentlich nichts von ihm erkennen.« Frau Walther steht auf und geht zum Fenster, wo sie die Spitzengardine ein Stück beiseiteschiebt und zur Postfiliale hinüberschaut. Dombrowski nutzt den Moment, um seine Tasse gegen die von Heini auszutauschen. »Wenn ich ehrlich bin, dann ist dat so, dass ich das schon öfter durchs Fenster beobachtet habe. Ich hab ja 'nen guten Blick von hier oben. Der Junge mit den weiten Hosen kommt praktisch jeden Tag zu dem Briefkasten und stopft ihn voll.«

»Wirklich? Warum haben Sie das den Kollegen denn nicht gleich erzählt?«, fragt Heini nach.

»Hab ich doch. Aber die scheinen das nich aufgeschrieben zu haben. Is ja alles nich so wichtig, was eine alte Deern wie ich erzählt.«

»Wir finden Ihren Hinweis sehr interessant. Wäre es für Sie in Ordnung, wenn ein oder zwei Kollegen später herkommen und für eine Weile Ihre Aussicht genießen? Wir würden dem Ganzen sehr gerne nachgehen«, schlägt Heini nach einem kurzen Blickwechsel mit Dombrowski vor.

»Na klar, mien Jung. Er soll fünfmal klingeln, dann weiß ich, dat es die Udels, ähm, die Ordnungshüter sind.«

»So machen wir es. Können Sie den Zeitpunkt denn genauer eingrenzen, wann der Mann kommt, um die Briefe einzuwerfen? Wir wollen Ihnen ja nicht den gesamten Tag rauben«, hakt Dombrowski ein.

»Och, manchmal morgens, aber auch abends. Meistens aber so am Nachmittag.«

»Okay. Ihre Telefonnummer haben wir. Ich sage Ihnen nachher Bescheid, wann die Kollegen kommen und wie sie aussehen.«

»Einverstanden. Die dürfen gerne von der schnieken Sorte sein«, antwortet Traute Walther mit glänzenden Augen.

»Ich werde das gern weitergeben. Und vielen Dank noch mal für den leckeren Kaffee.«

Dombrowski und Heini verabschieden sich von Frau Walther und verlassen zufrieden die Wohnung.

»Gar nicht übel«, urteilt Heini, nachdem sie das Haus verlassen haben. »Gleich 'ne konspirative Wohnung klargemacht, und dann soll der Typ auch noch täglich kommen. Könnt 'ne schnelle Nummer werden.«

»Du weißt, dass es Unglück bringt, so was zu sagen, oder?«

Heini winkt ab. »Ach wat. Du und dein Aberglaube. Wat soll dabei schon groß schiefgehen?«

15

Gerd Sehling hat eine unruhige Nacht durchlebt. Es lag nicht an dem penetranten Schnarchen seiner Ehegattin Dörte, die noch immer grunzend neben ihm liegt. Auch nicht am Straßenlärm, denn sein mit eigenen Händen gebautes Haus liegt im kleinen Dalldorf, unweit von Geesthacht im östlichen Speckgürtel von Hamburg. Hierher verirrt sich nur selten ein Auto.

Die Gedanken an seinen Schützling Kevin Schröter haben ihn umgetrieben. Durch dessen Fernbleiben besteht die Möglichkeit, dass ihm gekündigt wird und er seinen Ausbildungsplatz verliert, der ihm die Chance auf eine bessere Zukunft bietet.

Weil er Kevin gestern nicht mehr erreichen konnte, ist er schlecht eingeschlafen, hat wirr geträumt. Seit den frühen Morgenstunden liegt er wach, dreht und wendet sich im Bett. Er war mehrfach auf Toilette, doch zur Ruhe ist er nicht mehr gekommen.

»Ach, dann steh ich halt auf.«

Gerd geht ins Bad und macht sich frisch; auf eine Rasur des grau melierten Mundbarts verzichtet er heute. Er mag sich leiden und zwinkert seinem Spiegelbild zu. Das karierte Hemd knöpft er von unten nach oben zu und steckt das Ende in die enge Jeans, die er unter dem Bauch mit einem dunklen Ledergürtel straff zuschnürt.

Er geht hinunter in die Wohnküche und stellt eine Tasse in die vollautomatische Kaffeemaschine, die er vor eineinhalb Jahren von seiner Frau zur Pensionierung geschenkt bekommen hatte. Inzwischen hat er sich richtig an den Geschmack des frischen Kaffees gewöhnt und genießt die Vorzüge der Maschine gegenüber einer normalen Filterkaffeemaschine. Zumal Dörte die Reinigung übernimmt, nachdem er es mehrfach nicht ganz richtig gemacht hat.

Gerd schaut auf die Uhr. Es ist bereits halb zehn und somit spät genug, um in der Firma anzurufen und sich nach Kevin Schröter zu erkundigen. Eventuell hat er sich ja zwischenzeitlich mit einem ärztlichen Attest krankgemeldet.

Vorher wählt er aber noch mal die Rufnummer von Kevin. Die Hoffnung, der Junge könnte ihm selbst erklären, was gestern los war, wird jedoch im Keim erstickt, als die Bandansage des Telefonproviders kommt, dass die Rufnummer derzeit nicht erreichbar ist.

Schweren Herzens entschließt sich Gerd zum Anruf bei SafeSafe. Nach kurzem Warten meldet sich der Assistent der Geschäftsführung, der ihn zum Leiter des Unternehmens durchstellt.

»Herr Sehling, wie kann ich Ihnen helfen?«

»Moin moin, Herr Kleine. Ich werd nicht lange stören, ich wollte mich nur kurz nach Herrn Schröter erkundigen.« Gerd klemmt das Handy zwischen Schulter und Ohr, um sich ein Brötchen aufzuschneiden, holt die Butter und ein Paket Schinken aus dem Kühlschrank und nimmt das Handy wieder in die Hand.

»Ich wollte Sie auch schon anrufen. Er ist heute Morgen leider nicht erschienen. Eigentlich hätte er um neun Uhr anfangen müssen. Gestern war er ebenfalls nicht da, wenn ich mir Ihre Anwesenheitsliste so ansehe.«

»Scheiße.«

»Ja, schlecht für ihn. Sehr schlecht sogar. Die fristlose Kündigung wird bereits geschrieben. Wir können uns bei SafeSafe keine unzuverlässigen Mitarbeiter in den Units erlauben. Erst recht nicht, wenn sie eine solche Vergangenheit mit sich herumschleppen. Es war eine Chance für ihn, aber wir sind kein Wohltätigkeitsverein.« Ein herrschaftliches Hüsteln schließt den Satz ab.

»Geben Sie dem Jungen noch eine Chance. Es wird sicherlich eine plausible Erklärung für sein Fernbleiben geben. Ich werde ihn heute suchen und zur Rede stellen. Entlassen können Sie ihn dann immer noch.«

»Ihre Zeit möchte ich haben. Aber wenn es Sie glücklich macht … Vierundzwanzig Stunden, Herr Sehling, vierundzwanzig Stunden gebe ich Ihnen. Und das auch nur, weil ich diesen Satz schon immer mal sagen wollte. Ich will eine klare und vor allem nachvollziehbare Erklärung von ihm haben.«

»Danke. Ich melde mich bei Ihnen.«

»Die Briefmarke klebt bereits auf dem Umschlag, aber ich will Ihnen keinen unnötigen Druck machen.« Kleine lacht überheblich, geradezu triefend vor Arroganz, und beendet das Gespräch.

Gerd legt das Handy beiseite, schmiert sein Brötchen fertig, zieht Jacke und Schuhe an und geht kauend hinaus zu seinem Lovemobil, einem alten italienischen eierschalenfarbenen Wohnmobil, das er vor über zwanzig Jahren mit Dörte gekauft hat. Eigentlich war es für Urlaube in ganz Europa gedacht, aber im Wesentlichen nutzt Gerd es, um nach geselligen Abenden mit den ehemaligen Kollegen seinen Rausch auszuschlafen.

Mit einem kräftigen Stottern startet er den Motor und

braust in Richtung Landstraße davon. Dörte hat er keinen Zettel hinterlassen. Spätestens zum Mittagessen wird er sowieso wieder zu Hause sein.

16

Auf der Steilshooper Allee, vorbei an den frisch sanierten Betongebirgen des Eilandstadtteils, fahren Heini und Dombrowski zurück in Richtung Polizeipräsidium. Dombrowski sucht in seinen Handykontakten nach dem Leiter der Zivilfahnder vom Polizeikommissariat in Bramfeld. Doggy, wie er von seinen Kollegen genannt wird, geht schon nach wenigen Klingelzeichen ans Telefon.

»Dumbo, Dickerchen. Wie geht's? Was verschafft mir die Ehre deines Anrufs? Arbeit oder einfach mal so?«

»Was heißt denn hier Dickerchen?«, bemerkt Dombrowski gespielt empört, um gleich darauf fortzufahren: »Ich wollte mal fragen, ob ihr derzeit viel zu tun habt. Außerdem hätte ich ein kleines Anliegen.«

»Von hinten durch die Beine direkt in den Bauchnabel. Der gute alte Dumbo. Schieß los, was liegt an?«

»Ich habe einen Hinweis auf einen Versandschmuggler bei euch im Gebiet und bräuchte ein paar Augen, die mal genauer hinschauen.«

»Und wann?«

»Gestern.«

»Okay. Du hast Glück. Wir sind heute im Dienst. Eigentlich ist Dienstsport angesagt, aber wenn deine Geschichte gut ist, kann ich die Kollegen sicherlich überzeugen.«

»Eine ältere Dame hat aufgepasst und einen jungen Mann bemerkt, der wohl schon seit Längerem täglich mehrere Briefumschläge in den Kasten vor der Post am Bramfelder Dorfplatz einwirft. Zuletzt gestern Abend. Leider immer zu verschiedenen Zeiten. Egal. Auf jeden Fall hat uns Frau Walther angeboten, die Briefkästen von ihrer Wohnung aus zu beobachten. Sie wünscht sich allerdings einen schmucken Krieger, damit sie auch was zum Beobachten hat. Habt ihr so einen? Sie kocht super Kaffee.«

»Du trinkst doch nur Kakao.«

»Heini war dabei.«

»Das ist kein Maßstab, der trinkt jede Plörre.«

»Kommen wir zum Punkt?«

»Wir sind dabei. Wie heißt die gute Dame?«

»Walther. Sie wohnt in der 249. Bitte fünfmal klingeln.«

»War ja klar. Ich melde mich, sobald wir etwas feststellen.«

»Klasse. Bis später.« Dombrowski legt zufrieden auf und scrollt in den Kontakten weiter nach unten, bis er bei Fred, dem Leiter seiner Observationsgruppe, angekommen ist. Er drückt auf Wählen. »Doggy meint übrigens, dass du jede Kaffeeplörre magst.«

Bevor Heini darauf antworten kann, meldet sich Fred.

»Montagmorgen und schon ein Anruf von dir, herrlich«, begrüßt er Dombrowski mit einem Lachen.

»Moin moin, mein lieber Fred. Ich freue mich auch, dich zu hören. Vor allem, nachdem ich gestern Abend in Berlin euren Job übernehmen musste, damit ihr Wochenende feiern könnt«, antwortet Dombrowski strenger, als er es tatsächlich meint.

»Was ist denn passiert? Wieso schaust du auch in den Computer, wenn du bei Claire bist?«

»Ich? Otto war das, wer sonst? Er hat mich hektisch angerufen, weil Liam nach Berlin zu seinem Bruder gefahren ist. Ich musste mir anschauen, wie er dort eine Tasche reingetragen hat und direkt wieder nach Hause gefahren ist.« Beim Gedanken an die kurze Nacht muss Dombrowski gähnen. Er kann es mehr schlecht als recht unterdrücken, was ihm einen mitleidigen Blick von Heini einbringt. »Heute will Liam Abnehmer aus Wismar in Empfang nehmen. Es ist anzunehmen, dass er vorher noch einmal seine Lieferanten oder den unbekannten Bunkerhalter anlaufen muss, um den Stoff zu erhalten. Das sind sicherlich größere Abnehmer bei der Entfernung, und er bedient sie offenbar persönlich. Unsere Chance, endlich den Bunkerhalter des DJs zu identifizieren oder sogar seine Lieferanten, die wir –«

»Dumbo, du brauchst keine weitere Werbung machen. Natürlich gehen wir auf die Straße. Wir sind in einer Stunde am Turm, dann fahren wir zu Liams Anschrift. Ist die Telefonüberwachung schon besetzt?«

»Fragst du mich das ernsthaft? Otto sitzt schon seit mehreren Stunden vor dem Kasten. Ich bin auch gleich wieder im Büro und schreibe meinen Observationsbericht zu den gestrigen Ereignissen.«

»Hab schon verstanden, Dumbo, keine Sorge. Wir machen es heute wieder gut.«

»Mehr verlange ich nicht. Bis später, Fred.« Dombrowski beendet das Gespräch und zwinkert Heini zu, der anerkennend nickt.

»Zwei Observationseinheiten innerhalb von fünf Minuten klargemacht, Chapeau, mein Lieber. Wenn ich heute unterstützen kann, sag Bescheid. Da bin ich dabei.« Er streicht die langen Locken, die ihm beim Reden ins Gesicht gefallen sind, zurück und schaut Dombrowski auffordernd an.

»Da würde ich niemals Nein sagen, Heini. Ich gebe dir Bescheid, sobald etwas passiert. Wenn beide Verfahren aufgehen, werden wir alles brauchen, was noch laufen kann.«

In diesem Moment biegt Heini auf den Bruno-Georges-Platz ein, die Zufahrt zum Hamburger Polizeipräsidium. Dombrowski steckt das Telefon weg und genießt die letzten entspannten Sekunden der Fahrt, bevor der Arbeitstag so richtig startet.

17

Als beliebte Verbindung zwischen Billstedt und Horn dient die jahrzehntelang bei Fahrschülern berüchtigte Legienstraße. Hier galt lange rechts vor links, obwohl man fünfzig Stundenkilometer fahren durfte. Doch dieses Unikum wurde von Volksinitiativen nun beendet, und so gelten auch hier dreißig Stundenkilometer als Geschwindigkeitsbeschränkung.

Gerd Sehling hat es eilig in seinem eierschalenfarbenen Wohnmobil, er achtet nicht weiter auf die neuen Verkehrsschilder und saust die Straße entlang, bis er vor der Legienstube das Tempo drosselt und in eine Parkbucht einbiegt. Ein Stück weiter in Richtung Billstedt erhebt sich das Mehrfamilienhaus, in dem Kevin mit seiner Freundin eine kleine Zwei-Zimmer-Wohnung bewohnt. Sie liegt im ersten Stockwerk am Ende eines Laubengangs. Gerd hat Kevin einmal nach dem Training hier abgeliefert, als der einen Platten an seinem Fahrrad hatte. Er wollte seinen Schützling besser kennenlernen, um festzustellen, ob es Hoffnung für eine bessere Zukunft gibt oder die Mühe sich nicht lohnt. Gerd hatte ein gutes Gefühl, als Kevin sich mehrfach für die Hilfe bedankte. Das Herz trägt er am rechten Fleck, dachte er damals, auch wenn in seinem Blick etwas Verschlagenes liegt.

Die laute Rockmusik aus Gerds Radio verstummt, als er den Schlüssel aus dem Zündschloss zieht. Er hält kurz inne und holt sein Handy hervor. Bevor er hinaufgeht, will er noch einmal versuchen, Kevin anzurufen. Dabei entgehen ihm die dunklen Gestalten, die an seinem Wohnmobil vorbei über den Gehweg spazieren und in den Hauseingang mit der Nummer 13 eintreten.

Im ersten Stockwerk des Hauses liegt Sandy Reinhard auf ihrem Bett. Sie hat nur ihr graues Nachthemd an, das locker ihren Körper umspielt. Ihre Augen sind geöffnet, doch sie starren leer und glanzlos zur Decke. Die gesamte Nacht hat sie wach gelegen und auf ihren Freund gewartet, der längst hier sein sollte. Er hatte ihr versprochen, direkt nach der Arbeit nach Hause zu kommen. Sie wollten vielleicht noch in den Club gehen, aber er ist weder heimgekommen, noch hat er sich gemeldet. Vermutlich kam es wieder zum Absturz in irgendeiner Spelunke, wo er sich mit Bier und Jägermeister volllaufen lassen hat. So, wie er es früher getan hatte, wenn er mal wieder mit seinem Leben nicht klarkam. Dabei hatte der Knast ihn verändert, im positiven Sinn. Natürlich stritten sie noch immer, aber er gab sein Bestes, seine Ausbildung zu absolvieren.

Sandy schaut auf den Aschenbecher auf dem Nachttisch, der gefüllt ist mit Zigarettenkippen. Es stinkt nach kalter Asche. Sie wollte nicht mehr rauchen, doch letzte Nacht hat sie es einfach nicht mehr ausgehalten. Die Sorge hat sie alle guten Vorsätze vergessen lassen. Der Kleine wird es ihr verzeihen, so hofft sie. Es ist schließlich bloß eine Ausnahme gewesen. Bei dem Gedanken legt sich eine Träne in ihren Augenwinkel, und sie streicht mit der Hand über ihren Bauch, der im letzten Monat spürbar angewachsen ist.

Ein schrilles Surren ertönt, das ihr durch alle Glieder fährt, und Freude macht sich in ihr breit. Auch ein wenig Wut, dass Kevin anscheinend wieder seine Schlüssel verlegt hat, doch sie ist heilfroh, dass er endlich nach Hause kommt. Es pocht einmal gegen die Tür.

»Ja! Ich komme«, ruft Sandy energisch zur Wohnungstür und schält sich aus dem Bett heraus. Sie sortiert bereits die Vorwürfe, die sie ihrem Freund gleich machen wird, geht zur Tür und reißt sie auf. Sie erstarrt vor Schreck. Nicht Kevin steht vor ihr, sondern zwei grimmig dreinschauende dunkelhaarige Männer, die sie noch nie zuvor gesehen hat. Sie will schreien, doch eine kräftige Hand packt ihren Hals und raubt ihr die Luft. Sandy erstarrt vor Angst, kann sich nicht bewegen, sich nicht wehren.

»Wo ist Kevin?«, fragt eine raue, rauchige Stimme, ohne dass sich die Lippen ihres Gegenübers bewegen. Sandy rollt die Augen und schaut zur Seite, wo der zweite Mann sie mit stechendem Blick fixiert.

Ein gequälter Laut dringt aus ihrer Kehle.

»Wo ist er, du Miststück?«, fragt der Mann. Eine knallende Ohrfeige drückt Sandys Kopf zur Seite und überzieht ihre Wange mit brennendem Schmerz. Die Hand um ihren Hals lockert den Griff, und sie sinkt zu Boden, ringt nach Atem und wird gleich darauf an den blonden Haaren gepackt und nach oben gezogen.

»Was wollt ihr von ihm?«, hört sie sich selber fragen. Die Antwort ist ein weiterer Schlag mit der flachen Hand in ihr Gesicht. Der Mann greift zu und drückt seine Finger auf beiden Seiten in ihre Wangen.

»Wir fragen hier. Wo ist er?«

Tränen der Angst und des Schmerzes treten Sandy in die Augen. »Ich weiß es nicht. Ich weiß es doch nicht. Vielleicht im Club. Er hat sich nicht gemeldet.« Ihr Gesicht wird aus dem Klammergriff entlassen, doch der andere hat die Haare immer noch fest gepackt und reißt unentwegt daran. Ein metallischer Gegenstand blitzt in der Hand des Mannes auf und blendet sie kurzzeitig mit dem in den Laubengang hereinfallenden Licht der Sonne, bevor er gegen ihren Kehlkopf gedrückt wird.

»Wo ist unser Geld?«

»Hey, wat macht ihr da?«, brüllt in diesem Moment eine polternde Stimme von unten herauf. »Polizei!«

Selten hat Sandy sich so gefreut, dieses Wort zu hören. Doch sie kann sich nicht rühren, die scharfe Klinge schmerzt an ihrem Hals, ritzt ihr in die Haut, und sie spürt, wie ein Tropfen warmen Blutes ihren Hals hinabrinnt.

»Ein Wort zu den Bullen, und wir kommen wieder. Dann beenden wir das hier. Und sollten wir Kevin nicht finden, holen wir dich und lassen dich als Schlampe für uns in irgendeiner dreckigen Bude ackern«, zischt ihr der Mann mit dem Messer ins Ohr. Sandy kann sein Gesicht vor Tränen nicht mehr erkennen. Abrupt wird sie an den Haaren nach hinten gerissen, so heftig, dass sie mit dem Kopf gegen die Wand im Flur schlägt und in sich zusammensackt. Kurz ist sie weggetreten, dann öffnet sie die Augen und hört tapsende Schritte über den Laubengang auf sich zukommen.

»Wo sind sie hin? Sandy? Sandy? Hören Sie mich? Sind die gesprungen?«

Ihr Blick wird klar, und sie schaut einem älteren Herrn ins Gesicht, dessen sorgenvolle Miene nur Gutes bedeuten kann. Das karierte Hemd zeigt ihr, dass er kein Engel ist, doch er hilft ihr auf und hat bereits ein Handy in der Hand, mit dem er die Polizei und einen Rettungswagen bestellt.

»Sie sehen gar nicht aus wie ein Polizist«, bemerkt Sandy mit zitternder Stimme, während ihr die dunkle Wimperntusche vom Vortag in Rinnsalen über die Wangen läuft.

»Ich war einer, und Bulle bleibt Bulle. Ist Kevin hier? Wer waren die Typen?«

Sandy zuckt ratlos mit den Schultern. Sie hat keine Ahnung, doch sie spürt, dass Kevin in Gefahr ist. »Sie suchen Kevin. Ich weiß nicht, was sie wollen, aber sie suchen ihn. Sie haben gesagt, sie kommen wieder, wenn sie ihn nicht finden. Sie wollten Geld. Ihr Geld.« Schluchzend beginnt sie zu weinen und presst sich haltsuchend an den fremden Retter, der sie schützend in den Arm nimmt.

»Wo ist Kevin?«, fragt der Mann mit ruhiger Stimme. »Ich werde ihn suchen, aber ich brauch deine Hilfe, Sandy, damit ich schneller bin als die anderen beiden.«

Sandy stört sich nicht an der vertraulichen Anrede. Sie schnieft, löst sich ein wenig aus seinem Arm und schaut zu ihm hoch. »Er wird im Club sein. Im Stress-Man-Club an der Stresemannstraße. Das ist sein zweites Zuhause. Vor allem, wenn er Probleme hat, dann chillt er dort.«

Im Treppenhaus sind schwere Schritte zu hören. Kurz darauf betreten zwei Schutzpolizisten, gefolgt von einem Sanitäter, den Laubengang.

»Die Kollegen werden sich jetzt um dich kümmern, okay?

Erzähl ihnen ganz genau, was passiert ist. Ich muss los und Kevin suchen. Hast du jemanden, bei dem du erst einmal unterkommen kannst?«

»Ich bleibe hier und verriegele die Tür. Ich will da sein, falls Kevin kommt«, erwidert Sandy tapfer.

»Bist du sicher?«

»Ja. Ganz sicher. Zur Not rufe ich die Bul... die Polizei.« Ein verlegenes Lächeln huscht über Sandys Gesicht. Der Sanitäter kommt zu ihr und beginnt, sich um die Schnittwunde am Hals zu kümmern, während ihr Retter – Gerd Sehling heißt er, wie sie von dem älteren der beiden Beamten erfährt – seine uniformierten Kollegen über die Geschehnisse unterrichtet. Mit wackelnden, schnellen Schritten verlässt er gleich darauf den Laubengang und eilt die Treppe hinab, um schnellstmöglich in die Stresemannstraße zu fahren und Kevin zu suchen.

18

Rainer Plöger hat sich heute mal richtig was gegönnt. Begeistert von dem Geruch des heißen südamerikanischen Fairtrade-Kaffees im To-go-Becher und beflügelt von der frischen Luft, spaziert er wieder zurück zum Hochhaus, wo er gleich an seinem Küchentisch die beiden Mettbrötchen, die er beim Bäcker erstanden hat, dazu verdrücken möchte.

Er hätte den Kaffee auch ohne Fairtrade genommen, aber die reizende Verkäuferin teilte ihm freundlich mit, dass bei ihrer Bäckerei alle Bohnen im Sinne der Nachhaltigkeit nur noch aus fairem Anbau bezogen werden. Rainer ärgerte sich innerlich darüber, dass er neben den Ausländern in seiner näheren Umgebung jetzt auch noch die in Amerika von seinem sowieso zu knappen Bürgergeld subventionieren muss, aber ihm blieb keine andere Wahl.

Die Nacht hatte ein frühes Ende gefunden, als Frau Schmidt

in der Wohnung unter ihm wie jeden Morgen pünktlich um sieben mit dem Staubsaugen begann. Ihre deutsche Reinlichkeit empfindet Rainer zwar als löblich, trotzdem hätte er heute gerne darauf verzichtet.

Nachdem endlich Ruhe eingekehrt war, konnte Rainer sich kurzzeitig noch einmal umdrehen, bis die wummernde Rap-Musik der Schulschwänzer aus dem neunten Stock ihn wieder weckte. Es sind diese Tage, an denen er die dünnen Decken und Wände des Hauses verflucht. Sonst sind sie ein Segen, denn schließlich ist er derjenige, der seine Nachbarn genau im Auge behält. Vor allem die Staatsfeinde, die mit ihren vielen Kindern und Verwandten immer mehr Wohnungen im Block einnehmen. Ohne seine Aufmerksamkeit würden die sich an gar keine Regeln mehr halten. Dann würde es hier drunter und drüber gehen.

Gut, dass er auch gestern die Augen offen gehalten hat und den jungen Mann aus der Nachbarwohnung beobachten konnte. Der ist dort bereits wieder fleißig am Werkeln, nachdem er am Morgen kurzzeitig die Wohnung mit einem blauen Müllsack in der Hand verlassen hat. Am Fenster seines Schlafzimmers stehend, konnte Rainer Plöger verfolgen, wie er ihn in den zum Wohnblock gehörenden Containern entsorgte.

»Wieder die Tür offen gelassen. Wenn ich euch erwische«, wütet Rainer Plöger, als er auf die Eingangstür zum Hochhaus zugeht, die halb offen steht.

Rainer zieht die Fußmatte, die irgendwer zwischen Tür und Boden geklemmt hat, heraus und lässt die schwere Glastür ins Schloss fallen. Würde er hinausschauen, könnte er die junge Frau sehen, die nur schnell den Müll rausgebracht hat und ihm erschrocken zuwinkt. Doch er hat keine Zeit für die wild wedelnden Arme und hört auch nicht die wütenden Schimpfworte, die sie ihm nachruft. Rainer will jetzt endlich seinen Kaffee trinken und seine Brötchen essen und den Rest des Tages vor der Flimmerkiste die Wiederholungen der gestern verpassten Sendungen anschauen.

Am Fahrstuhl angekommen, bemerkt er wutentbrannt, dass der Aufzug während seiner kurzen Abwesenheit mal wieder durch einen Handwerker außer Betrieb genommen worden ist. Fluchend macht er sich an den mühsamen Aufstieg, an dessen Ende er atemlos schnaufend und mit verschwitztem T-Shirt vor seiner Wohnungstür steht. Trotz seines schweren, keuchenden Atems verlangt es ihn nach einer Zigarette, doch vorher will er sein Frühstück genießen.

Mit letzter Energie schließt er seine Wohnungstür auf, lässt sich in der Küche auf den Stuhl fallen und reißt die Brötchentüte auf, die er als Teller benutzt, um sich den Abwasch zu sparen. Innerhalb kürzester Zeit ist das erste Brötchen verspeist. Rainer legt sich die zweite Hälfte zurecht und will ihren Verzehr gerade in Angriff nehmen, als er die Geräusche des Fahrstuhls vernimmt.

»Na toll. Jetzt geht dat Ding«, meckert er vor sich hin und verdreht die Augen. Der Fahrstuhl nähert sich seiner Etage, und die Neugier treibt Rainer von seinem Mettbrötchen fort zur Wohnungstür.

Mit unrunden Schritten aufgrund seiner noch immer brennenden Waden läuft er zu dem geliebten Guckloch und beobachtet die Türen des Fahrstuhls, dessen Geräusche in diesem Moment verstummen und durch das metallische Rollen der sich öffnenden Schiebetür ersetzt werden.

»Du schon wieder.« Rainer beobachtet verdrossen den bärtigen Südländer, den er für seinen neuen Nachbarn hält. Der Mann trägt etwas Zusammengerolltes, Gelbes aus Plastik unter dem Arm und öffnet mit seinem Schlüssel die Wohnungstür. Dabei rutscht ihm die gelbe Rolle aus der Umklammerung und fällt klatschend zu Boden. »Wat ist denn dat für ein Anzug? Der sieht ja aus wie aus 'nem Atomkraftwerk. Dat hat aber nix mit Streichen zu tun«, murmelt Rainer skeptisch. »Moment mal, is dat 'ne Atemmaske, was da aus der Rolle rausguckt? Wat treibt ihr da drüben bitte schön?«

Rainer Plöger wendet sich vom Türspion ab und läuft erregt

auf seinem Wohnungsflur auf und ab. Er muss etwas unternehmen gegen dieses Gesindel. Aber was soll er tun? Den Bärtigen zur Rede stellen? Ihn mit seinem Verdacht konfrontieren? Aber nachher sprengt der sich direkt vor seinen Augen in die Luft. Nein. Das ist keine gute Idee.

Da kommt ihm ein Gedanke, wie er sich Klarheit über das Treiben der Männer verschaffen könnte. Er greift nach dem Spanngurt, mit dem er gerne nützliche Dinge vom Flohmarkt auf seinem kleinen Fahrradanhänger befestigt, verlässt die Wohnung und fährt mit dem Fahrstuhl hinab ins Erdgeschoss, wo er schnurstracks auf die Müllcontainer zuläuft und die Einwurfklappe öffnet, durch die der Blonde am Morgen den hellblauen Sack geworfen hatte.

Der beißende Gestank aus der Tonne stoppt Rainer keineswegs. Er macht ihn nur noch entschlossener. Als er die Tüte entdeckt hat, angelt er mit dem Haken am Ende des Spanngurts nach den gelben Henkeln. Als ehemaliger Jugendkreismeister im Forellenangeln ist dieser Teil seiner Mission die kleinste Schwierigkeit, und so geht er kurz darauf zufrieden mit dem Sack in seine Wohnung zurück. Oben zerreißt er das dünne Plastik über seiner beigen Badewanne und lässt den Inhalt hineinfallen.

»Ach du Scheiße!«, entfährt es ihm, als er sieht, was in dem Müllbeutel war.

Seine schlimmsten Befürchtungen scheinen der Realität zu entsprechen.

19

An der Bramfelder Chaussee stehen Doggy und sein Kollege Nils Degen an der Kreuzung zum Bramfelder Dorfplatz. Während Doggy prüfend in den sich zuziehenden Himmel blickt und den Kragen seiner Lederjacke hochklappt, schaut Degen noch einmal über seine Schulter nach hinten zu den vor der Filiale stehenden Briefkästen. Er kratzt sich am Dreitagebart und anschließend am rothaarigen Hinterkopf. Aus seinem schmalen, blassen Gesicht strahlen die tiefblauen Augen, und auf den Lippen trägt er ein schelmisches Grinsen. Sein untersetzter Begleiter ist deutlich kleiner und älter. Er hat eine Glatze, die sich im Nackenbereich leicht in Falten rollt, und trägt eine dunkle Umhängetasche schräg über der Schulter. Das breite Kreuz zeugt von einer sportlichen Vergangenheit, die jedoch einige Jährchen zurückliegt.

Als die Autos bremsen, weil die Ampel auf Rot schaltet, und erste Regentropfen vom Himmel fallen, gehen die beiden schon über die Straße, ohne auf Grün für die Fußgänger zu warten. Mit forschen Schritten laufen sie zu dem Mehrfamilienhaus mit der Nummer 249 und klingeln fünfmal bei Walther.

»Hallo?«, dröhnt es aus der Gegensprechanlage.

»Moin moin, mein Name ist Degen«, beginnt Nils. Noch bevor er sein Anliegen vortragen kann, ertönt der Summer. Sie drücken die Tür auf und steigen Treppe um Treppe hinauf ins Dachgeschoss des Hauses.

Im Eingang zur Wohnung steht Traute Walther, die wesentlich kleiner ist als Doggy und von dem groß gewachsenen Nils Degen gleich um zwei Köpfe überragt wird.

»Moin moin, Frau Walther«, sagt Doggy und stellt sich und Nils Degen vor.

Frau Walther mustert die beiden Polizeibeamten kurz, und ihr Blick bleibt mit einem verstohlenen Lächeln an den Augen des jungen Kollegen hängen. »Kommen Sie erst mal herein. Muss ja nich gleich die ganze Nachbarschaft wissen, wat hier los is.« Sie lässt die beiden an sich vorbeigehen und schaut Degen ein wenig anzüglich nach. »Wollen Sie 'nen Schnaps?«, fragt sie freundlich, als sie im Wohnzimmer stehen. »Oder nur ein Bier?«

»Wir sind im Dienst, Frau Walther. Aber ein Wasser wäre nett«, erwidert Doggy.

»Ach, die Polizei is auch nich mehr dat, wat sie mal war. Früher bei mir im Grill, da kamen die Bünabes auch mal auf ein kleines Herrengedeck herein. Vor allem, wenn es ordentlich kalt war. Lecker Currywurst, ein kleines Bier und 'nen ordentlichen Schnaps gab es dann für Horsti und Günther. Dafür haben sie mir gerne mal einen Schwank erzählt.« Mit glänzenden Augen und einem Blick, der in der Vergangenheit zu versinken scheint, schaut sie durch Doggy und Nils Degen hindurch.

»Haben die nicht mal bezahlt?«, hakt Nils Degen nach, der gar nicht glauben kann, was er da hört. Wo er doch auf der Polizeischule ausgiebig eingetrichtert bekommen hat, dass man weder eine Packung Merci noch andere Nettigkeiten von Bürgern annehmen sollte, weil alles als Vorteilsnahme gewertet werden könnte.

»Na, aber. Ich nehm doch nichts von Freunden und Helfern. Wo soll das hinführen? Nee, nee. Aber die beiden gehören inzwischen genauso zum alten Eisen wie ich. Hab die leider seit meinem Renteneintritt vor fünfzehn Jahren nich mehr gesehen. Wie wär's mit 'nem Kaffee und einem Stück Butterkuchen?«

Nils Degen zögert und schaut zu Doggy, der die ältere Dame gerührt betrachtet und nickt. »Gerne, Frau Walther. Wir haben schon gehört, dass Sie einen sensationellen Kaffee kochen.«

»Ach, wirklich? Das freut mich aber. Der Rocker und sein junger Kollege waren sehr nette Polizisten. Aber Sie beide wirken auch sehr freundlich. Ich bin gleich wieder bei Ihnen. Machen Sie es sich ruhig gemütlich. Ich habe meinen Sessel und dat Sofa extra ans Fenster gestellt. Fühlen Sie sich wie zu Hause. Falls ich Ihnen etwas bringen darf, geben Sie mir Bescheid.«

Beide Zivilfahnder bedanken sich mehrfach, nachdem Frau Walther eine ganze Batterie an Kuchen und Knabberkram sowie eine große Kanne Kaffee für sie bereitgestellt hat.

»Ich hoffe, dass es Sie nicht stört, wenn ich mich im Wohnzimmer aufhalte?«, fragt sie vorsichtig nach, als sie mit einem Glas Bier und einem kleinen Korn ins Wohnzimmer zurückkehrt.

»Nein, natürlich nicht. Tun Sie einfach so, als wären wir gar nicht hier.« Doggy sitzt direkt am Fenster und streckt sich, um hinausschauen zu können. Er freut sich, denn der Blick auf die Briefkästen ist hervorragend und die warme Stube deutlich wohltuender als der immer stärker werdende Regen, der draußen auf die Straße niederprasselt. Er macht den Einsatz unangenehm für die Kollegen, die sich in gutem Abstand zu den beiden Briefkästen aufgestellt haben, um im rechten Moment aus verschiedenen Richtungen einzugreifen beziehungsweise den erwarteten Täter bei seinem Handeln zu observieren.

»Dann würde ich mich gerne zu Ihnen setzen.« Traute Walther wartet keine Antwort ab und lässt sich auf dem Sofa neben Nils Degen nieder. »Wissen Sie, früher, als ich noch jung und knackig war, da hätten Sie nur ungern aus dem Fenster geschaut, wenn ich neben Ihnen sitze.« Ein amüsiertes Juchzen entfährt ihr. »Ach, dat waren noch Zeiten. Aber alles geht einmal vorbei. Wissen Sie, damals war ich bekannt für die knusprigsten Pommes und die längsten Beine auf dem ganzen Kiez. Die Luden, die kamen genauso wie Ihre Kollegen, und alle wollten nur dat eine. Meine leckere Currywurst mit Pommes rot-weiß. An meiner Theke standen sie alle nebeneinander, da gab es kein Ärger. Dat war so 'ne Art Friedenszone. Zum Beispiel der Kutten-Knut, der hat immer gleichzeitig mit Totte von der Davidwache gegessen. Dat sind fast Freunde geworden. Da wurden auch mal Sachen unkompliziert geklärt. Und dann war wieder Frieden. Oder Drei-Schläge-Toni, der war immer schlecht auf euch zu sprechen, aber bei mir … nie Ärger … nur Genuss …«

Doggy hört nicht mehr aufmerksam zu. Auch wenn die alten Geschichten sicherlich spannend und lustig sind, konzentriert er sich lieber auf die Briefkästen vor der Postfiliale, damit ihm nichts entgeht. Ab und an hört er das laute Auflachen von Nils Degen und sieht im Augenwinkel, wie Traute Walther immer dichter an den jungen Kollegen heranrückt, der das gar nicht so richtig bemerkt.

20

Die Stresemannstraße ist eine gut befahrene vierspurige Straße, die aus dem Hamburger Westen in das pulsierende Herz von St. Pauli hineinführt. Seit einem tragischen Verkehrsunfall, bei dem ein Kind zu Tode kam, und einer anschließenden energischen Bürgerinitiative der Anwohner ist sie im Innenstadtbereich eine verkehrsberuhigte Zone, die gleich von mehreren Blitzern geschützt wird. Sie erstreckt sich von der Neuen Flora, in der die attraktivsten Musicals des Landes regelmäßig eine neue Heimat finden, bis zur Polizeiwache am Schanzenviertel, dem von Autonomen und Besserverdienern geteilten Szenestadtteil.

Grübelnd sitzt Gerd Sehling bei Tempo dreißig am Steuer. Er fragt sich, was Kevin wieder veranstaltet hat, dass ihn solche Verbrecher bedrohen, die sogar vor seiner schwangeren Freundin keinen Halt machen.

»So wat hat es früher nich gegeben«, sagt er zu sich selbst, während er die Holstenstraße kreuzt und dem Ziel der Fahrt immer näher kommt. Er hält bereits Ausschau nach einer Parklücke, in die er mit dem Wohnmobil hineinpasst. Unmittelbar vor der Kronen-Apotheke wird er fündig. Eine breite Limousine parkt dort gerade aus, und er kann direkt in die Parklücke hineinfahren. Er lacht einmal kurz auf vor Glück, verstummt aber gleich wieder, als er sich in Gedanken ruft, warum er hier ist. Er hat keine Zeit zu vergeuden, auch nicht für eine Suche nach einem Parkplatz, der nicht wie dieser im eingeschränkten Halteverbot liegt. Doch warum sollte ausgerechnet heute einer der Angestellten im Polizeidienst, die den Streifenkollegen das lästige Knöllchenschreiben abnehmen, hier langlaufen und seine teuren Denkzettel verteilen? Er will sich ja außerdem nicht lange aufhalten.

Als er den Motor abstellt, leuchtet sein Handy auf. Auf dem Display erscheint ein Foto von Dörte vor der Sagrada Família in Barcelona, wo sie vor gut einem Jahr einen kurzen Urlaub verbracht haben. Nach kurzem Zögern nimmt er den Anruf an.

»Gerhard, wo bist du schon wieder?«

»Dörte, ich bin arbeiten.«

»Wie? Arbeiten? Du bist Penn-sonn-är, Gerhard. Dat is die Abkürzung für viel pennen und sonnen. Da steht nichts von Arbeit zwischen den Zeilen.«

Gerd kann sich ein breites Grinsen nicht verkneifen. Den Spruch will er sich unbedingt merken. Dafür, dass Dörte sich schon wieder in seinen Alltag einmischt, hat er allerdings kein Verständnis. »Dörte, ich habe zu tun. Is sonst noch wat?«

»Ob sonst noch wat is? Spinnst du jetzt, Gerhard? Dein bester Freund Nino kommt heute Abend zu Besuch und bringt seine schrullige Freundin mit, die ich eh nicht leiden kann. Du hast die beiden zum Grillen eingeladen und noch nichts besorgt. Soll ich dat etwa wieder alles erledigen?«

»Oh ja, dat wär total nett von dir. Danke. Bis nachher. Ich muss jetzt wirklich los.«

Gerd legt auf, wartet kurz ab, bis der Verkehr für einen Moment ruht, damit er aussteigen kann, und wechselt mit holpernden Schritten die Straßenseite, um auf dem dortigen Gehsteig in Richtung des Clubs zu laufen, in dem er Kevin vermutet.

Der Stress-Man-Club liegt im Erdgeschoss eines älteren Gebäudes, das von mehreren Autohändlern umgeben ist. Gerd kann bereits die Menschenschlange vor dem Laden erkennen, die geduldig auf den Einlass wartet. Die Clubgänger stehen dort in kurzen Klamotten im aufkommenden und immer stärker werdenden Regen.

Die in Neonfarben bemalte Außenwand ist ein Versprechen

an die wartenden Gäste, die sich bereits vor der Tür rhythmisch zur Trance- und Techno-Musik bewegen, deren tiefe Töne kraftvoll aus dem Club über die Straße dröhnen.

Je näher Gerd dem Club kommt, desto deutlicher hört er die wummernden Bässe, ohne eine Melodie zu erkennen. Er stellt sich nicht am Ende der Schlange an, sondern geht direkt auf die Türsteher zu, die gerade mit einem lässigen Kopfnicken einem äußerst attraktiven Mädchen mit freizügiger Bekleidung Einlass gewähren. Gerds Erscheinen weckt ihre Aufmerksamkeit. Auch die Gäste beobachten ihn neugierig, verirren sich Menschen seiner Altersgruppe doch selten bis nie hierher. Gerd kann den meisten Wartenden ansehen, dass sie nicht ohne Grund noch immer keine Müdigkeit empfinden, obwohl sie offensichtlich schon seit Freitag durchfeiern und hier das Wochenende ausklingen lassen wollen.

»Was will der Opa denn hier?«, brüllt der Junge, der ganz vorne in der Schlange steht. Lauthals beginnt er zu lachen und will dem Mädchen in den Club folgen. Eine flache Hand, die ihm gegen die Brust gedrückt wird, macht ihm bewusst, dass er noch nicht eintreten darf.

»Herr Sehling. Was machen Sie denn hier?«, fragt einer der beiden Türsteher, dessen Kopf nahezu unmittelbar auf einem breiten, volltätowierten Stiernacken aufsetzt. Er hat eine Glatze und einen langen dunkelblonden Bart.

»Moin, Branko. Ich will in eurem Club vorbeischauen.«

»Na, dann mal hereinspaziert«, sagt Branko aufgeräumt.

»Der Typ? Wollt ihr uns verarschen?«, meckert der Junge, der als Nächster dran gewesen wäre.

»Hey, Kleiner! Das ist Herr Sehling, ja? Und jetzt verpiss dich«, bestimmt Branko ungeduldig.

»Moment mal. Ich will in den Club.«

»Heute nicht.«

»Digger, ich bin jede Woche hier.«

»Sach bloß. Sei froh, dass Herr Sehling mich in Deskaliation unterrichtet. Also, verschwinde.«

»Deskaliation? Was soll das denn bitte sein? Ich geh jetzt in den Club. Meine Freundin ist ja auch gerade rein.« Er macht einen Schritt auf die Tür zu, doch Branko stellt sich dazwischen.

»Du kommst nicht rein.«

»Warum nicht?«

»Weil du kein Respekt hast. Und jetzt hau ab.«

»Aber meine Freundin ist da drin.«

Branko schaut über seine Schulter in den dunklen Raum hinter der Flügeltür. »Ich sehe sie nicht. Sie scheint dich nicht zu vermissen. Aber keine Sorge. Sie wird hier schon jemand anderes finden. Und nun tritt mir aus der Sonne und verpiss dich.« Er schaut einmal kurz zu Gerd, der neben den beiden stehen geblieben ist und die Szene interessiert betrachtet.

»Ich gehe nirgendwohin, klar? Ich will da rein. Ich kenn den DJ und bin Stammgast.« Der Junge plustert sich auf und schaut Branko aggressiv in die stahlgrauen Augen. Der verzieht keine Miene.

»Ich bin ruhig. Du bist ruhig. Wir deskilieren die Situation, verstanden? Jetzt hau ab, oder ich vergesse das, was ich von Herrn Sehling zuletzt gelernt habe.«

»Lern mal Deutsch, Digger. Das heißt deeskalieren, okay? Und jetzt lass mich vorbei.«

»Ich will mich ja nicht einmischen …«, wirft Gerd von der Seite ein.

»Dann halt die Fresse, Opa«, brüllt der Junge ihn an.

»Ich würde Branko lieber nicht provozieren, wenn ich ehrlich bin«, erwidert Gerd, der mit Sorge die immer röter werdende Gesichtshaut seines Deeskalations-Schülers betrachtet. Branko ist zwar deutlich kleiner als der Clubgänger und eher kräftig als athletisch, während sein Gegenüber ziemlich durchtrainiert ist. Aber Gerd weiß, dass Branko seit sieben Jahren an der Tür arbeitet und bereits alles erlebt hat.

»Der kann mir gar nichts, ja? Ich stehe auf der Gästeliste vom DJ und gehe jetzt rein.« Er will sich an Branko vorbeischieben, an dessen Schläfe sich zwei dicke, pumpende Adern gebildet haben. Im selben Moment spürt er die kräftigen Hände von Branko an der Schulter, die sein Fortkommen stoppen und ihn leicht zurückstoßen.

»Du kommst nicht rein. Und wenn du nicht abhaust, geh ich gleich selber rein und spendiere deiner kleinen heißen Freundin ein paar Drinks, bis sie dich komplett vergessen hat, wenn du verstehst, was ich meine.«

Den aggressiven Blick des Jungen erwidert Branko mit einem süffisanten Grinsen und stößt ihn mit einer Hand erneut leicht gegen die Brust. Unruhe macht sich unter den Wartenden breit. Da greift der Junge in seine Hosentasche und zieht einen dunklen Gegenstand heraus. Kurz blickt er auf das Klappmesser, um einen Knopf zu betätigen, der eine glänzende Klinge aus dem Griff herausspringen lässt.

Es ist das Letzte, was er sieht, denn unmittelbar darauf spürt er Brankos harten Schädel in seinem Gesicht, und sein Nasenbein knackt laut, als es bricht. Ein Aufschrei aus vielen Mündern ist zu hören. Blut läuft ihm aus der Nase, während Branko direkt noch einmal ausholt und mit der mehrfach beringten Faust seitlich gegen den Kopf des Jungen schlägt, der umgehend bewusstlos zusammensackt.

Branko nimmt das auf dem Boden liegende Messer an sich und schaut zu Gerd Sehling, der schweigend neben ihm steht. »Sie haben es gesehen, ich hab es mit Deskilation versucht, aber der Junge wollte nicht hören. Ich hab mich nur verteidigt.« Er zuckt mit den Schultern, während Gerd sein Handy aus der Tasche zieht und den Notruf wählt.

»Moin moin, Sehling hier. Wir bräuchten einen Rettungswagen am Stress-Man-Club in der Stresemannstraße. Ein ungebetener Gast musste abgewehrt werden. Ja. Ja, genau. Ja. Die Kollegen der Polizei sollten sich ebenfalls darum kümmern.« Gerd beendet das Gespräch und steckt sein Telefon wieder ein. »Branko, am Sonntag besprechen wir das noch einmal.«

»Er hat mich angegriffen.«

»Ja, das hat er, aber du hast ihn auch provoziert.«

»Wo denn?«

»Wir sprechen am Sonntag drüber. Du warst bemüht. Der zweite Schlag hätte aber nicht unbedingt notgetan, oder?«

»Er hatte ein Messer. Ich musste sichergehen.«

»Ja, okay. Du hast ja meine Nummer. Gib sie den Kollegen von der Polizei, die sollen sich melden, damit ich eine Aussage machen kann. Und kümmere dich um den Jungen, bis der Rettungswagen da ist. Okay?«

»Klar. Ich bin ja kein Unmensch«, erwidert Branko und nimmt vom zweiten Türsteher ein Geschirrtuch mit Eiswürfeln entgegen, das dieser von der Bar geholt hat.

»Ich muss jetzt zu Kevin. Wo ist er?«

»Er dürfte im Büro sein. Ganz nach hinten durch und dann die Treppe nach oben.«

»Okay. Bis später.« Gerd blickt noch einmal auf den Jungen, der sich wieder zu rühren beginnt und dabei kräftig aufstöhnt, während Branko den Eisbeutel fürsorglich auf seine Wange drückt und beruhigend auf ihn einredet. Dann betritt Gerd den Club, dessen wummernde Bässe die Stimme des Türstehers umgehend übertönen.

Das Licht im Club ist schummrig. Rauch vom Trockeneis der Nebelmaschinen und vielen glimmenden Zigaretten legt einen dunstigen Schleier in den Raum, der Gerd nur schwer atmen lässt. Er versucht sich zu orientieren. Überall scheinen Gänge in kleine Nischen und Nebenräume zu führen. Im Neonlicht glänzende Netze und Seile hängen an der Decke. Die dumpfe Musik, zu der sich die zumeist jungen Menschen bewegen, empfindet Gerd vom ersten Ton an als anstrengend. Warum tun die Leute sich das bloß an?, fragt er sich und betrachtet irritiert die teilweise wild auf der Tanzfläche zuckenden Jungen und Mädchen. Sie scheinen von ihrer Umgebung gar nichts mehr wahrzunehmen, tanzen mit erhobenen Armen und geschlossenen Augen zur Musik. Gerd streicht sich kopfschüttelnd über den Bart und geht tiefer hinein in die dunkleren Katakomben.

Hinter dem Tresen befüllt ein junges, blondes Mädchen mit tätowierten Armen, mehreren Piercings im Gesicht und münzgroßen Löchern in den Ohrläppchen Longdrinkgläser mit billigem Wodka und Energydrinks aus Dosen. Ihr Oberkörper ist knapp bedeckt von einem weißen, trägerlosen Shirt, das im Schwarzlicht über ihr leuchtet. Gerd, der mit Holzfällerhemd, Jeans und karierter Schiebermütze bekleidet ist und für sie vermutlich unglaublich alt aussieht, erregt ihre Aufmerksamkeit. Doch anstatt ihn irritiert zu betrachten, setzt sie ein strahlendes Lächeln auf, das Gerd geradezu magisch an den Tresen zieht.

»Moin.«

»Cooles Outfit! Sieht man hier nicht oft, weißt? Willst was trinken?«

»Tjo. Würd ich gern, aber ich muss zu Kevin.«

»Der ist gerad nich gut drauf, weißt? Was willst denn von dem?«

»Das würd ich ihm gern selber sagen.«

»Bist sein Vater oder Bulle?«

»Weder noch. Eher eine Art Lehrer.« Gerd lehnt sich auf den Tresen und lächelt dem Mädchen freundlich zu. »Also, wo is er? Is wichtig.«

Still bleibt das Mädchen vor Gerd stehen und betrachtet die Lachfalten rund um seine kleinen, treuen Augen. Dann zwinkert sie ihm zu und geht am Tresen entlang. »Komm. Ich bring dich hin«, ruft sie ihm mit einem Blick über die nackte Schulter hinweg zu. Sie öffnet eine Klappe, lässt ihn hinter den Tresen treten und schließt sie gleich wieder. Durch einen rückwärtig zugänglichen schmalen Gang gehen sie auf einen dichten, schweren Vorhang zu, den sie schwungvoll aufzieht. Helles Licht strömt Gerd entgegen und blendet ihn, nachdem sich seine Augen gerade an die dunklen Räume gewöhnt hatten. Gleich mehrere Lampen erleuchten das Treppenhaus, dessen helle Wände mit Dreckablagerungen und dunklen Streifen übersät sind. Links ist eine Feuerschutztür, rechts führt eine schmale Treppe hinauf ins Obergeschoss. Das Geländer umfasst Gerd nur kurz und lässt es gleich wieder los, als seine Hand beinahe an dem speckigen Holzimitat festklebt.

»Danke, bis später«, verabschiedet er sich freundlich von der Bedienung, die ihm ein weiteres Mal zuzwinkert und ihm ein fröhliches Lächeln schenkt.

Jeder Schritt nach oben lässt die klapprige Holztreppe ächzend knatschen. Gerds Schuhsohlen schnalzen bei jedem Loslösen von den Stufen, die schon lange nicht mehr gereinigt wurden. Es riecht nach abgestandener Luft, Zigarettenrauch und Schweiß.

Oben angekommen, schaut Gerd sich um. Es gehen gleich mehrere geschlossene Türen vom Treppenhaus ab. An einer hängt ein gelbes Schild mit der Aufschrift »Büro«. Gerd klopft zwei Mal mit der Faust dagegen und öffnet sie, ohne auf eine Reaktion von innen zu warten.

Am Fenster im hinteren Teil des Raums steht Kevin, der ihn erschrocken anblickt, ganz so, als wäre er bei etwas Verbotenem erwischt worden. Es riecht nach Marihuana. Kevin wendet seinen Blick wieder ab und drückt den letzten Rest seines Joints in einem gut gefüllten Aschenbecher aus. An der Wand gegenüber der Fensterfront stehen mehrere Aktenschränke und am Fenster neben Kevin ein Schreibtisch mit einem Computer. Auf dem Monitor sind mehrere Kamerabilder zu sehen, die allesamt die verschiedenen Tanzflächen sowie die Bar zeigen.

»Was machen Sie denn hier?«, fragt Kevin. Er wirkt nun nicht mehr erschrocken, sondern eher verwundert, seinen Ausbilder aus der Sicherheitsfirma im Büro des Clubs zu sehen. Sein normalerweise sorgfältig geflochtener Bart steht schief zur Seite. Die Haare sind klebrig vom Gel der letzten Tage, das darin teilweise zu hellen, schuppenartigen Flocken getrocknet ist, die herausrieseln und sich auf Kevins dunklem, zeltartig großem T-Shirt sammeln.

»Ich weiß, dass du Probleme hast, Kevin. Brauchst du Hilfe? Ich will dir helfen.« Gerd tritt langsam an Kevin heran.

»Helfen?« Sein Schützling zischt zweifelnd mit der Zunge. »Mir kann keiner helfen. Ich bin am Arsch.« Er beginnt zu kichern. Mit glasigen Augen blickt er zu Gerd. »Alles vorbei. Kein Ausweg.«

»Wat is denn los? Wat sind dat für Typen, die hinter dir her sind? Die waren bei dir zu Hause. Die suchen nach dir. Wat hast du ausgefressen? Hast du Scheiße gebaut?«

»Mein ganzes Leben bau ich Scheiße, Alter. Aber jetzt ist es aus. Fuck. War Sandy da?« Kevin dreht sich wieder zum Fenster und beginnt immer kräftiger zu schniefen, während er den Gehweg vor dem Club beobachtet.

»Ja. Sie steht unter Schock, aber es geht ihr gut. Nix ist aus. Es gibt immer eine Lösung, Kevin. Für alles. Man muss nur darauf kommen.« Gerd schaut sich ein wenig im Büro um, betrachtet argwöhnisch die weißen Anhaftungen auf dem Tisch und das danebenliegende Plastikröhrchen.

»Vergiss es. Keine Chance, Alter. Ich muss hier weg, raus aus der Stadt. Abhauen. Wo ist Sandy?«

»Abhauen is doch auch keine Lösung. Wat soll dann aus dir werden? Du baust dir doch gerade wat auf mit deiner Ausbildung. Willst du dat alles wegwerfen? Du musst deine Bewährungsauflagen erfüllen. Ansonsten geht es zurück in den Bau.«

»Scheiß auf die Ausbildung, Herr Sehling. Ich bin tot, wenn ich hierbleibe. Ich tauche unter.«

»Dat ist doch Murks. Dafür braucht man Kohle. Dat geht nich einfach so.« Gerd tritt ebenfalls ans Fenster und schaut auf die Straße hinunter, wo gerade ein Rettungswagen vorfährt, aus dem zwei Sanitäter aussteigen und sich von Branko den Sachverhalt erzählen lassen. Gerds Herz macht einen Satz, als er aus der Richtung seines Wohnmobils zwei dunkel gekleidete Südländer auf den Club zukommen sieht, die ihm auffällig bekannt vorkommen. »Scheiße, Kevin, die Typen da waren bei Sandy, die kommen zum Club.« Er blickt zu seinem Lovemobil und sieht unmittelbar davor eine dunkle

Limousine parken, die dort noch nicht stand, als er angekommen war. »Jo, die kommen direkt hierher. Schiet, die Türsteher sind noch mit so einem Spinner beschäftigt, der meinte, ein Messer benutzen zu müssen, um in den Club reinzukommen. Die beiden werden gleich hier sein. Wir müssen uns was einfallen lassen. Am besten, wir rufen die Polizei. Wat meinst du? Die Typen sind nicht ohne. Kevin?« Als von Kevin keine Reaktion kommt, schaut er über die Schulter nach hinten und dreht sich gleich darauf hektisch um. »Kevin? Wo bist du?«

Gerd ist allein im Büro, die Eingangstür steht offen. Er läuft mit schnellen Schritten ins Treppenhaus. Am unteren Treppenabsatz sieht er die Feuerschutztür ins Schloss fallen. Gerd rennt die Holzstufen hinunter, linst im Vorbeigehen durch einen Spalt im Vorhang in den Gastraum des Clubs, wo er die beiden Männer sieht, die sich rücksichtslos durch das junge Publikum drängen. Er dreht sich um und läuft hinter Kevin her zur Tür hinaus, die er fest hinter sich schließt. Der Regen prasselt auf ihn nieder. Eine große Pfütze hat sich vor dem Ausgang gebildet, und er ist gezwungen, mit einem Riesenschritt darüber hinwegzuhüpfen. Rasch geht er in Richtung Wohnmobil, schaut sich um, doch er kann nirgendwo eine Spur von Kevin entdecken.

»Oh Mann, Kevin«, schimpft Gerd, als er in den eierschalenfarbenen Oldtimer einsteigt. Er setzt sich in den hinteren Bereich, wo er von außen nur schwer auszumachen ist, und beobachtet die Ausgänge des Clubs. Die Feuerschutztür wird geöffnet, und die beiden Männer verlassen das Haus. Einer von ihnen steckt eine silbern aufblitzende Klinge in eine Halterung vor seiner Brust, während beide mit suchenden Blicken in Gerds Richtung laufen. »Junge, Junge. Wo bist du da bloß reingeraten?«

21

Zwischen Lübeck und Rostock an der Ostseeküste liegt die beschauliche Hansestadt Wismar mit ihren drei großen Kirchen und dem alles überragenden Werftgebäude, in dem gerade eins der größten Kreuzfahrtschiffe der Welt fertiggestellt wird. Östlich der Werft liegt der Alte Hafen mit seinen zu Ferienwohnungen ausgebauten Speichern, den weißen Hafenbarkassen, einer nachgebauten Kogge und, unmittelbar vor dem knapp sechshundert Jahre alten Wassertor am Kai, den Verkaufsbooten für geräucherten Fisch.

Vor einem als Wind- und Regenschutz für den Verkaufsbereich mit einer blau-weißen Plane bespannten Boot steht Ronny Mickow auf dem dunklen Kopfsteinpflaster und wartet geduldig, bis er an der Reihe ist. Seine schwarz gefärbten Haare hat er zu igelartigen Stacheln gegelt. Die linke Augenbraue ziert ein Piercing, und eine Kette aus neonfarbenen Perlen schlackert um seinen schmalen, blassen Hals. Ein hellblaues Synthetik-T-Shirt liegt eng an seinem hageren Oberkörper an, und er beginnt im leichten Sprühregen und nasskalten Wind zu zittern. Als der Kunde vor ihm sein Fischbrötchen in der Hand hält, tritt Ronny einen Schritt an die Kaimauer heran und verharrt, bis die Verkäuferin ihn anspricht.

»Ein Backfischbrötchen bitte.«

»Mit Remoulade?«

»Jo. Viel Remoulade bitte.«

Schon als Kind hat er mit seinen Großeltern hier sein Fischbrötchen geholt. Immer an diesem Boot. Die anderen würden nichts taugen, hatte ihm Opa Paule verklickert. An diesem Stand ein Fischbrötchen zu essen lässt Ronny wieder die Nähe zu seinen Großeltern spüren, die vor vier Jahren kurz nacheinander verstarben und ihn in dieser ungerechten Welt zurückließen.

Seine Mutter hatte da schon längst aufgehört, sich um ihn zu sorgen. Sie war einfach zu früh schwanger geworden, wollte in ihrem jugendlichen Alter lieber weiterhin mit ihren Freunden feiern gehen, als eine Beziehung zu einem Kind aufzubauen, selbst wenn es ihr eigenes war. Sie schneidet ihm gelegentlich die Haare in dem Salon in der Innenstadt, in dem sie seit mehreren Jahren arbeitet. Seinen Vater hat Ronny nie wirklich kennengelernt. Er war stets auf Montage, am Wochenende wollte auch er nur feiern gehen, zunächst mit der Mutter, später ohne sie, und irgendwann kam er von der Montage gar nicht mehr zurück in die Heimat. Der Anker in Ronnys Leben waren die Großeltern, die von Herzen bemüht waren, ihm das zu bieten, was er brauchte. Wesentlich mehr war nicht möglich, doch er war zufrieden.

Ronny nimmt das Fischbrötchen mit Dank entgegen, zahlt passend, indem er die zuvor abgezählten Münzen in die Hand der Verkäuferin fallen lässt, und geht zurück zu dem alten tiefergelegten Golf, in dem sein bester Freund Kalle bei laufendem Motor auf ihn wartet.

»Kann's losgehn?«, fragt Kalle, nachdem Ronny eingestiegen ist.

»Jo. Geht ab.«

Die Bässe und Hochtöner der harten Technobeats wummern laut, als Kalle mit laut aufheulendem Motor seinen Golf in Bewegung setzt, nachdem er die Anlage ordentlich aufgedreht hat.

»Fahr nich so ruckelig. Sonst klecker ich, weißt?«, beklagt sich Ronny, der das ganze Brötchen aufgegessen hat, als sie an der Autobahnauffahrt ankommen. Kalle drückt das Gaspedal durch und beschleunigt so sehr, dass sie tief in die Schalensitze gepresst werden.

Beide jubeln und schreien enthusiastisch auf, als sie aus der letzten Kurve auf die fast leere Autobahn sausen und mit über zweihundert Stundenkilometern in Richtung Hamburg davonrasen.

22

Unweit von Hagenbecks Tierpark wirbelt Liam Wisowski mit dem Staubsauger durch seine Wohnung. Seine Freundin ist schon seit dem Morgen in der Praxis, in der sie als Zahnarzthelferin arbeitet. Sie erwartet nicht viel von ihm im Haushalt, ist leidenschaftliche Köchin, bringt den Müll raus und beklagt sich auch nicht, dass sie immer Liams Wäsche mitwaschen und in den Schrank sortieren muss. Einmal in der Woche möchte sie dann aber doch, dass er für Ordnung in der Wohnung sorgt und gründlich saugt.

Liam hat die Musik laut aufgedreht, lauscht dem Gesang von Bob Marley, der ihn bei der einzigen Hausarbeit, die er gerne verrichtet, zusätzlich beschwingt. Immer wieder schaut er auf die Uhr, weil er die Zeit nicht aus den Augen verlieren darf. Immerhin hat auch er Termine, die er erfüllen muss, und trägt so nicht unerheblich zum Haushaltseinkommen bei. Den gesamten Tag an einem Schreibtisch zu sitzen oder wie seine Freundin in einer Praxis zu verbringen wäre nicht das Richtige für ihn. Zu sehr liebt er es, morgens in Ruhe zu frühstücken, ins Fitnessstudio zu gehen und seinen Körper zu stählen, um dann ab den frühen Nachmittagsstunden seinen Geschäften nachzugehen, ehe er sich im Club blicken lässt.

Das Handy vibriert in seiner Hosentasche. *Bin da*, liest er auf dem Display und antwortet: *Ich komme gleich!*

So schnell er kann, saugt Liam die letzten Ecken der Küche frei von Krümeln und stellt dann den Sauger in die kleine Abstellkammer. Er zieht sich eine blaue Regenjacke über, schlüpft ohne Socken in seine anthrazitfarbenen Sportschuhe und greift nach dem Schlüsselbund, der am Schlüsselbrett neben der Tür hängt. Die dunkle Sporttasche, die bereits im Flur steht, hängt er sich über die Schulter.

Halb laufend, halb springend, stürmt er die Treppe hinab und läuft zur Straße, wo er den Kleinwagen seiner Freundin per Fernbedienung öffnet. Sie ist zum Glück wieder mit dem

Fahrrad zur Arbeit gefahren, sodass Liam sich die Kosten für das Carsharing sparen kann. Er wird längst zurück sein, wenn sie nach Hause kommt. Gelegentlich tankt er den Wagen auch wieder voll, was sie gnädig stimmt, wenn sie merkt, dass er ihren geliebten Fiat 500 mit Faltschiebedach genutzt hat, ohne sie zu fragen.

Unmittelbar nachdem er den Motor gestartet hat, gibt Liam Gas und düst über den Spannskamp und den Basselweg hinab zur mehrspurigen Kieler Straße, in die er sogleich rechts einbiegt. Immer wieder schaut er in den Rückspiegel. In den kleinen Straßen ist ihm niemand gefolgt. Liam beobachtet die hinter ihm fahrenden Fahrzeuge, versucht sie sich zu merken und beschleunigt, sooft er kann. Ohne zu blinken, biegt er nach rechts in den Sportplatzring ab und saust bei Orange über die Ampel beim Stellinger Rathaus, um kurz darauf hinter der Polizeiwache in der Koppelstraße wieder rechts in den Spannskamp einzubiegen.

Aufreizend langsam lässt er den Fiat die kleine Straße entlangrollen, schaut dabei mehr in seinen Spiegel und auf die parkenden Autos als auf die Straße. Beinah übersieht er eine junge Frau, die einen hellblauen Kinderwagen über die Straße schiebt, steigt voll in die Bremse, erregt mit seinem Fahrmanöver aber kaum Aufmerksamkeit bei der Mutter, die ihre Beaniemütze tief in die Stirn gezogen trägt und gedankenverloren auf ihr Handy schaut.

Ein paar Meter weiter parkt Liam den Fiat wieder in der eben verlassenen Parklücke vor seiner Wohnanschrift, steigt aus, spaziert dem nachkommenden Verkehr entgegen und zündet sich dabei genüsslich eine Zigarette an. Er ist sicher, dass ihm niemand gefolgt ist. Mit unerwünschten Begleitern, die ihn bei seinen Geschäften stören könnten, ist also nicht zu rechnen.

In Sichtweite zu Liams Wohnung sitzt Fred im Kofferraum seines Kombis und beobachtet durch die getönten Heckscheiben seine Zielperson. »Gleiches Manöver wie jedes Mal«, meldet er über Funk an die Kollegen. »Eine Tunnelrunde für uns um den Block, und dann wird erst einmal zum Stressabbau eine geraucht.«

»Er hätte mich beinahe umgefahren, der Idiot«, beklagt sich Blondie. »Ich muss mich umziehen. Er hat mich eindeutig gesehen.«

»Ja, ist in Ordnung, Blondie. Ich habe ihn im Blick. Du kannst gerne aufs Auto gehen. Er wird gleich losfahren. Den Kinderwagen kannst du für heute auch im Kofferraum lassen.«

Blondie reißt sich, im Basselweg an ihrem Auto angekommen, die Mütze vom Kopf, wodurch ihr die langen, blondierten Haare auf die Schultern fallen, zieht ihren Mantel aus und stopft ihn zusammen mit der Mütze in den Kinderwagen, den sie zusammenklappt und im Kofferraum verstaut. Ein kurzes Bellen ertönt von der Rückbank, wo ihr Labrador sitzt und freundlich zu ihr aufschaut.

»Na, mein Lieber. Du musst dich noch einen Moment gedulden. Wir brechen gleich auf.«

»Unsere Zielperson hat aufgeraucht und steigt wieder in ihr Fahrzeug. Lichter gehen an. Er fährt los«, sagt Fred, woraufhin Blondie umgehend ins Fahrzeug steigt und sich bereit macht. »Er fährt in Richtung Basselweg ab. Du übernimmst, Pascho.«

»Ja, ich ziehe vor ihn und würde dann für links in Richtung stadteinwärts gehen. Blondie, du wartest bitte im Basselweg, falls er dort entlang weiterfährt.«

»Check. Ich bin bereit.«

»Ich kann ihn bereits kommen sehen. Ich fahre links in Richtung Kieler Straße. Keine Sicht momentan. Jetzt sehe ich ihn wieder. Er ist an der Kreuzung. Und er geht nach rechts, in deine Richtung, Blondie. Ich komme über die Kieler nach.«

»Ja, ich sehe ihn. Ich folge mit einem fremden Fahrzeug hinter ihm«, meldet Blondie.

»Fred folgt dir«, teilt Fred per Funk mit.

»Die Zielperson geht an der Kreuzung für links. Wir stehen bei Rot.«

»Ich bin hinter dir, Blondie.«
Auch die übrigen Kollegen geben ihre Position durch.
»Kuno steht in Richtung Stadion.«
»Jayjay ist im Spannskamp und biegt jetzt nach links ab.«
»Wir kriegen Grün«, meldet Blondie. »Und wir biegen ab. Er geht nach ganz links in die Spur in Richtung Volkspark.«
Blondie, Fred und Jayjay folgen dem kleinen weinroten Fiat bis in den Binsbarg-Tunnel, der auch zum Volksparkstadion führt.
»Kuno, nicht hupen. Der HSV spielt heute nicht.«
»Ich habe bereits am Wochenende ausgiebig hupen dürfen«, erwidert Kuno hörbar erfreut. »So ein schönes Stadion!«, lässt Kuno es sich nicht nehmen, zu rufen.
»Wir fahren aber weiter geradeaus. Der Wagen zwischen mir und dem Fiat leider nicht. Ich bin jetzt direkt hinter ihm und würde das nächste Manöver nicht mitmachen«, meldet Blondie.
»Ich bin hinter dir mit einem dazwischen, du kannst also abbiegen, Blondie.«
»Okay. Ich fahr auf die Tankstelle. Du übernimmst, Fred.«
»Liam ist weiter auf der linken Spur«, meldet Fred, kaum dass Blondie abgebogen ist. »Geht wohl gleich links in die Elbgaustraße.« Auf dem Display des Radios drückt er auf Wahlwiederholung und wählt Dombrowskis Nummer. Nach zwei Freizeichen ertönt dessen Stimme über die Freisprechanlage.
»Moin, Fred. Was gibt es?«
»Es geht nach links in die Elbgaustraße«, gibt Fred noch kurz an die Kollegen durch, ehe er sich dem Telefonat widmet. »Moin, Dumbo. Unser Mann ist in Bewegung. Er hat wieder seine typische Tunnelrunde gedreht. Jetzt sind wir mit ihm auf der Elbgaustraße. Eine Sporttasche hat er auf den Beifahrersitz geworfen. Die sah aber nicht gefüllt aus.«
»Ja, okay. Ich komme zu euch auf den Kanal. – Ottoooo?«, hört Fred Dumbo über den Flur schreien. »Hatten wir aktuelle Gespräche bei Liam? – Okay. – Fred, hörst du?«

»Jo.«

»Auf der Leitung war nichts. Wir behalten ein Auge drauf.«

»Jo. Warte mal, Dumbo. – Wir passieren die Luruper Hauptstraße. Jayjay, du machst das nächste Manöver mit.«

»Check«, bestätigt Jayjay betont lässig.

»Okay, Dumbo. Dann logge dich in den Kanal ein. Hast du spezielle Wünsche?«

»Na ja, schaut genau hin. Könnte gut sein, dass er Stoff holt. Die Wismaraner wären ein gutes Ziel als Abnehmer. Aber wir wollen auch wissen, woher er seinen Stoff bezieht und wo sein Bunkerhalter wohnt, bei dem er alles lagert.«

»Wir geben unser Bestes«, erwidert Fred und beendet das Gespräch. »Er geht in die rechte Spur und setzt den Blinker für die Bornheide. Jayjay, das ist deine Ecke. Ich fahr geradeaus weiter.«

»Jo, ich übernehme. Ich habe zwei Fremde zwischen uns. Linke Spur. Immer noch entspannte Fahrt von ihm. Vor dem Born Center geht er links für den Achtern Born. Ich folge ihm mit einem Fremdfahrzeug zwischen uns. Blinker rechts geht an. Der Fremde passiert. Ach, Mann. Ich muss auch vorbei. Okay. Vor ihm parkt jemand aus. Die Parklücke will er wohl nehmen.«

»Kuno parkt in der Bornheide. Ich steige aus und gehe mit Hund vor die Betonbauten. Vielleicht kann ich sehen, wo er betritt.«

»Jayjay fährt im Achtern Born. Ich sehe Liam über den Rückspiegel. Musste sein Auto passieren. Er steigt mit der Sporttasche aus und geht jetzt über die Straße in Richtung der Hochhäuser. Keine Sicht mehr.«

Für eine kurze Zeit, die sich wie eine Ewigkeit anfühlt, herrscht Stille auf dem Funkkanal der Observationsgruppe.

»Blondie ist nun auch im Achtern Born. Er ist in Richtung der Häuserblocks gelaufen. Ich sehe ihn gerade aber nicht mehr.«

»Achtern Born 92, ohne Klingeln. Es surrte, als er zur Tür

kam«, meldet Kuno. »Ich konnte nicht mehr folgen. Ich war noch zu weit weg.«

»In Ordnung, Kuno. Nicht zu viel Risiko. Vielleicht schaut jemand aus dem Fenster.«

»Ich habe die Straße und das Auto im Blick«, gibt Jayjay durch, während sie warten. »Ich könnte folgen, wenn er wendet und Richtung Bornheide abfährt.«

»Okay, Leute. Blondie stellt sich ans Ende vom Achtern Born, falls er der Ringstraße folgt. Jayjay geht mit, falls er wendet. Kuno bleibt als Fußgänger draußen und sagt uns das Verlassen an. Pascho und ich orientieren uns Richtung Rugenbarg, wenn er wieder gen Heimat fährt.«

Alle Observanten bestätigen die Ansage von Fred, während er in Richtung des Rugenbargs fährt, wo er seinen Wagen auf dem Parkplatz eines Baumarkts einparkt. Er wählt Dombrowskis Nummer, um mit ihm die neuesten Erkenntnisse und die aufkommenden Möglichkeiten zu diskutieren und den Funkkanal für wichtige Meldungen freizuhalten.

23

Im zweiten Stockwerk des Hamburger Polizeipräsidiums beginnt das Bürotelefon von Tim Dombrowski zu klingeln. Er steht gerade auf dem Flur und unterhält sich mit Otto und Harry Goldutt. In der Hand hält er das Funkgerät, über das er die Observation verfolgt.

Dombrowski geht an seinen Platz, ergreift den Hörer und lässt sich in den Bürostuhl fallen. »Na, Fred. Was gibt es?«

»Du hast ja mitgehört, oder?«

»Jo. Er ist mit Tasche in den Achtern Born.«

»Genau. Wie ist das weitere Vorgehen?«

»Ich bin jetzt kein Achtern-Born-Experte, aber gefühlt wohnen in jedem der Häuser an die dreihundert Menschen.

Wir wollen aber wissen, von wem er den Stoff holt. Also werden wir jetzt nichts überstürzen. Wir schauen, wo er den Stoff hinbringt, wenn die Tasche gleich gefüllt sein sollte, und dann warten wir auf die Übergabe an die Abnehmer.«

»Und die hauen wir dann um?«

»Jo. Die hauen wir dann um«, bestätigt Dombrowski mit einem Lächeln auf den Lippen. Auf seinem Schreibtisch beginnt in diesem Moment Dombrowskis Handy zu klingeln. Gerds Name erscheint auf dem Display.

»Dann teile ich das meinen Leuten so mit. Du hörst ja, was passiert.«

»Jo, genau. Umentscheiden können wir uns dann immer noch. Bis später.« Dombrowski legt auf, ohne auf eine Antwort von Fred zu warten, und nimmt das andere Gespräch an. Dabei hört er im Hintergrund über Funk Freds Stimme, der die Absprache an die Kollegen weitergibt.

»Gerd, was verschafft mir am Montagvormittag die Ehre?«

»Dumbo, ich brauche deine Hilfe.«

»Ich bin im Büro und habe eigentlich zu tun. Was ist denn?«

»Ich verfolge gerade ein Auto.« Dombrowskis Handy vibriert, und auf dem Display erscheint ein Kennzeichen. »Diese Typen haben vorhin die Freundin eines Schülers von mir gewürgt und geschlagen.«

»Gerd, wo bist du denn da schon wieder reingeraten? Solche Jungs bringen dir nur Ärger ein. Das solltest du langsam mal wissen«, mosert Dombrowski und gibt das Kennzeichen ins System ein.

»Der kann da nichts für. Der Junge ist sauber. Der macht nichts mehr.«

»Glaubst du das wirklich, oder willst du das bloß glauben? Du unterrichtest Türsteher und Rausschmeißer, Gerd. Wenn einer von denen bedroht wird oder meinetwegen dessen Freundin, dann glaube ich kaum, dass das zufällig passiert.«

»Ja, nee. Dat is nur seine Vergangenheit. Der will da nichts mehr mit zu tun haben. Dat kannst mir glauben, Dumbo. Ich bin mir da sicher. Der gibt sich total Mühe, wenn er bei mir im Kurs ist. Ich glaube, der will sich wirklich ändern. Außerdem wird der Vater. Und die Ausbildung ist praktisch die einzige Chance für ihn und seine kleine Familie, dat weiß der.«

»Oh Mann, Gerd. Das geht doch in die Hose. Wie heißt denn dein Schüler, für den du gerade den Kopf hinhältst?«, fragt Dombrowski skeptisch. Gerd hatte vor nicht allzu langer Zeit Freundschaft mit einem ehemaligen Stammkunden ihres Dezernats geschlossen. Seitdem befürchtet er, dass Gerd nun für alle schweren Jungs der gute Samariter sein will.

»Das ist doch völlig wurscht.«

»Na ja, dann kannst du es mir doch auch sagen.«

»Kevin Schröter.«

»Nicht dein Ernst, Gerd. Ehrlich jetzt? Für den Arsch riskierst du deine Gesundheit?« Dombrowski greift nach einem roten Knautschball auf seinem Schreibtisch, den er energisch zu kneten beginnt, während im PC die Suche nach dem Halter des Fahrzeugs läuft.

»Der macht nichts mehr. Seit mehreren Wochen kommt der verlässlich zum Unterricht und macht seine Ausbildung. Ausgezeichnet und pünktlich. Den habe ich richtig zurechtgebogen. Hättest ihn mal am Anfang erleben sollen. Aber ich hab Zugang zu ihm gefunden«, berichtet Gerd mit Stolz in der Stimme. »Hilfst du mir jetzt oder nicht?«

»Gerd, der Halter ist Tarek Karew. Das ist der Bruder von Enis. Mit denen ist nicht zu spaßen. Die sollen gerade richtig fett im Rauschgiftgeschäft sein, hat Toni mir vor ein paar Wochen von seinen Spitzeln von der Straße berichtet. Bislang konnte Toni nichts konkretisieren, also konnten wir auch noch nicht mit operativen Maßnahmen einsteigen. Aber es ist geplant, also zieh dich bitte zurück. Mit deiner eierfarbenen Wohnschüssel bist du denen bestimmt schon aufgefallen. Oder bist du mit einem normalen Auto an dem Wagen dran?«

»Euhm.«

»Also nicht. Komm. Lass es sein. Die sind ein paar Nummern zu groß für Alleingänge. Ich werde die Kollegen, die für die Körperverletzung zuständig sind, über deine Beobachtungen informieren, okay? Dazu brauche ich aber den Namen und die Anschrift der Freundin.«

Gerd erwidert zunächst nichts auf diesen Vorschlag. Dombrowski weiß, dass er es hasst, wenn ihm sein Ruhestand derart offenkundig unter die Nase gerieben wird. Auch wenn Dombrowski es nicht böse meint. Dennoch scheint Gerd in solchen Momenten zu realisieren, dass er beruflich zum alten Eisen gehört. »Wenn du willst, komm nachher auf einen Kaffee im Büro vorbei. Heute ist wieder ordentlich was los. Dann kannst du dir auch die Lichtbilder von Tarek und dessen Bruder anschauen, um sie als mögliche Täter zu identifizieren.«

»Und was ist mit Kevin? Der ist in akuter Gefahr. Die Freundin ebenfalls. Da muss sich jemand drum kümmern.«

»Das machen dann die Kollegen vom LKA 1.«

»Ja, geht in Ordnung. Du hast ja recht, Dumbo. Ich muss dann auch Schluss machen. Ich melde mich später noch mal oder schaue vorbei.«

Schon hat Gerd das Gespräch beendet und lässt Dombrowski verdutzt am Hörer zurück. Nach kurzem Grübeln ist sich Tim Dombrowski sicher, dass die Geschichte für Gerd noch lange nicht zu Ende ist. Erst recht nicht, seitdem er weiß, dass da mehr dran ist als zunächst gedacht, wenn die Karew-Brüder im Spiel sind.

24

»Leute, ihr seht schon Gespenster. Konzentriert euch lieber auf den Job und behaltet das Umfeld im Auge.« Fred ist nur ungern Spielverderber, doch wenn die Funkdisziplin von seinem Team nicht eingehalten wird und alle haltlos reinreden, ohne dass es zur Sache beiträgt, versteht er keinen Spaß.

Jayjay hatte gemeint, er glaube, dass das Wohnmobil von Gerd Sehling gerade an ihm vorbeigefahren sei. Auch Kuno war mit eingestiegen und behauptete, es gesehen zu haben. Schon diskutierten die beiden darüber, wie ihre Chancen stehen, dass einer von ihnen heute die Wette gewinnen könnte, woran sich auch die übrigen Kollegen beteiligten. Es werden immer wieder Wetten abgeschlossen, wie lange es dauern wird, bis Gerd sich das nächste Mal in einen ihrer Fälle verstrickt. Das hatte er gleich am Tag nach seiner Pensionierung zum ersten Mal geschafft, danach hatte er es immerhin jeweils ein halbes Jahr ausgehalten. Die sechs Monate sind inzwischen verstrichen, und die meisten ehemaligen Kollegen haben ihren Tipp irgendwann in den vergangenen und kommenden paar Wochen gesetzt.

Fred glaubt nicht, dass Gerd sich in Osdorf herumtreibt. Es ist weder ein reizvoller Stadtteil, noch wohnt Gerd in der Nähe. Als alteingesessener Dalldorfer ist er eher auf der genau anderen Seite von Hamburg anzutreffen. Außerdem will er es auch gar nicht wahrhaben, denn er hat dieses Mal auf acht Monate getippt. Ein Risiko, was die Wahrscheinlichkeit angeht, aber mit Alleinstellungsmerkmal, falls es doch länger dauern sollte als erwartet, weil niemand so mutig getippt hatte wie er.

»Kuno, kannst du was feststellen? Ist etwas passiert an der Anschrift?«

»Nein, Fred. Alles ruhig hier. Bislang hat niemand das Gebäude verlassen. Nur zwei ältere Damen sind rein, die eher nicht relevant sein dürften.«

»Jayjay? Keine Bewegung am Fahrzeug?«

»Check. Alles ruhig.«

Zufrieden lehnt sich Fred in seiner Limousine zurück und nimmt eine Tüte mit Nüssen aus der Mittelkonsole. Die Kollegen sollten nun wieder konzentriert und auf die Sache fokussiert sein, auch wenn sie schon seit einer Viertelstunde warten müssen.

»Von Kuno: Unser Mann verlässt. Die Sporttasche hat er dabei. Sie scheint deutlich schwerer zu sein als vorhin. Er geht langsam, sein Arm hängt durch. Er geht in Richtung Auto und ist allein. Die Haustür klappt zu. Es scheint ihm niemand zu folgen.«

Fred meint, ein spannungsvolles Knistern in der Leitung zu hören, und ist noch zufriedener, dass er eben für Ruhe auf dem Kanal gesorgt hat.

»Ich sehe ihn«, berichtet Jayjay. »Er kommt zum Auto. Der Kofferraum öffnet sich. Er legt die Tasche hinein und beugt sich in den Kofferraum. Keine Sicht, was er dort macht. Die Klappe ist im Weg.«

»Ich habe Sicht. Er scheint die Tasche unter anderen Dingen im Kofferraum zu verstecken«, meldet Kuno. »Ich gehe zurück auf mein Auto, sobald er einsteigt.«

»Die Kofferraumklappe wird geschlossen. Er geht zur Fahrerseite und öffnet die Tür. Er steigt ein. Tür geht zu. Licht geht an. Und die Fahrt geht los. Er fährt den Achtern Born hinab, scheint nicht wenden zu wollen. Blondie, er kommt zu dir.«

»Ich bin bereit. Kuno, halte du dich bereit für die zweite Position.«

»Jo. Bin am Wagen und steige jetzt ein.«

»Okay. Ich sehe unser Zielfahrzeug. Er kommt in normalem Tempo auf mich zu. Er hat mich passiert und setzt den Blinker rechts. Ich bleibe dran.«

Blondie fährt dem Fiat 500 in ausreichendem Abstand hinterher, lässt in der Bornheide notgedrungen ein Fahrzeug passieren und folgt sogleich wieder Liam. Kuno ist bereits dicht hinter ihr.

»Er setzt den Blinker links für den Rugenbarg und biegt ab. Fred, er kommt zu dir und Pascho.«

»Pascho, zieh du vor zu seiner Wohnanschrift, damit wir das Betreten dort sicher mitbekommen und dokumentieren können. Ich fädel mich gleich hinter euch ein, Blondie.«

Pascho bestätigt und gibt Gas, um vom Parkplatz des Baumarktes am Rugenbarg in Richtung Stadion abzubiegen.

»Wir sind gleich in Höhe Flurstraße«, meldet Blondie. »Nur begleiten, Fred? Die Tasche ist voll.«

»Ja, nur begleiten«, sagt Dombrowski an Freds Stelle über den Funkkanal. »Wir haben noch nichts zu den Lieferanten und warten die Ankunft der Abnehmer aus Wismar ab. Vielleicht bekommen die ja die gesamte Tasche. Dann geht uns nichts verloren, und beim nächsten Mal kriegen wir vielleicht die Zielwohnung mit.«

»Verstanden«, meldet Kuno mit leicht mürrischem Ton. Er liebt den Zugriff, vor allem wenn er so erfolgversprechend ist wie heute.

Ohne auffällige Fahrmanöver oder Geschwindigkeitsüberschreitungen fährt Liam denselben Weg zurück, den er vorhin gekommen ist.

Im Präsidium in Alsterdorf steht inzwischen auch Otto Kuhnert bei Dombrowski im Büro. Er trinkt Kaffee, atmet bei jedem Schluck lautstark ein und schnaufend aus, schaut durch den Raum, aber sagt nichts. Ab und an gibt er mit der entweichenden Luft ein gepresstes »Tjoa« von sich.

Dombrowski drückt den roten Schaumgummiball, dessen Oberfläche ein wütender Gesichtsaufdruck ziert und den er beim Zuhören energisch knetet, gegen seine Stirn. Grübelnd schaut er auf seinen Monitor, auf dem der Sperrbildschirm zu sehen ist, weil er seit längerer Zeit nichts mehr gemacht hat.

»Du hättest jetzt eine Tasche«, gibt Otto zu bedenken und erntet einen kritischen Blick von Dombrowski. »Schon gut. Ich will ja nichts sagen, aber du hättest eine Tasche.« Otto beginnt kehlig und heiser zu lachen.

»Ich weiß.«

»Mit mir hast du noch geschimpft, weil die Tasche in Berlin ohne Zugriff verschwunden ist. Jetzt könntest du eine volle haben.«

»Ja, aber …« Dombrowski verfällt ansatzlos in nachdenkliches Schweigen. »Mein Bauch sagt mir, dass dies nicht der richtige Zeitpunkt ist.«

»Dein Bauch? Also mein Bauch sagt, dass wir das Mittagessen verpasst haben. Wir könnten aber eine volle Tasche sicherstellen, die das Verfahren vermutlich erfolgreich beendet.«

»Die hätten wir gestern auch haben können. Jetzt wissen wir wenigstens ungefähr, wo Liam den Stoff herholt, und haben eine Chance, die Lieferanten dranzukriegen. Würden wir ihn jetzt umhauen, hätten wir keinen Anhaltspunkt, aus welcher Wohnung Liam den Stoff geholt hat. Dann hätten wir nichts.«

»Doch. Wir hätten eine Tasche, und im Handy könnten Hinweise sein.«

»Könnten, ja, aber was, wenn nicht? Er könnte sie gelöscht haben oder so konspirativ kommunizieren, dass wir ihm nichts nachweisen können. Dann stehen wir mit leeren Händen da.«

»Aber mit einer vollen Tasche!«, erwidert Otto glucksend.

Dombrowski winkt ab. Er kann Ottos Einwand verstehen. Will er zu viel? Soll er wirklich das Risiko eingehen, die Drogen außer Kontrolle geraten zu lassen?

»Liam biegt rechts ab in den Spannskamp. Wir sind gleich an seiner Wohnung«, meldet Kuno, der inzwischen Blondies Position übernommen hat, über Funk. »Noch dreihundert Meter bis zur Wohnanschrift«, setzt er mit leichtem Drängen in der Stimme nach. Die Hoffnung auf einen möglichen Zugriff schwingt darin mit.

»Nur gucken, Kuno, nicht anfassen«, weist Dombrowski das Team nach kurzem Zögern per Funk an.

»Der Fiat hält unmittelbar vor der Wohnanschrift in einer Parkbucht«, ist kurz darauf von Pascho aus dem Funkgerät zu hören, das Dombrowski wieder auf dem Schreibtisch abgestellt hat. »Er steigt aus und geht zum Kofferraum.«

Dombrowski greift danach, drückt die Sprechtaste und lässt sie wieder los. Er fährt sich nachdenklich mit der Hand durch die Haare.

»Wer alles will, bekommt am Ende nichts, Dumbo«, wirft Otto ein.

»Der Kofferraum wird geöffnet.«

Dombrowski beginnt vor Anspannung zu nicken. Soll er sich umentscheiden?

»Die Sporttasche wird entnommen. Scheint schwer zu sein.« Leichte Nervosität ist auch in Paschos Stimme zu hören.

Dombrowski beugt sich vor, tippt mit der Antenne des Funkgeräts an seine Stirn und streicht mit dem Daumen über die geriffelte Funktaste. Doch er drückt sie nicht.

»Der Kofferraum wird geschlossen. Liam geht in Richtung Wohnanschrift. Das Auto wird verriegelt.«

Jetzt drückt Dombrowski die Sprechtaste. »Pascho. Wir lassen ihn das Haus betreten.«

»Check«, bestätigt Pascho eher abwartend als überzeugt. Natürlich weiß er, dass Dombrowski sich etwas dabei denkt, kann es im Moment aber wohl noch nicht erkennen.

»Wir warten auf sein Verlassen. Er wird zeitnah wieder losfahren, um die Wismaraner zu bedienen.« Dombrowski legt das Funkgerät zurück auf den Schreibtisch, lehnt sich in seinem Bürostuhl zurück und schaut tief durchatmend zur rauen Decke seines Büros hinauf.

»Mmh«, gibt Otto abwägend von sich. »Ich hol mir mal ’nen frischen Kaffee.«

»Ich glaub, wir haben uns richtig entschieden, Otto.«

»Wenn du das meinst und ein gutes Gefühl dabei hast, dann wird es richtig sein, Dumbo«, antwortet Otto ohne jede Ironie.

25

Im achten Stock am Achtern Born sitzt Rainer Plöger vor seinem in die Jahre gekommenen Computer und quält das Internet mit Suchanfragen. Schweiß steht ihm auf der Stirn.

Gelegentlich tupft er sie mit einem Stofftaschentuch trocken, doch die Sorgen treiben das salzige Nass weiterhin aus seinen Poren.

Der Inhalt des Müllbeutels hat ihm Gewissheit verschafft, dass direkt neben ihm an einer Bombe gebaut wird. In der Suchmaschine im Internet wurde ihm gleich darauf von ganz allein das Wort »Bombe« als Ergänzung angeboten, als er Salzsäure eingab. Gleich mehrere Flaschen davon hat er in dem Beutel gefunden. Außerdem waren weitere, unbeschriftete Flaschen dabei, aus denen ein beißender Geruch aufstieg, als er den Deckel probehalber abdrehte. Und dann die Plastikbeutel mit den geruchlosen hellen Anhaftungen, von denen er einige in dem Müllsack gefunden hat. Genau so sieht Plastiksprengstoff aus. Das hat seine gezielte Recherche im Internet ergeben. Große Unruhe macht sich in ihm breit.

Rainer Plöger steht auf und läuft in seiner Wohnung auf und ab, bis er zu dem Schluss kommt, dass er sich etwas zu essen machen muss, damit er einen klaren Gedanken fassen kann. Inzwischen ist die seit jeher pünktlich zur selben Zeit gemachte Mittagspause lange vorbei. Es ist bereits ein Uhr, und mit leerem Magen kann er einfach nicht nachdenken. Er holt eine Packung Kartoffelbrei und eine Dose Wurzelgemüse aus dem Küchenschrank, nimmt ein paniertes Schnitzel aus dem Tiefkühler und beginnt umgehend, alles zu erhitzen.

Rainer will gerade das erste Stück von seinem Schweineschnitzel abschneiden, als er den Fahrstuhl hört, der mal wieder genau auf seiner Etage anhält.

Ein junger blonder Mann betritt die Nachbarwohnung, den Rainer dort zuvor noch nie gesehen hat. Hastig eilt er von seinem Beobachtungsposten im Flur zurück in die Küche, um das Gespräch zwischen dem Blonden und dem Südländer nebenan durch das Fenster zu belauschen. Was er hört, verdirbt ihm den Appetit auf das duftende Schnitzel.

»Digger, das wird alle umhauen. Bombe, Digger. Ich brauch vierzig Stück davon, Digger. Hab mehrere Orte.«

Welche Orte könnte er meinen? Was wird dort Schreckliches passieren? Und wie haben diese gänzlich unterschiedlichen Menschen zueinandergefunden? Rainer Plöger kann sich keinen Reim auf die in seinem Kopf kreisenden Fragen machen. Er müsste etwas essen, doch bei der Vorstellung, dass nebenan irgendwelche Terroristen Bomben bauen, die bald von einem völlig unscheinbaren Typen in Hamburg oder ganz Deutschland verteilt werden, bekommt er einfach keinen Bissen runter.

Er hadert mit sich, ob er seine Beobachtungen melden soll. Aber was bringt es schon, die Bullen zu rufen? Der Junge, der nebenan die Nacht zum Tag machte, ist längst weg. Er kann ihn kaum beschreiben. Auch der Blonde von gerade eben verabschiedet sich bereits wieder von seinem Nachbarn. Er kann den Fahrstuhl wegfahren hören. Und ob die ihm die Geschichte überhaupt glauben werden oder ihn nur wieder als Rassisten und Faschisten bezeichnen und ihm mit einer Anzeige drohen, wenn er weiterhin seinen Nachbarn nachstellt, ist ebenfalls nicht sicher.

Rainer sitzt noch immer grübelnd vor seinem kalt gewordenen Schnitzel, hält Messer und Gabel in der Hand, als der Fahrstuhl sich ein weiteres Mal deutlich hörbar in Bewegung setzt und seiner Etage nähert. Rainer springt derart schnell auf, dass sein Stuhl nach hinten umkippt und gegen die Heizung fällt. Das Poltern lässt ihn kurz zusammenzucken, doch dann läuft er schnellstmöglich zur Tür.

Er kommt gerade rechtzeitig zum Türspion, um zu beobachten, wie zwei dunkle Gestalten und der Typ von letzter Nacht den Fahrstuhl verlassen und in die Wohnung hineingehen, deren Tür offenbar nur angelehnt war.

»Das ist der entscheidende Moment. Jetzt sind sie alle hier«, murmelt Rainer, und ein Lächeln huscht über sein Gesicht. Gerade hatte er eine Erleuchtung. Ihm ist endlich die Idee gekommen, wie er das Problem von nebenan lösen kann. Dafür muss er sich aber beeilen.

Rainer Plöger schiebt die Füße in seine Lederslipper, zieht den Schlüssel vom Schloss ab und reißt die Tür auf, um zum Fahrstuhl zu stürmen, der noch immer auf seiner Etage stehen müsste.

26

Der legendäre Hamburger Fischmarkt, auf dem Aale-Dieter und andere Marktschreier am frühen Sonntagmorgen bis halb zehn alles Fangfrische zu verkaufen versuchen, was nicht niet- und nagelfest ist, ist ein touristischer Hotspot, der im Sommer bis zu siebzigtausend Menschen anzieht. Viele haben extra die Nacht durchgefeiert, um anschließend über den Marktplatz zu schreiten und sich das Spektakel zu betrachten, und nicht wenige von ihnen kommen ganz unverhofft mit einer Tüte voll Fisch oder einem lebendigen Huhn nach Hause oder auf ihr Hotelzimmer.

Heute jedoch herrscht Ruhe auf dem gepflasterten Platz, der unter der Woche, wenn nicht gerade eine Sturmflutwarnung ergeht, zum Parken genutzt wird. Niemand stellt seinen Wagen hier ab, wenn das Elbwasser mal wieder über die Kaimauern zu steigen droht.

Müde schlendert Kevin Schröter am Geländer der Kaimauer entlang und schaut hinüber zum Dock 11, dessen Außenwand von Blohm+Voss als überdimensionale Werbefläche genutzt wird. In dem Trockendock erhebt sich über die Wände hinaus ein Containerschiff. Noch höher ragen dahinter die Arme der gelben Hafenkräne in den Himmel.

Der Duft von brackigem Wasser steigt Kevin in die Nase, untermalt vom Klatschen der Wellen gegen den grauen Beton der Kaimauer. Vereinzelt schweben Möwen über den Menschen auf den Wegen, auf der Suche nach Essbarem.

Kevin tritt einen Stein vor sich her, schaut übers Wasser

und atmet noch immer schwer. Er kann sich nicht erinnern, wann er in den letzten Jahren, wenn überhaupt mal in seinem Leben, derart schnell gelaufen ist. Mit Ausnahme vielleicht von gestern Abend. Auf jeden Fall ist er in den letzten Stunden so viel gerannt wie schon seit Jahren nicht mehr.

Seine von der kalten Luft und dem pumpenden Blutdruck geröteten Wangen verleihen seiner blassen Haut einen frischen Glanz. Die offene Jacke gibt den Blick auf sein verschwitztes T-Shirt frei, doch das kümmert ihn nicht. Er hat gerade ganz andere Sorgen. Das Gefühl der Aussichtslosigkeit lässt ihn verzweifeln. Niemals wird er die geforderte Summe zahlen können. Mit der flachen Hand wischt er sich über das Gesicht, das feucht ist vom Schweiß und dem feinen Sprühregen, den ihm der Wind entgegenwirbelt.

Er zieht nach kurzem Zögern sein Handy aus der Tasche und schaltet es ein. Wiederholt brummt es auf, nachdem er den PIN-Code eingegeben hat. Mehr als zwanzig Nachrichten hat er von Sandy erhalten. Ein unbekannter Teilnehmer hat ihn einige Male zu erreichen versucht.

Der innere Drang, sich bei Sandy zu melden, hat ihn die Angst, seiner Freundin alles erklären zu müssen, inzwischen fast vergessen lassen. Doch das wird er tun müssen, wenn sie ihm folgen soll. Kevin atmet noch einmal tief ein und aus, bevor er auf den grünen Hörer drückt, um den Anruf zu starten. Dabei schaut er sich um, ob die Verfolger ihm hier vielleicht doch irgendwo auflauern oder Passanten so dicht an ihm dranstehen, dass sie etwas mitbekommen können von dem, was er Sandy zu sagen hat.

»Kevin!«, hört er die fast kreischende Stimme seiner Freundin durchs Telefon rufen. Ihr nervöser Unterton treibt ihm beinahe die Tränen in die Augen. »Wo bist du? Geht es dir gut?«

»Sandy, Baby, alles ist den Bach runter. Mir geht es gut, aber wir müssen abhauen.«

»Was sind das für Leute, Schatz?«

»Wieso? Was ist passiert?«

»Hier waren krasse Typen. Die haben mich gewürgt und geschlagen. Sie haben nach dir gesucht.«

»Was? Scheiße. Ist alles gut bei dir? Wie geht es dem Kleinen? Ich mache die fertig.« Kevin umfasst mit der freien Hand zornig das kalte Geländer am Kai.

»Mir und dem Baby geht es gut. Die Bullen waren rechtzeitig da. Die Typen sind allerdings abgehauen.«

»Die Bullen? Aber Schatz, du hast die nicht reingelassen, oder?«

»Nein. Natürlich nicht. Ich, ich –«

»Wo bist du?«, unterbricht Kevin sie.

»Zu Hause. Ich wollte hier auf dich warten. Wann kommst du?«

»Baby, wir müssen abhauen. Die Typen sind gefährlich. Sie verlangen eine Menge Kohle.«

»Dann gib ihnen doch das Geld aus der Reserve.«

»Das reicht nicht. Ich erreiche Claas nicht. Er geht nicht ans Telefon.« Kevin denkt an die etlichen Versuche, seinen Kumpel zu erreichen. Immer wieder meldete sich nur die Mailbox. Auch die gesendeten Nachrichten hat er bislang nicht geöffnet, obwohl er normalerweise immer sofort antwortet.

»Sag nicht, dass er abgehauen ist.«

»Das würde Claas niemals tun. Er ist mein Freund. Das kann ich mir nicht vorstellen. Sandy, ich glaube, Claas ist tot!«, gesteht Kevin mit gedämpfter Stimme und vergewissert sich, dass auch wirklich niemand hören kann, was er jetzt zu sagen hat. »Als ich ihn gestern das letzte Mal gesehen habe, hat ihm ein Typ mit einem Messer im Nacken herumgebohrt, dass ihm das Blut den Hals hinablief. Ich hatte echt Angst, Baby. Ich bin aus dem Auto gesprungen und einfach weggelaufen. Ich habe ihn im Stich gelassen. In der Gewalt dieses Wahnsinnigen. Kein Plan, was jetzt mit ihm ist. Bestimmt ist er tot. Nein, ganz sicher ist er das.«

Totenstille macht sich zwischen den beiden breit. Kevin

schaut über die Elbe zu einem Fährschiff, das gerade an ihm vorbeifährt, an Deck eine Schulklasse, die ihm fröhlich zuwinkt. Sofort hat er wieder Pauls Gesicht vor Augen. Paul, der mit ihm so gerne und lange feierte und ihm Claas vorstellte. Vor mehreren Jahren hatte man ihn zwischen zwei Bäumen am Öjendorfer See aufgefunden. Er wurde mit einer Vielzahl von Stichen brutal ermordet. Alle Medien berichteten damals von der Tat. Doch der Täter konnte nie ermittelt werden. Mit einem wilden Schütteln seines Kopfes versucht Kevin, die Erinnerungen und Bilder aus seinen Gedanken zu vertreiben.

»Wir müssen abhauen, Sandy. Weg von hier. Weg aus Hamburg. Lass uns zu deiner Mutter fahren, da erst einmal untertauchen. Vorher muss aber die Tiefkühltruhe noch abgetaut werden, weißt du?«

»Nee, wieso das denn?«

»Sandy, ruf Liam an. Du hast ja seine Nummer. Er wird dir dabei helfen, den Tiefkühlschrank abzutauen, verstanden?«, setzt Kevin noch einmal nach, doch Sandy schweigt. »Sag ihm, dass er abtauen kommen soll, weil wir eine Zeit lang verreisen werden. Er checkt das dann schon.«

»Schatz, ich stehe gerade total auf dem Schlauch. Wieso verreisen? Und was hat Liam damit zu tun? Ich kapiere gerade irgendwie gar nichts.« Sie beginnt zu schluchzen.

»Hör zu, ich kann jetzt am Telefon nicht sprechen. Bleib einfach zu Hause, ich organisiere alles. Du packst zwei Taschen für uns, und wenn Liam da war, kommst du mit dem Taxi zum Hauptbahnhof, okay? Ich warte dort auf dich.«

»Ja, okay, wenn du es so sagst. Er soll dann viermal klingeln, dann weiß ich Bescheid.«

»Werde ich ihm ausrichten. Gib ihm auch den Rucksack aus der Abstellkammer und schlachte unser Sparschwein und nimm alles mit. Pass auf dich auf. Du könntest verfolgt werden. Ich liebe dich. Bis nachher.«

»Ja, tschüss.«

Kevin legt auf, schaltet das Handy wieder aus und geht erst

einmal ein paar Schritte weiter. Er muss seine Gedanken ordnen, bevor er den nächsten Anruf tätigt. Er liebt Hamburg und den Hafen. Es wird ihm schwerfallen, zumindest die nächsten Wochen in Warnemünde bei Sandys Mutter abzuhängen, ohne den Club, das Feiern und eine Perspektive. Denn ohne seinen Job wird auch der Bewährungshelfer ihm keine letzte Chance mehr einräumen. Aber wenn der Psychopath ihn nicht findet, dann auch nicht die Bullen. Und dieser Wahnsinnige, der vermutlich Claas auf dem Gewissen hat, wäre für ihn auf jeden Fall ein größeres Problem als der Knast. Da ist sich Kevin sicher.

27

Ein lautes Piepen dringt aus den Lautsprechern von Otto Kuhnerts Computer und teilt ihm mit, dass gerade ein Gespräch auf der Leitung aufläuft.

»Na, dann wollen wir doch mal«, sagt er zu sich selbst, setzt die Kopfhörer auf und aktiviert das zeitgleiche Mithören.

Nichts passiert. Wie immer, wenn der Anruf auf der überwachten Rufnummer eingehend ist. Geduldig wartet Otto darauf, dass jemand rangeht.

»Ey, Digger. Meldest dich auch mal wieder? Ich dachte schon, du bist erschossen und vergraben worden«, begrüßt die inzwischen vertraute Stimme von Liam den Anrufer.

»Ist gerade nicht so lustig, Alter«, antwortet der. »Wir fahren in den Urlaub. Kannst du unser Gefrierfach abtauen? Den Inhalt kannst du selber fressen oder verkaufen. Sind noch lecker Eiscremebecher drin, weißt du?«

»Ja, wieso so plötzlich, Digger? Ist kein Problem, aber ist was passiert?«

»Erklär ich dir ein andermal. Sandy wartet auf dich. Wann kannst du da sein?«

»Ey, nicht dass die Bullen da warten oder so?«

»Die Bullen interessiert doch keine Eiscreme. Red nich so was am Telefon. Also, wann bist du da?«

Die leicht heisere Stimme des Anrufers ist Otto aus der Überwachung bereits bekannt. Er überprüft die Rufnummer und stellt fest, dass es sich bei dem Nutzer der Prepaid-Telefonnummer um eine noch nicht identifizierte Kontaktperson handelt, mit der Liam häufiger über Eiscreme redet. Das kam ihm schon immer ein bisschen komisch vor, allerdings haben die Gespräche bislang zu wenig geliefert, um konkrete Schlüsse zu ziehen.

»Ich hab noch einen Termin, aber ich kann Timon schicken. Ich bin gleich sowieso noch bei ihm. Wo muss er hin?«, antwortet Liam.

»Legienstraße 13. Er soll viermal bei Reinhard klingeln.«

»Geht klar. Der wohnt da sowieso in der Nähe. Deine Eiscreme kriege ich schon weggelöffelt. Ist ja immer besonders lecker. Wie viele Becher sind denn noch da?«

»Fünfzehn, vielleicht auch siebzehn.«

»Oh. Ja. Okay. Kriege ich hin. Kann aber ein bisschen dauern. Ich hab selbst erst frische Eiscreme geholt.«

»Ich hab auch noch Bonbons da, Kandiszucker und Salz. Kannst du auch mitnehmen. Schreib alles auf. Dann verrechnen wir es später. In Ordnung?«

»Jo. Machen wir. Gute Reise, und schreib mal 'ne Postkarte«, sagt Liam und beendet das Gespräch.

Otto nimmt die Kopfhörer ab. Ein zufriedenes Lächeln, das sein breites Kinn nach vorne schiebt, legt sich auf seine schmalen Lippen. »Dumbo, ich glaube, wir brauchen noch ein paar Kräfte, um den Kumpel von Liam umzuhauen«, ruft er über den Flur, während er sich freudig lachend aus seinem Stuhl drückt, um sich einen frischen Kaffee einzugießen.

28

Dombrowski rührt Kakaopulver aus Ecuador mit einem Schuss heißem Wasser glatt und füllt den Rest des Bechers mit frischer Milch auf.

»Trink doch mal wat für Männer, Dumbo«, sagt Otto, der rübergekommen ist und im Türrahmen lehnt. Er prostet ihm mit seinem verfärbten Kaffeebecher zu und grinst dabei schelmisch.

»Nee, lass mal gut sein. Was ist los bei Liam? Welchen Kumpel meinst du?«

»Liam ist auf dem Weg zu Timon. Nach dem Treffen soll Timon in die Legienstraße 13 zu irgendeiner Sandy Reinhard fahren, becherweise Eiscreme aus der Tiefkühltruhe holen und nebenbei auch noch Salz, Kandis und Bonbons mitnehmen.«

»Das klingt ganz so, als müsste ein Bunker leer geräumt werden«, schlussfolgert Dombrowski, der dabei in Ottos wissende Augen blickt. »Du hast bestimmt schon geschaut, ob es diese Sandy gibt, oder?«

Otto beginnt, langsam und mit zufriedenem Gesichtsausdruck zu nicken. »Jo. Hab ich. Es gibt sie. Wir brauchen nur noch Kräfte für die Observation.«

»Dann müssen wir wohl mal über unseren Flur laufen, nicht wahr?« Dombrowski zwinkert einmal unmerklich und wendet sich ab, als sein Telefon klingelt. Freds Nummer erscheint auf dem Display. »Moin, Fred. Seid ihr auf dem Weg?«

»Jo, richtig. Wieder mit der Tasche. Sieht immer noch stark gefüllt aus. Er hat sich andere Klamotten angezogen. Wir sind mit ihm stadteinwärts unterwegs. Habt ihr was auf den Leitungen?«

»Ja, gerade eben. Er will sich wohl mit Timon treffen. Der wohnt irgendwo im Bereich zwischen dem Rhiemsweg und der Horner Rennbahn. Dort geriet er das letzte Mal außer Kontrolle. Eigentlich treffen die beiden sich immer direkt an der Hauptstraße. Es gibt da einen kleinen Stichweg, durch den er kommt und wieder verschwindet.«

»Dumbo, das haben wir das letzte Mal beobachtet«, entgegnet Fred süffisant, wohl wissend, dass Dombrowski es nur gut meint mit der Erinnerungsstütze.

»Ja, klar. Also, der trifft wahrscheinlich zuerst den Timon und erst anschließend die Wismaraner. Timon soll danach zu einer Sandy Reinhard in die Legienstraße 13 fahren, um dort einen Bunker zu räumen. Das vermuten wir zumindest.«

»Dumbo, das packen wir aber nicht. Wir können nicht Liam und Timon halten. Vor allem, wenn du dann noch die Wismaraner umhauen willst.«

»Warte kurz.« Dombrowski erhebt sich und geht den Flur entlang, um sich einen Überblick über die anwesenden Kollegen zu verschaffen. Mindestens fünf sitzen in ihren Büros, und Scotty kommt auch gerade hereingewirbelt. »Fred, wir bleiben beim Anfangsplan. Ihr begleitet Liam zur Übergabe und haut die Wismaraner aus den Latschen, sobald es eine gute Möglichkeit gibt. Wir decken den Bunker in der Legienstraße ab und kümmern uns um Timon.«

»Dann wissen wir aber immer noch nicht, wo Liam den Stoff herbekommt. Und wenn wir seinen Kumpel *und* die Abnehmer wegnehmen, könnte er nervös werden«, gibt Fred zu bedenken und sorgt bei Dombrowski kurzzeitig für Stille.

»Wir bleiben auf dem Lokstedter Steindamm bei Tempo fünfzig«, meldet Blondie im Hintergrund über Funk.

»Wer weiß, wofür es gut ist«, antwortet Dombrowski schließlich. »Wir machen das jetzt so. Der Rest wird sich schon ergeben. Wenn Timon nur mit einer kleinen Brottüte aus der Legienstraße kommt, können wir es uns immer noch anders überlegen.«

»Musst du wissen. Wir bleiben an Liam dran und melden uns, sobald etwas passiert. Bis später.« Fred legt auf, und Dombrowski steckt sein Handy in die Hosentasche.

»Ernie, Bert, Lasse? Kommt ihr kurz mit in den Besprechungsraum? – Guten Morgen, Scotty. Dich schickt der Himmel, wir haben einen Einsatz.«

»Schon wieder? Meine Nacht war kurz. Ich hatte einen Rufbereitschaftsfall, aber nur für die Kieler. Kann ich euch später von erzählen. Also gut. Ich bin dabei.«

»Super. Ich frage noch schnell Heini und Ali.« Dombrowski geht auf dem Dienststellenflur ein paar Schritte weiter nach hinten und ruft: »Ali, Heini? Habt ihr einen kleinen Moment Zeit für mich?«

Feixend kommen die beiden aus dem letzten Büro im Flur.

»Deine kleinen Momente kennen wir, Dumbo«, erwidert Ali Bernbuch, der dienstälteste Mitarbeiter ihrer Abteilung. »Das wird doch gleich wieder ein ganzer Tag.«

»Nee, heute nicht. Ist nur eine kurze, schnelle Sache«, beschwichtigt Dombrowski ihn und hält sich erschrocken die Hand vor den Mund.

»Hat er es jetzt wirklich gesagt?«, fragt Heini den verwundert dreinschauenden Ali.

»Jo, ich hab es auch gehört.«

Dombrowski weiß, dass es Unglück bringt, den Rauschgift-Gott, an den alle Ermittler glauben, mit solchen Aussagen zu provozieren. Zwar ist es nur ein dummer Aberglaube, aber wann immer einer von ihnen in der Vergangenheit einen schnellen und erwartungsgemäßen Ablauf der Dinge prophezeit hat, kam es am Ende doch ganz anders.

»Tut mir leid. Ich werde gleich ein bisschen Gras im Schrein verbrennen, um den Rauschgift-Gott zu beschwichtigen«, witzelt Dombrowski, während sie in den Besprechungsraum gehen.

Dombrowski wartet, bis alle da sind, und lässt sich auf einem der Stühle nieder. »Moin moin, Kollegen. Folgendes: Wir haben einen spontanen Einsatz. In der Legienstraße 13 erwartet eine Sandy Reinhard Besuch von Timon Schneider. Er soll den dortigen Bunker leer räumen. Ich schicke euch gleich ein Foto von Timon über den Messenger, damit ihr ihn auch erkennt. Wir können nicht genau sagen, wann er dort sein wird, aber zuvor muss Liam sich noch mit ihm treffen, denn Timon weiß noch nichts von seinem Glück, also sollten wir ausreichend Zeit haben, um uns aufzustellen. Otto und ich machen den Turm, weil wir Freds Gruppe ebenfalls draußen haben, die sich um Liam und dessen Abnehmer aus Wismar kümmern. Wir geben euch Bescheid, sobald Liam sich von Timon trennt. Ab dann könnte die heiße Phase beginnen.«

»Sollten wir dann nicht lieber Timon begleiten?«, wirft Ernie ein, während er sich mit Daumen und Zeigefinger den etwas längeren Kinnbart verzwirbelt.

»Nein. Dafür sind wir zu wenige. Timon muss auf jeden Fall zum Bunker kommen und etwas deutlich Sichtbares hinaustragen. Ansonsten machen wir auch nichts.«

»Ja, okay.«

»Soll er sofort weggenommen werden?«, fragt Bert und schiebt seine dunkle Brille auf dem Nasenrücken in Position.

»Er darf nicht außer Kontrolle geraten, aber Sandy Reinhard sollte es nicht unbedingt mitbekommen, wenn es vermeidbar ist.«

»Okay. Dann lasst uns mal los. Wir müssen ja auch noch hinkommen«, sagt Scotty, die automatisch die Führung übernimmt. Sie hat die meiste Erfahrung aus Observationsgruppen, in denen sie tätig war, bevor sie fest zur Kriminalpolizei wechselte. »Vier Autos nehmen wir, zweimal mit Doppelbesetzung und zwei Alleinfahrer. Los geht's.«

Alle erheben sich gleichzeitig von ihren Stühlen, um sich mit Schutzwesten, Waffen und anderen Gegenständen aufzurüsten, die für eine Observation mit möglichem Zugriff benötigt werden.

»Dann passt auf euch auf. Wir funken auf unserem Kanal. Bis später, Leute.« Zufrieden geht Dombrowski in Begleitung von Otto zurück in sein Büro. Er ist glücklich, dass er sich immer auf die anderen verlassen kann, wenn er sie braucht. Und heute ist genau so ein Tag.

29

Am Achtern Born schlendert Gerd Sehling die Straße entlang. Die hohen Häuser werfen dunkle Schatten auf die davorliegenden Parkplätze, die dadurch wenig einladend und kalt wirken. Gerd geht in Richtung des Eingangs, in dem die beiden dunklen Gestalten, denen er vom Club hierher gefolgt ist, zusammen mit einem jungen Mann verschwunden sind, der vor der Tür auf sie gewartet hatte. Neben einer von vier entlang des Weges montierten Bänken bleibt Gerd stehen und setzt sich kurz auf das harte Gitter. Ihm gegenüber hat es sich eine jüngere Frau mit ihrem Freund gemütlich gemacht. Ihre Haarspitzen sind wasserstoffblond gefärbt, das Deckhaar pechschwarz. An ihren Wangen haftet dunkles Rouge, und sie trägt offensichtlich falsche lange Wimpern, durch die ihre blauen Augen noch leuchtender wirken. In der Oberlippe glitzert mittig ein Ring, und auf ihrem tiefen Dekolleté steht in einer geschwungenen Schreibschrift und mit vielen Sternen verziert »life fast – die lucky«. Auch wenn Gerd in der Volksschule damals nicht in den Genuss von Englischunterricht gekommen ist, so ist er sich dennoch sicher, dass der Spruch nicht unbedingt so geschrieben wurde, wie es mit ihrem Tattoo im Sinne der Jugendlichen gewesen wäre.

Ihr Freund sitzt neben ihr in einem roten Trainingsanzug mit weißen Streifen, die Hosenbeine tief in seine weißen Sportsocken gesteckt, und klobigen weißen Sneakern. Sie hat ihre Beine über seine geschlagen und dreht eine Haarsträhne um ihren Finger, während sie mit offenem Mund Kaugummi kaut. Gerd denkt, dass es wohl lasziv und sexy wirken soll, aber da wird die junge Dame noch ein wenig üben müssen.

Er reißt seinen Blick von dem Pärchen los und schaut wieder zum Hauseingang seines Interesses. Mit der flachen Hand reibt er sich über die unrasierten Wangen, an denen sich langsam Bartstoppeln bilden, und zieht eine Schachtel Zigarillos aus der Brusttasche seines karierten Hemdes. Einen davon steckt er sich in den Mundwinkel und zündet ihn an. Dann beobachtet er wieder das Pärchen und sieht, wie die Freundin des Jungen diesen auf etwas am Hauseingang aufmerksam macht. Er dreht sich um, und auch Gerd schaut in die Richtung, neugierig, was es dort zu sehen gibt.

Ein älterer Mann mit verdrießlichem Gesichtsausdruck und einer Mülltüte in der Hand hat das Gebäude verlassen. Mit schnellen Schritten geht er die Zuwegung entlang. Sein Oberlippenbart hängt neben den Mundwinkeln herab, was ihn noch griesgrämiger erscheinen lässt. Die beiden Jugendlichen beginnen immer lauter zu kichern, je näher er kommt.

»Was gibt es da zu lachen?«, blafft er die beiden an. Seine zu kurze, weite Hose endet ein gutes Stück über einem Paar billiger, durchgelatschter Lederslipper. Die beigebraune Blousonjacke weht und schlackert im Wind, genau wie die Hosenbeine.

»Halt's Maul, du Freak«, erwidert der Junge und befreit sich sogleich angriffslustig von den Beinen seiner Freundin.

»Sei froh, dass ich keine Zeit habe für Kanaken wie dich und mir meine Hände nicht schmutzig machen will«, herrscht der Mann ihn an.

»Was sagst du da?«, brüllt der Junge und springt von der Bank auf, um offensiv den Konflikt zu suchen und sich vor seiner Freundin zu profilieren.

Die mischt sich aufgeregt ein. »Lass den Freak in Ruhe, Alan. Er ist es nicht wert, der Nazi«, stänkert sie.

»Nazi? Ich passe nur auf, dass die Ausländer keine Unruhe in meinem Block stiften«, erwidert der Mann und hebt und schüttelt den Müllbeutel in seiner Hand. »Hier drin ist der Beweis, dass es nötig ist, weil wir nämlich Terroristen im Haus haben«, setzt er erbost nach.

»Hat irgendwer den Müll nicht richtig getrennt? Oder ihn vor der Tür abgelegt, statt ihn gleich acht Stockwerke nach unten zu tragen?«, fragt das Mädchen mit gespielter Sorge.

»Viel schlimmer. Aber ich kann jetzt nicht darüber sprechen, Chayenne. Wer weiß, ob dein Freund nicht auch dazugehört.

Ich werde diesen Bartträgern das Handwerk legen. Damit das Volk in der Bundesrepublik endlich aufwacht, wenn es davon hört, und bei der nächsten Wahl der richtigen Partei seine Stimme gibt. Und jetzt raubt mir nicht länger meine Zeit, ich muss für meinen Plan ein Prepaidhandy beim Aldi kaufen.«

Gerd ist froh, als der Bewohner des Hauses kehrtmacht und davonstapft. Das braune Gedankengut könnte er keine Sekunde länger ertragen. Noch Minuten später schüttelt er beim Gedanken an den Typen den Kopf. Im Augenwinkel sieht er, dass die beiden dunkel gekleideten Gestalten das Haus wieder verlassen. Ihre Kontaktperson folgt ihnen nicht. Sie gehen den Gehweg entlang, der tiefer in den Achtern Born hineinführt.

Gerd erhebt sich von der Bank und geht zurück zur Straße, um parallel zu ihnen und ohne sie aus dem Blick zu lassen, ihren Weg zu verfolgen. Gerne würde er auch noch Fotos von den Männern machen, allerdings ist zu viel grünes Gestrüpp dazwischen, durch das er sie nur schemenhaft erkennen kann. Sein Wohnmobil musste er etwas weiter entfernt parken. Sie werden also auf jeden Fall vor ihm zu ihrem Auto gelangen. Außerdem gehen sie zügig, sodass er laufen müsste, um sie zu überholen. Das würde jedoch auffallen. Gerd hofft, dass sie einfach am Auto stehen bleiben, sich unterhalten, vielleicht noch telefonieren und quatschen oder gar nicht zum Auto gehen.

Kurz vor der Kurve wechselt Gerd in seinem typischen Watschelgang zügig die Straßenseite und bleibt an einem Van stehen, der die Sicht auf ihn verdeckt. Er zückt sein Handy, zoomt den Ausgang der Zuwegung mit der Kamera heran und beginnt zu filmen. Das Bild ruckelt. Er kann es kaum stabilisieren und lehnt das Smartphone gegen die Scheibe des Autos, um seine zitternden Hände ein wenig zu beruhigen. In diesem Moment kommen die zwei südländischen Männer in Sicht, bleiben kurz stehen, bis einer von ihnen die Zentralverriegelung ihrer Limousine betätigt hat. Von beiden Seiten treten sie an das elegante Fahrzeug heran und steigen ein.

Der Motor beginnt zu brummen, und die Lichter gehen an. »Scheiße«, schimpft Gerd, der rasch das Handy wegsteckt und zu seinem Wohnmobil eilt, während die Limousine aus der Parklücke und mit Vollgas die Straße hinabfährt.

Am Wohnmobil angekommen, öffnet Gerd ungeduldig die Tür, deren Schließmechanismus zunehmend hakt, und steigt ein. Zum Glück ist der Wagen, der vorhin vor ihm parkte, in der Zwischenzeit weggefahren, und so tritt Gerd seinerseits aufs Gas, schert aus und nimmt die Verfolgung der Limousine auf. An der Abzweigung Bornheide schaut Gerd in beide Richtungen, doch von dem schwarzen Auto ist nichts mehr zu sehen. Stattdessen beginnt sein Handy zu vibrieren, und Dörtes Wuschelkopf erscheint auf dem Display.

»Nee, näh? Dat geit jetzt nich.« Gerd hält kurz inne, wischt den Anwählversuch weg und beschließt, rechts abzubiegen. Er fährt bis zum Rugenbarg, wo die Ampel gerade wieder auf Rot springt. Kein Auto steht vor Gerd, als er an die Haltelinie heranrollt. »Scheiße, Scheiße. Wo seid ihr, verdammt?« Langsam fährt Gerd noch ein Stückchen vor, um die Straße in beide Richtungen einsehen zu können. Weit hinten in Richtung Blankenese glaubt er das Fahrzeug zu sehen, gibt Gas und fährt stadtauswärts. Er beschleunigt das Wohnmobil auf über achtzig Stundenkilometer und passiert die nächste Ampel bei Dunkelgelb, beschleunigt erneut, um die nächste Ampelkreuzung noch knapper zu überqueren. Zumindest konnte er so ein wenig dichter an die Limousine herankommen. »Wer sagt's denn, ich bin wieder im Geschäft!«, jubelt er breit grinsend, den Blick konzentriert auf das schwarze Auto gerichtet, das gerade über die Osdorfer Landstraße hinwegfährt und zu dem er immer weiter aufschließt, während eine unbeachtete Nachricht von Dörte mit vielen wutentbrannten Emojis auf seinem Display erscheint.

30

»Vielleicht noch ein Stück Butterkuchen, junger Mann?«, fragt Frau Walther mit so treuem Gesichtsausdruck, dass Doggy kaum widersprechen mag. Er schaut bedauernd auf seinen Bauch und schüttelt mit einem freundlichen Lächeln den Kopf. »Tut mir leid, Frau Walther. Da passt wahrlich nichts mehr hinein. Noch ein Stück, und ich platze.«

Bevor sie sich an Nils Degen wenden kann, bemerkt Doggy eine Bewegung unten auf dem Platz und hebt das Fernglas, das er vor sich auf dem weißen Fensterbrett abgestellt hatte, an die Augen und das Funkgerät vor den Mund. »Eine mögliche Zielperson mit Rucksack tritt an unseren Briefkasten heran. Er kam, wenn ich es richtig gesehen habe, vom Bramfelder Dorfplatz. Er trägt eine weite blaue Jeans, weiße Turnschuhe und eine schwarze Bomberjacke. Auf dem Kopf hat er eine schwarze Deppenkappe mit weißem Schirm. Er holt ein Paar Einweghandschuhe aus seiner Jackentasche, zieht sie über und nimmt jetzt den Rucksack ab. Das wird unser Mann sein.«

»Jo, der kam aus meiner Richtung. Ich stell mich auf für den Fall, dass es in dieselbe Richtung zurückgeht«, meldet eine raue Stimme.

»Hase, Kücük und Emre, ihr unterstützt Manni am Dorfplatz. Deckung vor Sicht. Aber wir wollen wissen, wo er hingeht.«

»Check. Hase steht im Mützendorpsteed.«

»Kücük besetzt die Kehre im Prökelmoor und kann damit auch den Buchfinkenweg abdecken.«

»Emre bleibt auf dem Kaufland-Parkplatz, falls er hier ein Auto besteigt. Es war noch keine entsprechende Person hier. Aber ich warte ab und könnte auch als Fuß in alle Richtungen folgen.«

»Dann warte ich auf Doggys Ansage und starte aus der Dorfplatz-Passage«, bestätigt Manni.

»Er öffnet den Rucksack und wirft Großbriefsendungen in

den Briefkasten ein. Vierzehn, fünfzehn, sechzehn. Er schaut sich um, siebzehn, achtzehn, neunzehn, zwanzig.« Doggy schweigt, nimmt seine Kamera mit Teleobjektiv aus seiner Umhängetasche, schießt mehrere Bilder und zählt in Ruhe weiter mit, bis der junge Mann seinen Rucksack wieder verschließt und aufsetzt. »Okay. Es waren insgesamt siebenundvierzig Kuverts, wenn ich mich nicht verzählt habe oder er mehrere gleichzeitig eingeworfen hat. Alles weiße Polsterumschläge. Nils wird ihm von hier aus folgen.« Doggy nimmt den Finger von der Sprechtaste und sieht Nils auffordernd an. »Worauf wartest du, oder muss ich hier alles alleine machen? Du bist hier nicht zum Kaffeekränzchen, Nils«, meckert er seinen jungen Kollegen an, der umgehend von der Wohnzimmercouch aufsteht, sich von Frau Walther verabschiedet und die Wohnung verlässt. »Die Zielperson wendet sich vom Briefkasten ab und geht in Richtung Dorfplatz. Jetzt passiert er den Eingang zur Postfiliale und geht nach rechts, in deine Richtung, Manni.«

Doggy erhebt sich aus dem gemütlichen Sessel, steckt Kamera und Fernglas zurück in seine Umhängetasche und bedankt sich bei Frau Walther, die ein wenig traurig dreinschaut, dass der nette Besuch ein so abruptes Ende findet, für die Unterstützung. An der Wohnungstür dreht er sich noch einmal zu ihr um. »Wir machen jetzt unseren Job und melden uns wieder bei Ihnen, Frau Walther. Einverstanden? Bleiben Sie bitte weiterhin so aufmerksam.« Dann tritt er ins Treppenhaus und springt die Stufen hinab, um das Haus schnellstmöglich zu verlassen.

»Er hat die Passage passiert und geht weiter in Richtung Mützendorpsteed. Ich folge ihm als Fuß«, meldet Manni. »Er glotzt auf sein Handy und tippt darauf herum. Ich würde ihn auf Anfang zwanzig schätzen.«

»Ich folge dir auf der linken Seite auf lange Sicht«, wirft Nils ein.

Der junge Mann macht keine Anstalten, sich umzuschauen.

Er scheint sich sicher zu fühlen, geht mit gesenktem Kopf die Straße entlang. An einem Elektroroller, der mitten auf dem Gehweg steht, bleibt er auf einmal stehen und steigt auf.

»Er scheint einen E-Roller nutzen zu wollen. Das Handy steckt er in die Haltevorrichtung«, meldet Manni. »Ich warte die Abfahrtsrichtung ab.«

»Dann lauf ich schnell zum Auto, wenn der jetzt auf einen E-Roller umsteigt«, meldet Nils.

»Der Roller setzt sich in Bewegung. Er fährt auf die Straße und scheint in den Mützendorpsteed einbiegen zu wollen.«

»Ja, ich habe lange Sicht«, teilt Hase mit.

»Emre verlässt mit Fahrzeug den Parkplatz und folgt der Zielperson.«

Manni gibt ein wenig atemlos durch: »Er passiert die Abzweigung zum Prökelmoor. Kücük, du kannst Emre in Position folgen. Ich muss abreißen lassen. Zu schnell. Ich kann ihm nicht folgen.«

»Check. Er lässt auch die nächste Kreuzung liegen und erreicht gleich den Zebrastreifen. Jetzt fährt er rechtsseitig auf den Gehsteig und biegt in den Trittauer Amtsweg ein. Ich kann die Bewegung nicht mitmachen«, meldet Hase.

»Emre ist dran und übernimmt. Er fährt noch immer auf dem Gehweg. Kücük, bist du das eben hinter mir gewesen?«

»Ja, richtig. Ich biege jetzt in den Trittauer Amtsweg ein und sehe dich.«

»Fahr mal langsam, falls er hier irgendwo abstellt. Dann muss ich passieren. Noch fährt er aber auf der rechten Seite.«

»Check.«

Fünfzig Meter vor der Straße Im Soll wird die Zielperson langsamer, kreuzt die Straße und fährt auf das Gelände der dortigen Wohnanlage, deren Mehrfamilienhäuser an der Straße eine breite Gasse bilden, die in einen autofreien Innenhof führt. Emre muss abbiegen, Kücük übernimmt.

»Ich kann ihn noch sehen. Er bleibt in der Zuwegung stehen. Scheint jemanden zu begrüßen. Er hebt die Hand und winkt. Nicht so schnell, Emre. Er steht noch vorne.«

Emre wird umgehend langsamer, nachdem er zuvor hektisch seinen Dienstwagen abgestellt hat und über die Straße gerannt ist. Er setzt ein Baseballcap auf und schiebt den Schirm leicht nach oben. In der Hand hält er einen Stapel Pizzaprospekte und biegt auf das Gelände der Wohnanlage ein, wo er auch umgehend den jungen Mann erblickt, der sich gerade von dem Roller abwendet. Emre geht zum ersten Hauseingang und beginnt, die Prospekte in die Briefkastenschlitze neben der Eingangstür zu stecken.

Im Augenwinkel sieht er, wie der junge Mann ein Haus weiter zum Eingang geht und einen Schlüsselbund hervorzieht. Schnellstmöglich stopft Emre die Werbeprospekte in die Schlitze und geht weiter zur nächsten Haustür. Dort reißt der junge Mann die Tür auf, nachdem er den Schlüssel im Schloss gedreht hat, und scheint in der Eingangstür auf Emre zu warten. Der versucht, möglichst keinen Blickkontakt aufzubauen. Er geht direkt auf die Briefkästen zu.

»Adnan?«, brüllt der junge Mann auf einmal laut.

»Ja?«, tönt es von der gegenüberliegenden Seite.

»Kommst du auch gleich online?«

»Jo. Bis gleich«, schreit Adnan herüber.

Der Junge streckt seinen Daumen nach oben und betritt das Haus. Kurz darauf fällt die Tür ins Schloss, ehe Emre zur Stelle ist, um seinen Fuß dazwischenzustellen und zu schauen, in welcher Wohnung der junge Mann verschwindet. Allerdings hätte er wegen des gegenüber wohnenden Freundes sowieso auf ein Betreten verzichtet. Stattdessen befüllt er die Briefschlitze mit den Prospekten und geht auch noch zu den verbliebenen Hauseingängen des Innenhofs, ohne zu schauen, ob Adnan ihn beobachtet, und gibt dabei seine Erkenntnisse an die Kollegen durch. »Unser Mann wohnt Im Soll 45a wie Anton. Etage konnte ich nicht feststellen. Aber nicht im Erdgeschoss. Er ist nach oben gelaufen. Im Gebäude gegenüber wohnt ein Freund, also Obacht beim Betreten des Innenhofs. Wir sollten uns weiträumig aufstellen.«

»Ich halte Rücksprache mit Dumbo. Er muss entscheiden, was jetzt passieren soll. Ich bin am Briefkasten und passe auf, dass keine Leerung erfolgt, ehe wir den Beschluss haben, mit dem wir die Post beschlagnahmen können«, teilt Doggy mit.

»Wir haben auf jeden Fall Zeit. Unser Mann und dessen Kumpel wollen sich gleich online treffen. Bestimmt zum Zocken. Da passiert jetzt erst einmal nichts mehr«, meldet Emre.

»Okay. Deckung vor Sicht. Ich denke, wir sind einen großen Schritt weiter. Das wollen wir nicht gleich wieder kaputtmachen«, ordnet Doggy an, zieht sein Handy aus der Hosentasche und wählt Tim Dombrowskis Nummer.

31

Rainer Plöger schleicht mit gesenktem Kopf den Gehweg entlang und schaut sich immer wieder um, in Sorge, verfolgt zu werden. Er ist sich nicht sicher, ob die Typen ihn eventuell beobachten oder gar hinterherkommen. Wenn ihr teuflischer Plan an Rainer zu scheitern droht, werden sie sicherlich nicht mit der Wimper zucken und ihn erledigen. Mit solchen Leuten, die das Böse in ihren Herzen tragen, ist nicht zu spaßen. Das weiß Rainer, und das hat er ihnen auch angesehen, an diesem Höllenfeuer, das in ihren Augen brannte.

Der rüstige Frührentner hält geradewegs auf den Kiosk in der Bornheide zu, in dem er am Vormittag regelmäßig einen Kaffee und am Nachmittag ein, zwei Biere mit seinen Bekannten trinkt. Der Betreiber wird ihm zur Seite stehen. Auch wenn er ein Türke ist. Rainer ist sein langjähriger treuer Kunde, und immerhin ist er einer der ordentlich arbeitenden Türken. Nicht so wie die anderen, die nur faul herumhängen und Rainers Steuergelder kosten.

Bevor er den Laden betritt, nimmt er sein Handy, in das er die eben erworbene und aktivierte Prepaidkarte eingelegt hat, und wählt zweimal die Eins und dann die Null.

Nach zwei Freizeichen meldet sich eine raue, aber irgendwie auch herzliche weibliche Stimme. »Die Polizei in Hamburg, Stein ist mein Name. Wie darf ich Ihnen helfen?«

»Ich möchte eine anonyme Anzeige machen«, erwidert Rainer, ohne sich namentlich vorzustellen.

»Was möchten Sie uns denn gerne mitteilen und warum anonym?«

»In der Wohnung rechts neben mir, direkt gegenüber vom Fahrstuhl, wohnen Terroristen. Sie bauen Bomben in der Wohnung und wollen viele Menschen töten. Das habe ich gehört, als sie auf dem Balkon miteinander gesprochen haben.«

»Wann haben Sie das gehört? Und wo wohnen Sie?«

»Ich wohne im achten Stock am Achtern Born 92. Ich will anonym bleiben. Der Name an der Tür lautet Meister. Es sind aber Türken oder so was. Araber. Aber auch ein Deutscher war letzte Nacht in der Wohnung und heute noch einer. Ich hinterlege einen Beutel mit Beweismitteln für Sie im Kiosk in der Bornheide beim Immenbusch. Mehr habe ich nicht zu sagen.« Rainer beendet mit einem hektischen Daumendruck das Gespräch und schaut auf seine goldene Armbanduhr, die er sich im letzten Urlaub in Antalya gekauft hatte. Weniger als eine Minute, stellt er zufrieden fest. Die Bullen brauchen mindestens eine Minute, um ihn zu orten. Das weiß er sicher, weil es in vielen Krimis, die er gesehen hat, so war. Nun muss er nur noch Mergim überzeugen, dass er den Müllbeutel für ein paar Minuten an sich nimmt.

Rainer hat keine Zeit zu verlieren, wenn er anonym bleiben will. Wenigstens bei Terrorristen sollte die Polizei ja schnell reagieren und innerhalb weniger Minuten vor Ort eintreffen. Er packt den Müllbeutel mit seinen Beweismitteln noch ein bisschen fester und betritt den Kiosk.

»Rainer, meine deutsche Freund! Du biest fruh dran heute.

Eine kleine Bier?«, wird er freudig begrüßt. Mergim, ein kleiner, untersetzter Mann, dessen Kopf nur noch an den Seiten grau melierte Haare zieren, steht allein hinter dem Verkaufstresen und wartet auf Kundschaft. Sein dunkelblaues Poloshirt hat ein paar Flecken vom Kaffee und dem Schmieren der belegten Brötchen.

»Später, Mergim. Später! Ich habe hier einen Müllbeutel für die Bullen. Die kommen gleich und holen den ab. Du kennst mich nicht und hast mich nie gesehen. Verstanden?«

»Da aber sind nichts Verbotene drin, Rainer? Oder? Ich will nix Probleme mit Polizei haben.«

»Du kannst mir vertrauen. Sag einfach, ein Verrückter war hier und hat gesagt, dass die Polizei kommt und den Sack abholt. Ansonsten weißt du nix und hast nix gesehen. Ist das klar?«

»Da ich muss nicht einmal lügen, Rainer.«

»Hä?«

»Du biest verruckt und hast mir Beutel gebracht, ohne zu sagen was.«

»Ach so, genau. Wir sehen uns später. Dann kannst du mir erzählen, was die Bullen gesagt haben. Einverstanden?«

»Rainer, Rainer, du biest komisch. Ich werde so sagen.«

»Okay. Ich stelle mich draußen hin und beobachte, was hier passiert. Nichts verraten. Ich muss anonym bleiben. Es geht um Leben und Tod.«

Mergim zieht erschrocken die Augenbrauen hoch und starrt Rainer an. »In Ordnung, wir so machen das. Aber wenn Problem in Tüte, dann sage ich deine Name.«

»Nix Problem in Tüte, Mergim. Nix Problem. So, ich muss los. Gib mir noch ein Franzbrötchen mit, bitte. Zahle ich nachher.«

»Zahlst du dann auch Rest, der auf deinem Zettel steht?«

»Nächsten Monat, Mergim. Nächsten Monat. Momentan ist es ein bisschen eng.«

»Wenn viel Monat am Ende von Geld noch da ist, dann ist nicht gut.«

»Das heißt: Wenn am Ende des Geldes noch viel vom Monat übrig ist, Mergim.«

»Das ich hab doch gesagt.«

»Mach's gut, Mergim. Ich muss los.« Rainer Plöger verlässt den Laden und geht zufrieden über den Parkplatz. Die Bullen haben keine Ahnung, wer er sein könnte, so viel ist sicher. Da hat er gut aufgepasst beim Anruf. Und Mergim wird die Klappe halten. Der will seinen besten Stammkunden garantiert nicht verlieren.

An der Kreuzung von Bornheide und Immenbusch bleibt Rainer stehen und dreht sich in alle Richtungen um. Erwartungsvoll hält er nach den alarmierten Streifenwagen Ausschau.

32

Vor Dombrowski stehen zwei Funkgeräte, die er aufmerksam betrachtet. Während die Observationsgruppe von Fred regelmäßig den Standort von Liam durchgibt, schaut er gelegentlich nach, ob Telefongespräche in der Überwachung von Liam und Timon aufgelaufen sind. Scotty und die anderen müssten eigentlich auch langsam in Horn eintreffen. Auf einmal beginnt Dombrowskis Diensttelefon zu klingeln. Er greift nach dem Hörer und meldet sich.

»Dumbo, wir haben den Jungen, der die Briefkästen befüllt. Er wohnt Im Soll 45a. Kannst du die Bewohner einmal durch die Systeme jagen? Er wohnt in einem der oberen Stockwerke, nicht im Erdgeschoss, und ist nicht älter als fünfundzwanzig, eher jünger. Wir schätzen ihn auf Anfang zwanzig. Dürfte Deutscher sein. Er hat mit blassgelben Einweghandschuhen an den Händen mindestens siebenundvierzig weiße Polsterumschläge eingeworfen. Fürs Protokoll: Er hatte eine schwarze Bomberjacke, ein schwarzes Cap mit weißem Schirm, blaue

Jeans und weiße Turnschuhe an. Fotos habe ich auch von ihm gemacht.«

»Was ist mit dem Briefkasten?«, hakt Dombrowski nach, während er die Personenbeschreibung in sein Notizbuch auf dem Schreibtisch kritzelt und anschließend die Adresse in den Computer eingibt. Es erscheinen alle dort gemeldeten Personen auf dem Bildschirm, doch von den Geburtsdaten her gibt es auf den ersten Blick keine Übereinstimmung.

»Ich stehe direkt daneben und passe auf, dass hier nichts wegkommt. Es ist der linke Briefkasten vor der Postfiliale am Bramfelder Dorfplatz.«

»Okay. Ich melde mich gleich wieder, Doggy. Gute Arbeit!« Dombrowski legt auf und will gerade die Nummer von Staatsanwalt Schmidt wählen, als sein Handy zu klingeln beginnt.

»Gerd, mein Freund. Bist du hier?«

»Nee, ich fahre gerade die Elbchaussee entlang und wollte mal nachfragen, ob es schon Neuigkeiten von den Kollegen zu Kevin und dessen Freundin gibt. Der Junge liegt mir am Herzen.«

»Bist du jetzt unter die Samariter gegangen? Was findest du an dem Typen?«

»Ich fühle mich verantwortlich, Dumbo. Er is mein Schüler, dat verbindet.«

Dombrowski lehnt sich in seinem Bürostuhl zurück und schaut aus dem Fenster. »Gerd, ich hatte noch gar keine Zeit, die Kollegen anzurufen. Hier brennt gerade die Luft.«

»Da fällt der liebe Gerd mit seinem Anliegen natürlich wieder hinten runter, weil alles andere wichtiger is«, meckert Gerd verdrießlich. Dombrowski ist sich nicht ganz sicher, ob er wirklich beleidigt ist oder ihn nur auf die Schippe nehmen will.

»Ich rufe an, sobald ich Zeit habe, in Ordnung? Wenn du bis dahin nicht längst hier bist.«

»Dumbo, ich muss auflegen.« Ohne weitere Erklärung beendet Gerd das Gespräch. Dombrowski spürt in seinem Magen ein Ziehen, das ihm wohlbekannt ist. So fühlt es sich normalerweise an, wenn seine Ermittlungen die heiße Phase erreichen und eine Festnahme unmittelbar bevorsteht oder eine wichtige Entscheidung über einen möglichen Zugriff getroffen werden muss. Jetzt verleiht ihm das Verhalten von Gerd genau dieses Gefühl. Es liegt etwas in der Luft bei ihm, doch er kann nicht sagen, was es ist. Und jetzt muss er Staatsanwalt Schmidt anrufen. Auswendig wählt er die Nummer und wartet, bis der Staatsanwalt sich endlich meldet.

»Herr Schmidt, gut, dass ich Sie erreiche. Wir haben soeben einen jungen Mann beobachten können, der an einem Briefkasten siebenundvierzig Briefe eingeworfen hat«, fängt Dombrowski an zu berichten, wird vom Staatsanwalt aber abrupt unterbrochen.

»Sind Briefkästen nicht dafür gedacht?«

»Ich bin noch nicht fertig mit meiner Geschichte. Er hat sich zuvor konspirativ verhalten, sich mehrfach umgeschaut und Einweghandschuhe übergezogen.«

»Und weiter?«

»Er soll das laut einer Zeugin beinahe täglich machen. Wir möchten gerne die Briefe aus dem Briefkasten beschlagnahmen, aber mit dem Postgeheimnis ist das ja ein wenig komplizierter, wenn ich es aus meiner Ausbildung recht erinnere. Es kommt leider eher selten vor, dass wir einen Versender direkt beobachten können. Normalerweise stöbern wir sie zufällig auf, wenn wir bei einer Durchsuchung Adressaufkleber und die entsprechend verpackten Briefumschläge und Pakete finden.«

»Das stimmt. Kommt nicht wirklich oft vor. Wie heißt denn der mögliche Täter?«, hakt Schmidt nach.

»Das wissen wir noch nicht. Wir haben bisher lediglich seine Wohnanschrift.«

Staatsanwalt Schmidt stöhnt laut auf und macht keinen Hehl daraus, dass er die Sachlage sehr dünn für eine Postbeschlagnahme findet. »Haben Sie die dort gemeldeten Bewohner bereits abgeglichen?«

»In dem Mehrfamilienhaus ist keine Person gemeldet, die jung genug ist. Warten Sie bitte kurz.« Dombrowski ergreift das Funkgerät und betätigt die Sprechtaste. »Doggy für Dumbo.«

»Jepp, wir hören dich«, antwortet Doggy, unmittelbar nachdem Dombrowski die Sprechtaste gelöst hat.

»Ich bräuchte ein Bild vom Klingeltableau von der 45 Anton.«

»Kücük, kannst du das übernehmen? Emre muss kein zweites Mal über den Hof.«

»Nicht nötig«, schaltet sich Emre ein. »Ich konnte vorhin auf die Schnelle ein Bild schießen, als er im Haus verschwunden war.«

»Schickst du es mir per Messenger?«, bittet Dombrowski.

»Jo. Kommt sofort.«

Wenige Sekunden später erscheint eine neue Nachricht von Emre auf dem Handydisplay. Dombrowski öffnet den Messenger und beginnt, die Nachnamen mit dem Melderegister abzugleichen. Dann drückt er wieder die Sprechtaste.

»Alle Namen auf den Klingelschildern sind auch beim Einwohnermeldeamt gemeldet. Ich muss wohl ein wenig tiefer gehend suchen, wer von den dort Lebenden einen Sohn im passenden Alter hat. Ich melde mich wieder. Ihr behaltet die Wohnungen und den Briefkasten im Blick, während ich versuche, einen Beschluss zu erhalten.« Dombrowski legt das Funkgerät beiseite und hält wieder den Hörer ans Ohr. »Herr Schmidt?«

»Ja, ich bin dran. Ich denke, ich habe alles gehört. Wann kann ich eine Schriftlage haben?«

»Die Kollegen sind draußen. Die können jetzt nicht schreiben.«

»Dann schreiben Sie mir doch auf, was die beim Observieren erlebt haben. Sie dürfen gerne ausführlich alles nennen, was wahrgenommen wurde. Wir müssen den Richter schon überzeugen, damit er einem Beschluss zustimmt. Beeilen Sie sich!«

»Ja, einverstanden. Ich habe das Dokument bereits geöffnet und werde jetzt in die Tasten hauen. Der Briefkasten ist solange sicher.«

»Trotzdem, beeilen Sie sich. Ich warne Herrn Kapischke schon einmal vor, dass ich mit Anträgen auf ihn zukomme und er dann auch bleibt, damit er Einsicht in die Asservate nehmen kann.«

»Wieso muss er das machen?«

»Weil das bei der Postbeschlagnahme gemäß Gesetzgeber so erwünscht ist«, erwidert Schmidt trocken. »Dieses Gesetz stammt aus einer Zeit, als es keine E-Mails und keine Social Media gab. Da war der Brief ein wichtiges und extrem schützenswertes Gut. Die Vorgaben sind vielleicht nicht mehr ganz zeitgemäß, aber es lässt sich nicht ändern. Wenn Herr Kapischke der Beschlagnahme zustimmt, müssen wir die gesamten Sendungen erst einmal zu ihm bringen, damit er diese ohne uns öffnen und einsehen kann. Falls da wirklich Drogen drin sein sollten, dann wird er die entsprechenden Briefe und ihren Inhalt beschlagnahmen.«

»Kompliziert«, erwidert Dombrowski schmallippig, während er bereits zu schreiben beginnt.

»Und jetzt bitte in die Tasten hauen, damit wir heute noch etwas werden bei ihm. Um sechzehn Uhr macht er spätestens Feierabend.«

»Ich bin dabei, Herr Schmidt. Ich bin dabei. Bis nachher. Ich schicke es rüber, sobald ich fertig bin.«

33

Zähneknirschend schleicht Gerd Sehling in seinem betagten italienischen Wohnmobil hinter einem Lastwagen her, der offenbar auf der Suche nach der richtigen Anschrift ist. Immer wieder bremst er ab und fährt dann doch weiter. Sowohl die durchgezogene Linie in der Straßenmitte als auch der Gegenverkehr verhindern ein Überholmanöver.

Die Zäune und großzügigen Parkgelände zur linken und rechten Seite der Elbchaussee versprechen prachtvolle Bauten, die man zumeist jedoch nur erahnen kann. Zu weit liegen sie von der gut befahrenen Straße entfernt. Ihre Besitzer lieben die Diskretion und verfügen auch über das nötige Kleingeld, um sich den weiträumigen Abstand leisten zu können. Gelegentlich blitzt die Fassade einer alten Villa zwischen dichtem Grün hervor und lässt Gerd unweigerlich ins Schwelgen geraten, auch wenn ihm ein solcher Reichtum nie wichtig gewesen ist. Sein Gehalt und die Pension haben immer ausgereicht, um sich die Träume und Wünsche des Alltags zu erfüllen. Dennoch würde es ihn reizen, mal zu erfahren, wie es sich anfühlt, so unfassbar reich zu sein.

Verbissen versucht er, an dem Laster vorbeizuschauen, und ärgert sich über seinen Moment der Unachtsamkeit, in dem er nicht auf den zusammenfließenden Verkehr geachtet hat und der Lkw-Fahrer die Gunst der Stunde nutzte, um sich vor ihn zu setzen. Dadurch wurde ihm jegliche Sicht auf die dunkle Limousine genommen, noch bevor Gerd das Kennzeichen erkennen konnte. Bei jeder Abzweigung verlangsamt er das Tempo, um gewissenhaft zu schauen, ob die Limousine, die einige Fahrzeuge vor ihm ist, abgebogen sein könnte. Anschließend gibt er Gas, um wieder zum Laster aufzuschließen.

An der Kreuzung zur Winckelmannstraße wird Gerd endlich erlöst. Der Laster blinkt links und biegt gemächlich ab, nachdem er gleich mehrere Fahrzeuge im Gegenverkehr passieren lassen musste.

Mit laut aufdröhnendem Motor nimmt Gerd die Verfolgung der Limousine wieder auf. Er kneift die kleinen Augen zusammen und hält nach dem dunklen Fahrzeug Ausschau, kann es aber nirgends entdecken. Nervosität steigt in ihm auf. »Scheiße, das darf doch nicht wahr sein«, schimpft er verärgert.

Nach der nächsten Linkskurve taucht das Auto aber doch wieder in seinem Sichtfeld auf, und sein Herz macht einen Sprung. »Da bist du ja«, ruft er erfreut und lächelt sanft vor sich hin, ohne vom Gas zu gehen.

Immer wieder lassen die Begrünungen der Elbvillen zu seiner Rechten einen kurzen Blick auf die Elbe zu, doch Gerds Aufmerksamkeit kann der schöne Ausblick nur kurzzeitig gewinnen. Er freut sich, als ein weiteres Fahrzeug zwischen ihm und der Limousine abbiegt und er wieder ein Stück dichter herankommt. Jedoch immer noch nicht nah genug, um Gewissheit über die Fahrzeuginsassen zu erlangen.

Auf der anderen Elbuferseite erhebt sich der fulminante Gebäudekomplex von Airbus, auf dessen Landebahn gerade eine riesengroße Transportmaschine landet. Im Augenwinkel bemerkt Gerd, dass die Limousine nach rechts abbiegt. Gerd kennt diesen Weg, der zu einem kleinen Parkplatz am Elbufer hinabführt. Aber warum fahren die Verbrecher an den Elbstrand, wenn sie eigentlich nach jemandem suchen?

»Habt ihr mich doch bemerkt?«, fragt Gerd misstrauisch und verzichtet darauf, ebenfalls abzubiegen.

Ist er ihnen zu forsch gefolgt, sodass sie ihn bemerkt haben? Wie konnte ihm das bloß passieren? Er fährt ein wenig schneller, um wenigstens noch einen Blick auf die Limousine zu werfen, die nun wesentlich langsamer über das Kopfsteinpflaster rollt, das zum Elbufer führt, und schaut auf das Kennzeichen, das nun endlich für ihn zu erkennen ist.

»Nee, näh«, entfährt es ihm. »Dat seid ihr ja gar nich. So 'n Scheiß. Verdammt!«

Gerd umgreift den Schaltknüppel seines Wohnmobils und schaltet einen Gang weiter, damit der Motor nicht mehr so laut tönt. Jetzt ist er tatsächlich einem baugleichen Fahrzeug hinterhergefahren, in dem gar nicht seine beiden Zielpersonen sitzen. Enttäuscht reibt er sich mit der Hand über den Mund, legt anschließend seinen Kopf in der Handfläche ab und lehnt den Ellenbogen stützend auf den Türrahmen, während er Teufelsbrück und dem Jenischpark immer näher kommt.

34

Der Verkehr auf dem Ring 2 entlang des Wandsbeker Markts ist zäh. Dicht drängen sich die Autos vor der Ampel an der Marktstraße aneinander, um in der nächsten Grünphase über die Kreuzung hinwegzufahren und sich an der Ampel zwischen dem Busbahnhof und der Christuskirche einzureihen. Erst danach ist eine freie Fahrt möglich, was an der folgenden Robert-Schumann-Brücke jedoch nicht selten zu einem teuren Erinnerungsfoto der modernen Blitzersäule führt.

Liam kennt die Gefahr, und das Auto seiner Freundin lädt auch nicht zum Rasen ein. Erst recht nicht mit der Tasche im Kofferraum, wegen der er jegliches Auffallen im Straßenverkehr unbedingt vermeiden will. Am Ende der Brücke lässt er das kleine Auto den Berg hinabrollen, an die rote Ampel heran, schaut auf die Tanknadel, die bereits tief im roten Bereich steht, und wirft einen Blick auf die Shell-Tankstelle direkt neben ihm. Liam grübelt, ob er es riskieren soll, entscheidet sich aber dagegen. Lieber will er erst einmal die Ware bei seinem Freund deponieren und das Treffen mit Ronny hinter sich bringen, das ihm eine ordentliche Stange Bargeld in die Tasche spülen wird. Auch wenn er das meiste davon gleich wieder abgeben muss, werden mehrere tausend Euro von dem Geld anschließend ihm gehören.

Die Ampel schaltet auf Grün, er fährt an und folgt der Hauptstraße weiter in Richtung Horner Rennbahn. Liam ist froh, dass gerade kein Galoppderby stattfindet. Dann ist es immer mühsam für ihn, einen Parkplatz in der Nähe von Timons Wohnung zu finden. Heute sollte es jedoch kein Problem sein.

Verwundert stellt Liam fest, dass sich der Verkehr vor ihm aufstaut. Die Fahrbahn ist auf eine Spur verengt, und alle Fahrzeuge werden auf die rechte Seite gelotst. Verärgert über die Verzögerung, versucht Liam, den Grund für die Schließung der linken Spur auszumachen. Er hofft, dass hier nicht schon wieder eine neue Baustelle aufgebaut wird. Blaulicht, wenige Autos vor Liam, lässt seinen Puls hochschnellen. Die Fahrzeuge vor ihm fahren nur noch im Schritttempo, die Mittelspur ist mit einer kleinen Leitplanke versperrt. Baustellenbaken warnen vor der Fahrbahnverengung und leuchten direkt neben Liam in grellem Orange auf, vermischt mit dem blauen Licht des Mannschaftswagens, der unmittelbar neben der Fahrbahn steht. Liam kneift leicht geblendet die Augen zusammen. Schweiß bildet sich an seinen Händen und lässt das lederne Lenkrad zwischen seinen Fingern rutschig werden. Er fährt direkt auf zwei Polizisten zu, die immer wieder Autos aus der Fahrzeugschlange herauswinken und einer Verkehrskontrolle auf dem Gelände der Verkehrsdirektion zuführen. Dort stehen mehrere Dienstwagen vom Zoll, dessen Beamte die Fahrzeuge durchsuchen. Nur noch zwei Autos sind vor Liam. Der taxierende Blick der Schutzpolizisten, die jedem Fahrer entgegenschauen, verunsichert ihn. Der Mittelklassewagen ganz vorn wird auf den Parkplatz gewunken, was Liam zunehmend Furcht einflößt. Was, wenn sie jedes zweite Auto rausziehen? Oder momentan gar jedes? Vielleicht richtet sich die Maßnahme gegen junge Fahrer wie ihn?

Auch dem nächsten Wagen wird die rot-weiße Kelle entgegengehalten und mit ausgestrecktem Arm der Weg gewiesen. Liam schließt kurz die Augen, rollt langsam weiter vor, verringert die Geschwindigkeit noch mehr und will beinahe freiwillig abbiegen, als er bemerkt, dass der Polizist ihn mit der Kelle freundlich durchwinkt und ihm bedeutet, ein wenig zügiger weiterzufahren.

Liam gibt Gas, jedoch nicht zu sehr, und pustet kräftig die angehaltene Luft aus. Gleich mehrere Schweißtropfen rollen ihm über die Stirn. Ein erleichtertes Grinsen legt sich auf sein Gesicht, gefolgt von lautstarkem Jubel. Er reduziert die Geschwindigkeit und blinkt rechts, um nach kurzer Suche auf einem Parkstreifen gegenüber dem Rennbahnhotel einzuparken. Ein versichernder Blick in den Rückspiegel zeigt, dass ihm kein Streifenwagen gefolgt ist. Mit dem Ärmel wischt er sich über die Stirn, auf der ihm der Schweiß steht, atmet kräftig ein und wieder aus, nimmt sein Handy aus der Jackentasche und schaltet es ein. Immer wenn er in Hamburg mit Ware im Kofferraum unterwegs ist, schaltet er das Telefon aus. Er will nicht riskieren, dass ihn die Bullen orten.

Er öffnet einen Messenger und schreibt Timon, dass er da ist. Nach dem Stress gerade will er schnellstmöglich ins Haus kommen und nicht unnötig lange vor der Tür warten müssen. Nachdem er einen nach oben gerichteten Daumen als Antwort von Timon erhalten hat, steigt er aus und geht zum Kofferraum. Er schaut sich aufmerksam um, bevor er ihn öffnet, doch im näheren Umfeld sieht er niemanden, der ihm verdächtig vorkommt. Nur ein Pärchen geht auf der anderen Straßenseite den Bürgersteig entlang. Aber der Verkehr würde ihnen den Weg zu ihm hinüber versperren, und sie wirken auch nicht interessiert an ihm. Vielmehr scheinen sie miteinander zu diskutieren. Liam hat Mitleid mit dem Mann, er kennt es nur zu gut, wenn die Freundin wieder anderer Meinung ist. Genau so einen Gesichtsausdruck meint er bei der Blondine zu erkennen, während ihr Begleiter immer nur beschwichtigend nickt.

Liam öffnet die Kofferraumklappe, ergreift die Henkel der darin liegenden Tasche und schaut noch einmal die Straße hinab. Dort parkt gerade eine dunkle Limousine ein, doch sie ist weit entfernt. Er wuchtet sich die Tasche auf den Rücken. Ihr eiskalter Inhalt ist deutlich zu spüren. Der Stoff ist klamm und kühl. Nachdem er den Kofferraum geschlossen hat, umklammert Liam die Griffe der schweren Tasche mit beiden Händen und geht, so schnell er kann, über den kleinen Stichweg für Fußgänger zwischen zwei rot verklinkerten Mehrfamilienhäusern hindurch in den Rhiemsweg. Am zweiten quer stehenden Haus drückt er die zweite, bereits surrend auf ihn wartende Hauseingangstür auf und schleppt die Tasche drei Stockwerke hinauf, wo ihm von Timon die Tür geöffnet wird.

Timon, groß und dünn mit wilden, kurzen Locken, in denen eine teure Sonnenbrille steckt, tritt zur Seite, um ihn durchzulassen, und schaut prüfend die Treppe hinab, wo er jedoch niemanden sonst entdecken kann. Er schließt die Tür hinter Liam und folgt seinem ächzenden Kumpel in die Küche, wo er für ihn den Gefrierschrank öffnet. Der ist leer. Nicht einmal eine Pizza hat Timon derzeit darin.

Liam stellt die schwere Sporttasche unmittelbar vor den durchsichtigen Schubfächern ab und zieht das oberste auf. Er öffnet den Reißverschluss der Tasche und schaut auf die Pakete mit gelblich weißem Inhalt, die darin liegen. Auf der Arbeitsplatte der Küche steht ein Karton mit lilafarbenen Einweghandschuhen, aus denen Timon zwei nimmt und ihm reicht. Liam streift sie sich über die schwitzigen Finger. Der Geruch von billigem Plastik und einem intensiven Waschmittel liegt in der Luft und treibt Liam an, die Pakete zügig in das Tiefkühlfach umzupacken. Dann reißt er die nächste leere Schublade auf und befüllt auch diese.

»Siebenundzwanzig ... achtundzwanzig ... neunundzwanzig ... dreißig – alles so weit in Ordnung. Zehn sind noch in der Tasche für Ronny und seinen Kumpel«, resümiert Liam mit sich selber sprechend und schließt das Tiefkühlfach. Er zieht die noch geöffnete Tasche hinter sich her in den Flur. Dort lehnt er sich mit der Hand gegen die Wand unmittelbar neben der Eingangstür. Daraufhin löst sich wie von Geisterhand eine tapezierte Tür aus der Wand und gibt eine kleine Abseite frei, die vorher nicht zu bemerken war. Liam tritt hinein und kommt mit einem chipstütengroßen durchsichtigen Plastikbeutel voller grüner Pillen wieder heraus, den er ebenso in die Tasche legt wie gleich darauf noch einen zweiten mit dreieckigen gelben Tabletten. Mit einem lauten Ratschen zieht er den Reißverschluss der Tasche zu und sieht zu Timon. »Moin erst mal!«, begrüßt er ihn wortkarg.

»Moin. Was geht?«

»Die Wismaraner kommen gleich. In Zukunft gibst du mir bitte Bescheid, wenn bei dir in der Straße eine Verkehrskontrolle durchgeführt wird. Ich habe Blut und Wasser geschwitzt, Digger.«

»Echt? War was? Wusste ich gar nicht. Ich hab bis eben gepennt, Mann. Ich bin derbe lash heute, Alter. Alles grau draußen, dies das, nervt voll, Alter«, berichtet Timon und schaut treu zum deutlich kleineren Liam hinab, der sein Handy aus der Tasche zieht und Ronny eine kurze Nachricht schreibt. Dabei schiebt er die Tasche mit dem Fuß näher zur Tür und starrt in Erwartung der Antwort auf den Chat.

Sind gleich da. Gerade Jenfeld. Wo treffen?

Shell, wie letztes Mal. Staubsauger, antwortet Liam und steckt sein Handy wieder weg, nachdem Ronny den Vorschlag bestätigt hat.

»Ich muss dann wieder los, Timon. Hab noch 'nen Job für dich. Der Kevin will abhauen und überlässt uns seinen ganzen Bunker. Pillen, MDMA und Koks hat er auch noch über. Hol am besten gleich alles ab. Die ganzen Festivals kommen jetzt. Wir werden richtig gut absetzen können die nächsten Wochen. Legienstraße 13. Du musst zu Reinhard. So heißt die Alte von Kevin mit Nachnamen, okay? Und denk dran, dass du viermal klingeln musst, sonst macht sie nicht auf. Lass dein Handy am besten zu Hause. Is besser, falls etwas schiefgehen sollte. Dann bist du nie dort gewesen. Die Bullen finden das ansonsten raus.«

Timon nickt und schiebt dabei die Füße in seine Schuhe. Liam greift nach der Tasche und wirft sie sich wieder über die Schulter. Sie ist nun deutlich leichter, wenngleich immer noch so schwer, dass Liam die Trageschlaufen mit beiden Händen festhält.

»Ich fahre gleich hin«, gibt Timon von sich.

Liam nickt zustimmend, obwohl er weiß, dass Timon für die Fahrten den Carsharing-Account sowie den Führerschein seines großen Bruders nutzt, der gerade im Gefängnis sitzt und dem er total ähnlich sieht. Doch ein wenig Skepsis bleibt ihm ins Gesicht geschrieben.

»Ich werde schon nicht hopsgenommen. Die Bullen haben kein Interesse an Kartoffeln wie uns, Alter.«

»Hab ich kein gutes Gefühl dabei, aber was soll's. Also, gute Fahrt. Ich muss los.«

Timon hebt die Hand, und Liam schlägt so kräftig ein, dass das Klatschen durch die bereits geöffnete Wohnungstür ins Treppenhaus schallt.

»Meld dich bei mir, wenn du wieder hier bist, okay? Und kein Risiko.«

»Nee, nee, alles gut. Ich passe schon auf. Ich fahre hin, hole ab und bin gleich wieder hier.«

Liam verabschiedet sich, zieht die Tür hinter sich zu und geht die Treppe hinab. Die Tasche schlägt ihm bei jeder Stufe gegen den breiten Rücken. Unten bleibt er stehen und schaut durch das Fenster in der Haustür hinaus. Niemand zu sehen. Er greift nach dem Türgriff und zieht sie auf. Draußen bleibt er erneut stehen und schaut sich um. Kein Mensch weit und breit. Warum beschleicht ihn nur ein so ungutes Gefühl? Liam schüttelt den Kopf, um die schlechten Gedanken zu vertreiben, und geht den Fußweg zurück, auf dem er vorhin gekommen ist. Als er um die Hausecke biegt, sieht er im Augenwinkel gerade noch, wie aus dem ersten Hauseingang eine Person heraustritt, die ihm irgendwie bekannt vorkommt. Er bleibt auf dem Weg in Richtung Horner Rennbahn stehen, stellt die Tasche vor seinen Füßen ab, zieht eine Zigarette aus der Packung in seiner Jackentasche und zündet sie an. Der Mann, der soeben das benachbarte Treppenhaus verlassen hat, kommt den Weg entlanggeschlendert, schaut kurz in seine Richtung, ohne ihm besondere Aufmerksamkeit zu schenken, und geht in Richtung Rhiemsweg, wo er die Zentralverriegelung eines dunklen Autos betätigt, in das er einsteigt.

Liam grübelt, ob er den Mann heute bereits gesehen haben könnte. Es kommt ihm so vor, als hätte der Typ am Morgen mit einem solchen Auto bei ihm in der Straße geparkt. Liam ärgert sich, dass er sich das Kennzeichen nicht notiert hatte. Er zieht einen Kugelschreiber aus seiner Jackentasche und schreibt sich die Nummer in seine Handfläche. Nach kurzer Überlegung beschließt er, dass er das Treffen mit den Wismaranern absagen wird, wenn ihm der Wagen ein weiteres Mal begegnen sollte. Es könnte ein reiner Zufall sein. Solche Fahrzeuge gibt es tausendfach in Hamburg, und auch der Typ ist der absolute Durchschnittsdeutsche mit dunkelblonden Haaren, Jeans und Lederjacke. Aber sicher ist sicher.

Liam zieht ein letztes Mal an der Zigarette, tritt sie aus, hievt die Tasche auf seinen Rücken und geht zurück zum Auto seiner Freundin, wo er die Tasche in den Kofferraum legt und anschließend einsteigt. Auf dem Smartphone checkt er seine Nachrichten. Keine weitere Ansage von den Jungs, also weiter wie geplant. Normalerweise würde er jetzt wenden, allerdings hat er die Verkehrskontrolle nicht vergessen und fährt lieber über den Horner Kreisel zur Tankstelle.

Vorsichtig parkt Liam aus und gibt dann Gas, um sich knapp vor einem herannahenden Auto in den Verkehr einzufädeln. Der Fahrer antwortet mit verärgertem Hupen, zieht rüber in die linke Spur und fährt gleichauf mit Liam weiter, wild gestikulierend und pöbelnd. Liam schaut nicht zu ihm hinüber. Ihn interessiert die Alltagswut des Fahrers nicht. Seine Aufmerksamkeit gilt den Fahrzeugen hinter ihm, speziell denen, die sich unauffällig verhalten. Er schaut auf die Modelle, die Farben, die Kennzeichen, soweit er sie erkennen kann. Liam will nichts übersehen, denn heute stimmt irgendetwas nicht. Etwas ist anders als sonst, auch wenn er noch nicht so recht weiß, was es ist.

Liam biegt in die Sievekingsallee ein, gibt ordentlich Gas

und kommt an der Ampel zum Kreisel zum Stehen. Das Fahrzeug von eben konnte er noch nicht wieder entdecken. Auch kein anderes Auto, das ihm heute bereits aufgefallen ist. Er entschließt sich, gleich mehrere Runden durch den Horner Kreisel zu fahren, um festzustellen, ob ihm jemand folgt.

Nach vier Runden biegt er in die Hammer Straße ab. Er ist zufrieden. Kein Auto fuhr die Runden mit ihm zusammen. Ein Gefühl der Sicherheit macht sich in ihm breit, und er entspannt sich ein wenig.

Liam biegt in die Jüthornstraße ein und folgt ihr fast bis zur Ringstraße, wo er auf das Gelände der Tankstelle fährt. Er hält an den Staubsaugern und steigt aus. Nur Sekunden später parkt der tiefergelegte Golf der Wismaraner neben ihm ein, mit dem sie auch die letzten Male nach Hamburg kamen. Liam atmet tief durch. Gern hätte er die Umgebung noch ein wenig beobachtet, doch jetzt will er schnell handeln. Keinen Moment länger als nötig wird er hier mit dem Stoff ausharren.

»Moin!«, wird er einsilbig von Ronny begrüßt, der mit einem strahlenden Lächeln auf ihn zukommt, in Liams ausgestreckte Hand einschlägt und auf der Beifahrerseite des Fiat 500 einsteigt. Liam setzt sich auf den Fahrersitz und entriegelt den Kofferraum für Ronnys Kumpel, der sich sogleich daran zu schaffen macht und ihm die Sporttasche entnimmt, um sie im eigenen Auto zu verstauen.

»Hier. Ist abgezählt«, sagt Ronny, schnallt seine Bauchtasche ab und schiebt sie unter den Beifahrersitz. »Oder willste nachzählen?«

»Passt schon. Mach ich zu Hause. Wenn's nicht stimmt, komm ich zu dir nach Wismar und reiß dir den Arsch auf.«

Beide lachen und schlagen noch einmal kräftig ein.

»Fahr nicht die Rennbahnstraße runter. Da ist gerade eine große Verkehrskontrolle.«

»Ja. Okay. Da sollten wir heute besser nicht durchrauschen, weißt?« Wieder lacht Ronny auf. »Wir fahren dann über den Kreisverkehr auf die Autobahn. Man sieht sich!«, entgegnet er und steigt aus dem Fiat aus, um bei seinem Kumpel direkt wieder einzusteigen.

Zufrieden schaut Liam dem Auto nach, bis es in die Jüthornstraße einbiegt, guckt kurz in den Fußbereich des Beifahrersitzes, wo die Tasche mit dem Geld liegt, und startet den Motor, um nach Hause zu fahren. Er will vor seiner Freundin dort sein, um in Ruhe das Geld zählen zu können. Als er gerade Gas geben will, biegt eine dunkle Limousine von der Rennbahnstraße auf die Tankstelle ein. Liams Bauch krampft sich zusammen. Ist es der Wagen, den er vorhin bei Timon gesehen hat? Liam vergleicht das Kennzeichen mit dem in seiner Hand und atmet erleichtert aus. Es ist ein anderes. Er entspannt sich und beginnt zu lächeln. Jetzt hat er nichts mehr im Fahrzeug, das ihn gefährden könnte. Er kann guten Gewissens nach Hause fahren. Wieder einmal ist alles glattgelaufen. Vielleicht sollte er auf dem Rückweg noch tanken gehen. Seine Freundin würde sich über einen vollen Tank sicherlich freuen. Aber hier will er lieber nicht länger bleiben. Es wird sich auf dem Rückweg schon eine Möglichkeit finden.

Mit diesem Gedanken dreht er das Radio lauter und fährt gemächlich vom Gelände der Tankstelle.

35

Die Palmaille ist nicht nur eine Prachtstraße in Hamburg, sondern auch eine der ältesten Straßen der Stadt. Einst lediglich für ein herrschaftliches Spiel erbaut, fährt heute Gerd Sehling mit seinem alten Wohnmobil darüber hinweg, ohne Kenntnis von der Geschichte der Straße zu haben.

Ihn umschleicht noch immer der Ärger über das fälschlich verfolgte Fahrzeug. Noch mehr sorgt er sich allerdings um die Gesundheit seines Schützlings und von dessen Freundin Sandy. Die beiden Kerle könnten längst wieder auf dem Weg zur Wohnung von Kevin sein oder dessen Foto in ihren sozialen Netzwerken verbreiten, um ihn zu finden. Selten hat sich Gerd derart alleingelassen gefühlt. Dombrowskis Interesse ist erschütternd gering, und er will ihm mit seinen Anliegen auch nicht zu sehr auf die Nerven gehen. Immerhin hatte Dumbo ihm versichert, er würde sich melden, wenn sich etwas Neues ergeben sollte.

Für ein ruhigeres Gewissen fasst er den Entschluss, auf dem Heimweg noch einmal in der Legienstraße zu halten, um sich zu vergewissern, dass dort so weit alles in Ordnung ist.

Der Regen auf Gerds Scheibe wird weniger. Es ist nur noch ein leichtes Nieseln, weshalb die Scheibenwischer kaum noch Wasser zur Seite wischen müssen und die wenigen Tropfen immer geräuschvoller mit leichtem Quietschen von der Scheibe geschoben werden. Er schaltet die Scheibenwischer aus und vernimmt ein leises Knurren, das immer lauter zu werden scheint. Es tönt aus seinem Bauch herauf. Kurz entschlossen fährt Gerd die Breite Straße zum Fischmarkt hinab. »Jo, das isses«, kommentiert er seine eigene, wie er findet, blendende Idee.

Er fährt auf der Hafenstraße an den Landungsbrücken entlang und biegt vor dem Hard Rock Cafe auf den Parkplatz ein, wo er eine freie Parklücke für sein Wohnmobil findet. Gerd steigt aus, nimmt sein Handy und sucht darin Kevins Kontakt, um ihn noch einmal anzurufen. Doch es geht nur dessen Mailbox ran. Gerd verdreht die Augen, schließt sein Auto ab und geht zu den Landungsbrücken.

Der schwimmende Ponton, an dem diverse Ausflugsdampfer für Fahrten nach Helgoland, Cuxhaven oder Norderney neben Hafenrundfahrt-Barkassen und Fährschiffen anlegen, ist durch Stahlbrücken mit den Kaimauern verbunden, um die Tide im Hamburger Hafen für die bis zu achtzigtausend Besucher pro Tag auszugleichen.

Munteren Schrittes tapst Gerd die Brücke zum Kai hinab. Er schaut über den feuchten, mit Pfützen übersäten Beton und den von Duckdalben gesäumten Ponton, an dem die verschiedenen Barkassen und Fähren vertäut sind, über die Elbe hinweg bis zur Elbphilharmonie. Er liebt den Blick auf Hamburgs neues Wahrzeichen, doch sein Magen erinnert ihn an den Grund, warum er hier steht. Er tritt an einen der vielen Fischläden heran, an denen er schon früher in seinen Zeiten auf dem Streifenwagen gerne zur Mittagspause einkehrte. »Ein Fischbrötchen mit Matjes bidde!«

»Jo, geit los«, quittiert der Verkäufer den Wunsch und legt ein Fischbrötchen aus der Kühlung in einen Metallständer auf der Theke. »Macht vier fuffzig.«

»Vier fuffzig? Euer Ernst? Mann, Mann, Mann, ich wollt nur 'n Fischbrötchen und kein Baguette mit Hummer. Hier. Stimmt so.« Gerd legt mit einem Augenzwinkern einen Fünf-Euro-Schein auf den Tresen, greift im Gegenzug nach dem Brötchen und beißt hinein. Langsam dreht er sich um und verharrt. »Dat gibt es ja gar nicht. Ey, Kevin«, brüllt er mit halb vollem Mund, als er völlig unverhofft Kevin Schröter entdeckt, der an der Kaimauer entlangschlendert. »Bleib mal stehn!«

Kevin erstarrt, schaut sich nicht um und geht auch nicht weiter, ganz so, als wolle er erst einmal die Stimme der richtigen Person zuordnen, ehe er beschließt, wie auf die Ansprache zu reagieren ist. Im nächsten Moment verlässt die Anspannung seinen Körper, seine Schultern hängen herab, und er schaut über sie hinweg in Gerds Richtung. Er hat Panik im Blick, und doch scheint ein leichtes Lächeln auf seinen Lippen zu liegen. »Herr Sehling? Wie kommen Sie denn hierher?«

»Das sollte ich mal lieber dich fragen«, erwidert Gerd, geht auf Kevin zu und beißt dabei erneut in sein Brötchen, sodass an dessen hinterem Ende die Remoulade hinausläuft und auf den Betonboden kleckert.

»Mich? Wieso? Was soll sein?« Kevin schaut Gerd nicht in die Augen, während er sich bemüht, möglichst unschuldig zu wirken.

»Dat weißt du ganz genau, mien Jung. Veräppeln lass ich mich nich, dat lass dir man gesagt sein. Und nu raus mit der Sprache. Wat sind dat für Typen, die da hinter dir her sind?«

»Psst«, zischt Kevin und schaut sich panisch um. »Sind Sie verrückt geworden? Wollen Sie, dass alle auf uns aufmerksam werden? Die könnten hier überall sein.«

»Wer, die? Und warum sollten die hier sein? Kein normaler Hamburger geht hier unten auf die Landungsbrücken, wenn ihn nicht gerade ein knurrender Magen dazu zwingt. Also. Wer sind die? Was wollen die? Rede mit mir, Junge. Sonst kann ich dir nicht helfen.«

»Ich hab Sie nicht um Hilfe gebeten«, antwortet Kevin trotzig und sieht aus, als bereue er diese Worte schon im selben Moment, während Gerds Miene sich zunehmend verfinstert.

»So, du Friseur, nu hörst du mir mal zu. Ich reiß mir hier den Arsch auf, um dich zu finden, damit Herr Kleine dich nicht rauswirft und du nicht wieder in den Knast musst. Während die Typen, die ich bei deiner Freundin in die Flucht geschlagen hab, daran bestimmt nicht interessiert sind. Du hast mich vielleicht nich um Hilfe gebeten, aber du hast sie bitter nötig!«

Gerd hält zufrieden inne, er hat es auf den Punkt gebracht, während Kevin lautlos die Lippen bewegt, als wolle er etwas erwidern, aber der Junge bleibt stumm.

»Pass auf. Wenn die Typen böse Schatten aus deiner Vergangenheit sind, sag mir das. Dann kann ich dir helfen. Wollen die Kohle von dir? Hast du noch Schulden bei denen aus irgendwelchen alten Geschäften?«

»Ja, so ungefähr.«

»Okay. Ich mache dir einen Vorschlag. Du kommst jetzt mit mir mit, und wir fahren zu einem alten Freund von mir bei der Polizei. Dort packst du gegen deine damaligen Hintermänner aus, dir wird geholfen, und ich lege beim Chef noch ein letztes gutes Wort für dich ein.« Zufrieden mit seiner Ansage streckt Gerd dem nachdenklich dreinschauenden Kevin seine Hand entgegen. »Deine Chance!«

Kevin schaut zu den Schwimmdocks auf der anderen Seite der Elbe und atmet tief ein und wieder aus. Dann geht er einen Schritt auf Gerd zu, guckt ihm in die Augen und schlägt ein. »Danke für Ihr Vertrauen. Ich werd Sie nicht enttäuschen.«

Gerd zieht einen Fünf-Euro-Schein aus seiner Hosentasche, hält ihn Kevin hin und nickt ihm einmal zu. »Nimm und kauf dir auch 'n Fischbrötchen. Die sind lecker, und bei Dumbo wirst du alle Kraft benötigen.«

36

Der getunte Golf der Wismaraner rauscht über den feuchten Asphalt der A 24 an der Ausfahrt Jenfeld vorbei. Kalle hat das Gaspedal voll durchgetreten und nutzt immer wieder die Lichthupe, um langsamere Fahrzeuge aus dem Weg zu jagen, getrieben von den dumpfen Bässen aus den Boxen im Kofferraum.

Ronny sitzt ein wenig nervös auf dem Beifahrersitz und wippt immer wieder von links nach rechts. Er hält sich am Deckengriff fest und sieht prüfend in die Innenräume der Autos, die sie überholen. Gelegentlich schaut er über die linke Schulter zurück und checkt die Fahrzeuge ab, die ihnen folgen. Nur wenige Hamburger scheinen sich von ihrem Tempo provoziert zu fühlen, doch entspannen kann Ronny sich nicht. Es ist nicht wegen der Tasche im Kofferraum, deren Inhalt sie ins Gefängnis bringen würde. Sondern weil seine Blase drückt. Er hätte auf die Energydrinks lieber verzichten sollen. Sie treiben ziemlich und lassen ihn kaum noch einen klaren Gedanken fassen.

»Alter, ich muss pissen«, entfährt es ihm schließlich, nachdem Kalle auf die A 1 in Richtung Lübeck gewechselt ist.

»Jetzt? Muss das sein?« Kalle schaut hektisch in den Rückspiegel und wieder zu Ronny, der ihn bettelnd ansieht.

»Ich platze, Alter«, erwidert er flehentlich. »Gleich kommt eine Raststätte, dann kannst auch gleich tanken, weißt?«

Kalle schaut auf die Tanknadel, die kurz vor dem Reservebereich steht, und nickt. »Willst was trinken? Ich kauf mir gleich was in der Tanke, hab derbe Durst.«

»Nee, lass mal. Sonst muss ich vor Grevesmühlen schon wieder auf den Pott.«

»Schreib mal den anderen, dass wir auf dem Weg sind. Kein Bock, dass wir nachher auf sie warten müssen.«

»Bist du verrückt? Die sabbeln sich doch um Kopf und Kragen und gehen uns bloß alle zehn Minuten auf den Sack, wann wir endlich da sind. Ich rufe die an, wenn wir die Werft sehen. Das langt locker. Dann fahren wir alle hintereinander ab, wie beim letzten Mal. Aber ich gebe Liam Bescheid, dass wir auf der A 1 sind. Der ist immer so nervös, dass was passieren könnte, weißt?«

»Jo. Der soll locker bleiben. Wir sind sicher«, bestätigt Kalle mit einem Blick in den Rückspiegel, während Ronny die Nachricht in sein Handy eintippt. »Was geht heut Abend?«, fragt er abrupt, als Ronny fertig ist und das Handy wieder wegsteckt.

»Kein Plan, Alter. Zocken? Wie immer?«

»Jo, geht klar.«

Kalle setzt den Blinker und fährt auf die Abfahrt zur Raststätte Buddikate. Er tritt ordentlich auf die Bremse, um die Spur halten zu können, und rollt an ihrem Ende direkt an die äußerste Zapfsäule heran.

»Noch so 'n Fahrmanöver, und wir hätten uns die Toilette sparen können, Alter.« Ronny muss lachen, obwohl eine ordentliche Portion Ernst in seinem Spruch mitschwingt. Konzentriert atmet er ein und aus, den Moment, in dem Kalle anhält, sehnlichst erwartend. Kaum kommt der Wagen zum Stehen, stößt er die Beifahrertür auf und rennt in Richtung der öffentlichen Toiletten, ohne die Tür wieder zu schließen. Lachend schaut Kalle ihm nach und beginnt zu tanken.

Mit holperndem Schritt wackelt Ronny an dem Tankstellengebäude vorbei zum Eingang zu den Toiletten. Ein unangenehmer Geruch drängt ihm in die Nase, noch bevor er auf den Flur tritt. Es stinkt nach Urin, und hätte er eine Wahl, würde er sich den Euro sparen, den er beim Zugang einwerfen muss. Doch seine Blase sagt ihm deutlich, dass es keine andere Alternative für ihn gibt. Die ersten beiden Pinkelbecken sind von Planen versperrt. Seine Schuhsohlen schnalzen auf dem klebrigen Boden. Erst beim dritten Becken kann Ronny herantreten und den herbeigesehnten Moment der Erlösung genießen. Lautstark atmet er aus und beginnt zu lächeln.

»Gutes Gefühl?«, wird er von der Seite angesprochen.

»Hä? Was bist du denn für ein Perverser, Alter?«

»Pack ein, wenn du fertig bist, und dann leg die Hände an die Wand.«

»Vergiss es. Du kriegst gleich ein paar in die Fresse, mein Freund.« Ronny verschließt schnellstmöglich seinen Reißverschluss und ballt die Fäuste, während er auf den älteren Mann zugeht.

»Ich empfehle dir: Lass es lieber sein.«

»Das hättest du dir vorher überlegen sollen. Bald gibt's neue Zähne!« Ronny holt aus und will dem Mann mitten ins bärtige Gesicht schlagen, als sein Arm wie aus dem Nichts ergriffen und ihm auf den Rücken gedreht wird. Eine kräftige Hand packt ihn im Nacken und drückt ihn auf den schmutzigen, feuchten Boden, auf dem sich Matsch, Urin und Regenwasser miteinander mischen. Angeekelt spürt er, wie sein T-Shirt die stinkende Suppe aufsaugt.

»Polizei!«, ertönt eine strenge Stimme. »Sie sind vorläufig festgenommen.« Kaltes Metall legt sich klickend um Ronnys Handgelenk. »Sie können gerne mit einem Anwalt sprechen. Wir werden Sie jetzt ins Polizeipräsidium nach Hamburg fahren. Alles Weitere werden Ihnen die Kollegen vom Rauschgiftdezernat erklären. Haben Sie mich verstanden?«

»Musste das sein? Alter, der Boden stinkt wie Gosse, und ihr schmeißt mich mitten rein.«

Der ältere Mann geht neben Ronny in die Hocke und schaut ihm direkt in die Augen. »Du hättest einfach die Hände an die Wand legen können. Aber du wolltest ja die harte Tour. Dein Kumpel draußen war da kooperativer, wie ich es mitbekommen habe. So, mein Kollege hilft dir beim Aufstehen. Du musst ja nicht ewig da unten liegen.«

37

Im Bereich zwischen zwei Gebäudefingern des sternförmigen Polizeipräsidiums liegt der große Saal des Führungs- und Lagedienstes der Hamburger Polizei. Hier herrscht eine eisige, gespenstische Stille. Jede und jeder der anwesenden Beamten geht schweigend ihren oder seinen bürokratischen Tätigkeiten nach, während im durch Glaswände abgetrennten Büro des Polizeiführers die Kriminaldirektorin Baake wie ein Fisch in einem Aquarium sitzt und die aktuellen Meldungen studiert. Sie trägt zum Lesen eine überdimensionierte Brille mit dünnem Rahmen, die ihr wie durch eine Zeitschleife aus den achtziger Jahren auf die Nase gesetzt zu sein scheint. Die halblangen, bis zu den Schulterpolstern ihres dunklen Blazers reichenden Haare hat sie zurückgekämmt, die weiße Bluse ist bis oben zugeknöpft, und den Kopf hat sie in Denkerpose auf ihre Hand gestützt. Außerhalb des Aquariums beginnen zwei ihrer Mitarbeiter miteinander zu flüstern und verursachen ein leises Gemurmel, das ihre Aufmerksamkeit auf sich zieht. Vor allem, weil sie gelegentlich zu ihr schauen und danach noch energischer miteinander tuscheln. Dass ihr beide merklich den Rücken zudrehen, schürt ihren Argwohn. Was wollen sie vor ihr verheimlichen?

Lautlos erhebt sich Frau Baake von ihrem Platz und tritt trotz ihrer Absatzschuhe unbemerkt an die beiden Kollegen heran.

»… muss nichts bedeuten«, wispert der eine.

»Die Alte macht da bloß wieder einen Elefanten draus, wenn sie davon erfährt«, bekräftigt der andere.

Frau Baakes Lippen formen sich zu schmalen Strichen. Wusste sie es doch. Diese illoyalen, faulen Mitarbeiter wollen ihr erneut etwas verschweigen. Aus Angst, ihre Arbeit tun zu müssen, und weil sie Leistung und Qualität von ihnen erwartet.

»Alles nur, weil so ein Spinner wieder zu viel gesoffen hat.«

»Wir schicken den Hinweis einfach per Behördenpost an den Staatsschutz. Wenn er ein paar Tage liegt, ist die Luft sowieso raus, und die packen ihn zu den übrigen Hinweisen.«

»Dann muss sich die KTU den Müll erst einmal anschauen, und schon sind ein paar Wochen vorbei.« Der eine gibt dem anderen die zwei Papierseiten zurück, um die es anscheinend geht, und beide können sich ein zufriedenes Grinsen nicht verkneifen.

»Wie darf ich Ihr Verhalten verstehen?«, zischt Frau Baake mit schneidender Stimme und lässt die beiden Polizeibeamten erstarren. Das Lächeln auf ihren Lippen gefriert vor Schreck. »In mein Büro, Herr Steiner, Herr Binser. Sofort!« Mit erhobenem Kinn macht sie auf ihren Absätzen kehrt und geht zurück in ihr Aquarium, wo sie sich in einen großen Sessel setzt und den beiden kalt entgegenschaut. Die Ellenbogen auf die Lehnen gestützt und die Fingerspitzen aneinandergelegt, wartet sie, bis Steiner und Binser nebeneinander vor ihr stehen. Die beiden älteren Männer scheinen ihre Selbstsicherheit an der Tür abgegeben zu haben und stehen wie begossene Pudel vor ihr. Steiner mit gesenktem Haupt und tief in die Hosentaschen gesteckten Händen, Binser mit leerem Blick und hängenden Mundwinkeln. Voll von innerer Zufriedenheit betrachtet sie die beiden von oben herab, obwohl sie vor ihnen sitzt. »Ich höre.«

»Frau Baake, es ist so. Wir wollten nicht, also, wir wissen, dass Sie hier viel zu tun haben, und –«

»Das ist wohl an mir, zu beurteilen, Herr Steiner! Sie sind nicht hier, um über Kompetenzen zu entscheiden, sondern Sie arbeiten für mich. Sind wir uns darin einig?«

Steiner nickt stumm.

»Schön. Dann berichten Sie mir, was an Sie herangetragen wurde, wie es ohnehin Ihre Pflicht gewesen wäre.«

»Es gab einen anonymen Hinweis auf mögliche Bombenbauer in Osdorf am Achtern Born …«

»Und das wollten Sie mir vorenthalten? Das ist eine Frechheit!« Frau Baake springt aus ihrem Stuhl auf, der Zorn lässt ihr Herz pulsieren, und ein Blick voller Verachtung trifft Steiner und den Mitte fünfzigjährigen Hauptkommissar Binser. »Seien Sie froh, dass ich hier heute lediglich aushelfe, ansonsten könnten Sie sich dank Ihres Verhaltens gleich eine neue Verwendung suchen. Nichtsdestotrotz werde ich Herrn Rangel selbstverständlich darüber in Kenntnis setzen. Darf ich Sie nun bitten, mir den Bericht auszuhändigen? Außerdem möchte ich unverzüglich den Leiter der Spezialeinsatzkräfte und die Leiterin des Staatsschutzes sprechen. Teilen Sie ihnen mit, dass wir mit einem Ernstfall zu rechnen haben.«

»Aber der Inhalt des Müllbeutels ist von den Kollegen noch nicht einmal richtig gesichtet worden. Es kann auch … also … es könnte eventuell ein Verrückter gewesen sein, der diesen Hinweis abgegeben hat. Den Ernstfall anzunehmen wäre aus unserer Sicht deutlich –«

»Diese Entscheidung überlassen Sie bitte mir, Herr Steiner. Das übersteigt Ihre Kompetenzen. Oder wollen Sie die Verantwortung übernehmen, wenn in Hamburg ein Attentat verübt wird, weil Sie lieber die Hände in die Hosentaschen stecken?«

Erschrocken zieht Steiner die Hände aus den Taschen, bemüht, Haltung anzunehmen. »Natürlich möchte ich das nicht. Aber …«

»Dachte ich es mir doch. Verantwortungsbereitschaft ist offenkundig ein Fremdwort für Sie. Was stehen Sie hier noch herum? An die Arbeit. Es gilt, keine Zeit zu verlieren.«

Steiner und Binser verlassen umgehend das Büro und kehren an ihre Arbeitsplätze zurück, wo sie wie verlangt die beiden Leiter verständigen. Den eigenen Bedenken nachzugeben, wagen sie nicht. Lieber befolgen sie die Anweisungen ihrer Polizeiführerin, wohl auch in der Hoffnung, dass diese Herrn Rangel am Ende vielleicht doch nicht über die Angelegenheit in Kenntnis setzt, sollte der anstehende Einsatz erfolgreich verlaufen.

38

Mit einem kurzen Blick sieht Scotty ihre Vermutung bestätigt, die sich aus dem Klingeltableau des Mehrfamilienhauses ergab. Die Wohnung von Sandy Reinhard liegt am Ende des Laubengangs im ersten Stockwerk. Auf der Klingel steht ihr Nachname. Neben dem Eingang reihen sich auf einem kleinen Schuhregal klobige Turnschuhe aneinander, die ihre besten Tage bereits hinter sich haben, darunter ein neonfarbenes Paar, das förmlich nach Techno- und Goa-Partys schreit. Vor der Tür liegt eine grellpinke Fußmatte mit dem Aufdruck »Princess Home« und einer kleinen Krone anstelle des i-Punkts. Scotty verdreht leicht ihre Augen, als sie sich von der Wohnungstür abwendet und zurück ins Treppenhaus eilt.

Sie geht bis zum Legieneck, wo ihr Fahrzeug in der letzten Haltebucht, von der sie gerade eben noch den Zugang zum Treppenhaus im Blick hat, auf sie wartet. Es sind noch mehrere Parkstreifen frei, die deutlich dichter an der Legienstraße 13 liegen.

Sie steigt ein, meldet die Lage der Wohnung per Funk an die anderen und holt dann eine große Trinkflasche aus ihrer Tasche, die sie auf dem Beifahrersitz abgelegt hat.

»Lasse und Ali sowie Ernie und Bert sind mit ihren Fahrzeugen im Parkhaus Kirchlinden. Wir würden vorziehen, wenn Timon kommt und die Wohnung dann wieder verlässt. Echt Feindesland hier. Da sollten wir nicht zu präsent sein«, hört sie Bert über ihren Ohrstöpsel sagen.

»Von Heini: Ich bin im Laden gegenüber, habe beste Sicht auf das Objekt und die Parkbuchten und schaue mich gleichzeitig mal nach einer neuen Waschmaschine um.«

»Du kannst auch draußen rumlaufen, Heini. Hier in Billstedt fällst du nicht auf«, frotzelt Ernie, was Heini, da der Gedanke bei seiner Rockerkleidung und den welligen, langen Haaren nicht ganz abwegig ist, nicht weiter kommentiert.

»Okay. Wenn Heini direkte Sicht hat, ziehe ich ein wenig in Richtung Horn die Straße hinauf und schaue, ob ich Timon melden kann, wenn er in eure Richtung fährt«, erwidert Scotty, trinkt noch einen letzten Schluck, legt dann ihre Trinkflasche zurück in die Tasche und startet den Motor.

»Ja, aber fahr nich zu weit weg, Scotty. Ist schon dünn genug hier, und du weißt, dass immer was dazwischenkommen kann«, gibt Heini, der auf vierzig Jahre Diensterfahrung zurückblickt, zu bedenken.

Scotty revidiert ihre Entscheidung, schaltet den Motor nach kurzem Zögern wieder aus und klettert zwischen den Fahrersitzen hindurch und über die Rückbank in den Kofferraum, dessen getönte Scheiben sie gut abschirmen, falls Timon direkt neben ihr halten sollte. »Okay, Heini. Ich bleibe hier. Ich brauche aber zwei, drei Momente, um wieder fahrbereit zu sein.«

»Ja. Gut so. Du bist echt beweglich.«

»Du sollst die Wohnung im Auge behalten.«

»Ich habe hier alles im Blick, meine Liebe«, gluckst Heini erfreut.

Der Funk verstummt für einige Minuten. Alle warten auf eine Meldung von Heini und halten den Kanal frei, falls er etwas beobachtet.

»Das könnte er gewesen sein!«, ruft Scotty plötzlich in ihr Funkgerät. Ein Smart hat ihr Fahrzeug passiert, und am Steuer saß ein dünner Mann mit wilden Locken. »Carsharing, Heini. Er parkt jetzt ein.«

»Jo. Ich sehe den Wagen. Die Scheibe reflektiert das Sonnenlicht. Das Fahrzeug ist abgestellt. Tür öffnet sich. Jo. Das ist er. Eindeutig. Er schaut in deine Richtung, Scotty. Er schließt ab und kommt jetzt zur 13. Geht hinein. Der war auf jeden Fall noch nie hier. Schaut genauso wie du auf alle Klingelschilder, Scotty. Jetzt ist er im ersten Stock an der Zielwohnung. Er klingelt. Mehrfach. Und noch mal. Sieht fast wie Sturmklingeln aus. Er schaut sich um und blickt zur Straße. Tür wird geöffnet. Er betritt die Wohnung. Tür geschlossen.«

»Okay. Timon hat die Wohnung betreten. Plan? Wir warten nach seinem Verlassen ab, ob er wieder das Fahrzeug nimmt. Dann begleiten wir ihn bis zur ersten Ampel und machen dort den Zugriff, oder? Was meint ihr?«

»Können wir so machen«, bestätigt Bert.

»Klingt nach 'nem Plan«, sagt auch Lasse.

»Okay. Dann bleiben Heini und ich hier, falls die Freundin rauskommt, und ihr kümmert euch um Timon«, gibt Scotty vor, und eine bestätigende Stille setzt ein. Ab jetzt warten alle auf den einen Moment, in dem die Zielperson mit den Drogen die Wohnung verlässt, und hoffen, dass nichts Unerwartetes dazwischenkommt.

39

Energischen Schrittes betritt Rita Pappel, die Abteilungsleiterin des Staatsschutzes, auf ihren dunklen, hochhackigen Schuhen die Räumlichkeiten des Führungs- und Lagedienstes. Ihr dunkles, wallendes Haar weht hinter ihr her, und in ihren Augen brennt ein Feuer, das ihrem sonst so freundlichen Gesicht etwas ungeahnt Strenges verleiht. Ihr ist die Wut anzusehen, die in ihrem Herzen tobt, vermutlich jedoch nicht darüber, von

Kriminaldirektorin Baake hierherzitiert zu werden, sondern über die Art und Weise, wie es geschah. Unpersönlich über Dritte, die sich nun wahrscheinlich hinter ihrem Rücken das Maul darüber zerreißen, wie Rita Pappel wieder einmal mit sich umgehen lassen muss.

Sie marschiert auf den Glaskasten zu, in dem ihr Frau Baake bereits entgegenblickt und sich langsam aus ihrem Bürostuhl erhebt, ohne jedoch Anstalten zu machen, auf Rita Pappel zuzugehen. Vielmehr weist sie nach deren Eintreten mit ihrer ausgestreckten Hand auf einen Stuhl vor ihrem Schreibtisch und begrüßt die gleichrangige Beamtin mit der Aufforderung, sich zu setzen.

Provozierend bleibt Rita Pappel hinter dem Stuhl stehen. Ihre Wangen sind leicht rot angelaufen, von feinen Adern durchzogen, und das Herz trommelt rastlos in ihrer Brust.

»Schön, dass Sie es schnell einrichten konnten. Ich benötige sämtliche Informationen, die dem Staatsschutz zu der Wohnung im Achtern Born vorliegen. Was wissen wir über die Bewohner? Warum ist der Staatsschutz bislang nicht aktiv geworden? Falls etwas passieren sollte, bevor wir eingreifen, müssen wir Antworten für die Öffentlichkeit parat haben. ›S‹ wird das von uns erwarten. Er kann es sich so unmittelbar vor den Wahlen nicht erlauben, negative Presse zu erhalten.«

»Der Senator ist mir völlig egal. Die Entschärfer kümmern sich aktuell um die sichergestellten Gegenstände aus dem Müllbeutel. Sie arbeiten Hand in Hand mit der Spurensicherung, um sowohl einen Befund zu den Stoffen erbringen zu können als auch zu möglichen Spurenlegern.«

»Dafür ist keine Zeit. Das SEK klärt bereits die Wohnung auf und wird zeitnah stürmen.« Eiskalt schaut Kriminaldirektorin Baake ihrer Kollegin in die Augen. Das Aquarium entwickelt sich zunehmend zur Kühlkammer zwischen den beiden Abteilungsleiterinnen.

»Sie wollen nur aufgrund eines anonymen Hinweises eine Wohnung in einem Mehrfamilienhaus stürmen lassen? Mit welcher Befugnis? Um eine Wohnung durchsuchen zu dürfen, bedarf es ein wenig mehr. Der in der Wohnung gemeldete Mieter ist uns völlig unbekannt. Er ist bislang weder im linken noch im rechten oder im islamistischen Bereich in Erscheinung getreten. Weitere Hinweise gibt es nicht, und das Material wurde ebenfalls noch nicht abschließend untersucht.«

»Dann lassen Sie sich halt etwas einfallen. Gefahr im Verzuge oder Gefahrenabwehr. Das ist Ihr Problem. Sie werden andernfalls die Konsequenzen tragen, wenn etwas passieren sollte, Frau Pappel. Das kann ich Ihnen sagen. ›S‹ wird nicht begeistert sein, wenn er von Ihrer Blockadehaltung erfährt. Seien Sie kreativ, und jetzt machen Sie Ihre Arbeit. Das SEK wird ohne Verzögerung beginnen. Sie haben bereits grünes Licht von mir für die Aufklärung und Vorbereitung des Einsatzes erhalten.«

»Aber wir haben kein Recht –«

»Wir schützen das Leben der Bürger dieser Stadt. Das ist unsere Pflicht. Also, worauf warten Sie noch? Wir können sehr wohl zur Gefahrenabwehr die Wohnung betreten!«

»Aber wir dürfen sie nicht einfach auf den Kopf stellen. Schon das Stürmen ist äußerst bedenklich, zumal wir die Glaubwürdigkeit der Quelle ob ihrer Anonymität nicht bewerten können. Und selbst wenn sich Bombenbauer in der Wohnung befinden, werden sie das Material nicht unbedingt auf dem Wohnzimmertisch stehen haben, sondern in Schränken, Bettkästen oder anderen Verstecken. Wenn sie es nicht längst an andere Orte verbracht haben. Zudem sollten wir ihrer habhaft werden, um sie identifizieren und vernehmen zu können und ihre technischen Kommunikationsmittel auszuwerten. Wir wissen aber nicht einmal, wer und wie viele sich in der Wohnung befinden, wir sollten –«

»Das SEK geht in die Wohnung, und der Rest wird sich dann schon ergeben. Sie können ja gleich einen Sprengstoffhund mitnehmen. Der wird anschlagen, und dann können Sie mit Ihren Kollegen auch durchsuchen.«

»Die Kollegen arbeiten mit Hochdruck an der Auswertung.

Wir werden aber erst durchsuchen, wenn es rechtlich vertretbar ist. Das ist mein letztes Wort.« Kopfschüttelnd wendet sich Rita Pappel von der Kriminaldirektorin ab, die ihr mit überlegener Miene nachschaut und dabei auf ihrem Diensttelefon die Nummer des Leiters der Spezialkräfte wählt.

»Kriminaldirektorin Baake hier. Frau Pappel hat soeben das taktische Betreten der Wohnung angeordnet. Frieren Sie die Lage vor Ort ein und melden sich bei mir, sobald Sie Näheres haben. Die Kollegen vom Staatsschutz werden entsprechend Ihrer Feststellungen einen Durchsuchungsbeschluss erwirken. Richtig. P-A-P-P-E-L. Bis später.«

40

»Ich komme gerne auf Sie zurück. Ich will mich aber erst mal noch ein bisschen umschauen«, besänftigt Heini den Verkäufer, der ihn nur zu gerne ausgiebig zu den verschiedenen Waschmaschinen beraten würde, die unmittelbar vor ihm im Schaufenster des Geschäfts stehen. Heinis Aufmerksamkeit gilt jedoch nicht den Geräten im Laden, sondern dem Laubengang im gegenüberliegenden Haus, was dem Verkäufer wegen der langen graublonden Locken, die Heini ins Gesicht und über die Augen fallen, allerdings entgangen ist. Gelegentlich zieht er ein Schubfach auf oder öffnet ein Bullauge, dreht die Trommel ein Stück und setzt dabei einen fachmännischen Blick auf. »Nichts Neues«, sagt er mehrfach, während er seinen Funkknopf gedrückt hält, und erntet ein paar Widerworte des Verkäufers, die er aber nicht weiter beachtet.

»Tür öffnet sich«, meldet er jetzt, als er sieht, dass sich oben bei Sandy Reinhards Wohnung etwas tut.

»Natürlich. Zehn Jahre Garantie«, informiert ihn der Verkäufer eifrig.

»Die Freundin verlässt. Allein. Ohne Timon. Sie schließt

die Tür, schaut zur Straße. Sie blickt sich mehrfach um und geht jetzt in Richtung Treppenhaus.«

»Alles in Ordnung bei Ihnen?«, fragt der Verkäufer verunsichert und tritt an Heini heran.

»Sie hat eine große Tasche sowie einen Trolley dabei und geht in Richtung Horn. Sie kommt zu dir, Scotty.«

»Beam me up!«, ruft der Verkäufer und lacht laut. Er hebt seine Hand und spreizt Zeige- und Mittelfinger von Ring- und kleinem Finger ab. Heini ignoriert ihn und versucht, gleichzeitig die Wohnungstür und die Frau im Blick zu behalten.

»Ich übernehme Sandy Reinhard«, gibt Scotty durch. Heini kann sehen, wie sie sich von der Rückbank nach vorne quält, nachdem Sandy an ihrem Fahrzeug vorbeigegangen ist.

»Lasse und Ali ziehen mit, Scotty. Bert und Ernie gehen auf die Position von Scotty, Heini«, meldet Ali per Funk. »Wir fahren vor bis zur U-Bahn-Haltestelle.«

»In Ordnung. Sie geht auf der linken Seite. Ist circa fünfzig Meter vor mir. Die Tasche scheint gut gefüllt zu sein, ist wohl auch relativ schwer. Geht schon mal nach unten zu den Gleisen. Sie will bestimmt in die Innenstadt.«

»Jo. Denken wir auch«, schaltet sich Dombrowski in das Funkgespräch ein. »Aber das werden wir ja sehen. Seid für alles offen. Heini, behaltet Timon im Blick.«

»Logo, was denkst du denn, was ich hier mach.« Heini prustet empört und wendet sich kurz dem Verkäufer zu, der noch immer schräg hinter ihm steht. Dabei sieht er im Augenwinkel, wie sich die Ladentür öffnet. Er nickt in Richtung der Tür. »Kundschaft, mein Bester. Ich komm hier klar.«

Der Verkäufer begrüßt die neue Kundin, und Heini wendet sich erleichtert wieder der Wohnanschrift zu, wo die Tür noch immer geschlossen und keine Bewegung auf den Gängen zu sehen ist.

»Sandy geht nach links in den Helma-Steinbach-Weg. Lasse, seid ihr bereits vor Ort?«, erkundigt sich Scotty. »Ich würde sie dann gehen lassen und über den Riedweg zur Haltestelle kommen.«

»Wir parken gerade. Ali nimmt die Straße auf lange Sicht. Ich gehe zum Bahnsteig.«

»Check.« Kaum hat Scotty den Helma-Steinbach-Weg passiert, beginnt sie zu laufen, durch die Bahnunterführung bis zum Riedweg, den sie ebenfalls hinabrennt.

»Von Ali: Ich kann sie bislang noch nicht sehen. Hier kann ich auch nicht lange stehen. Dann bin ich raus.«

»Ali, soll ich dazukommen?«, fragt Lasse.

»Nee, ich sehe sie jetzt. Sie schleppt sich ganz schön ab. Ich gehe ein Stück weiter, qualme noch eine vorm Bahnhof und sage sie dann an.«

»Ich … bin … auch … gleich … da«, hechelt Scotty in den Funk, während sie keuchend versucht, den Vorsprung von Sandy Reinhard wieder aufzuholen.

»Sandy biegt soeben um die Ecke. Noch dreißig Meter bis zur Bahnhaltestelle. Hör lieber auf zu rennen, Scotty.«

»Ich bin bereits auf dem Bahnsteig. Haste gar nich mitbekommen, was?«, freut sich Scotty deutlich hörbar.

»Nee, echt? Auch stadteinwärts?«

»Jepp.«

Genüsslich raucht Ali seine Zigarette, bis Sandy an ihm vorbeigegangen ist und den Eingang zu den Bahngleisen betritt. Vor der blau gefliesten Wand bleibt sie kurz stehen und betrachtet die Schilder links und rechts, die auf die jeweiligen Fahrtrichtungen der Bahnstrecken verweisen. Ali wartet damit, näher heranzutreten, bis sie sich zu einem der beiden Gleise begibt, zieht noch einmal an der Zigarette und schaut die Straße hinab, als sie sich in seine Richtung umschaut. Dann wirft er die Zigarette auf den Boden und drückt sie mit der Schuhsohle aus, um ihr nachzugehen. Sandy wendet sich nach links, zum Bahngleis, das stadtauswärts führt, und eilt die Stufen hinab, weil gerade eine Bahn einfährt.

»Wir haben falsch getippt. Sie geht zu den Gleisen in Richtung Mümmelmannsberg. Die Bahn kommt.« Ali beginnt zu laufen.

Die Bahn steht mit offenen Türen am Bahnsteig. Ali schaut sich um, sieht Sandy nirgendwo stehen und steigt in die Bahn ein, woraufhin er zügig durch den ersten Waggon hindurchgeht und den zweiten Waggon betritt. Er späht durch die schlauchartige Verbindung zwischen den Wagen und entdeckt Sandy einen Waggon weiter vorne, wo sie an einer der Türen stehen geblieben ist. Ali setzt sich auf einen freien Platz und behält Sandy im Blick. »Sie steht im dritten Waggon der U2 in Richtung Mümmelmannsberg«, meldet er per Funk.

Die Türen beginnen zu piepen und kündigen das Schließen an. Im letzten Moment springt Sandy aus der Bahn, als sich die Türen bereits aufeinander zuschieben und beim Verlassen beinahe ihren Trolley einklemmen.

»Scheiße!«, flucht Ali, der tatenlos zusehen muss, wie Sandy zurück in Richtung der Treppe geht.

»Sandy ist wieder raus und läuft hinauf zum Eingang. Eventuell wechselt sie auch das Gleis und kommt zu euch auf die andere Seite. Ich bin raus. Sie hat mich sitzen lassen, im wahrsten Sinne des Wortes.«

»Lasse, wir warten noch, ob sie kommt. Die Bahn in Richtung Hauptbahnhof ist in einer Minute da. Wenn sie bis dahin nicht auftaucht, gehst du ihr nach, und ich warte.«

»Ja, verstanden.«

»Da ist sie. Ich sehe ihre Schuhe. Sie kommt zu uns herunter, Lasse«, sagt Scotty.

»Du erkennst sie an ihren Schuhen? Dein Ernst? Oh ja, ich verstehe«, erwidert Lasse, als die grellgelben Schuhe auch von seiner Warte auf der Treppe zu sehen sind und mit jeder Stufe mehr von ihrer Trägerin preisgegeben wird.

»Die Bahn kommt.« Scotty tritt ans Bahngleis heran und hört, wie Sandy hinter ihr vorbeigeht, um in einen Waggon weiter vorne einzusteigen. Der Windzug wirbelt Scottys Haare auf, und sie schaut beiläufig ihrer Zielperson nach, die ungefähr in der Mitte zwischen ihr und Lasse langsamer wird und sich an die Gleise stellt.

»Wir bleiben an der Tür stehen, Lasse«, schlägt Scotty schmallippig vor.

»Jo.«

Die Türen der Bahn öffnen sich, und alle steigen ein. Lasse und Scotty positionieren sich an einer der Türen, während Sandy Reinhard zu einer freien Vierergruppe geht und sich dort mit Trolley und Tasche niederlässt. Scotty und Lasse beobachten sie, bis die Türen zu piepen beginnen und sich langsam schließen. Die Bahn fährt an, und beide atmen innerlich auf, dass ihre Zielperson ihnen nicht durch die Lappen gegangen ist.

»Dumbo, wir sind auf dem Weg«, meldet Scotty erleichtert.

»Da bin ich aber froh«, antwortet Dombrowski sogleich. »Bleibt erst einmal dran und wartet ab, was passiert.«

»Check«, bestätigt Lasse. »Sie daddelt auf ihrem Handy herum.«

»Die Wohnungstür öffnet sich wieder«, meldet Heini plötzlich. »Timon verlässt die Wohnung. Ebenfalls mit einer Tasche. Er trägt jetzt auch einen Rucksack.«

»Okay, vom Turm: Zugriff für beide freigegeben«, meldet sich Dombrowski zu Wort. »Timon bitte zuerst. Sobald Bestätigung vorliegt, könnt ihr Sandy ansprechen.«

»Check«, antwortet Lasse.

»Heini, sag uns die Richtung an«, fordert Ernie umgehend.

»Er verlässt gerade das Haus und geht auf den Carsharing-Wagen von vorhin zu. Ich gehe rüber.«

»Wir keilen das Auto ein. Mach du die Ansprache.«

»Er steht mit dem Handy vor dem Auto.«

»Wir sehen alles, Heini. Mach du die Ansage, sobald er einsteigt.«

Timon öffnet, nachdem er sich mühsam durch die Anmeldung in der App gekämpft hat, den Kofferraum des Autos und wirft die Tasche und den Rucksack hinein, schließt die Klappe wieder und geht zur Fahrertür. Er beobachtet kurz den kleinen Mann mit Harley-Davidson-Jacke, der von der anderen Seite über die Straße humpelt. Sein verbrauchtes Gesicht und die knollige Nase sprechen für regelmäßigen und exzessiven Alkoholkonsum. Außerdem scheint er mit seinen Klamotten und der Dauerwelle in den langen grauen Haaren modisch irgendwann in einer für Timon weit entfernten Zeitepoche stehen geblieben zu sein. Timon öffnet die Tür und lässt sich auf den Fahrersitz fallen. Doch ehe er den Motor starten kann, bleibt der Mann plötzlich direkt vor seiner Motorhaube stehen, greift sich an die Hüfte und hat auf einmal eine Waffe in der Hand, die er auf Timon richtet. »Polizei!«, schreit er. »Ich will die Hände sehen. Die Hände, die Hände.«

Hinter Timon, der auf seinem Sitz vor Schreck erstarrt ist, quietschen Reifen, doch er wagt nicht, sich umzuschauen. Stattdessen hält er die Hände hoch und schaut der trollartigen Gestalt ängstlich entgegen.

»An die Scheibe. Die Hände an die Scheibe«, brüllt der Mann, was Timon umgehend befolgt. Dann wird die Tür aufgerissen, und kräftige Hände packen zunächst Timons linken Arm und kurz darauf seinen Kopf, reißen ihn aus dem Auto heraus und drücken ihn zu Boden.

»Polizei!«, schreit eine andere Stimme. »Ich werde Sie jetzt fesseln. Sie sind festgenommen.«

»Scotty für Bert. Wir haben ihn. Ihr könnt.«

Timon atmet durch und lässt die Stirn langsam auf den Asphalt sinken. Er weiß, dass dieser Tag nicht gut enden wird.

»Nächste Haltestelle – Burgstraße«, verkündet eine mechanische Stimme über Lautsprecher. Sandy Reinhard verfolgt das Fahrgastprogramm auf dem Monitor der U-Bahn, auf dem allerlei Dinge im Wechsel angezeigt werden, die sie zwar von ihren trüben Gedanken ablenken, jedoch überhaupt nicht interessieren. Sie weiß, dass es nicht gut um Kevin steht. Die Sache ist ernst. Sie hat es an seiner Stimme gehört. Keine Zeit für

Späße, und die Typen, die sie angegangen haben, wären sicherlich übel gewesen, wenn nicht dieser ältere Mann gekommen wäre. Erst jetzt beginnt sie sich Gedanken über ihn und die Situation zu machen, in die er hineingeplatzt ist. Zu surreal und unerwartet war das Ganze, und erst jetzt wird ihr so richtig bewusst, dass es tatsächlich geschehen ist und kein schlechter Film war. Ihr Herz beginnt immer härter gegen ihr Brustbein zu schlagen, und Schweißperlen bilden sich auf ihrer Stirn.

»Frau Reinhard?«, wird sie freundlich von der Seite angesprochen. »Frau Reinhard?« Ohne es bewusst zu wollen, wendet Sandy ihren Blick von dem Monitor ab und schaut zu der Frau auf, die neben ihr steht und ihr eine kleine Plastikkarte entgegenstreckt. »Ich bin von der Polizei und würde Sie bitten, uns an der nächsten Haltestelle zu folgen.«

Schemenhaft nimmt Sandy das Bild auf dem Ausweis und eine dunkle Schrift auf blau-weißem Untergrund war. Wie automatisch steht sie auf, ohne den Ausweis genauer zu betrachten. Viel zu durcheinander ist sie. Die Frau greift nach ihrem Arm, Sandy spürt den kräftigen Druck ihrer Hand, doch sie fühlt sich viel zu schwach, um sich dagegen zu wehren. Ein Mann, der offenbar zu der Polizistin gehört, nimmt Sandy mit einem freundlichen Lächeln ihre Tasche und den Trolley ab.

»Dumbo für Scotty«, sagt die Polizistin. »Wir haben Frau Reinhard und ihr Gepäck. Rufst du uns einen Streifenwagen als Taxi zur Haltestelle Burgstraße?« Sie hält kurz inne. »Danke, wir melden uns«, sagt sie dann und steigt zusammen mit Sandy aus der Bahn aus.

41

Die Handynummer, die auf Tim Dombrowskis Bürotelefon erscheint, ist ihm nicht bekannt. Er nimmt den Anruf entgegen und meldet sich wie gewohnt.

»Richter am Amtsgericht Kapischke hier. Es geht um die Anregung von Staatsanwalt Schmidt. Weil es ja offenbar eilig ist, rede ich lieber einmal direkt mit Ihnen, damit der Beschluss am Ende auch vernünftig formuliert ist.«

»Ja, okay. Schießen Sie los.« Dombrowski kann sich ein freudiges Grinsen nicht verkneifen, weil ein persönlicher Anruf des Richters zumeist gleichbedeutend damit ist, dass der erwünschte Beschluss auch erlassen wird.

»Also, Sie haben beobachtet, wie ein junger Mann siebenundvierzig Briefe in einen Briefkasten geworfen hat. Er hat vorher Handschuhe angezogen, und darum glauben Sie, dass es Drogenbriefe sind?«

»Ja, genau. Es waren Einweghandschuhe, genauer gesagt. Und mindestens siebenundvierzig Briefe.«

»Und der Briefkasten wird derzeit bewacht?«

»Ja, von dem Kollegen, der auch den Einwurf beobachtet hat.«

»Haben Sie ein Foto von dem Jungen gemacht?«

»Ich glaube schon. Aber wir haben auch eine Beschreibung und wissen, dass er in der Straße Im Soll im Mehrfamilienhaus 45a in Hamburg wohnt. Dort ist allerdings niemand in seinem Alter gemeldet, daher konnten wir ihn noch nicht abschließend identifizieren.«

»Verstehe. Dann bitte einmal die Beschreibung, damit ich den Täter konkret in meinem Beschluss benennen kann.«

»Ach so, okay. Die Personenbeschreibung stand eigentlich auch in meinem Vermerk. Einen Moment, ich muss kurz nachschauen. Hier: Anfang zwanzig, mitteleuropäische Erscheinung, schwarze Bomberjacke, schwarzes Cap mit weißem Schirm, blaue Jeans und weiße Turnschuhe. Wohnhaft Im Soll 45 Anton.«

»Und wo ist der Briefkasten?«

»Der steht vor der Postfiliale am Bramfelder Dorfplatz. Es handelt sich um den linken Briefkasten. Das steht im vierten Absatz meines Vermerks.«

»Ah ja, ja. Ich sehe schon. Und was waren das für Briefe?«

»Weiße Polsterumschläge.«

»Wo steht denn das?«

»Im zweiten Absatz«, erwidert Dombrowski, bemüht, nicht genervt zu klingen. Hatte der Richter seinen Vermerk überhaupt gelesen?

»Und die Uhrzeit?«

»Die steht gleich in der ersten Zeile.«

»Ach ja, hier ist es ja. Wunderbar. Dann erhalten Sie gleich Ihren Beschluss. Alle passenden Briefe werden dann bitte direkt zu mir gebracht. Zimmer 115 im Strafjustizgebäude am Sievekingplatz. Die Kollegen dürfen jetzt gerne die Briefe aus dem Briefkasten bergen. Die sind ja sicherlich schon ganz aufgeweicht bei dem Wetter.« Richter Kapischke lässt ein schnarrendes Kichern hören. »Ja, die armen Kollegen. Also, mit dieser Uhrzeit angeordnet. Den Beschluss schicke ich Ihnen umgehend per Fax. Auf Wiederhören.« Ohne Dombrowskis Erwiderung abzuwarten, legt der Richter auf.

»Danke, Herr Kapischke«, sagt Dombrowski in den Raum hinein, legt den Hörer auf und greift nach dem Funkgerät, auf dem er Doggy erreichen kann. »Doggy für Dumbo.«

»Endlich. Und?«

»Du kannst die Briefe bitte als Spurenträger bergen und direkt zu Richter Kapischke am Amtsgericht am Sievekingplatz in Zimmer 115 bringen. Der wird sie dann öffnen und sichten und dir wieder übergeben, wenn das drin sein sollte, was wir erwarten. Sofern er sich dann noch dran erinnert. Allzu interessiert klang er nicht. Und bring ihm bitte ein Paar Einweghandschuhe mit, ich möchte ihn ungern zur erkennungsdienstlichen Behandlung vorladen, um seine Spuren als Trugspuren auszuschließen. Er wirkte nicht ganz so praxisnah am Telefon.«

»Ja, verstanden. Ich lege hier los und melde mich, wenn ich Neues zu berichten habe.«

»Die Wohnung habt ihr im Blick?«

»Selbstverständlich. Die anderen bleiben vor Ort«, erwidert Doggy.

In diesem Moment beginnt das Faxgerät im Nachbarraum zu klingeln, und Dombrowski verabschiedet sich von Doggy, um den erlassenen Beschluss aus dem Papierauswurf zu holen.

42

Ein leises Surren hallt von den Wänden der wenig möblierten Wohnung wider. Das Gummi der Atemmaske ist zu eng, es schneidet gewaltig hinter Tareks Ohren ein, und sein Schweiß läuft ihm brennend in die raue Haut. Die Luft ist heiß und feucht in dem kleinen Raum, dessen beschlagene Fenster er geschlossen hält, damit weder Arbeitsgeräusche noch die Gerüche der giftigen Chemikalien nach außen dringen. Tarek atmet schwer und spürt, wie ihm die Schweißtropfen in den dicken Gummihandschuhen an den Fingern entlangrinnt. Es fühlt sich an, als würde ihm der säurefeste Schutz gleich von den Händen gleiten, so als könnte er den mechanischen Rührer kaum noch halten, doch er reißt sich zusammen und starrt Felix an. Er ist der Einzige, der wirklich weiß, was sie hier machen, und nicht wie Tarek als Handlanger agiert, sondern wie ein Chemiker, der in einem Labor arbeitet.

Felix kniet in seinem gelben, gummierten Schutzanzug vor der dunklen Maurerbütt, in der eine bräunliche Flüssigkeit wabert. Nach und nach kippt er Salzsäure hinein und gibt Tarek das Zeichen zum Rühren, wobei weiße Kristalle wie feine Schneeflocken in der Flüssigkeit zu Boden rieseln. Nach einer Weile hebt Felix abrupt die Hand, damit Tarek wieder aufhört, steckt ein Messgerät in die Brühe und gießt anschließend weitere Salzsäure in das toxische Gemisch hinein. Mehrfach wiederholt er diese Prozedur, bis er mit dem Ergebnis zufrieden ist und nach einem Karton mit weißem Pulver greift, das er unter Rühren von Tarek nach und nach in die Bütt kippt. Der dabei aufwirbelnde Staub vernebelt den Raum, in dem überall auf den Möbeln weiße Pulverablagerungen zu sehen sind, zunehmend.

Unentwegt rührt Tarek in der immer fester werdenden Masse, die sich am Boden absetzt und zu einer Art hellen Paste wird.

Felix steht auf, während Tarek weiterarbeitet, und geht in die Küche. Er kommt mit einer großen digitalen Küchenwaage und vielen dickwandigen Plastikbeuteln wieder, die er auf den staubigen Boden neben die Bütt legt. Dort lehnt bereits eine große Metallkelle, nach der er greift und an deren Rändern noch verkrustete weiße Anhaftungen kleben. Felix bedeutet Tarek, dass er aufhören kann zu rühren, und zieht die Kelle mit einem kratzenden Geräusch über den Boden des übergroßen Plastikeimers. Mit der schlickartigen gelblich weißen Masse befüllt er über dem Eimer einen der durchsichtigen Plastikbeutel und stellt ihn auf die Waage, deren Display neunhundertzweiundvierzig Gramm anzeigt. Langsam lässt Felix weitere kleine Klekse Paste in den Beutel fallen, bis die Waage tausendneunundvierzig Gramm anzeigt. Zufrieden lehnt er die Kelle wieder gegen die Wand der Bütt, geht zu einem kleinen Hocker, auf dem ein kleines Vakuumiergerät auf seinen Einsatz wartet, und steckt die Öffnung des Plastikbeutels zwischen die parallel verlaufenden Metallstangen. Die Luft presst er, so gut es geht, aus dem Beutel raus und drückt dann den Startknopf zum Verschweißen an der Maschine. Ein kurzes vibrierendes Surren ertönt, dann wird der Beutel wieder freigegeben. Felix überprüft die Schweißnaht mit dem rechten Zeigefinger und legt das Päckchen in eine große Plastikschublade, die aus einem der in der Küche stehenden Tiefkühlschränke stammt.

»Digger, ich brauch mal ’ne Pause«, keucht Tarek unter seiner Maske. Der Schweiß tropft ihm hinter der Schutzbrille von den Augenbrauen, was Felix ein kaum sichtbares Lächeln ins Gesicht zaubert.

»Wir füllen nur noch diese Paste ab, dann ist Feierabend für heute. Ich hab heut auch noch was mit meiner Freundin vor, aber morgen früh geht es weiter. Wir müssen fertig werden. Dein Typ kann die ganzen fertigen Einheiten eigentlich direkt abholen. Kein Bock, hier darauf zu sitzen wie auf einer tickenden Zeitbombe. Ruf ihn an, er soll gleich noch mal herkommen und zwei Taschen mitbringen. Wir sind hier in zwanzig Minuten fertig, dann soll er bereit sein. Es gilt, keine Zeit zu vergeuden. Das kann sonst nach hinten losgehen.«

»Boah, Digger. Echt jetzt? So lange noch?«

Ein lauter Knall an der Wohnungstür lässt Tarek und Felix erschrocken aufblicken. Die Tür springt aus den Angeln. Im selben Moment werden sie von einem hellen Licht geblendet, gefolgt von einem weiteren Rumms. Tarek lässt den schweren Rührer fallen, um die Hände schützend auf seine Ohren zu pressen, als lautes Fiepen ertönt. Er kann nichts mehr sehen, auch weil er vor Schreck die Augen fest zusammenkneift. Laute, unverständliche Schreie sind zu hören, und jemand packt ihn an den Handgelenken, dreht ihm die Arme auf den Rücken, während er unsanft bäuchlings auf den Boden gedrückt wird und ein hartes Knie in seinem Nacken spürt.

Mit mehrfachem Klacken werden ihm Handschellen um die Unterarme gelegt. Tarek will etwas sagen, doch ihm fehlt der Atem, und gleichzeitig übertönt das nervtötend hohe Geräusch alles, was er wahrnehmen kann. Nur langsam weicht der Schock aus seinen Gliedern, und er spürt, dass er wieder in der Lage ist, die Augen vorsichtig zu öffnen. Vor ihm stehen dunkle Stiefel. Er versucht, sich umzuschauen, doch sein Kopf wird fest auf den staubigen Boden gepresst. Er hat den trockenen Geschmack des Pulvers auf seinen Lippen und der Zunge.

»Küche sauber.«

»Balkon sauber.«

»Wohnung gesichert«, meldet die Person, der die Stiefel unmittelbar vor Tarek gehören, in militärischem Tonfall. »Zwei

Personen angetroffen. Niemand verletzt. Ihr könnt raufkommen.«

43

Klimpernd rührt Dombrowski mit einem Teelöffel in dem dunklen Kakao, der langsam, mit jedem Schluck Milch, den er in seinen Becher hineingießt, heller wird. Zufrieden betrachtet er die kreisende Flüssigkeit und grübelt über die Erkenntnisse des Tages nach. Er genießt den Moment der Ruhe, der ihm Zeit gibt, seine Gedanken zu sortieren.

Jemand hinter ihm atmet tief ein und schnaufend wieder aus. Ein kurzes Schlürfen und erneute schwere Atemgeräusche bestätigen Dombrowskis Verdacht, dass es nur wieder Otto sein kann, der in seinem Türrahmen lehnt.

Ein knappes »Ja, ja, joa« lässt Dombrowski über die Schulter zur Tür schauen.

»Und?«, fragt Otto, als er Dombrowskis Aufmerksamkeit hat.

»Noch kein Ergebnis.« Er trinkt einen Schluck von seinem Kakao.

»Was muss noch getan werden?«

»Ich warte jetzt erst einmal ab. Wenn Timons Tasche positiv ist, werden wir noch seine Wohnung machen. Die von Sandy Reinhard muss dann ebenfalls durchsucht werden, auch wenn dort nicht mehr viel zu finden sein wird, da Timon ja alles abholen sollte. Aber lassen wir uns überraschen. Doggy ist gerade auf dem Weg zu Richter Kapischke, um die Briefe untersuchen zu lassen. Er hat mir eine Nachricht geschickt, dass es sogar neunundfünfzig Sendungen waren, die sie aus dem Briefkasten geborgen haben. Du könntest schon mal den Papierkram erledigen, damit unsere Festnahmen hergebracht und erkennungsdienstlich behandelt werden können, wenn

Stoff in der Tasche ist. Dann haben wir das fertig. Du weißt, wie die unten rummeckern, wenn die Aufträge und Verwahrpapiere nicht rechtzeitig bei ihnen sind.«

»Jo. Kann ich machen. Noch was?« Otto nimmt einen kräftigen Schluck von seinem Kaffee und sieht gleich ein Stück weit zufriedener aus. »Rufst du den Schmidt an, wenn du weißt, was drin ist?«

»Ja, genau. So viel Zeit muss sein.«

»Hast du schon was von der Überprüfung der Wismaraner gehört? Wurde dort was gefunden?«

Dombrowski zuckt wortlos mit den Schultern.

»Frag mal nach. Die könnten sich ruhig mal melden.«

»Die werden schon anrufen. Ändert sowieso nichts am Ergebnis, wenn ich die jetzt nerve.«

»Recht hast du. Aber was dauert das denn so lange?«

»Keine Ahnung, sie haben mir bislang nichts zu den Umständen ihrer Festnahme mitgeteilt.«

»Und wie ist jetzt dein Plan?«

»An dem bastle ich noch ein wenig herum.« Dombrowski nimmt rasch einen Schluck aus seinem Becher und stellt ihn auf seinem Schreibtisch ab. Er greift nach seinem roten Anti-Stress-Ball und beginnt, ihn zu kneten. »Wir haben ja nicht so viele Kräfte, und alles Weitere können wir nur angehen, wenn wir Ergebnisse aus den Festnahmen haben. Bis dahin atme ich einfach tief durch und warte ab.«

»Willst du nicht mal nachfragen?«

»Nee, es bringt Unglück, wenn man ungeduldig ist.«

»Du und dein Aberglaube«, grollt Otto und schleicht langsam in sein Büro zurück, um die bald benötigten Formulare auszufüllen.

»Dumbo für Lasse«, tönt es aus dem Lautsprecher eines der Handfunkgeräte, die vor Dombrowski auf dem Tisch stehen.

»Ja, ich hör dich«, antwortet er leicht aufgeregt und registriert, dass Otto schlagartig in den Türrahmen zurückkehrt.

»Positiv. Amphe und Ecstasy in der Tasche, und nicht wenig. Auf jeden Fall mehrere Kilogramm. Müssen wir dann in Ruhe im Präsidium wiegen und zählen.«

»Bringt die Tasche lieber mal zum Polizeikommissariat nach Billstedt, lagert sie vorerst dort ein und meldet euch, wenn ihr wieder bereit seid. Ich brauche euch für die Bude von dem Timon. Habt ihr sonst noch etwas bei ihm gefunden? Telefon? Bargeld?«

»Nein. Nichts. Der hat gar nichts dabeigehabt. Also, doch. Seinen Haustürschlüssel und ein Smartphone. Aber das Handy hat er uns bereitwillig ausgehändigt und geöffnet. Das hat er nur, um Carsharing-Autos zu mieten. Ansonsten war dort nichts drauf.«

»Was sagt Timon zu seiner Wohnung? Ist er mit einer Durchsuchung einverstanden, oder brauchen wir einen Beschluss?«

»Moment, ich frage ihn.«

Eine gefühlte Ewigkeit später meldet sich Lasse wieder. »Er hat der Durchsuchung zugestimmt, nachdem ich ihm die Anschrift genannt habe, wo Liam vorhin betreten hat, und mir auch gleich gesagt, dass wir dort noch etwas im Kühlschrank finden werden.«

»Wohnt er alleine?«

»Ja. Er wohnt alleine.«

»Dann spart euch den Weg zum Kommissariat in Billstedt. Scotty soll mit dem Stoff reinkommen, und ihr könnt zu fünft die Wohnung durchsuchen. Wenn er schon zustimmt, sollten wir jetzt auch schnell hinfahren, bevor er es sich vielleicht noch anders überlegt.«

»Dann schick ich dir Ernie und Bert mit der Tasche und der Festnahme. Die Bude schaffen wir auch zu viert, und wir müssen Timon nirgendwo mehr abliefern und können gleich loslegen.«

»Auch gut. Wenn euch was komisch vorkommt, ruft euch einen Streifenwagen dazu. Zumindest für das Betreten der Wohnung.«

»Jo, gute Idee. Das machen wir.«

»Lasse für Scotty.«

»Ja?«

»Ernie und Bert sollen kurz warten. Ich bringe euch gleich noch eine ganze Stange Bargeld vorbei. Die hatte Sandy sich in einem dicken Umschlag zwischen die Brüste geklemmt. Die Kante stach durch das T-Shirt hervor, so haben wir es bergen können. Ansonsten haben wir nichts weiter bei ihr gefunden außer Klamotten für sich und ihren Freund. Die wollten wegfahren oder vielleicht auch abhauen. Kohle, Klamotten, den Stoff geben sie ab. Riecht nach Verdrücken.«

»Die Klamotten kann sie gleich mitbringen. Die braucht sie vielleicht, wenn der Haftrichter sie einsperrt.«

»Du willst sie einsperren? Sie ist schwanger. Im fünften Monat, sagt sie.«

»Ähm, ja, gut. Aber sie hatte dennoch kilogrammweise synthetische Drogen in ihrer Wohnung gelagert und diese offenkundig an Timon übergeben. Da kann auch mal eine Frau vor den Haftrichter gestellt werden. Vor allem, wenn sie sich mit ihrem Freund und dem verbliebenen Geld mutmaßlich absetzen wollte. Ich werde das mit dem Staatsanwalt besprechen. Auf jeden Fall werden wir Fotos und Fingerabdrücke von ihr nehmen lassen.«

»Ja, okay. Dann müsstet ihr in der Wache in Billstedt Bescheid geben, dass die sie mit dem Gefangenentransporter zu dir auf die Reise schicken. Der Streifenwagen hat sie bereits abgeholt und mit zur Wache genommen.«

»Otto kümmert sich schon um die Papiere.« Verschmitzt betrachtet Dombrowski seinen Kollegen, der zunächst keine Regung zeigt, sich mit einem Arm auf dem Sideboard in Dombrowskis Büro abstützt und ins Leere starrt. Als Dombrowski seinen Blick nicht abwendet, schnauft er einmal lautstark aus und verlässt das Büro mit einem lang gezogenen »Is ja schon gut. Ich mach ja schon!«.

Dombrowski drückt die Taste am Funkgerät. »Okay, dann

kommen Bert und Ernie mit Timon, Stoff und Kohle rein. Scotty, Lasse, Ali und Heini kümmern sich um die Wohnung von Timon und holen sich einen Streifenwagen dazu, Otto erstellt die Papierlage, und ich horche mal nach, was bei den Wismaranern rausgekommen ist.«

»Klingt nach einem Plan, Dumbo«, bestätigt Scotty, und es herrscht wieder Stille auf dem Funkkanal.

Nach einem Moment der Ruhe reibt Dombrowski sich mit der flachen Hand über seine Bartstoppeln am Kinn und greift zu seinem Handy, das neben den Funkgeräten auf seinem Schreibtisch liegt. In seinen Kontakten sucht er den Eintrag von Fred und wählt dessen Nummer.

Nach mehreren Freizeichen nimmt Fred das Gespräch an. »Dumbo, wir sind gleich bei dir. Noch zwanzig Minuten.«

»Und die Festnahmen? Oder war die Kontrolle nicht erfolgreich?« Ein leichtes Zittern schwingt in Dombrowskis Stimme, aus Sorge, dass es gar keine Übergabe war, die sie beobachtet hatten. Ein wenig werden seine Nerven jedoch durch den Fund bei Timon beruhigt.

»Doch, doch. Keine Angst. Aber aufmerksame Bürger hatten nach den Festnahmen auf dem Tankstellengelände den Notruf gewählt. Sie dachten anscheinend, dass es ein Überfall oder Amoklauf sein könnte. Von den Kollegen aus Schleswig-Holstein hatten wir hier in kürzester Zeit gleich mehrere Streifenwagen vor Ort.«

»Habt ihr den Einsatz nicht angemeldet, bevor ihr zugegriffen habt?«

»Ich dachte, du würdest das tun, Dumbo. Klassischer Fall von ›Nimm du ihn, ich habe ihn sicher‹. Was soll's. Ist ja alles gut gegangen. Blondie und Kuno hatten die Blaulichter rausgestellt, nachdem wir die beiden Jungs festgenommen hatten. Da wussten die Kollegen bereits Bescheid, als sie die Auffahrt hinauffuhren. Die waren total entspannt und ganz begeistert von der Tasche voll Stoff. Es wollten alle mal einen Blick drauf werfen. So viel hatte keiner von denen bisher gesehen, da waren die aufgewühlten Gemüter besänftigt. Sie haben uns die beiden Festnahmen abgenommen und auf die Wache in Rahlstedt gebracht.«

»Okay, aber irgendein Polizeiführer wird sich bestimmt wieder bei Harry über die fehlende Anmeldung beschweren.«

»Na klar, aber das halten wir aus. Nach dem Fund wird er uns nicht die Ohren abreißen«, erwidert Fred und lacht.

»Schickst du mir die Personalien von den Abnehmern?«

»Jo. Aber wir sind doch eh gleich bei dir.«

»Nee, ich habe noch einen Folgeauftrag. Ihr müsst durchsuchen gehen.«

»Aber nicht in Wismar, oder?«

»Da werde ich die Kollegen aus Mecklenburg-Vorpommern bitten. Nein, die Wohnung von Sandy muss durchsucht werden. Wir konnten sie und Liams Komplizen, der den Bunker leer räumen sollte, ebenfalls festnehmen.«

»Na schön«, antwortet Fred mit gedämpfter Euphorie. »Sind wir danach dann durch für heute?«

»Mal schauen. Leben wir den Moment und sehen, was sich ergibt.«

»Na, wenn du so anfängst, Dumbo, sag ich meiner Frau schon einmal Bescheid, dass sie mich heute nicht mehr zu Gesicht kriegen wird.«

»Besser ist das. Und falls es doch anders kommt, kann sie sich freuen.«

»Ich glaube, sie ist ganz froh, wenn sie dadurch heute ihre Serien schauen kann, die ich nicht ertrage. Also, wo müssen wir hin?«

»Fahrt erst einmal zum Polizeikommissariat in Billstedt und holt euch ihren Wohnungsschlüssel ab. Bei der Gelegenheit könnt ihr sie gleich mit dem Tatvorwurf konfrontieren und fragen, ob sie mit der Durchsuchung ihrer Wohnung einverstanden ist.«

»Das dauert dann aber eine Weile.«

»Es müssen ja nicht alle zu ihr fahren. Bezieht ruhig schon

mal vor der Wohnung Position und passt auf, dass dort niemand mehr reinkommt«, entgegnet Dombrowski. »Die Wohnung ist in der Legienstraße 13 im ersten Obergeschoss, linksseitig am Ende des Laubengangs. Auf der Klingel steht Reinhard.«

»Ja, okay. Verstanden. Wir fahren hin. Ich kümmere mich um die Lady und den Schlüssel. Was passiert mit ihr?«

»Wir führen sie vermutlich dem Amtsgericht zu, und dann geht es morgen früh vor den Haftrichter.«

»Verstanden. Ich melde mich, wenn ich bei ihr durch bin. Okay?«

»Ja, perfekt«, entgegnet Dombrowski, als auf dem Flur ein Klingeln ertönt, das von der Eingangstür herrührt. Sie wird geöffnet, und die polternde Stimme von Harry Goldutt ist zu hören. »Na, mein Lieber, was machst du denn hier zum Wochenanfang?«, begrüßt er den Besucher.

»Ich muss zu Dumbo. Er weiß Bescheid«, erwidert eine wohlbekannte Stimme grummelnd.

»Ähm, Fred, ich muss dich leider abwürgen. Danke für die Unterstützung. Können wir sehr gut gebrauchen. Wir hören uns später.« Dombrowski beendet das Gespräch, springt auf und läuft auf den Gang hinaus, um sich zu vergewissern, dass sein Gehör ihn nicht getäuscht hat.

»Na, mien Jung. Dann kommt der Berg eben zum Propheten, wenn der Prophet sich nicht meldet«, begrüßt Gerd seinen alten Kollegen mit einem verschmitzten Lächeln. »Haste Zeit?«

»Na ja, geht so. Wir haben gerade mehrere Durchsuchungen am Laufen, aber komm doch kurz in mein Büro.« Dombrowski macht auf dem Absatz kehrt, geht zurück in sein Zimmer und setzt sich in seinen Bürostuhl. Mit dem Fuß drückt er sich immer wieder leicht ab und beginnt zu wippen. »Was liegt dir denn auf dem Herzen? Du kommst doch nicht ohne Grund so forsch auf den Gang und läufst ohne einen lang gezogenen Plausch an Harry vorbei.«

»Genau!«, meldet sich Harry aus dem Türrahmen, der ihnen

offenbar ebenfalls gefolgt ist. Er tritt ein und lässt sich neben Gerd auf einem Stuhl nieder.

»Es geht um die Sache von heute Morgen. Ich wollte noch einmal mit dir darüber sprechen.«

»Du meinst die Bedrohung der Freundin deines Schülers?«

»Die wurde gewürgt, Dumbo.«

»Ja, okay. Die Körperverletzung.«

»Gefährliche Körperverletzung.«

»Von mir aus auch das, aber es hat nichts mit Betäubungsmitteln zu tun. Ich bin da einfach nicht zuständig und kann mich auch nicht um alles kümmern. Schon gar nicht heute.«

»Gerd, du weißt doch, dass hier genug zu tun ist. Und momentan ist es wirklich viel«, wirft Harry von der Seite ein.

»Ich bin jetzt sicher, dass es wegen Drogenschulden ist.«

»Gerd, du weißt genauso gut wie ich, dass Schießereien, Bedrohungen und Schlägereien häufig mit Drogen zu tun haben. Deswegen kann ich aber nicht gleich in jedem Fall ermitteln, in dem es Ansatzpunkte dafür gibt. Dafür sind die Kollegen in der Fläche zuständig, und die können das ebenso gut wie ich.«

»Glaub mir, Dumbo. Das ist 'ne Nummer größer. Da stecken große Jungs dahinter. Kevin ist in Ordnung, aber die treiben ihn zurück in alte Gefilde, wenn wir es nicht verhindern«, erwidert Gerd mit besorgtem Blick. »Der Junge hat Angst, weil er noch Schulden von früher hat, aber er ist sauber. Wir müssen ihm helfen.«

»Du kannst es echt nicht lassen, oder?«, hakt Harry noch einmal forsch nach, doch Gerd zeigt keine Reaktion.

Dombrowski betrachtet Gerd mit bohrendem Blick. Er greift nach seinem roten Stressball und beginnt, ihn zu kneten. Grübelnd schaut er aus dem Fenster, drückt sein Kinn in den Ball hinein und verzieht die Mundwinkel. »Woher willst du wissen, dass es so ist?«

»Was?«

»Dass er sauber ist? Dass er keinen Mist mehr baut und

deine Gutmütigkeit nicht bloß ausnutzen will, um den Kopf aus der Schlinge zu ziehen?«

»Ich weiß es. Ich höre auf mein Bauchgefühl. Darauf konnte ich mich immer verlassen.«

»Stimmt. Aber was ist, wenn es der Wunsch ist, der dir die Hoffnung und Sicherheit verleiht? Die wenigsten schaffen den Absprung aus der Szene und können der Gier widerstehen.«

»Ich glaube ihm. Kevin ist verlässlich. Er kommt zu jedem Termin. Ich sehe doch, wenn jemand drauf ist.«

»Er muss keine Drogen nehmen, um damit zu handeln. Vielleicht ist er clean, das kann durchaus sein. Aber was sagt dir, dass er nicht weiterhin vertickt?«

»Hör ihn dir an und mach dir dein eigenes Bild, Dumbo. Du wirst sehen, dass ich dir einen astreinen Zeugen gebracht habe. Er wird gegen seinen Hintermann auspacken. Der soll ziemlich gefährlich sein und Kevins ehemaligen Partner im großen Stil mit Stoff versorgt haben. Der ist nun wie von der Bildfläche verschwunden. Als er ihn das letzte Mal sah, pikte der Typ dem anderen Jungen gerade ein Messer in den Hals.«

Dombrowski schaut auf. Die Geschichte hört sich spannend an, und Gerds Enthusiasmus reizt Dombrowskis Neugier. Er starrt Gerd prüfend an, und der starrt zurück, während sich draußen auf dem Flur ein Klackern nähert.

»Ich habe ihn unten ins Foyer gesetzt«, sagt Gerd mit einem Wink seines Daumens in die ungefähre Richtung. »Er will umfassend auspacken. Ein wenig konnte ich ihn bereits weichklopfen. Wir müssen ihn nur hochholen und vernehmen.«

»Sie werden in diesem Haus niemanden mehr vernehmen, Herr Dehling. Darf ich Sie fragen, was Sie hier schon wieder veranstalten?« Die eiskalte Stimme von Kriminaldirektorin Baake durchschneidet den Raum und lässt Gerd, Harry und Dumbo für einen Moment erstarren. Ihre Münder stehen offen, während Frau Baake noch einen Schritt ins Büro macht. »Darf ich Sie bitten, die Dienststelle nun zu verlassen? Ich habe einen Fall von erheblicher Bedeutung, den ich Herrn Goldutt und Herrn Dombrowski vorstellen möchte, damit sie sich der Sache annehmen.«

»Ich bin mitten im Einsatz, wir haben derzeit mehrere Durchsuchungen, und die Kollegen –«

»Das war keine Frage, Herr Dombrowski!«

Dombrowski schluckt trocken, sein Rachen fühlt sich kratzig und rau an.

»Dank meiner Umsicht konnten wir ein Drogenlabor im Achtern Born durch das SEK stürmen und sichern lassen. Das fällt eindeutig in den Zuständigkeitsbereich Ihrer Dienststelle, Herr Goldutt. Die Kollegen vom Staatsschutz sind bereits vor Ort und werden den Tatort an Sie übergeben.«

»Der Staatsschutz?«

»Exakt.«

»Warum waren die denn in der Wohnung?«

»Das spielt keine Rolle. Es ist ein Drogenlabor, also hat meine Abteilung, in diesem Fall das Rauschgiftdezernat, die Ermittlungen zu übernehmen. Verstanden? Hier sind die Erreichbarkeiten der Kollegen und die Anschrift.« Frau Baake klebt einen gelben Zettel auf den kleinen Tisch vor Dombrowskis Schreibtisch, tippt mit nachdrücklichem Blick zweimal darauf und fixiert dann noch einmal Gerd, der schweigend in seinem Stuhl sitzt. »Und Sie gehen jetzt bitte und stören hier nicht weiter. Guten Tag.« Erhobenen Hauptes verlässt sie das Büro und geht den Gang hinab.

Erst nachdem die Tür wieder ins Schloss gefallen ist, wagen Dombrowski, Harry und Gerd aufzuatmen.

Dombrowski schüttelt sich nach dem Auftritt gerade. »Okay, Gerd. Ich höre mir deinen Mann gleich an, aber vorher telefoniere ich mit den Kollegen vom Staatsschutz und kümmere mich darum, dass sie im Objekt abgelöst werden. So lange muss sich dein neuer Freund noch gedulden.«

44

In der Einfahrt zur Tiefgarage des Hamburger Polizeipräsidiums hält ein dunkler Kombi, die Scheibe senkt sich ab. Der Fahrer hält eine Chipkarte gegen den Transponder, und Sekunden später hebt sich die rot-weiße Schranke nach einem kurzen Piepen. Im Fahrzeugfond auf der Beifahrerseite sitzt Timon Schneider. Verkniffen starrt er vor sich hin, ohne seiner Umgebung besondere Beachtung zu schenken.

Es ist nicht das erste Mal, dass Timon zum Erkennungsdienst der Hamburger Polizei gefahren wird. Er weiß, was auf ihn zukommt, daher beeindruckt ihn auch das große Tor zur Garage des Zellentraktes nicht. Kein Wort hat er mit den Beamten auf der Fahrt zum Präsidium gesprochen. Er hat bei den letzten Malen schlechte Erfahrungen gemacht, wenn er sich äußerte. Er möchte hinausschreien, dass er nicht verantwortlich ist für das, was sich in der Tasche im Kofferraum befindet. Aber er darf es nicht. Und er wird es auch nicht tun. Die Bullen würden ihm bloß jedes Wort im Mund umdrehen und zu seinem Nachteil auslegen. Außerdem will er kein »31er« sein, kein Verräter der einzigen Freunde, die es in seinem kargen Leben momentan noch gibt. Auf sie wird er sich verlassen können, wenn es um die anfallenden Anwaltskosten geht oder darum, seine Miete zu zahlen, ihm frische Klamotten in die Untersuchungshaft zu bringen und die dreckige Wäsche zu waschen.

Beim letzten Mal hatte ihm seine Mutter noch die Treue gehalten, doch sie hat geschworen, dass es das allerletzte Mal gewesen sei. Die Sorgen und den Ärger wollte sie nicht länger auf sich nehmen.

Beim Gedanken an den traurigen Blick seiner Mutter, wenn sie von der erneuten Festnahme erfährt, steigen ihm Tränen in die Augen. Hektisch dreht er seinen Kopf zur Seite, sodass der Beamte neben ihm die Gefühlsregung nicht mitbekommt.

Er fixiert das Rolltor, dessen Türen sich langsam auseinanderfalten und zur Seite schieben. Als sie schließlich stoppen, fährt der Wagen in den hallenartigen Raum hinein und bleibt stehen. Der Motor erstirbt, und der groß gewachsene Fahrer steigt aus dem Fahrzeug aus. Sein kleinerer Kollege tut es ihm gleich. Die harten Handfesseln schneiden zunehmend in Timons Handgelenke. Auch wenn die Polizisten sie nicht zu eng gezogen haben, drückt das kalte Metall immer mehr in die Haut hinein. Die beiden Zivilfahnder werfen die Türen hinter sich zu und entfernen sich vom Fahrzeug, um kurz darauf zurückzukommen und Timons Tür zu öffnen.

»So, Herr Schneider. Da wären wir. Ich werde Sie jetzt losschnallen. Verhalten Sie sich bitte weiterhin ruhig, dann können wir Ihnen gleich die Handfesseln abnehmen.«

»Ich bin ruhig. Das sehen Sie doch.«

»Ich wollte es nur noch einmal gesagt haben.«

Timon schnalzt genervt mit der Zunge und schüttelt den Kopf. Der kleine Mann beugt sich an ihm vorbei ins Wageninnere und löst den Anschnallgurt. Anschließend steigt Timon umständlich aus dem Auto, weil seine Arme auf dem Rücken gefesselt sind.

»Kann ich noch eine rauchen?«

»Haben Sie Zigaretten dabei?«

»Ja, in meiner Jackentasche.« Timon dreht sich seitlich zu dem hoch aufgeschossenen Beamten, der die Schachtel für ihn aus der Tasche zieht, sie öffnet, mit einem Klopfen auf den Boden ein paar der Filterzigaretten nach oben schiebt und sie Timon vor den Mund hält. »Das ist korrekt. Danke.« Timon zieht mit den Lippen eine Zigarette aus der Schachtel, die ihm anschließend wieder in die Jacke gesteckt wird. Auch die Polizisten ziehen Zigarettenschachteln aus ihren Jacken und zünden sich jeweils eine an, bevor sie Timon Feuer geben.

»Haben Sie einen Anwalt?«

»Ja. Klar«, bestätigt Timon, dem der Qualm der Zigarette brennend in die Augen steigt. Mehrfach zieht er daran und inhaliert tief, um den Rauch anschließend durch die Nase entweichen zu lassen. Er spürt die beruhigende Wirkung des Nikotins. Ein wohliges Gefühl stellt sich bei ihm ein und lässt ihn die drohende Zelle für einen Moment vergessen.

Nach einer kurzen Weile halten die Beamten ihm einen Glasaschenbecher unter den Mund, in den er seine Zigarette hineinfallen lässt. Sie drücken ihre Zigaretten darin aus und weisen ihm den Weg zu einer grauen Stahltür. Über eine Treppe gelangen sie hinauf in den hellen Zellentrakt. Dort wartet ein stämmiger Mann mit Halbglatze und blauen Einweghandschuhen an den Händen.

»Guten Abend«, ruft er den Beamten entgegen. »Wurde er schon durchsucht?«

»Noch nicht komplett«, erwidert der Polizist zu seiner Rechten, während der Mitarbeiter des Erkennungsdienstes die Holztür zu einem geräumigen gefliesten Raum öffnet. In der Mitte steht eine gepolsterte Liege, von der mehrere Gurte drohend herabhängen.

»Auf die Liege gehe ich aber nicht«, witzelt Timon und setzt sich auf eine lange Holzbank, die rechts von ihm an der Wand steht.

»Ich wollte Sie jetzt eigentlich auch lieber von den Handfesseln befreien«, entgegnet der kleine Beamte.

Timon steht wortlos wieder auf und dreht sich um.

»Komm, Ernie, sieh zu. Ich habe Hunger«, wirft der groß gewachsene Beamte ein, während sein Kollege mit dem kleinen Schlüssel in dem Loch herumstochert.

»Hast du das nicht immer, Bert?«, erwidert der Kleinere süffisant. Die Handfesseln öffnen sich mit einem Klicken, und Timon reibt sich wortlos grinsend abwechselnd beide Handgelenke. Der stämmige Mann kommt wieder in den Raum und stellt eine große Plastikbox auf die Liege.

»Einmal bitte alle Gegenstände aus den Taschen in die Box legen«, fordert er Timon auf.

»Meine Taschen sind leer. Mein Handy und den Schlüsselbund haben die Kollegen bereits.« Timon macht Anstalten, den Raum zu verlassen, wird jedoch von dem großen Beamten aufgehalten. Er drückt Timon seine flache Hand gegen die Brust.

»Moment bitte. Hier wird noch einmal richtig durchsucht. Haben Sie scharfe oder gefährliche Gegenstände in Ihren Taschen?«

»Nein.«

Der Beamte entnimmt einem Karton, der in der großen Plastikbox liegt, ein Paar Handschuhe und zieht sie sich über.

»Moment mal. Was wird das denn jetzt bitte?«

»Ich will Ihre Klamotten nicht mit bloßen Händen durchsuchen.«

»Ich dachte schon, Sie wollen Doktor spielen«, entgegnet Timon erleichtert.

»Einmal die Schuhe und die Jacke ausziehen bitte. Danke.«

Anschließend lässt sich der lange Polizist von Timon noch den Pullover und die Hose geben. Dann die Socken. Sorgfältig tastet er alles ab und fühlt in den Taschen nach, ob sich darin noch Gegenstände befinden. »Jetzt das T-Shirt, bitte.«

»Was soll ich denn da verstecken? Sie haben doch alles, was Sie brauchen.« Widerwillig zieht Timon das T-Shirt aus und gibt einen untrainierten, behaarten Bauch preis, während er lediglich mit seiner Unterhose bekleidet vor den Polizisten steht. Die kühle Luft, die durch das geöffnete Fenster in den Raum strömt, lässt ihn frösteln.

»Und die Unterhose.«

»Echt jetzt?«

»Wir wollen das auch nicht sehen, das können Sie uns glauben, aber wir müssen sichergehen«, lässt der Kleine gleichgültig aus der Ecke des Raumes vernehmen.

»Mann, Mann«, stöhnt Timon auf. Er zieht seine Sportunterhose ein Stück nach unten. »Und? Zufrieden?«

»Umdrehen und vorbeugen, bitte.«

»Was seid ihr denn für Homos? Jedes Mal die gleiche Scheiße hier bei euch. Ich hab doch nichts im Arsch.«

»Können wir das bitte abkürzen? Einmal umdrehen und vorbeugen, dann haben wir es hinter uns.«

»Leute, da mach ich nicht mit. Ihr wollt mich doch verarschen!« Timons Kopf läuft rot an. Er zieht die Unterhose wieder hoch und verschränkt die Arme vor der Brust. Er will auf keinen Fall dieser Forderung nachkommen.

»Sie sollen sich umdrehen, Herr Schneider. Ansonsten müssen wir Sie umdrehen.«

»Probiert es doch mal, Ernie und Bert«, entgegnet Timon mit arrogantem Lachen.

»Wir werden zur Not auch Gewalt anwenden, wenn Sie es nicht freiwillig machen.«

»Was soll die Scheiße? Ihr seid ja richtig versessen darauf, euch meinen behaarten Arsch anzusehen, ihr Schwuchteln.«

»Es geht hier um Eigensicherung, Herr Schneider. Wir müssen sichergehen, dass Sie keine Beweismittel oder gefährlichen Gegenstände bei sich tragen.«

»Na klar. Soll ich ein Messer im Arsch haben, oder was?« Zornig starrt Timon die Beamten an und sieht, dass einer der beiden einen Gegenstand von seinem Waffengürtel abzieht.

»Wir können das jetzt friedlich hinter uns bringen oder im Streit, Herr Schneider. Ihre Wahl.«

»Verpisst euch, ihr Schwanzlutscher.«

Zwei weitere, kräftige Männer betreten den Durchsuchungsraum, angelockt von Timons immer aggressiver klingenden Stimme.

»Braucht ihr jetzt schon fünf Leute für einen Mann, ihr Feiglinge?«, lästert Timon aufgebracht.

»Legen Sie Ihre Hände an die Wand, Herr Schneider. Sofort.«

»Einen Scheiß werde ich, ihr Fotzen.«

Als hätten sie sich heimlich abgesprochen, treten die Beamten immer dichter an ihn heran. Timon weicht langsam in die hintere Ecke des Raumes zurück und schaut hektisch zwischen ihnen hin und her. Er greift schützend an sein Gesäß, doch im selben Moment spürt er, wie eine Flüssigkeit in seine Augen und den geöffneten Mund gespritzt wird. Sie beginnt sofort höllisch zu brennen. Er will aufschreien, doch der beißende Geschmack auf der Zunge und im Rachen raubt ihm die Luft. Reflexartig hält er die Hände vor die Augen, viel zu spät, um sie noch zu schützen, und zu unbedacht. Sein rechter Arm wird von einem der Beamten ergriffen und auf den Rücken gedreht. Auch der zweite Arm landet auf dem Rücken, wo ihm die Handschellen wieder angelegt werden, dieses Mal nicht umsichtig, sondern mit Nachdruck, ohne Rücksicht auf sein Wohlbefinden. Timon hat nicht die Kraft, sich gegen die Überzahl an Gegnern zu wehren. Es war ein zum Scheitern verdammter Versuch, das sieht er jetzt ein und lässt den Kopf mit zusammengekniffenen, schmerzenden Augen hängen.

»Das wär jetzt wirklich nicht nötig gewesen«, spricht ihn einer der Beamten, vermutlich der kleinere, von der Seite an.

»Dann wollen wir mal schauen, was er zu verbergen hatte«, erklärt einer der anderen. Timon spürt, wie seine Unterhose nach unten gezogen wird und kalte Luft sein Gesäß umweht.

»Wegen einem Handy so ein Aufwand? Nicht dein Ernst.«

Timon versucht blinzelnd, einen Blick auf das zu erhaschen, was hinter ihm geschieht, doch die Augen brennen zu sehr, und er kneift sie wieder zusammen.

»Herr Schneider, wir werden Ihre Augen gleich ausspülen. Wenn Sie uns garantieren, dass Sie sich jetzt ruhig verhalten, werden wir Ihnen auch die Handfesseln wieder abnehmen. Verstanden?«

Timon nickt nachgiebig, ohne aufzuschauen.

»Wollen Sie uns den Sperrcode für Ihr Telefon verraten?«

Timon schüttelt langsam den Kopf.

»Schauen Sie mal hier«, fordert die andere Stimme Timon auf, und er wendet den Kopf in die Richtung und hört ein vertrautes Geräusch. Er kann es zwar nicht sehen, aber er ist sich sicher, dass die Beamten soeben mit der Gesichtserkennung sein Handy entsperrt haben.

»Vielen Dank, Herr Schneider. Die Kollegen kümmern sich jetzt um Sie, okay? Wir müssen uns erst einmal mit dem Inhalt Ihres Handys auseinandersetzen.« Die Gehässigkeit in der Stimme des Beamten entgeht Timon nicht, und in dem Wissen, seine Chats seit Wochen nicht mehr gelöscht zu haben, vergisst er den Schmerz in den Augen, weil sich sein Magen vor Entsetzen krampfhaft zusammenzieht.

45

Im Hausflur im achten Stock des Achtern Born sitzen Tarek und Felix in ihren gelben Schutzanzügen aus Gummi auf dem Boden. Die Atemmasken wurden ihnen zwischenzeitlich abgenommen, doch noch immer kann man die tiefen Abdrücke in ihrer Gesichtshaut erkennen, die sie dort hinterlassen haben.

Vor ihnen geht ein großer, dünner Mann mit kurzen, stark gekräuselten Haaren auf und ab. Ungeduldig schaut er immer wieder auf das Display seines Smartphones. Die grüne Weste mit der Aufschrift »POLIZEI« ist ihm zu groß, sie schlackert an seinem Oberkörper. Die beiden Gestalten zu seinen Füßen starren traurig zu Boden. Die drei Männer in Einsatzanzügen und dunklen Helmen, die neben ihnen stehen und jeweils eine Maschinenpistole in den Händen halten, flößen ihnen Respekt ein. Ihre Gesichter sind hinter den Sturmhauben nicht zu erkennen. Nur ihre Augen sind zu sehen, die starr auf Tarek und Felix und den Zugang zum Treppenhaus gerichtet sind.

»Leute, es kann sich nur noch um Minuten handeln. Die Polizeiführerin wollte sich umgehend zum Rauschgiftdezernat begeben.« Der Beamte lächelt entschuldigend. Er kann die Kräfte des Spezialeinsatzkommandos erst entlassen, wenn sich die Kollegen vom Rauschgiftdezernat bei ihm gemeldet haben. Den Einsatzkräften ringt er mit der Ansage jedoch nur ein knappes Nicken ab. Sie scheinen sich nur auf ihre Aufgabe zu konzentrieren.

Da kommt endlich der erlösende Anruf.

»Moin, Didi, ich bin es, Dumbo. Die Baake war hier und meinte, dass ihr ein Labor gefunden habt?«

»Hey, Dumbo. Schön, dich zu hören. Keine Ahnung, was das ist. Auf jeden Fall kein Sprengstoff, und damit bin ich raus. Wann seid ihr hier?«

»Kannst du mir vielleicht erst einmal erzählen, was passiert ist?«

»Es gab einen Hinweis auf vermeintliche Bombenbauer. Das SEK hat die Wohnung gestürmt und zwei Clowns in gelben Gummianzügen vorgefunden, die gerade mit einem großen Rührer in einer Maurerbütt irgendwelche Chemikalien vermixt haben. Die beiden sitzen jetzt hier in Handschellen.«

»Seid ihr schon am Durchsuchen?«

»Nee, wir haben ja nicht einmal einen Beschluss. Die sind nur zur Gefahrenabwehr hineingestürmt. Außerdem bin ich der Einzige hier. Die restlichen Kollegen sind gleich abgehauen, als sie gesehen haben, dass der Staatsschutz nicht zuständig ist.«

»Und jetzt stehst du dort allein mit zwei Festnahmen und einem vermeintlichen Labor?«

»Ich habe noch ein paar Beschützer hier, aber du weißt ja, die wollen nie lange dableiben, wenn alles gesichert ist.«

»Und wie schaut es in der Wohnung aus?«

»Keine Ahnung. Ich war noch nicht drin.«

»Wo seid ihr denn?«

»Na, auf dem Flur vor der Wohnung.«

»Okay. Und wer hat festgestellt, dass es ein Labor ist?«

»Die Kollegen, die abgehauen sind. Du weißt doch, wie das läuft. Zuständigkeit prüfen und abhauen, wenn es nichts für uns ist.«

»Aber woher wissen die, wie ein Labor aussieht? Und dass dort nicht doch Sprengstoff angerührt wird?«

»Die beiden Jungs wurden mit dem Tatvorwurf des Bombenbauens konfrontiert. Deren Augen hättest du mal sehen sollen. Erst waren die total geschockt, und dann mussten sie lachen. Es sei Speed, hat der eine Junge gesagt. Damit waren wir raus.«

»Und es muss ja die Wahrheit sein, was die erzählen.« Der Sarkasmus in Dombrowskis Stimme ist deutlich zu hören.

»Wenn du das so sagst …« Didi zuckt mit den Schultern. »Muss vielleicht nicht, ist aber wahrscheinlich.«

»In Ordnung. Wir sind gerade in mehreren Einsätzen, aber ich versuche, dir so schnell wie möglich jemanden vorbeizuschicken. Kannst du mir schon mal die Personalien der beiden senden? Ich rufe dann zwei Streifenwagen, damit sie die Jungs bei dir abholen. Dann brauchst du nur noch auf die Wohnung aufzupassen.«

»Ja, in Ordnung. Ich werde die mal fragen, wie sie denn heißen wollen.«

»Ich geb Bescheid, sobald die Kollegen sich auf den Weg machen. Bis später, Didi.«

Die Verbindung wird unterbrochen, und Didi schaut breit grinsend zu den Spezialkräften. »Dauert nicht mehr lange, Leute. Hoffe ich zumindest.«

46

In einer Parklücke in der Horner Rennbahnstraße stehen Ali, Scotty und Lasse mit ihren beiden Dienstfahrzeugen und warten auf den angeforderten Streifenwagen. Heini ist mit seinem Auto bereits im Rhiemsweg, steigt aus und wirft einen Blick auf die Wohnanschrift von Timon Schneider, nur für den Fall, dass ungebetene Gäste das Haus betreten und mit Taschen wieder verlassen.

Scotty kann im Rückspiegel einen Streifenwagen entdecken,

der zunehmend langsamer fährt, während Lasse ihr von seinen aktuellen sportlichen Freizeitaktivitäten berichtet. Obwohl sie selbst begeisterte Sportlerin ist, hat sie nur ein ungläubiges Kopfschütteln für Lasses zwanzigstündigen Wochentrainingsplan übrig. »Wenn ich es nicht besser wüsste, würde ich glauben, dass du keine Kinder hast. Ich weiß nicht, wo du die Zeit dafür hernimmst. So, unsere Verstärkung trifft ein.«

Beide öffnen ihre Türen und steigen aus, um den Streifenpolizisten entgegenzugehen, die sorgfältig ihre Mützen aufsetzen, nachdem sie ihr Fahrzeug verlassen haben. Mit einem freundlichen Lächeln gehen sie auf Scotty, Lasse und Ali zu, der ebenfalls ausgestiegen ist.

»Moin moin. Fritz und Hegeler vom Siebenunddreißig-Zwo. Ihr braucht Unterstützung?«

»Ja, genau. Danke, dass ihr gekommen seid. Wir sind dann zu sechst. Unser Kollege hat die Schlüssel für die Wohnung. Der Wohnungsinhaber ist bereits festgenommen. Die Wohnung soll leer sein. Wir müssten sie gründlich durchsuchen. Wenn ihr könnt, wäre es super, wenn ihr uns dabei unterstützt. Wirklich wichtig ist aber nur, dass ihr die Wohnung mit uns begeht, falls sich überraschend doch noch Personen darin aufhalten.«

»Ja, verstanden. Geht klar. Wir bleiben einfach so lange, wie ihr uns braucht. Sollten wir woanders benötigt werden, hören wir es ja über Funk.«

»Dann mal los.« Scotty drückt die Funktaste und wendet sich in Richtung der zu durchsuchenden Anschrift. »Heini, wir kommen. Öffne schon mal die Tür.«

Als sie auf den Hauseingang zugehen, sieht Scotty, die den Fünfertrupp anführt, dass Heini für sie die Tür aufhält und ihnen freundlich entgegensieht. Da ziehen die beiden Schutzkollegen, deren breite Kreuze auf ein sorgfältiges und regelmäßiges Krafttraining schließen lassen, an ihr vorbei und überholen sie. Ein wenig verwundert schaut sie den beiden nach, die forsch auf Heini zugehen.

»Guten Tag, einmal den Ausweis bitte«, fordert Polizeiobermeister Fritz ihren langhaarigen Kollegen mit ernstem Gesicht auf.

»Ähm, bidde was?«, erwidert Heini leicht lachend und ein wenig ungläubig.

»Ich möchte, dass Sie sich bitte ausweisen. Sie befinden sich hier in einem Polizeieinsatz.«

»Das ist mir wohlbekannt«, antwortet Heini und zieht seinen Dienstausweis aus der Hosentasche.

»Oh, Entschuldigung. Ich dachte nur.«

»Schon in Ordnung. Bist heut nicht der Erste, für den ich nicht wie ein Polizeibeamter aussehe. Also, wollen wir hier Wurzeln schlagen, oder gehen wir nach oben?«

»Ich schließe die Tür auf, und ihr geht rein«, sagt Scotty zu Ali, Heini und Lasse und wendet sich dann an die beiden Schutzkollegen. »Ihr folgt als zweites Team. Ich behalte den Flur im Auge.«

Auf leisen Sohlen schleichen sie durch das Treppenhaus nach oben. Stockwerk für Stockwerk, bis sie endlich angekommen sind. Scotty wartet einen Moment, bis sich die Kollegen für das Betreten der Wohnung aufgestellt haben. Dann führt sie lautlos den Schlüssel ins Schloss und beginnt zu drehen, einmal, zweimal, bis sich mit einem Klacken die Tür öffnet und von Scotty aufgestoßen wird.

»Polizei!«, schreien Ali und Lasse laut. Sie gehen schleunigst in die Wohnung hinein, Heini, Fritz und Hegeler folgen ihnen auf dem Fuß. Scotty verfolgt ihre Wege von der Tür aus. Lasse und Heini wenden sich nach links und betreten eins der Zimmer, während die Schutzpolizisten nach rechts gehen und durch eine Türzarge verschwinden.

»Schlafzimmer. Sauber«, ruft Lasse.

»Wohnzimmer. Sauber. Küche. Sauber«, kommt es mit wenigen Sekunden Abstand von Polizeiobermeister Fritz.

Ali und Heini sind wieder im Flur und gehen auf die letzte verbliebene Tür zu. Als sie sie öffnen, genügt ein kurzer Blick, und Heini meldet, dass das Badezimmer ebenfalls sauber ist. Jetzt betritt auch Scotty den Flur und schließt die Wohnungstür hinter sich. Drinnen lehnt sie sich erst einmal gegen die Wand und atmet kräftig ihre Anspannung aus. Auch wenn sie ziemlich sicher waren, dass sie in der Wohnung niemanden antreffen würden, geht sie vor jeder Durchsuchung vom Schlimmsten aus. Außerdem steckt ihr noch die letzte Nacht mit dem Rufbereitschaftseinsatz in den Knochen.

Die Wand an ihrem Rücken fühlt sich weich an, ganz so, als würden ihre Knie nachgeben, obwohl sie sich gegen eine feste Wand lehnt. Ein leises Klicken lässt sie aufhorchen. Als sie ihren Oberkörper von der Wand löst, spürt sie, dass ihr diese folgt. Es ist die Tapete, die sich zur Seite schieben lässt und einen dahinterliegenden Hohlraum preisgibt. In der Abseite sieht sie gleich mehrere Regale, auf denen Pakete mit bunten Pillen liegen. Auf dem Boden stehen noch ein paar Kartons mit Marihuana darin, und bei zwei Paketen auf dem obersten Regalboden dürfte es sich aufgrund der eckigen Form um Haschisch oder Kokain handeln.

»Fund«, ruft Scotty reflexhaft, gepaart mit Freude und Euphorie. Von diesem Versteck hatte Timon ihnen nichts erzählt, lediglich das Tiefkühlfach war von ihm genannt worden, bevor er der Durchsuchung zustimmte. Wohl wissend, dass Amphetaminpaste meistens gekühlt in Tiefkühlschränken aufbewahrt wird und sie dort sowieso nachsehen werden.

Heini, Ali, Lasse und die beiden Schutzkollegen kommen zurück in den Flur und schauen neugierig in die Abstellkammer hinein. Heini und Lasse nicken anerkennend, während Ali breit grinst und Fritz und Hegeler ihre Augen weit aufreißen, weil ihnen solche Rauschgiftmengen auf der Streifenfahrt eher selten begegnen.

»Darf ich ein Foto machen? Das glaubt mir mein Wachhabender sonst nie.«

»Klar. Aber nichts anfassen. Sind alles Spurenträger. Lasse, holst du die großen Beutel aus dem Kofferraum?«

Lasse nickt und verlässt die Wohnung, während Polizeiobermeister Fritz ein Foto nach dem anderen von der Abstellkammer schießt.

Kraftvoll drückt Fred im Polizeikommissariat in Billstedt den Riegel der Zellentür auf. Ein Quietschen hallt von den Wänden wider. Er öffnet die Tür und erblickt eine sichtlich aufgelöste Sandy Reinhard, deren Wimperntusche in schwarzen Linien über ihre Wangen hinabgelaufen ist. Ihre Augen sind gerötet und mit Tränen gefüllt. Mehrfach schnieft sie, offenbar erschrocken, dass Fred plötzlich vor ihr steht, und dennoch gleichgültig wirkend, dass er sie in einem solchen Zustand sieht.

»Hallo, Frau Reinhard. Wie geht es Ihnen?«

»Wie soll es mir schon gehen? Ich bin in einer Zelle, und es war ein Scheißtag für mich.«

»Frau Reinhard, Sie sind Beschuldigte in einem Strafverfahren …«

»Ich bin was?« Sturzbachartig fangen die Tränen erneut an zu fließen, verzweifelt schaut Sandy von der Holzbank zu Fred auf. »Wieso? Ich verstehe nicht. Ich habe nichts getan.«

»Aus Ihrer Wohnung wurde eine Tasche mit Amphetaminen abgeholt, die dort lagerten. Und das waren nicht nur ein paar Gramm. Kilogrammweise waren die Pakete abgepackt. Das Bargeld, das Sie dafür erhalten haben, führten Sie beim Verlassen Ihrer Wohnung mit sich.«

»Das ist alles ganz anders. Ich habe damit nichts zu tun. Sie müssen mir glauben. Ich bin schwanger. Niemals würde ich mit Drogen handeln. Das ist alles ein großes Missverständnis«, erwidert sie fast flehend und mit traurigen Augen, denen Fred nur zu gerne glauben würde.

»Passen Sie auf: Sie können sich später zum Sachverhalt äußern. Wir werden nun erst einmal Ihre Wohnung durchsuchen. Die Frage ist nur, ob Sie es uns erlauben oder ob wir den Staatsanwalt und einen Richter damit beschäftigen müssen?«

Sandys Blick ist fragend, ratlos. Sie zuckt mit den Schultern und schaut auf den Zellenboden. »Machen Sie das. Aber bitte nehmen Sie nicht alles auseinander.«

»Wir sind keine Unmenschen.«

»Das sagen die Bullen immer.«

»Bitte?«

»Entschuldigung. Aber bei mir wurde schon mehrfach durchsucht. Mein Ex hat regelmäßig Scheiße gebaut. Ich hatte gehofft, dass beim Nächsten alles besser wird. Vor allem für den Kleinen hier.« Sandy streicht zärtlich über ihren kaum vorhandenen Bauch.

»Also sind Sie einverstanden?«

Sandy nickt mit gesenktem Kopf und schaut auf, als Fred ihr ein Klemmbrett mit der vorbereiteten Einverständniserklärung entgegenstreckt. Sie nimmt den Kugelschreiber, der auf dem Brett liegt, und unterschreibt.

»Sie könnten uns die Sache erleichtern, wenn Sie uns sagen, wo wir noch weiteres Bargeld, Drogen oder Waffen finden.«

»Es ist alles weg. Wir wollten neu anfangen. Verdammte Scheiße.« Sandy verbirgt ihr Gesicht in den Händen und beginnt schluchzend zu weinen.

»Wir sehen uns später noch mal, Frau Reinhard.« Nach kurzem mitfühlenden Zögern wendet sich Fred ab, ohne noch eine Antwort erhalten zu haben, und verriegelt die Zellentür. Er steckt das Klemmbrett in seine Umhängetasche und funkt: »Kuno für Fred. Wir können anfangen. Sie hat der Durchsuchung zugestimmt und behauptet, dass dort nichts mehr zu finden ist. Ich hole den Schlüssel und komme zu euch.«

Kurz ist sich Fred nicht sicher, ob sein Funkgerät Empfang hat, denn niemand meldet sich auf seine Mitteilung. Er schaut prüfend auf das Display, doch die Antenne verzeichnet mehrere Balken. »Kuno? Kam ich raus?«

»Ja, ist gut, Fred. Bring den Schlüssel mit, dann können wir nachher abschließen. Sollen wir auf dich warten, oder können wir schon anfangen?«

»Wie meinst du das?«

»Der Typ hat die Tür nur ins Schloss gezogen, als er raus ist. Blondie konnte sie bereits öffnen. Einfach unvernünftig, diese Leute, die nicht abschließen«, erläutert Kuno süffisant. Fred sieht das Lächeln seines Kollegen, der stolz ist auf Blondies Fertigkeiten, förmlich vor sich.

»Fangt ruhig an. Ich fürchte, dass es für heute nicht der letzte Einsatz bleibt, und wir müssen ja auch noch alles zu Papier bringen.«

»Dann lass uns allein durchsuchen, und du bleibst und schreibst den Observations- und den Festnahmebericht. Die Wohnung ist leer. Wir kommen hier auch ohne dich klar.«

Fred zögert. Er bleibt stehen, schaut durch eine Bürotür in einen verlassenen Schreibraum und nickt schmollend, denn der Vorschlag ist ebenso ökonomisch wie unattraktiv für ihn. Dann kommt ihm ein Gedanke, und ein verschmitztes Lächeln legt sich auf seine Lippen. »Geht klar, Kuno. Den Durchsuchungsbericht für ihre Wohnung kannst du dann nachher schreiben.«

47

Harry Goldutt starrt ungläubig durch eine dunkle Lesebrille auf seinen Computerbildschirm. Soeben hat er eine Nachricht von Kriminaldirektorin Baake erhalten, dass seine Dienststelle wieder mehrere Leute für eine Gefangenensammelstelle beim Ligaspiel des HSV am Wochenende benennen muss. Immerzu trifft es seine Dienststelle. Ganz unabhängig davon, dass es aus seiner Sicht sowieso eher eine Aufgabe für die Wachen und die Bereitschaftspolizei wäre, sich um pöbelnde Fußballfans zu kümmern, die besoffen oder mit Pyrotechnik ins Stadion wollen oder mit gegnerischen oder eigenen Fans in Streit geraten, und keine für Kriminalisten. Um die eigenen Mitarbeiter zu entlasten, meldet er sich häufig selbst als Leiter solcher »GeSas«. Langsam kommt es ihm jedoch so vor, als ob Frau Baake nahezu jedes Mal an ihn und seine Dienststelle herantritt. Grübelnd greift er sich ans Kinn und überlegt, ob die Mail mit dem eben erfolgten Kurzbesuch bei Tim Dombrowski zusammenhängen könnte, bei dem zufällig auch Gerd Sehling anwesend war, dem sie seit seiner aktiven Zeit in offener Feindschaft zugetan ist. Gerd nutzte jede Gelegenheit, um in seiner schroffen, ehrlichen Art ihre Entscheidungen, die nicht selten zusätzlich belastend für das Rauschgiftdezernat ausfallen, offen zu kritisieren. Sehr zum Argwohn der Abteilungsleiterin. Dies war vermutlich auch ein Hauptgrund, warum sie damals der von Gerd angestrebten Verlängerung widersprach und ihn wider Willen in Pension schickte.

Harry stemmt die Hände auf den Schreibtisch, steht auf und verlässt sein Büro, um zu Dombrowski zu gehen. Da sieht er Bert auf die Eingangstür zukommen, über der Schulter eine offenbar schwere Sporttasche und in der Hand einen Rucksack. Gefolgt von Ernie, der auf seinem Handy herumwischt. Er öffnet die Tür und strahlt beide fröhlich an. »Na? Kein Nuller, wie ich sehe?«

»Nee, bei Weitem nicht«, erwidert Bert stöhnend und schaut dabei über den Rand seiner dunklen Brille zu Harry hinab, der ein gutes Stück kleiner ist. »Wir haben noch nicht richtig reingeschaut, aber mehr als zehn Kilogramm Speed sind es auf jeden Fall, und im Rucksack ist auch eine ganze Apotheke. MDMA, Koks, Ecstasy und weiß der Geier, was noch alles.« Bert lässt die Tasche und den Rucksack lautstark auf den Boden fallen und atmet erst einmal durch, während Ernie weiterhin auf das Display des Handys starrt.

»Und bei dir, Ernie? Alles gut zu Hause? Oder zickt eins deiner Kinder herum?«

»Hä, wieso?«

»Du schaust so verkniffen auf deine Nachrichten.«

»Ach so, nee. Das gehört Timon Schneider, und ich passe

auf, dass die Bildschirmsperre nicht greift. Noch mal tut er uns vermutlich nicht den Gefallen und hält sein Gesicht vor die Kameralinse. Aber ich habe die Sperre jetzt ausgeschaltet. Insofern ist alles sicher, solange niemand aus Versehen an den Knopf an der Seite kommt. Ich habe schon einmal in den Chats geschaut. Da werden wir ziemlich viele Fotos schießen müssen. Der hat seit Monaten keine Nachrichten gelöscht, und alles ist deliktisch. Sowohl Unterhaltungen mit Liam als auch mit Abnehmern.« Ernie bläst die Wangen auf und zwirbelt mit der freien Hand seinen Kinnbart. Dann hebt er gleichgütig die Schultern. »Einer muss es ja machen, also, je schneller daran …« Er spricht den Satz nicht zu Ende, sondern will eben zur Tat schreiten und in einen Auswerteraum hineingehen, als Dombrowski auf den Flur tritt.

»Ernie, Bert, wartet mal. Ich brauche euch. Wir haben ein Labor reinbekommen am Achtern Born 92 im achten Stockwerk. Zumindest eine Küche für Speed mit zwei Festnahmen. Könnt ihr das übernehmen? Ich muss eine Vernehmung machen, und Otto koordiniert den Einsatz. Alle anderen sind draußen.« Dombrowski ist an die drei herangetreten und drückt Bert den Klebezettel von Frau Baake in die Hand. »Didi ist euer Ansprechpartner vor Ort.«

»Ähm, wir müssen den Stoff noch wiegen und das Handy abfotografieren. Wir haben es mit ein wenig unfreiwilliger Unterstützung von Timon geöffnet bekommen.«

»Aber die Baake und der Staatsschutz nörgeln schon.«

Die drei schauen gleichzeitig zu Harry Goldutt, der ein wenig verlegen seine Mitarbeiter betrachtet.

»Chefsache, würde ich behaupten«, sagt Dombrowski grinsend.

»Da kann der alte Herr mal zeigen, was er draufhat«, grölt Gerd, der Dombrowskis Büro ebenfalls verlassen hat, von hinten.

»Ach, der feine Herr ist auch mal wieder da«, begrüßt Ernie ihn erfreut.

»Lass das Handy einfach im Auswerteraum liegen, Ernie«, ordnet Harry generös an. »Ich fotografier euch die Chats. Dann sind die Bilder wenigstens scharf. Gerd kann mir dabei helfen.« Er richtet einen forschen Blick auf Gerd, der Ernie und Bert per innigem Handschlag begrüßt. »Den Stoff könnt ihr auch nachher noch testen und wiegen. Der läuft ja nicht weg.«

Ernies Augen beginnen zu strahlen, als hätte er soeben erfahren, dass er Geburtstag hat. »Dann mal los, Bert. Sonderrechte sind sicherlich zugelassen«, ruft er jubelnd und stürmt hinaus.

»Aber ich fahre. Wir wollen ja ankommen«, antwortet Bert und folgt ihm mit einem Schmunzeln auf den Lippen.

Harry schaut den beiden noch kurz nach und wendet sich dann Dombrowski und Gerd zu. »Die Baake hat uns eben schon wieder Sonderdienste aufs Auge gedrückt. Die Begegnung mit Gerd konnte sie anscheinend nicht auf sich sitzen lassen.«

»Lässt sich nicht ändern, Harry«, erwidert Dombrowski achselzuckend, woraufhin Harry kopfschüttelnd in den Auswerteraum geht und Dombrowski Gerd ansieht. »Wenn dein Typ mir gleich Mist erzählt, breche ich die Vernehmung ab und setz ihn vor die Tür.«

»Er wird dich nicht enttäuschen, Dumbo. Ganz sicher.«

»Gerd, komm ran hier. Du wischst, ich fotografiere«, ruft Harry, der bereits mit einer Kamera in der Hand bereitsteht.

48

Am Sievekingplatz im Herzen von Hamburg zwischen Messe, Planten un Blomen, der Laeiszhalle und dem Heiligengeistfeld liegt das Hamburger Strafjustizgebäude. In dem zum Ende des 19. Jahrhunderts im Stil der Neorenaissance errichteten

Bauwerk sind die Kammern des Landgerichts, weitere Säle des Amtsgerichts sowie die Büros der Haft- und Ermittlungsrichter untergebracht. Letztere beschließen nicht nur, wer für die nächste Zeit in Untersuchungshaft kommt. Sie müssen auch über alle Anträge der Staatsanwaltschaft auf Durchsuchungsbeschlüsse oder Telefonüberwachungen entscheiden und darüber befinden, ob die Verkehrsdaten von genutzten Telefonen herausgegeben werden oder vermeintliche Straftäter längerfristig observiert werden dürfen.

Doggy hält unmittelbar vor dem mächtigen Gebäude und schaut ehrfürchtig an der Fassade hinauf. Er ist eher selten hier. Seine kleinen, örtlichen Fälle werden zumeist vor dem Barmbeker Amtsgericht verhandelt. »Richter sind auch nur Menschen«, sagt er zu sich selbst, legt die Polizeikelle auf das Armaturenbrett und zieht den Zündschlüssel. Er steigt aus und tritt an den Kofferraum heran, um daraus die beiden großen Papierasservatenbeutel mit den beschlagnahmten neunundfünfzig Postsendungen zu entnehmen. Mit jeweils einer großen Tüte in der Hand geht er die Treppe hinauf und betritt das Foyer, wo sich vor der Schleuse ins Gerichtsgebäude eine kleine Schlange gebildet hat. Anwälte, Zeugen und Kläger warten hier auf Einlass nach einer Personenkontrolle auf Waffen und andere gefährliche Gegenstände. Ohne zu verharren, geht Doggy an der Schlange vorbei, streckt seine breite Brust heraus, auf der an einer Militärkette sein Dienstausweis hängt. Der im Glaskasten sitzende Justizbeamte begutachtet das Kärtchen mit einem gezielten Blick und gibt die Schranke frei. Doggy muss einen Beutel kurz absetzen, um den grünen Knopf zum Öffnen der Schleusentür zu betätigen. Geduldig wartet er im Zwischenraum, bis sich die erste Tür schließt, um dann die zweite Tür auf dieselbe Art und Weise zu öffnen und das Gerichtsgebäude zu betreten.

Der rötlich braune Steinboden lässt jeden Schritt von den Wänden widerhallen. Die Säulen und weiten Treppen verleihen dem Bau etwas Palastähnliches. Wie ein königlicher Bote schreitet Doggy durch das Portal zu einem Plan, um die genaue Lage des Zimmers von Richter Kapischke in dem weitläufigen Gebäude herauszufinden und keine Umwege zu laufen.

Er geht linksseitig den Flur hinab, direkt auf ein großes Fenster am Ende zu, das den dunklen Räumlichkeiten, die ansonsten nur von künstlichem Licht erhellt werden, ein wenig Sonnenlicht spendet. Kurz davor geht rechts ein Gang ab. Fensterlos, menschenleer und mit vielen Türen auf beiden Seiten. Sie sind allesamt mit Metallbeschlägen versehen, die wenig einladend wirken.

Doggy schlendert den Flur entlang, schaut auf die Schilder und bleibt vor der dunklen Holztür von Richter Kapischke stehen, an der lediglich die Zimmernummer steht. Kein Name. Er klopft zweimal und wartet ab. Als er keine Aufforderung zum Eintreten vernimmt, öffnet er vorsichtig die Tür und schaut in den Raum, wo Richter Kapischke, der dem Alter nach unmittelbar vor seiner Pensionierung stehen dürfte, konzentriert lesend zwischen Bergen von roten Akten der Staatsanwaltschaft an seinem Schreibtisch sitzt. Doggy stellt die beiden Papiersäcke ins Büro und bleibt im Eingang stehen. Geduldig wartet er mehrere Momente ab, bis er sich kurz räuspert. »Guten Tag, Herr Kapischke.«

Erschrocken schaut der Richter auf und starrt Doggy an. Durchbohrt ihn geradezu mit seinem Blick. Dann nimmt er seine Lesebrille von der Nase, um sich die Alltagsbrille aufzusetzen, die er auf dem Schreibtisch abgelegt hatte. »Kann ich Ihnen helfen?«

»Ich bringe die Postsendungen.«

»Welche?«

»Die wir beschlagnahmen und dann zu Ihnen bringen sollten.« Doggy fragt sich, ob er sich die richtige Raumnummer gemerkt hat.

»Ach so, ja, ich erinnere mich. Stellen Sie ab, stellen Sie ab, guter Mann.«

Doggy schaut irritiert auf die beiden großen Beutel, die

einen halben Meter vor ihm auf dem Boden stehen. »Soll ich dann jetzt gehen?«

»Wären Sie so gut und warten vor der Tür? Falls Betäubungsmittel in den Briefen sein sollten, würde ich Sie wieder reinrufen und informieren.«

»Und dann?«

»Dann beschlagnahme ich die Sendungen und händige sie an Sie aus, damit der Inhalt untersucht wird. Ich will das Zeug hier ja nicht länger als nötig aufbewahren.«

»Soll ich dann vielleicht gleich im Raum bleiben, um die Inhalte der verschiedenen Sendungen fotografisch zu dokumentieren?«

»Sind Sie verrückt geworden? Nur dem Richter obliegt es, das Postgeheimnis zu brechen. Sie könnten Einsicht in Dinge bekommen, die nichts mit Drogen zu tun haben.«

»Da würde ich wegschauen.«

»Es reicht bereits der erste Moment, um das heilige Gut Privatsphäre zu gefährden.«

»Ich kann gut vergessen.«

»Ich muss Sie leider trotzdem bitten, draußen zu warten. Wir haben keine Bank auf diesem Flur, aber als Polizeibeamter sind Sie ja sicherlich sportlich.« Richter Kapischke greift nach dem Telefonhörer und wählt vier Zahlen. »Heidi, würdest du bitte einer Postbeschlagnahme beiwohnen? Danke. – Ich muss Sie jetzt leider bitten«, fordert Richter Kapischke Doggy nachdrücklich auf, der umgehend den Raum verlässt und die Tür hinter sich schließt.

Ein paar Meter weiter öffnet sich eine andere Tür, und eine attraktive Frau mit schulterlangen grauen Haaren betritt den Flur. Sie grüßt Doggy einmal freundlich, nimmt zwei Paar Einweghandschuhe von ihm entgegen, die er wegen des kleinen Rauswurfs vergessen hat dazulassen, und geht anschließend in das Büro des Richters.

Doggy zieht unterdessen sein Handy hervor, um Dombrowski eine Nachricht über den Stand der Dinge zu schreiben. Bei den Kollegen in der Observation hat sich offenbar noch nichts getan. Seit er zum Gericht gefahren ist, wurde auf dem Kanal kein einziges Wort mehr gesprochen.

Hinter ihm fällt mit einem lauten Knall die Tür ins Schloss. Bereits die ersten Sekunden des Wartens auf dem verlassenen Flur fühlen sich für ihn wie eine halbe Ewigkeit an.

49

Durch die mittlere der drei Schleusendrehtüren im Hamburger Polizeipräsidium betritt Tim Dombrowski das weiträumige Foyer, in dem es auf beiden Seiten des Haupteingangs jeweils eine große Sitzecke gibt.

Hinten links sieht er einen dicklichen, groß gewachsenen Mann sitzen, dessen vermutlich mal hochgestylte Haare jetzt schlaff und fettig am Kopf anliegen. Den langen Kinnbart hat er zu einem dünnen Zopf zusammengebunden. Nachdenklich schaut er auf die Tischplatte des vor ihm stehenden niedrigen Glastischs, auf dem er sein Handy abgelegt hat. Er blickt auf, als er merkt, dass Dombrowski auf ihn zukommt.

»Moin moin«, begrüßt der ihn und setzt sich zunächst neben Kevin auf die schräg angrenzende Bank. Er versucht, an den Gesichtszügen des einschlägig vorbestraften potenziellen Zeugen dessen Gedanken und Glaubwürdigkeit abzulesen. »Ich will gleich zum Punkt kommen. Ich höre mir das jetzt an, weil Herr Sehling mit Ihnen vertraut ist und ein sehr gutes Wort für Sie eingelegt hat. Ich habe allerdings keine Lust und heute auch keine Zeit für lange Geschichten, die mich nicht weiterbringen. Wenn Sie mir Märchen erzählen, sitzen Sie schneller vor der Tür, als Sie glauben. Im Fall jedoch, dass stimmt, was Herr Sehling angedeutet hat, und Sie bedeutende Angaben machen, werden wir Ihnen selbstverständlich helfen und für Ihren Schutz sorgen.«

»Meine Freundin, sie ist –«

»Um die kümmern wir uns dann auch«, unterbricht Dombrowski ihn. »Bevor wir damit beginnen können, müsste ich allerdings erst einmal die gesamte Geschichte von Ihnen hören. Wenn Sie mit den Bedingungen einverstanden sind, gehen wir jetzt zusammen nach oben in den Vernehmungsraum.«

»Jo. Auf geht's. Deswegen bin ich hier. Ich will einen endgültigen Schlussstrich ziehen. Ich bin schon lange raus aus dem Geschäft, aber die Leute von damals begegnen mir immer wieder. Ich sehe keine andere Möglichkeit mehr. Sie finden mich, egal, was ich mache.«

Dombrowski und Kevin gehen zur Schleuse, wo Dombrowski den Angestellten ein Zeichen gibt und sie ihm die Tür in den Vorraum öffnen. »Moin moin. Mögt Ihr bitte meinen Zeugen einmal komplett abscannen?«

»Jo«, erwidert einer der beiden uniformierten Angestellten, erhebt sich aus seinem Stuhl hinter der Sicherheitsverglasung und verlässt den Wachraum, um mit einem Metalldetektor in der Hand an Kevin heranzutreten. »Haben Sie Waffen oder Drogen in Ihren Taschen?«

Kevin schüttelt stumm den Kopf.

»Bitte einmal die Taschen ausleeren.«

Kurze Zeit später liegen auf der Ablage neben ihnen ein Schlüsselbund, ein Portemonnaie, ein Handy, ein Feuerzeug und eine Packung Zigaretten. Dombrowskis Kollege streicht mit dem Detektor über die Jogginghose und das T-Shirt von Kevin, ohne besondere Anzeichen für metallische Gegenstände zu erhalten. Das schnarrende Surren des Geräts verändert sich nicht. Er lässt sich von Kevin dessen Ausweis aus dem Portemonnaie geben und geht zurück in seinen Wachraum. Dort füllt er einen kleinen Laufzettel aus und schiebt ihn mit einem Besucherausweis in einer kleinen Schublade unter der Trennscheibe hindurch.

»Danke. Bis später«, sagt Dombrowski und geht nach links den Flur entlang. Er hört die schweren, schlurfenden Schritte von Kevin Schröter hinter sich. Vor einem Fahrstuhl bleibt Dombrowski stehen.

»Hier würde ich mich sofort verlaufen. Das sieht ja alles gleich aus«, bemerkt Kevin, wohl um die unangenehm drückende Stille zwischen ihnen zu durchbrechen.

»Das Gute ist, dass es ein Rundgang ist. Selbst wenn man an seinem Ziel vorbeiläuft, kommt man irgendwann wieder an derselben Stelle raus.«

»Trotzdem unübersichtlich«, erwidert Kevin und schaut skeptisch den abbiegenden Gang hinab, während sich vor ihnen die Fahrstuhltür aufschiebt. Dombrowski geht hinein und wartet, bis Kevin ihm gefolgt ist, ehe er den Knopf für die dritte Etage drückt. Dort angekommen, gehen sie in den Vernehmungsflur der Abteilung, der sich in einem Finger des sternförmigen Gebäudes befindet, und nehmen in einem der Räume am Vernehmungstisch Platz. Dombrowski setzt sich an den Platz mit dem Computer und meldet sich im Polizeisystem an. Gleichzeitig belehrt er Kevin über seine Rechte und Pflichten als Zeuge in einem Strafverfahren und betont mehrfach, dass er sich nicht selber belasten muss, dass Dombrowski jedoch allem nachgehen muss, auch den Dingen, die ihn belasten würden.

Kevin Schröter schaut ihn mit treuem Hundeblick an und versichert mehrfach, dass er nur Altlasten aus einem früheren Leben zu Protokoll geben wird und er allem abgeschworen habe. Er sehe seine Ausbildung, der er momentan gewissenhaft nachkommt, als Chance.

»Sie müssen mir glauben, Herr Dombrowski. Ich werde nie mehr Scheiße bauen. Das habe ich auch meinen Leuten verklickert, aber die bestehen darauf, dass ich Schulden begleiche, und zwar sofort.«

»Wie hoch sind denn Ihre Schulden?«

»Eigentlich habe ich gar keine. Es ist so gewesen. Ich bin damals mit einem Roller gestürzt, dabei ordentlich auf den Kopf geknallt und habe mir auch noch mehrere Rippen und die Schulter gebrochen. Ich war gerade auf einer Kurierfahrt mit einer Tasche auf dem Rücken. Als die Rettungssanitäter eintrafen, haben die darin nach Personalpapieren gesucht und einen Haufen Drogen gefunden. Die haben gleich die Bullen gerufen, und ich saß in der Patsche. Jetzt behaupten die Lieferanten von meinem früheren Partner, der mir den Job damals beschafft hat, dass wir die beschlagnahmten Drogen ersetzen müssen, weil ich für den Verlust verantwortlich sei. Aber ich bin ja für die bloß Kurier gefahren, habe bei den Bullen damals meine Fresse gehalten und vier Jahre eingeatmet. Meine offene Bewährungsstrafe von zwei Jahren wurde auch noch gekippt. Das waren sechs Jahre Knast.« Kevin reißt seine Augen unerwartet weit auf und schaut Dombrowski mit einem gewissen Maß an Empörung an. »Ich habe viereinhalb Jahre absitzen müssen, bis mich der Richter endlich auf Bewährung rausgelassen hat. Mein Schweigen ist ja wohl wertvoller gewesen als ein paar zehntausend Euro, oder nicht?«

Dombrowski zuckt mit den Schultern. »Wer will denn die Kohle von Ihnen?«, fragt er, nachdem er fertig geschrieben hat.

»Habe ich doch gerade gesagt. Die Leute von Claas.«

»Wer ist Claas genau?«

»Der war damals mein Lieferant und Partner.«

»Und wie heißt er weiter?«

»Keine Ahnung.«

»Wieso wissen Sie das nicht?« Dombrowskis Augenbrauen schieben sich skeptisch zusammen.

»Das ist in unserer Branche so. Da wird nicht nach Details gefragt. Wer zu viel weiß, lebt gefährlich.«

»Wo wohnt Claas denn?«

»Irgendwo in Wandsbek. Ich war nie bei ihm.«

»Und woher wissen Sie, dass er dort wohnt?«

»Das habe ich mir gedacht, weil er häufig zu Hause war, wenn wir uns verabredet haben, und dann trotzdem immer binnen kurzer Zeit am Treffpunkt in der Nähe vom Wandsbeker Markt sein konnte.«

»Wo haben Sie sich genau getroffen?«

»Immer woanders. Wir hatten keinen festen Punkt. Er ist mit seinem Auto gekommen, ich bin zugestiegen, wir haben gesprochen und uns wieder getrennt.«

»Was fährt Claas für ein Auto?«

»Eine schwarze Limousine. Mercedes.«

»Kennzeichen?«

»Keine Ahnung. Hamburg, glaube ich.«

»Toll. Gibt ja kaum schwarze Mercedes-Limousinen in Hamburg.«

»Er lebt mit einer Südamerikanerin zusammen. Hat darüber gestöhnt, dass sie immer nur Geschenke haben will und sich ständig über das schlechte Wetter beklagt.«

»So schlecht ist es doch gar nicht«, erwidert Dombrowski, während eine Windböe mehrere Regentropfen gegen die Scheibe wirft.

»Aus der Sicht einer Brasilianerin sieht das eventuell anders aus.«

»Ist sie sicher Brasilianerin? Oder kommt sie aus einem anderen südamerikanischen Land?«

»Nee, nee. Brasilianerin. Ganz sicher. Ich glaube, die kommt aus Rio. Copacabana.«

»Wie finde ich Claas? Haben Sie noch weitere Infos, die mir helfen würden?«

»Ich habe seine Telefonnummer.« Ruckartig zieht Kevin sein Handy hervor und gibt einen mehrstelligen PIN-Code ein. Er öffnet seine Kontakte und schiebt das Handy dann über den Tisch zu Dombrowski. Der macht ein Foto von dem Kontakt und tippt die Daten in den Computer ein. »Er geht aber den ganzen Tag schon nicht mehr ran. Immer nur die Mailbox nach ein paar Freizeichen.«

»Wieso haben Sie versucht, ihn anzurufen, wenn er nur damals Ihr Partner war und Sie nichts mehr mit Drogen zu tun haben wollen?«

»Heute ist Besuch bei meiner Freundin aufgetaucht, der

eigentlich mir ans Leder wollte. Da habe ich natürlich probiert, ihn zu erreichen.«

»Und das war das erste Mal seit wann?«

»Seit gestern Abend.«

Dombrowski kratzt sich nachdenklich am Hinterkopf. »Sie haben nichts mehr mit ihm zu tun, und dann haben Sie binnen vierundzwanzig Stunden zweimal Kontakt mit ihm aufnehmen wollen?«

»Das wirkt jetzt anders, als es ist. Wirklich. Ich hab nur wegen der Sache gestern bei ihm angerufen. Das ist eine ganz krasse Geschichte. Claas ist tot. Ganz sicher.« Kevins Stimme beginnt sich zu überschlagen. Verzweiflung liegt in seinem Blick. »Ich hatte mich gestern Abend mit ihm getroffen, weil er mir schrieb, dass er Probleme hätte. Es ging um Geld. Das war mir klar. Als ich bei ihm einstieg, saß dieser Typ hinten bei ihm im Fahrzeug. Claas ist so ein Anzugtyp, muss ich dazusagen. Immer im feinen Zwirn. Das ist sein Style. Darauf schwört er, weil er meint, dass er so nie von den Bullen angehalten wird. Der andere hockte auf der Rückbank, würgte ihn mit der Krawatte und hat ihm von hinten ein Messer in den Hals gestochen. Claas hat geschrien vor Schmerz, und der Typ hat mir gesagt, dass ich Geld liefern soll. Achtzigtausend Euro. Bis heute früh. Ich bin einfach nur geflüchtet. Abgehauen vor dem Typen. Ich bin gleich in den Club und habe mich dort versteckt. Ich wusste nicht, wohin mit mir, hatte Angst, nach Hause zu fahren. Erst als Herr Sehling auftauchte, kam ich langsam zur Besinnung. Doch dann kamen die Typen, die vorher bei mir zu Hause waren und meine Freundin bedroht haben, in den Club, und ich bin noch einmal geflüchtet. Ich hab meine Freundin angerufen, und sie sagte mir, dass ich der Polizei alles erzählen muss, um eine Chance zu haben, Claas vielleicht noch zu retten. Herr Sehling stand auf einmal wie ein Engel vor mir. Ich habe das als Zeichen gesehen.«

Dombrowski muss einmal belustigt aufgrunzen bei dem

Vergleich. Gerd ein Engel, der Spruch ist neu. »Und jetzt sind Sie hier.«

»Genau.«

»Haben Sie einen Kontakt, eine Nummer von dem Typen, der Sie bedroht?«

»Stimmt. Genau. Er hat mir einen Zettel mit seiner Nummer gegeben. Auf der sollte ich ihn anrufen, wenn ich das Geld habe.«

»Und wo haben Sie den Zettel?«

»Ähm, den habe ich weggeworfen.«

Dombrowski verdreht genervt die Augen.

»Aber ich habe die Nummer vorher in mein Handy eingespeichert«, berichtet Kevin zu seiner Erleichterung. »Sie steht unter ›Claas Böse‹.«

Dombrowski ruft im Handy von Kevin den nächsten Kontakt auf. Dort steht »Claas Bösssssseeeeeeee« mit einer Telefonnummer. Er fotografiert auch diesen Kontakt und überträgt ihn sorgsam ins Vernehmungsprotokoll.

»Wann haben Sie Claas vor dem gestrigen Abend zuletzt gesehen?«

Kevin bläst nachdenklich seine Wangen auf. Dann schüttelt er den Kopf. »Das muss schon Monate her sein.«

»Der Lieferant will also von Claas achtzigtausend Euro haben, und der kontaktiert ausgerechnet Sie, zu dem er seit Monaten keinen Kontakt gehabt hat und der nicht mehr in der Szene aktiv sein will, nachdem er zuvor viereinhalb Jahre im Knast saß? Ausgerechnet Sie sollen ihm aus der Patsche helfen?« Dombrowski lässt seine Finger auf der Tastatur ruhen, schaut am Monitor vorbei in Kevins Gesicht und beobachtet dessen grüblerische Miene. Er beginnt, seine Finger zu kneten, rümpft die Nase, um dann wieder in eine sekundenlange Gesichtsstarre zu verfallen.

»Ich weiß auch nicht, was er sich dabei gedacht hat. Vielleicht hatte er seine Leute schon vergeblich um Hilfe gebeten. Wissen wir ja nicht, wie viele er vorher bereits angerufen hat.«

Zufrieden mit seiner Antwort lehnt Kevin sich in seinem Stuhl zurück.

»Wissen Sie noch, was ich Ihnen im Foyer gesagt habe? Ich will hier keine Märchen hören. Die Sache mit dem Messer glaube ich Ihnen. Ich spüre auch Ihre Angst, ich rieche sie förmlich, aber dass Sie seit Monaten nichts mehr mit dem Rauschgifthandel und diesem Claas zu tun haben wollen und weder dessen Wohnort noch Nachnamen kennen, das glaube ich einfach nicht. Sie müssen sich nicht selber belasten, das habe ich Ihnen ja als Teil der Belehrung erklärt, aber Sie sind als Zeuge hier und müssen die Wahrheit sagen oder können die Aussage verweigern, wenn Sie sich selber belasten würden. Verstanden? Wenn Sie lügen und ich das später herausfinde, ist das eine Straftat, und es macht mir außerdem schlechte Laune. Und wenn Sie hier so weitermachen, bin ich mir sicher, dass ich die eine oder andere Lüge im Nachhinein nachweisen werde.«

Kevins Gesichtsfarbe wechselt schlagartig zu Kalkweiß, und Schweißperlen steigen ihm auf die Stirn. Verlegen fährt er sich mit der Hand durch die struppigen Haare, im vergeblichen Versuch, sie wieder aufzustellen. Sein Mund öffnet sich leicht, doch es kommt kein Wort heraus. Dombrowski tut ihm nicht den Gefallen weiterzusprechen. Er bleibt schweigend sitzen und schaut Kevin an. Eine erdrückende Ruhe liegt im Raum. Nichts ist zu hören außer dem Lüfter des Computers. Sekunden fühlen sich wie Minuten an, doch Dombrowski weiß, dass es dieser Moment ist, der darüber entscheiden wird, ob Kevin einknicken wird. Er muss ihn aushalten, seine Neugier in Schach halten.

Kevin schluckt, leckt sich über die Lippen und schweigt. Er schaut einmal zu Dombrowski, der den Blick auffängt, doch Kevin guckt gleich wieder weg.

»Es ist aber so, ehrlich«, beteuert er schließlich. »Bitte, Sie müssen mir helfen, meine Freundin schützen und Claas finden.« Ein Schweißtropfen läuft ihm die Schläfe hinab. Viele weitere haben sich auf seiner in Falten gelegten Stirn gebildet. Dombrowski spürt, dass er hier so nicht weiterkommen wird.

»Ich mache Ihnen einen Vorschlag, Herr Schröter. Ich bringe Sie jetzt erst einmal wieder ins Foyer, und dann komme ich in einer Stunde noch einmal zu Ihnen, und wir sprechen weiter, okay? Ich sehe, dass es ein paar Dinge gibt, die ich klären muss. Ich bräuchte noch den Namen und die Adresse Ihrer Freundin.«

»Sie heißt Sandy Reinhard und wohnt in der Legienstraße 13 in Billstedt.«

Dombrowskis Puls steigt, und er muss sich bemühen, seiner einsetzenden Euphorie keinen Ausdruck zu verleihen. Seine Gedanken rasen, während er den Namen und die Adresse ins Protokoll tippt. Er überlegt sich gut, was er als Nächstes sagt. Die folgenden Worte müssen mit Bedacht gewählt sein. Es fühlt sich an, als hätte er beim Pokern einen Blick in die Karten des Gegners werfen dürfen, und müsse ihn nun dazu bringen, alle Chips in die Mitte zu schieben. Er setzt die Uhrzeit unter das Protokoll und druckt es aus, nimmt die Papiere und legt sie vor Kevin auf den Tisch.

»Wir machen es folgendermaßen: Wir werden uns jetzt erst einmal um Ihre Freundin kümmern und dafür sorgen, dass Sie in Sicherheit ist. Außerdem werde ich Ihrer Aussage nachgehen und schauen, was ich über Claas rausfinden kann und was es mit seinem Hintermann auf sich hat. So lange können Sie unten im Wartebereich Platz nehmen, allerdings nicht da, wo ich Sie vorhin abgeholt habe, sondern hinter dem Eingangsbereich. Da sitzen Sie ein wenig geschützter, und nicht jeder, der hier hereinkommt, sieht, dass Sie bei uns sind. Wenn ich mit allem durch bin, kommen wir noch einmal zusammen, und Sie überlegen in der Zwischenzeit, ob Sie sich vielleicht an noch etwas erinnern können, das mir weiterhelfen könnte. Einverstanden?«

Kevin greift nach dem Kugelschreiber und unterschreibt jede Seite der Vernehmung. »Ja. Können wir machen«, erklärt er fast gleichgültig und sichtlich froh, dass er der Situation vorerst entkommen kann.

Beide erheben sich von ihren Stühlen und verlassen den Raum, um mit dem Fahrstuhl wieder ins Erdgeschoss zu fahren. An der Schleuse zeigt Dombrowski auf die Ledersitze, die dort in einem kleinen Wartebereich aufgestellt sind, und Kevin lässt sich stöhnend auf einem davon nieder.

»Ich sage den Kollegen im Wachraum noch kurz Bescheid, dass Sie vorerst unser Gast bleiben.« Dombrowski wendet sich ab und geht zu der Holztür, die vom Flur in den Wachraum der Schleuse führt. Sie ist nur angelehnt, und er klopft dreimal gegen das Türblatt und tritt ein. Er begrüßt die Kollegen, schaut durch das Fenster und vergewissert sich, dass Kevin nichts mitbekommt. Der hat bereits sein Handy hervorgezogen und schaut gebannt auf das Display. »Der gute Herr Schröter wird noch ein Weilchen unser Gast und dort sitzen bleiben. Er soll nachher festgenommen werden, davon weiß er allerdings noch nichts. Er verlässt also auf keinen Fall diesen Bereich und schon gar nicht das Präsidium, okay?«

»Das bekommen wir hin«, versichert ein in die Jahre gekommener Oberkommissar, der an einem Schreibtisch im hinteren Bereich sitzt und offenbar der Leiter der Wachdienstgruppe ist. »Er soll jetzt einfach dort sitzen bleiben?«

»Ja, genau. Ich komme in ein bis zwei Stunden wieder und hole ihn zur Vernehmung rauf. Da wird er dann auch von seinem Glück erfahren. Vorher muss ich allerdings noch einiges vorbereiten.«

»Kein Problem. Unsere Schicht hat gerade erst begonnen. Wir sind hier, und er bleibt hier«, bestätigt der Wachhabende feixend.

»Super. Vielen Dank. Bis später.« Dombrowski geht noch einmal zu Kevin, der offenbar ein Spiel auf seinem Handy geöffnet hat, jetzt aber pausiert und zu ihm hochschaut. »Herr Schröter, die Kollegen wissen Bescheid und passen auf Sie auf. Wir sehen uns dann nachher wieder.«

»Bitte kümmern Sie sich um meine Freundin. Sie reagiert weder auf meinen Anruf noch auf meine Nachrichten. Ich habe es eben noch mal probiert.«

»Keine Sorge, Herr Schröter. Ihr wird nichts geschehen«, verspricht Dombrowski, wendet sich schnell von Kevin ab und verlässt den Vorraum in Richtung der Fahrstühle, damit der Zeuge nicht mitbekommt, dass ein Lächeln seine Mundwinkel umspielt.

50

Die Schöne Aussicht mit ihren edlen Villen, von denen man über die Außenalster bis zur Kennedybrücke und bei gutem Wetter bis zur Elbphilharmonie und dem Michel gucken kann, ist eine der teuersten Adressen Hamburgs. Aber nicht nur die Reichen und Schönen können sich dank ihrer Einkommen den Ausblick leisten. Der Fußweg zwischen den Gebäuden und dem Seeufer ist tagtäglich bevölkert von Spaziergängern, Touristen, Joggern und Fahrradfahrern. Die Hamburger lieben ihre Alsterrunde um das Binnengewässer herum, auf dem die legendären Dampfer inzwischen zumeist rauchfrei dahingleiten.

Vor der Alsterperle, einem ehemaligen Klohäuschen, das zur Open-Air-Gastronomie ausgebaut wurde, in der ein jeder willkommen ist, der im Freien ein Bier trinken oder eine Kleinigkeit essen möchte, fährt Liam den Fiat 500 seiner Freundin in eine gerade frei werdende Parklücke. Er bleibt am Steuer sitzen, nimmt sein Handy aus der Mittelkonsole und betrachtet sorgenvoll das leere Display. Timon hat sich immer noch nicht gemeldet. Seine Nachrichten wurden von ihm bislang nicht angesehen. Auch seine Anrufe hat er nicht entgegengenommen. Dabei müsste er längst wieder zu Hause angekommen sein. Normalerweise antwortet er umgehend auf seine Nachrichten. Und sei es nur mit einem Smiley oder Daumen.

Liam überlegt, wie viel Zeit vergangen ist, seit sie sich getrennt haben. Es muss über eine Stunde her sein, dass er aufgebrochen ist. Wenigstens hatte Ronny ihm geschrieben, dass sie sicher auf der Autobahn angekommen sind. Liams Antwort hat sich Ronny allerdings ebenfalls noch nicht angeschaut.

Liam wählt ein weiteres Mal Timons Nummer, wartet die sieben Klingelzeichen ab, bis die Mailbox den Anruf entgegennimmt und eine elektronische Stimme Timons Rufnummer ansagt. Er beendet den Anwählversuch mit einem krampfartigen Gefühl im Magen, öffnet die Fahrertür und steigt aus.

Er schaut hinüber auf die Grünfläche vor dem Alsterufer, betrachtet zufrieden die leichten Wellen des Wassers, die im Licht der untergehenden Sonne zum Glitzern gebracht werden. Sein Herz wird leicht, als er entdeckt, dass seine geliebte Schaukel gerade frei von verliebten Pärchen und abenteuerlustigen Kindern ist. Es ist sein Herzensort – weil er die Aussicht nirgends mehr genießt, aber vor allem, weil es der Ort ist, der ihn seiner Mutter ein Stück näher bringt. Sie hat es geliebt, hier mit ihm zu picknicken, den Blick über die Alster schweifen zu lassen, während Liam auf der Schaukel saß und ein ums andere Mal versuchte, noch weiter abzuspringen und neue Rekorde aufzustellen. Sie musste immer herschauen, wenn er bereit war für den Sprung, und sie tat es mit Freude.

So oft sind sie hier gewesen, auch in ihren letzten Monaten und Tagen, bis ihm der Krebs seine Mutter raubte und ihn alleine auf der weiten Welt zurückließ. Mit vierzehn Jahren musste er sich für immer von ihr verabschieden. Raus aus seinem glücklichen Leben in Barmbek mit einer liebenden Mutter, hinein in die düstere Welt seines völlig überforderten Vaters, der nie ein Interesse daran gehabt hat, eine Rolle in Liams Leben einzunehmen. Von einem Tag auf den anderen musste Liam erwachsen werden, sich um sich selbst kümmern und lernen, sich allein durchs Leben zu schlagen.

Er tritt an die Schaukel heran, setzt sich auf den Sitz und beginnt, hin- und herzuschwingen. Er atmet tief die frische Brise der Hansestadt ein, schließt die Augen und fühlt sich seiner Mutter wieder nah. Doch dieser Augenblick der Ruhe hilft ihm nicht, seine Sorgen zu vergessen. Wieder greift er zum Handy und ruft Timon an. Wieder meldet sich lediglich die Mailbox. Auch Ronny nimmt das Gespräch nicht an.

Liam sucht in den Kontakten nach Sandys Nummer. Sie müsste ihm wenigstens sagen können, ob Timon inzwischen bei ihr gewesen ist. Wieder ertönt mehrfach das quälende Freizeichen. »Bitte, bitte, bitte«, spricht er in den Hörer. »Geh ran«, zischt er etwas nachdrücklicher, aber auch gequält. Nach einer gefühlten Ewigkeit legt er auf und steigt von der Schaukel, die umgehend von einem kleinen Jungen erobert wird, der unbemerkt neben ihm stand und ihn mit stahlblauen Augen fixiert hat.

Liam geht bis zu den Bänken am Wasser, setzt sich und schaut in seine Chats. Das ungute Gefühl in seinem Bauch breitet sich wie die Pest in seinen Gliedern aus und drängt ihn, das zu tun, was er nur ungern machen will. Er öffnet seine Kontakte und scrollt bis zum Buchstaben E, wo an dritter Stelle genau dieser Buchstabe ohne Leerzeichen mit dem Zusatz »neu.neu.neu« versehen ist. Sein Finger verharrt über dem grünen Hörer. Er nimmt all seinen Mut zusammen und drückt auf die Taste.

»Ja?«, ertönt eine tiefe und markante Stimme am anderen Ende der Leitung.

»Ey, Digger. Ich hab Kopfschmerzen.«

»Hm.«

»Ist in der Wohnung alles gut, Digger?«

»Wieso?«

»Ich erreiche meine Leute nicht. Keinen.«

»Nicht gut.«

»Nein. Gar nicht gut, Digger.«

»Ich ruf dich gleich wieder an.«

Sein Gesprächspartner legt auf. Liam steckt das Handy zurück in die Jacke und beginnt am ganzen Körper zu zittern. Niemals hat er seine Mutter, ihr offenes Ohr für seine Sorgen und ihre liebevollen Ratschläge so sehr vermisst wie in diesem Moment.

51

Die beiden Beamten des Spezialeinsatzkommandos stehen, die Maschinenpistolen schräg vor der Brust nach unten gerichtet, vor dem Hauseingang zur Hausnummer 92 und beobachten die vor zehn Minuten eingetroffenen Kamerateams, die auf dem Vorplatz mit geschulterten Aufzeichnungsgeräten auf den entscheidenden Zeitpunkt warten, in dem die erfolgten Festnahmen abgeführt werden. Videobilder, die sich an alle Nachrichtensender gut verkaufen lassen. Ein älterer deutscher Mann mit Schnurrbart und beigebrauner Blousonjacke redet gestenreich auf die Journalisten ein und erklärt ihnen, dass er sein Leben bereits vor seinen Augen ablaufen sah, als die Wohnung von dem SEK betreten wurde. Er habe in der Nachbarwohnung Todesängste ausgestanden, als ein heftiger Knall ertönte, der die Tür aus den Angeln hob. Die neuen Nachbarn seien ihm schon immer komisch vorgekommen, berichtet er und erklärt, dass er für einen gewissen Obolus bereit wäre, ein Exklusiv-Interview zu den vermeintlichen Terroristen zu geben.

Keine hundert Meter entfernt fährt eine dunkle Limousine im Schritttempo durch den Achtern Born. Zwei Südländer sitzen in dem Fahrzeug, das vom Fahrer in eine Parklücke gesteuert wird, die freie Sicht auf die Zuwegung zum Hochhaus bietet. Sie bleiben sitzen und betrachten aufmerksam die Situation. Auf der Beifahrerseite lehnt sich Enis Karew vor und schaut an der Fassade hinauf, ausspähend, ob er an den

Fenstern etwas erkennen kann, das ihm sagt, in welcher Etage der Einsatz erfolgt ist.

»Ich gehe hin. Du wartest hier«, wispert er mit tiefer Stimme und verlässt das Fahrzeug. Er geht aufrecht und mit langsamen Schritten auf den Eingang zu und bleibt kurze Zeit in der Nähe der Kameraleute stehen. Seine Augen verengen sich, als er den älteren Deutschen bemerkt. Er meint, ihn schon einmal gesehen zu haben. Als er mitbekommt, dass der Mann den Journalisten von Terroristen berichtet, die Kanister und Kartons voller Chemikalien in seine Nachbarwohnung getragen hätten, um Bomben zu bauen, hat er genug gehört und Gewissheit, dass die Bullen in seiner Wohnung sind. Zeit, sich schleunigst von hier zu entfernen.

Wie ein blauer Blitz fällt das Blaulicht eines zivilen Streifenwagens in sein Auge. Er blickt zur Seite und sieht einen Mittelklassewagen, der direkt auf der Straße anhält. Das Blaulicht wird ausgeschaltet und im Fahrzeuginnern verstaut, bevor ein großer Mann mit Brille und ein kleinerer Dunkelhaariger mit Kinnbart aussteigen und zum bewachten Hauseingang laufen, wo sie von den Scheinwerfern der Fernsehkameras in Empfang genommen werden. Sie tragen jeder eine große Tasche, begrüßen die beiden Polizisten am Eingang und verschwinden im Hausflur.

Enis geht zur schwarzen Limousine zurück, während der Fahrer bereits den Motor startet, und steigt ein. »Fahr los. Erst mal weg hier. Wir fahren ins Büro.«

52

In Alsterdorf sitzt Otto vor seinem Monitor und lauert auf das nächste Telefonat. Gelegentlich schiebt er sich einen trockenen Spekulatiuskeks in den Mund und spült mit inzwischen kaltem Kaffee nach. Kehlig atmet er ein und aus. Der lange

Arbeitstag zehrt langsam an seinen Kräften. Immerhin ist er wieder einmal als Erster im Büro gewesen, und das, nachdem er gestern Nachmittag und Abend hier verbracht hatte. Die Folgen seiner schweren Krankheit und die knappe Menge Luft, die sein verbliebener Lungenflügel ihm noch lässt, rauben ihm das Durchhaltevermögen, für das er im Dezernat bekannt ist. »Otto kommt als Erster und geht als Letzter, wenn es sein muss«, unken alle Kollegen, die ihn kennen und schätzen. Kaum jemand ist derart verlässlich bei seiner Arbeit und stellt alle privaten Dinge hintenan, wenn sich dienstliche Pflichten ergeben. Er hätte auch in Frühpension gehen oder sich weiterhin krankschreiben lassen können. Doch das liegt ihm nicht im Blut. Viel zu sehr liebt er das Gefühl, von den Kollegen gebraucht zu werden.

Das Telefon auf seinem Schreibtisch beginnt zu klingeln. Otto schleckt sich mit spitzer Zunge über die Lippen und greift nach dem Hörer. »Hier ist der liebe Otto«, begrüßt er den Anrufer, ohne auf das Display zu schauen.

»Otto, ich bin es, Scotty. Wir sind hier so weit durch.«

»Und? Was bringt ihr mir mit?«

»Dreißig Kilogramm Speed, zwei Kilogramm Kokain, sieben Kilogramm Marihuana und fünf Pakete mit Ecstasy-Tabletten. Keine Ahnung, wie viele in so einem Paket drin sind. Vielleicht tausend?« Scotty versucht, es locker rüberzubringen, doch ihre Aufregung und Euphorie über diesen Fund schwingen hörbar mit. »Hammer, oder?«, freut sie sich und lässt ein kurzes Aufjauchzen anklingen.

»Kommst du mit Ali dann rein mit dem Stoff? Heini und Lasse müssten Bert und Ernie in Osdorf unterstützen. Sie können direkt in den Achtern Born weiterziehen.«

»Wieso? Was ist denn jetzt schon wieder?«, fragt Scotty irritiert nach. Im Hintergrund beginnen Ali, Lasse und Heini unverständlich zu murmeln.

»Die Baake kam vorhin zu uns auf den Flur. Der Staatsschutz hat ein Speed-Labor gefunden und weigert sich, selber zu ermitteln. Zuständigkeitshalber hat sie es uns aufs Auge gedrückt. Bert und Ernie sind gleich durchgerauscht, nachdem sie Timon hier abgeladen hatten.«

»Okay. Sollen Ali und ich dann nicht auch mit hinfahren?«

»Ich glaube nicht, dass es eine gute Idee ist, einen Dienstwagen mit derart viel Stoff am Born zu parken.«

»Ja, äh, stimmt. Da hast du recht. Wir könnten ja auch abladen und weiterfahren«, lenkt Scotty ein.

»Wir brauchen aber deine Berichte. Timon soll ja vor den Haftrichter und Sandy Reinhard vermutlich ebenso. Es ist noch genug zu schreiben, oder? Observations-, Festnahme- und Durchsuchungsberichte. Das kann ich dir nicht abnehmen. Der ganze Stoff müsste noch getestet und gewogen werden. Das könnte Ali erledigen, während ich hier weiter die Einsätze koordiniere.«

»Ist schon gut, Otto. Ich komme rein. Der Tag war eh schon lang und die Nacht kurz.«

»Stimmt. Du warst ja letzte Nacht bereits aktiv. Hast du noch gar nichts von erzählt.«

»Wann denn? Mache ich nachher, wenn wir was essen. Ich habe tierischen Hunger.«

»Okay. Dann bis gleich. Sagst du den anderen Bescheid?«

»Warst auf laut, Otto. Sie fahren hin. Welche Nummer?«

»Nummer 92.«

»Okay. Bis gleich.«

Otto greift knisternd in seine Kekstüte, steckt gleich den kompletten Spekulatiuskeks in seinen Mund und zerkaut ihn krachend. Mit einem prüfenden Blick über die Schulter auf seine Filterkaffeemaschine stellt er entsetzt fest, dass die Kanne schon wieder leer ist. Brummend drückt er sich aus seinem Bürostuhl und bleibt nachdenklich stehen. Wankelmütig, ob er sich am Vollautomaten der Kollegen bedienen soll oder sich doch die Mühe macht, wie gewohnt, und den eigenen Kaffee aufbrüht. Er schaut unentschlossen auf die Maschine und wendet sich schließlich mit einem »Ach was soll's«-Grunzen zur Tür. Er geht den Flur hinab, um seine Tasse im Besprechungsraum per Knopfdruck aufzufüllen und direkt wieder an seinen Arbeitsplatz zurückzukehren. Gerade rechtzeitig, um den nächsten Anruf beim ersten Klingeln entgegenzunehmen.

»Na, Fred!«

»Sitzt du auf dem Telefon? Bei mir hat es nicht einmal geklingelt.«

»Muss der neue Kaffee sein.«

»Hä?«

»Egal. Wie schaut es bei euch aus?«

»Wir sind mit der Durchsuchung fertig. Ich habe in der Zwischenzeit die Berichte zur Observation und Festnahme geschrieben. Die anderen haben in der Wohnung keine besonderen Dinge mehr gefunden. Allerdings steht sie jetzt wohl kopf. Aber das kann den beiden nach den Sicherstellungen ja vermutlich vorerst egal sein. Wir würden dann jetzt reinkommen. Oder habt ihr noch was?«

»Die anderen sind in ein Labor gerauscht, mit zwei Festnahmen. Kann gut sein, dass wir bei denen zu Hause auch noch durchsuchen müssen. Nutzt die Zeit am besten zum Essen.«

»Wo ist eigentlich Dumbo?«

»Der vernimmt gerade jemanden.«

»Packt einer aus?«

»Gerd hat so einen Typen angeschleppt, der ganz dringend aussagen will.« Aus dem Flur ist das Geräusch der sich öffnenden Eingangstür zu hören. Das Schlurfen der Schuhe verrät Otto, dass es Dombrowski ist, der langsam in sein Büro zurückgeschlichen kommt. »Fred, ich melde mich gleich noch einmal. Dumbo kommt gerade wieder.«

»Ja, er soll mich dann anrufen.«

»Jo.« Otto legt auf, trinkt einen Schluck Kaffee und schaut aufmerksam zur Tür.

Dombrowski erscheint jedoch nicht im Türrahmen, sondern biegt kurz vorher in sein eigenes Büro ab. Otto hört, wie sein Kollege zunächst auf dem Telefon eine Nummer wählt und, während über Lautsprecher das Freizeichen erklingt, die Tastatur seines Computers malträtiert.

»Dombrowski, was denn nun schon wieder?«

Das Klackern der Tastatur verstummt, und Dombrowski greift nach dem Hörer.

»Moin moin, Herr Schmidt. Ich benötige zwei Telefonüberwachungsbeschlüsse. Ich schicke Ihnen vorab eine Vernehmungsniederschrift per Mail. Die Anregung schreibe ich bereits. Es geht um einen Rauschgifthändler, der verschollen ist, und dessen Hintermann, der den Rauschgifthändler am gestrigen Abend mit einem Messer in den Hals gestochen hat. Beide sind noch nicht identifiziert. Der Zeuge ist zumindest im Hinblick auf diese Angaben glaubwürdig. Die Rufnummern haben fingierte Anschlussinhaber aus Düsseldorf und Dortmund. Beide nicht real existent.«

Eine längere Pause folgt, die Otto motiviert, zu Dombrowski ins Büro zu schlendern. Mit der Kaffeetasse in der Hand lehnt er sich gegen den Türrahmen und beobachtet Dombrowski, der offensichtlich dem lauscht, was ihm Staatsanwalt Schmidt erzählt.

»Ja, mache ich. Gerd Sehling hat den hier angeschleppt. Ja. Genau. Er kann es nicht lassen. Stimmt. Wir haben auch genug zu tun, aber es hilft ja nichts. Meistens lohnt es sich ja, wenn sein Bauch zuckt. Okay. Geben Sie mir zehn Minuten, dann haben Sie alles per Mail vorliegen. Danke.«

Dombrowski legt auf und beginnt sogleich wieder, wild in die Tastatur zu hacken. Otto weiß, dass er seinen Kollegen jetzt nicht mit Fragen nerven sollte, und bleibt einfach stoisch im Türrahmen stehen, darauf wartend, dass Dombrowski ihm seine Aufmerksamkeit schenkt.

53

Ratternd öffnen sich die Fahrstuhltüren im achten Obergeschoss. Bert und Ernie treten aus der Kabine und bleiben abrupt stehen.

»Was ist denn hier los?«, entfährt es Bert. »Fetisch-Flurparty?« Entgeistert schaut er auf die beiden Männer in gelben Gummianzügen, die mit auf dem Rücken gefesselten Händen und hängenden Köpfen auf dem Boden sitzen. Neben ihnen stehen die beiden SEK-Beamten, die Ernie und Bert durch ihre Sehschlitze erwartungsfroh entgegenblicken.

Didi kommt auf die beiden zu und begrüßt sie per Handschlag. »Schön, dass ihr da seid. Dann kann ich ja abrücken.« Mit diesen Worten und einem charmanten Lachen macht er Anstalten, sich in den Fahrstuhl zu begeben. Doch die Türen schließen sich bereits wieder, und Ernie hält ihn zugleich an der Schulter fest.

»Momentchen mal. Erst einmal kannst du uns erzählen, was hier überhaupt los ist«, erklärt er streng. »Wenn wir hier schon für euch aufräumen, wollen wir wenigstens vernünftig eingewiesen werden. Und einen gescheiten Bericht, warum ihr hier seid, wollen wir nachher ebenfalls auf dem Tisch haben. Das müssen wir später vor Gericht vernünftig erklären können.«

»Ja, natürlich. Klar. Reicht es auch morgen? Ich meine, heute ist es schon spät, und ich wollte …«

»Natürlich heute. Spätestens im Verlauf der Nacht. Wenn du was Dringendes vorhast, okay. Aber dann kommst du halt anschließend wieder rein, schreibst und bringst ihn uns vorbei. Der Bericht, wie alles begann, kann nicht fehlen. Das wäre, als würdest du ein Buch verschenken und vorher die ersten fünfzehn Seiten rausreißen. Will auch keiner haben.«

»Schon verstanden. Wollen wir kurz reingehen?«

Bert und Ernie folgen ihm in die Wohnung. Die gelben Gestalten bleiben weiter wortlos auf dem Boden sitzen. Hinter der

Eingangstür der Ein-Zimmer-Wohnung liegt ein Flur. Rechts steht die Tür eines großen Hauswirtschaftraums ohne Fenster offen. Darin stehen ein Tisch und vier Stühle, ein schmales Sideboard und ein Staubsauger. Der dunkle Holzfußboden der Wohnung ist komplett mit einer feinen weißen Staubschicht überzogen. Darin sind verschiedene Schuhspuren zu sehen, die von den vielen Beamten zeugen, die bereits durch den Flur gestürmt sind. An einer Stelle ist ein Brandfleck auf dem Boden. Am Ende kommt man in das Wohn- und Schlafzimmer, in dem nichts mehr steht außer einer Couch, die ebenfalls mit weißem Staub bedeckt ist.

Auf dem Boden davor hat jemand eine dunkle Plane ausgebreitet, in deren Mitte eine schwarze Maurerbütt steht. Sie ist gefüllt mit einer beigegelben Pampe, in der quer ein Rührer steckt. Mehrere Kanister und Plastikflaschen liegen daneben auf dem Boden. Bert hebt einen der dunklen Kanister auf. Ein Aufkleber zeigt, dass es sich um ein niederländisches Scheibenwaschmittel handeln soll. Zwanzig Liter befanden sich in dem Kanister, den er kurz schwenkt, um zu zeigen, dass er inzwischen leer ist. Der Deckel ist nicht mehr auf der Öffnung. Vorsichtig riecht Bert daran und beginnt, in seinem Verdacht bestätigt, zu nicken. »Die Jungs wollten Speed herstellen. Hier war Amphetaminbase drin. Dort ist Säure zum Ausgleichen der Base und Methanol als Lösungsmittel. Der pH-Messer liegt dort. Und massenweise Koffeinpulver zum Strecken. Sieh an, hier liegen ja sogar ein paar Päckchen Speed.«

»Augenmaß ein Kilogramm pro Stück«, schätzt Ernie und zieht sich ein Paar Einweghandschuhe über. Er geht in die kleine Küche der Wohnung, die vor der Balkontür links abgeht. Sie ist praktisch leer. Keine Küchenzeile, keine Schränke. Der Vorbesitzer muss seine Küche mitgenommen haben. Nur zwei Tiefkühlschränke stehen nebeneinander an der Wand und surren laut. Erwartungsvoll reißt Ernie eine Tür auf und zieht eine Schublade heraus. »Jo. Sieht gut aus«, murmelt er leise, erregt damit jedoch Berts Neugier, der sogleich um die Ecke schaut.

»Fündig geworden?«

»Ich würde sagen, dass die schon ein paar Produktionen hinter sich haben. Zumindest dieser Schrank ist fast voll.«

Bert wendet sich wieder Didi zu, der ein wenig hilflos in der Mitte des Wohnraums steht und offensichtlich bemüht ist, nichts zu berühren. »Wie wurden die beiden denn hier angetroffen, Didi?«

»Der Schmale hat gerade abgefüllt, und der Breite stand mit dem Rührmixer an der Maurerbütt.«

»Haben die beiden Jungs eigentlich auch Namen?«

Didi zuckt nur mit den Schultern. Schlägt sich anschließend mit der Hand gegen die Stirn und macht dabei große Augen. »Dumbo wartet noch auf die Personalien, damit er zwei Streifenwagen für sie bestellen kann.«

»Und du hast sie nicht gefragt? Haben sie keine Ausweise dabei? Oder vielleicht eine schnelle Identitätsüberprüfung mit dem Diensthandy?«

»Sie haben bislang keinen Ton von sich gegeben und keine Ausweise dabei, glaube ich. Also ich habe sie zumindest nicht durchsucht. Die wurden mir im Flur, so, wie sie dort sitzen, übergeben.«

»Und seitdem hast du nicht mit ihnen gesprochen und sie auch nicht durchsucht?«

»Ehrlich gesagt nein. Ich wollte euch nichts kaputtmachen. Rauschgift ist nicht unser Geschäft.« Ein wenig verlegen schaut Didi zur Seite. Ihm scheint jetzt erst aufzugehen, dass er bislang nichts gemacht hat, außer zu warten.

»Dann folge mir und lerne, wie man es macht«, erwidert Bert wütender, als er eigentlich wollte. Dennoch ist er sauer, dass die Kollegen, nur weil sie sich nicht als zuständig betrachten, einfach die Arbeit verweigern, auch wenn Didi es wohl in guter Absicht gemacht hat. Er geht mit Didi im Schlepptau vor die Tür und stellt sich direkt vor einen der beiden Gelbgewandeten, der umgehend zu ihm aufschaut. »Moin. Mein Name ist Berthold. Sie sind, ebenso wie ihr Kumpel, Beschuldigter in einem Strafverfahren. Sie sind vorläufig festgenommen und werden dem Haftrichter vorgeführt. Leider muss ich Ihnen sagen, dass Sie zunächst erst einmal einen Anwalt zur Verfügung gestellt bekommen müssen, bevor wir uns weiter unterhalten können. Dies entspricht den Vorgaben der notwendigen Verteidigung. Derzeit wäre eine Vernehmung nicht vor Gericht verwertbar, daher erwarten Sie keine Fragen unsererseits zur Tat. Wenn Sie uns irgendetwas aus freien Stücken zu erzählen haben, dann nur frei heraus. Das werde ich dann in meinem Bericht vermerken. Ansonsten würde ich gerne Ihre Personalien aufnehmen. Sie haben nicht zufälligerweise einen Ausweis dabei?«

»Ich heiße Felix Scholz.«

»Wann und wo geboren?«

»Am 17. Januar 1998 in Hamburg.«

»Und wo wollen Sie wohnen?«

Felix Scholz schweigt und presst seine Lippen aufeinander.

Bert kann sich ein Lächeln nicht verkneifen. »Hab verstanden. Und Sie? Wie heißen Sie?«

»Er hat nichts mit der Sache zu tun. Ich habe ihn gezwungen, mir zu helfen, und er wusste nicht, was er tut«, sagt Felix Scholz.

Bert schaut den jungen und blassen, hageren Mann ungläubig an. »Soll ich Ihnen wirklich abkaufen, dass dieses Kraftpaket hier vor Ihnen Angst haben soll?«

»So ist es. Er hatte keine Ahnung davon, was wir machen. Das war nur freundschaftlich. Mehr habe ich dazu nicht zu sagen.«

»Dann können Sie jetzt bitte Ihre Klappe halten«, entgegnet Bert und geht zwei Schritte auf den anderen Mann zu, der ihn keines Blickes würdigt. »Wollen Sie mir Ihren Namen nennen, oder muss ich ihn selber erraten?«

»Tarek«, antwortet der Mann leise, kaum hörbar.

»Und weiter?«

»Karew. Zwölf elf neunzehnneunzig. In Hamburg.«

»Karew?« Berts Augenbrauen ziehen sich zusammen und bilden eine tiefe Furche in seiner Stirn.

»Ja. Karew.« Tarek Karew betrachtet Bert abschätzend.

»Und haben Sie noch einen Wohnort in Hamburg, Herr Karew?«, fragt Bert weiter und versucht dabei, seine Gedanken hinter einem emotionslosen Gesichtsausdruck zu verstecken.

»Mal hier, mal da. Ich schlafe bei Freunden. Ich habe keinen festen Wohnsitz, wenn Sie das meinen.«

»Oh, das ist jetzt schlecht. Aber der Richter wird Ihnen morgen vermutlich zu einem neuen Wohnsitz verhelfen.«

»Das werden wir sehen. Ich wüsste nicht, warum. Ich habe nichts getan.«

»Sie standen in einer Speed-Küche mit einem überdimensionalen Rührer und haben die Amphetaminpaste angerührt«, erwidert Bert genervt.

»Mein Freund hat es Ihnen doch bereits erklärt. Ich hatte keine Ahnung, was er dort macht. Ein reiner Freundschaftsdienst.«

»Das können Sie morgen gerne dem Richter erzählen.«

»Kommen Sie doch morgen Abend einfach mal in meinem Laden im Schanzenviertel vorbei. Ich denke, Sie wissen, wo der sich befindet. Ich lade Sie auf einen köstlichen arabischen Kaffee ein.«

»Sicherlich. Nicht. Gut, meine Herren. Wir werden jetzt zwei Kutschen für Sie bestellen, die Sie zum Erkennungsdienst bringen. Alles Weitere klären wir dann im Präsidium.« Ohne auf eine Antwort zu warten, will Bert in die Wohnung zurückgehen, wird jedoch von einem Beamten der Spezialkräfte aufgehalten.

»Können wir dann jetzt abrücken?«

Irritiert von der Frage starrt Bert in die dunkelblauen Augen des Mannes. »Ähm.« Er schaut sich demonstrativ im Flur um, guckt in die Wohnung und sieht dann wieder den Beamten an. »Nein. Wir sind hier zu zweit mit zwei Festnahmen und einem Labor, in dem kilogrammweise Speed liegt, in einem

Wohnblock mit zehn Etagen am Achtern Born. Wir warten also gemeinsam, bis uns gleich zwei Streifenwagen die beiden Festnahmen abnehmen und wir von weiteren Kollegen unterstützt werden. Dann könnt ihr hier abrücken.«

»Wir stehen ungern so lange an Objekten.«

Bert schaut den Mann bedauernd an. »Tut mir leid. Geht nicht anders. Ihr hättet den Staatsschutz nicht so schnell abziehen lassen sollen. Aber keine Sorge. Euch erkennt keiner wieder, wenn ihr eure Schutzkleidung abgelegt habt. Und damit es schneller geht, rufe ich jetzt im Präsidium an und kümmere mich um weitere Unterstützungskräfte. Darf ich?« Mit einem Wink an Didi, ihm zu folgen, schiebt sich Bert an dem stattlichen Beamten vorbei und geht zurück in die Wohnung.

54

Mit einem letzten Klick versendet Dombrowski die E-Mail an Staatsanwalt Schmidt und lässt sich auf seinem Stuhl entspannt zurückfallen. Dann schaut er zu Otto, zieht eine Augenbraue nach oben und fragt: »Na, was gibt's? Neugierig?«

»Ja, auch«, bestätigt Otto und geht dabei kurz ein wenig in die Knie. »Aber zuerst ein, zwei Kleinigkeiten von mir. Freds Gruppe ist durch bei Sandy, sie haben wohl nichts Besonderes gefunden. Scotty kommt gleich mit Ali rein. Sie haben dreißig Kilogramm Speed, zwei Kilogramm Kokain, sieben Kilogramm Marihuana und fünf Pakete mit Ecstasy-Tabletten bei Timon gefunden.«

»Hui. Das nenn ich mal 'n Ermittlungserfolg. Ist ja eine ganze Apotheke. Dazu noch der Stoff von den Wismaranern. Der kam ja ebenfalls aus Timons Bude. Und die Tasche mit dem Stoff und die Kohle von Sandy. Ich denke, wir können für heute zufrieden sein.«

»Ganz durch sind wir noch nicht. Denk an das Speed-Labor

am Born. Dorthin habe ich jetzt Heini und Lasse geschickt, damit sie Ernie und Bert unterstützen.«

»Haben die beiden sich schon gemeldet?«

»Noch nicht.«

»Dann ruf ich die mal an.« Dombrowski wählt die Nummer von Ernie und stellt auf laut, damit Otto mithören kann. Er wartet geduldig, bis Ernie ans Telefon geht.

»Na, Dumbo. Kannst es nicht abwarten?«

»Ja, so ungefähr.«

»Der erste Streifenwagen ist gerade vorgefahren und wird dankenswerterweise mit einer der beiden Festnahmen zu uns ins Präsidium fahren. Ich habe beide beim Erkennungsdienst angekündigt. Die waren nicht so richtig begeistert, dass sie noch mehr Besuch von uns bekommen, aber da müssen die durch. Ich hab ihnen gesagt, dass es vermutlich nicht noch mehr werden.«

»Beschrei es nicht, Ernie.«

»Ja, hast ja recht. Nun gut. Kommt noch jemand zu uns? Momentan sind wir hier alleine.«

»Heini und Lasse sind auf dem Weg.«

»Nur die beiden? Ich glaube, wir brauchen hier ein paar mehr Hände.«

»Ich rufe gleich bei der Kriminaltechnik an, und anschließend schaue ich, was ich noch tun kann.«

»Dir ist schon klar, dass immer einer auf die Wohnung und mindestens einer auf das Auto aufpassen muss, während wir alles ausräumen? Wir sind hier in Osdorf und nicht im schönen beschaulichen Buxtehude.«

»Ich ruf die Baake an, dass wir Kräfte von der Bereitschaftspolizei brauchen.«

»Am besten den technischen Zug. Die können gleich mit 'nem Laster anrücken.«

»So viel?«

»Na ja, die ganzen Kartons und Chemikalien werden wir hier nicht stehen lassen können. Und die Tiefkühlschränke sind voll mit Speed. Wie wir die Bütt mit der Pampe darin wegschaffen, weiß ich auch noch nicht. Das soll sich Dr. Plattental von der Chemie erst einmal genau anschauen. Wir können in jedem Fall Unterstützung gebrauchen. Wir müssen ja auch noch den ganzen anderen Kram fertig machen.« Ernie klingt ein wenig genervt.

»Okay. Otto ruft die KTU an und schickt die Techniker zu euch zum Sichern der Spuren sowie der Chemikalien, ich versuche, die Bereitschaftspolizei zu bekommen. Ich denke mal, dass euch der Nachtdienst reichen würde, oder? Bis die Spurensicherung und der Chemiker durch sind, wird eine halbe Ewigkeit vergehen.«

»Ja, das denke ich auch. Aber dann sollen sie sich gleich auf die Socken machen.«

»Hast du schon mal ein paar Namen für mich?«, hakt Dombrowski nach, dem wieder in den Sinn kommt, weswegen er bei Ernie angerufen hat.

»Jo«, erwidert Ernie und schweigt.

»Sagst du sie mir auch?«

»Ich hab dir die Personalien gerade per Messenger geschickt.« Dombrowski greift zu seinem Diensthandy und öffnet die Nachricht mit einem Wischen. »Oh ja, ich sehe schon. Tarek Karew? Echt jetzt? Das ist ja mal was.«

»Hilf mir mal auf die Sprünge. Ich kenne den Namen, aber ich kann ihn irgendwie nicht richtig zuordnen.«

»Das ist der Bruder von Enis Karew.«

»Klingelt immer noch nicht so richtig bei mir.«

»Ist schon ein bisschen her, dass wir an dem dran waren. Da warst du noch beim Straßendeal. Enis machte Gras im ganz großen Stil. Wir hatten damals ein Verfahren mit ihm als Lieferanten übernommen und alles versucht. Richtig nachweisen konnte man ihm jedoch nichts. Schon damals hat Tarek die Drecksarbeit für ihn erledigt. Zahlungsunwillige Abnehmer verprügelt oder verschleppt und dann nackt im Fischbeker Moor ausgesetzt. Einmal hat er sogar mit jemandem eine

Scheinhinrichtung durchgeführt. Der Mann war anschließend völlig verstört. Es wurde viel über die Taten gesprochen auf der Straße, aber es gab nichts Hieb- und Stichfestes gegen die Brüder. Niemand wollte gegen sie vor Gericht aussagen.«

»Krasser Typ. Sieht gar nicht so aus, aber der weiß anscheinend genau, wie es geht. Der andere hat auch gleich die ganze Schuld auf sich genommen und behauptet, Tarek hätte keine Ahnung gehabt.«

»Sein Bruder soll noch schlimmer sein. Aufbrausend, machtverliebt und skrupellos. Enis ist Tareks großes Idol. Als er in Untersuchungshaft saß und ich die Besuche von Enis überwachen musste, konnte ich die Bewunderung in seinen Augen sehen. Die damalige Vernehmung von Enis war heftig. Aber das erzähle ich dir ein anderes Mal. Jetzt kümmert sich Otto erst mal um die KTU, und ich rufe die Baake an.«

»Jo, danke. Bis später.«

Dombrowski beendet das Gespräch und schaut aus dem Fenster. Er greift nach seinem roten Stressball und drückt ihn mehrfach gegen seinen Wangenknochen und anschließend gegen das Kinn.

»In deinen Kopf möchte ich manchmal schauen können«, wirft Gerd von der Tür aus ein.

»Was?« Dombrowski schaut aufgeschreckt zu Gerd, der mit Harry Goldutt neben Otto im Türrahmen steht. »Ach so. Ich musste nur gerade an die Typen denken, die Sandy Reinhard angegriffen haben. Das Kennzeichen war auf Tarek Karew zugelassen. Hängt das alles zusammen?« Erneut drückt Dombrowski den Ball nachdenklich an seine Wange.

»Kannst du uns an deiner Gedankenwelt teilhaben lassen, Dumbo?«, hakt Harry nach, der ebenso wie Gerd das Gespräch mit Ernie nicht mitbekommen hat.

»Tarek Karew hockt derzeit mit Handschellen gefesselt in der Speed-Küche in Osdorf. Sein Auto ist Gerd im Zusammenhang mit einer massiven Bedrohung von Sandy Reinhard aufgefallen, die in ihrer Bude ebenfalls Speed gehabt hat. Das kann doch kein Zufall sein. Und jetzt kommt's: Sandy ist die Freundin von Kevin Schröter, den Gerd uns als Zeugen angeschleppt hat.«

»Nein!«, brüllt Gerd entsetzt.

»Doch.«

»Dem hau ich aufs Maul!«, wütet Gerd.

»Tust du nicht«, erwidert Harry streng und geht zu einem Besucherstuhl vor Dombrowskis Schreibtisch, um sich zu setzen.

»Verdient hätte er es.«

»Kann sein, aber nicht von dir.«

»Und jetzt?«, erkundigt sich Gerd, dem der Ärger über seinen nunmehr ehemaligen Schützling ins Gesicht geschrieben steht, schmallippig.

»Er hat mir von seinem Kumpel Claas erzählt, der Schulden bei seinem Lieferanten hat, die Kevin nun beibringen soll. Anscheinend hat der Hintermann diesem Claas mit einem Messer einen Schuldschein in den Hals geritzt und mit Schlimmerem gedroht für den Fall, dass Kevin ihm nicht die geschuldeten achtzigtausend Euro liefert. Jetzt ist Claas nicht mehr zu erreichen. Ich gehe mal davon aus, dass Kevin mit ihm zusammenarbeitet und sie ihr Speed, das sie bei Sandy gelagert haben, von dem Hintermann bezogen haben.«

Gerd lässt sich auf einen Stuhl fallen, der an dem kleinen Tisch vor Dombrowskis Schreibtisch steht. »Das ja nich so gut.«

»Genau. Das hat Kevin jetzt ebenfalls kapiert. Er weiß, dass er den Typen nicht entkommen kann. Allerdings erzählt er mir ganz unverfroren, dass er mit den Sachen von Claas nichts zu tun hat. Er hat keine Ahnung, was wir bereits wissen. Aber der Arsch geht ihm gewaltig auf Grundeis. Einmal weiß er, was seiner Freundin heute Morgen widerfahren ist. Und Claas hält er nach eigener Aussage für tot, wenn der Ausgang der Messer-Szene auch ungewiss ist, weil Kevin vom Treffpunkt geflüchtet ist, sobald er Gelegenheit dazu hatte.«

»Und was bedeutet das jetzt für uns?« Wie als Antwort auf Ottos Frage erscheint mit einem Klingelton eine E-Mail im Postfach auf Dombrowskis Computer. Er öffnet die Nachricht und liest sie.

»Ich würde sagen, dass ich die Eil-Verfügung vom Staatsanwalt umsetze, die gerade hereingekommen ist, und wir die Rufnummern der beiden damit aufschalten. Dann schauen wir, wo sich die Handys von Claas und seinem Hintermann befinden. Erst mal sehen, ob Claas in Sicherheit ist oder tatsächlich tot in irgendeinem Graben liegt. Solange sind Sandy, Kevin und Timon bei uns gut aufgehoben.«

55

Im Gerichtsgebäude am Sievekingplatz steht Doggy noch immer auf dem Flur vor dem Richterzimmer. Stoisch beobachtet er eine altertümliche Uhr, auf der der Zeiger Minute für Minute mit einem Klacken vorrückt. Zuerst verging die Zeit quälend langsam, doch jetzt ist er erstaunt, wie lange er bereits wartet.

Eigentlich müsste Doggy dringend auf Toilette, doch er will den Moment nicht verpassen, wenn der Richter ihn endlich hereinruft, damit er die Briefe wieder entgegennimmt. Unruhig tritt er von einem Bein auf das andere, lehnt sich gegen eine der Wände, um sich dann sogleich wieder abzustoßen und über die Linien im Steinboden des Flurs zu balancieren. Gelegentlich kommt jemand Unbekanntes vorbei, grüßt ihn freundlich und beachtet ihn nicht weiter.

Die nächste Minute ist vergangen, was durch ein lautes Klacken deutlich wird. Aus dem Raum von Richter Kapischke ist Stühlerücken zu hören. Doggy stellt sich erwartungsfroh vor die Tür und hofft darauf, dass sie nun geöffnet wird.

Einen kurzen Moment später senkt sich die Türklinke herab, und die Tür wird aufgeschoben.

»Danke, Heidi«, hört Doggy Richter Kapischke zu seiner Kollegin sagen, die auf den Flur hinaustritt. Irritiert schaut der Richter, der ihr die Tür aufgehalten hat, zu Doggy. »Was machen Sie denn hier? Haben Sie die ganze Zeit vor der Tür gewartet?«

»Ähm, ja. Sie haben mich doch darum gebeten.«

»Ich konnte ja nicht ahnen, dass Sie das wörtlich nehmen«, erwidert der Richter mit einem spöttischen Lächeln. »Hätten wir das geahnt, hätten wir uns doch beeilt. Dann kommen Sie mal rein.«

»Tut mir leid, Herr Kapischke. Ich muss jetzt erst einmal auf die Toilette.«

»Und was ist mit den ganzen Drogen?«

»Na, die werde ich ja wohl kaum mit auf den Pott nehmen. Ich bin gleich wieder da.« Doggy läuft den Flur so schnell entlang, wie es ihm noch möglich ist, und kehrt nach wenigen Minuten zum Büro des Richters zurück, der noch immer sprachlos im Türrahmen steht.

»So was habe ich ja noch nie erlebt. Einfach so stehen gelassen zu werden, obwohl ich meine kostbare Zeit extra für Sie verwendet habe.«

»Entschuldigung, aber das war eine Notdurft.«

»Lassen Sie gut sein. Sie können alle Postsendungen behalten. In jeder davon sind Drogen. Wir haben es nicht weiter dokumentiert. Das müssten Sie bitte übernehmen. Und nun entschuldigen Sie mich, ich habe noch eine Verabredung. Ich wünsche Ihnen viel Erfolg.«

»Danke.« Doggy ist in den Raum des Richters hineingegangen und nimmt die beiden Papiersäcke an sich, die nebeneinander vor dessen Schreibtisch stehen. »Und alles Gute.«

»Ja, danke. Den Beschlagnahmebeschluss übersende ich Staatsanwalt Schmidt dann per Mail.«

Die schwere Holztür fällt laut hinter Doggy ins Schloss, und nachdem er abgeschlossen hat, eilt Richter Kapischke davon und lässt Doggy einsam und allein mit den Postsendungen auf dem Gerichtsflur stehen. Erleichtert, dass die Sendungen offenbar alle Drogen enthalten und der Einsatz nicht umsonst war. Die Überraschungspakete will er später in Ruhe zusammen mit den anderen durchschauen und die Inhalte dokumentieren.

Doggy bläst die Wangen auf. Ihm wird gerade klar, dass der Tag für ihn und die Kollegen heute lang werden dürfte.

56

Im Achtern Born steht Ernie mitten im Labor und hält ein Klemmbrett in den Händen. Er notiert auf einem rosafarbenen Formular alles, was von Bert fotografiert und anschließend in einem Asservatenbeutel verstaut wird. Ein notwendiger bürokratischer Akt, der für die routinierten Rauschgiftermittler Alltag ist, ein Labor mit solchen Mengen haben sie dann aber doch eher selten, daher sind beide konzentriert bei der Sache.

Aus dem Hausflur ertönt das Scheppern des Fahrstuhls.

»Moin moin«, hört Ernie jemanden rufen. Es ist die lang ersehnte zweite Streifenwagenbesatzung, die ihnen Tarek Karew abnehmen soll. Ernie unterbricht das Schreiben und geht in den Flur, wo er die Kollegen begrüßt. Ein großer, schlanker und ein kleinerer, untersetzter Mann stehen in Uniform vor der Wohnungstür und blicken ihm aufmerksam entgegen.

»Moin, Kollegen. Das ist Herr Karew. Wäre super, wenn ihr ihn direkt ins Präsidium zum Erkennungsdienst fahren könntet. Er wurde rührenderweise im Drogenlabor angetroffen. Die Kollegen des SEK haben ihn bereits oberflächlich durchsucht. Ansonsten ist er bislang ruhig und kooperativ.«

»Ich habe ja auch nichts getan.«

Ernie verdreht unmerklich die Augen. »Wie auch immer. Rechtlich belehrt ist er, wenn er also auf der Fahrt irgendwelche Äußerungen von sich gibt, würde ich euch bitten, einen Bericht darüber anzufertigen.«

»Jo. Geht klar. Können wir uns das mal ansehen?«, fragt der größere der beiden. »Sieht man selbst in Osdorf nicht alle Tage, so ein Labor.«

»Okay. Kommt einmal kurz mit, aber nichts berühren, denn die Spurensicherung ist noch nicht hier gewesen.«

»Logisch. Versteht sich von selbst.«

Ernie geht voran, und die beiden Polizisten folgen ihm neugierig in die Wohnung. Sie schauen in alle Richtungen, ein wenig irritiert, weil sie sich unter einem Drogenlabor etwas ganz anderes vorgestellt hatten.

»Und wo ist jetzt das Labor?«

»Hier.« Bert zeigt auf die Maurerbütt, in der noch immer das maschinelle Rührgerät steckt.

»Wat? Dat soll 'n Labor sein? Wo sind denn die Glaskolben und Bunsenbrenner?«, meldet sich der kleinere Polizist zu Wort.

»Hier wird nur aus der flüssigen Amphetaminbase die Paste kristallisiert und kilogrammweise abverpackt«, erklärt Bert.

Der Beamte, auf dessen Namensschild »Schirmhauer« steht, versucht, wissend zu schauen, doch Bert sieht an seinem Blick, dass der Kollege kein Wort verstanden hat.

»Grob gesagt: Der Stoff wird hier nur fest gemacht. Die chemischen Laborprozesse finden in Ländern wie Holland oder Bulgarien statt. Was die Jungs hier machen, kann jeder schaffen, dem einmal kurz erklärt wird, was zu tun ist, und der ein pH-Messgerät bedienen kann. Es ist eher eine Speed-Küche als ein wirkliches Drogenlabor.«

»Jo, jo«, bestätigt der große Beamte und nickt. »Dann wollen wir mal Herrn Karew mitnehmen. Wir melden uns bei dir, wenn er abgegeben ist. Deine Handynummer habe ich vom Michelsprecher erhalten. Wenn er nichts mehr von sich gibt, würden wir ihn einfach nur abgeben. Richtig?«

»Ja, genau.« Ernie begleitet die Streifenwagenbesatzung nach draußen, wo sie sich vor dem auf dem Boden sitzenden Tarek aufbauen.

»Herr Karew, wir können dann los. Lassen Sie sich einmal aufhelfen.« Die Beamten ergreifen Tarek an den gefesselten Armen und ziehen ihn leicht nach oben, während er sich mit den Beinen hochstemmt. Erst jetzt wird Ernie bewusst, wie groß Tarek Karew ist. Sein breites Kreuz wirkt durch die auf dem Rücken gefesselten Arme noch mächtiger, die Armmuskulatur ist angespannt und zeugt von vielen Stunden in Krafträumen.

»Alles Gute, Herr Karew. Wir sehen uns heute wohl eher nicht mehr wieder, aber ein Kollege wird sich nachher noch zu Ihnen begeben, damit Sie Ihren Anwalt anrufen können.«

Karew nickt einmal kurz und wird zum Fahrstuhl geführt, in den er mit den Schutzpolizisten einsteigt.

»Ihr seid dann auch endlich entlassen. Vielen Dank«, sagt Ernie zu den immer noch wartenden Spezialkräften, die nicht antworten, sondern kommentarlos den nächsten Fahrstuhl rufen. Als sich die Türen scheppernd öffnen, stehen Heini und Lasse in der Kabine, die Ernie freudig begrüßen, während die vermummten Spezialkräfte hinter den sich schließenden Fahrstuhltüren verschwinden.

57

In Bramfeld stehen die Zivilfahnder des örtlichen Polizeikommissariats bereits seit geraumer Zeit auf ihren Beobachtungsposten rund um die Wohnanschrift des Briefkastenbefüllers. Jeden Augenblick müssen sie damit rechnen, dass der Junge das Haus verlässt und die Verfolgung wieder aufgenommen wird.

Nils Degen sitzt am Ende des Trittauer Amtswegs im Kofferraum seines Dienstwagens. Er konnte einen guten Moment nutzen, um auf der Straße zu parken, auf einem Platz, den eine ältere Dame gemächlich frei machte. Davor war die Situation nicht zufriedenstellend, denn sie mussten sich weit entfernt vom Haus aufstellen, um nicht entdeckt zu werden.

Der Innenhof lässt keinen längeren Aufenthalt zu, zumal auf dem kleinen Spielplatz weder ein Kind spielt, dessen Vater einer der Zivilfahnder sein könnte, noch Männer ihres Alters zu denen gehören, die sich chillend dort aufhalten würden. Manchmal ist der direkte Weg der beste, aber in diesem Fall ist Vorsicht geboten. Die Ermittlungen fangen gerade erst an, da lohnt es nicht, ein Entdecken zu riskieren. Es ist wie so oft Geduld gefragt, wenn sie erfolgreich sein wollen, und davon haben sie alle eine ganze Menge.

Gelegentlich wird über Funk ein Spruch eingestreut, der für einen Lacher sorgt und die Aufmerksamkeit wieder steigert. Oder sie schmieden Pläne, wie man die Wohnung des Jungen schneller ermitteln könnte. Emre und Kücük wollten mit weiteren Werbeflyern im Haus von Tür zu Tür gehen. Doch die Idee wurde gleich wieder verworfen. Nils konnte sich beim besten Willen nicht daran erinnern, dass Pizzalieferanten jemals bei ihm Türklinken geputzt hätten. Noch nie stand jemand persönlich vor seiner Tür und warb für einen Lieferservice. Es wird maximal eine Speisekarte in grell-bunten Farben zur Hälfte in den Briefkasten gesteckt.

Nils merkt, wie sein Magen nach etwas Essbarem schreit. Auf Toilette müsste er mindestens ebenso dringend, doch er will sich keine Blöße geben oder gar seine Position aufgeben. Auch wenn er bereits seit zwei Stunden nichts Interessantes mehr gesehen hat. Gelegentlich zischelt er »Komm schon!« oder »Raus da, es wird Zeit!«, doch das macht er so leise, dass niemand es hören kann.

»Habt ihr eigentlich schon was gegessen?«, fragt Manni über Funk, deren Stimme kräftig und rau klingt, obwohl sie klein, blond und zierlich ist. Doggy sagt immer, mit ihrer Stimme hätte sie zum Radio gehen sollen, doch das war für Manni gar keine Option. Sie wollte schon immer zur Polizei und ist stolz, es geschafft zu haben. »Ich hab Hunger.«

Es ertönt müdes und zustimmendes Gemurmel.

»Pizza oder Döner?«, hakt Kücük nach.

Gleich mehrere betonen, dass es hauptsächlich heiß sein und schnell gehen sollte.

»Dann Pizza!«, bestätigt Kücük zufrieden. »Ich bestelle. Wie wäre es mit der Pizza-Manufaktur? Die hatten wir beim letzten Mal, und die Pizza war superlecker und riesengroß. Ich hole die Dinger ab und verteil sie.«

»Ein Argument, dem man sich kaum entziehen kann«, antwortet Manni.

»Wir sind mitten in der Obs, Leute. Reißt euch mal zusammen. Es könnte jeden Moment losgehen, und ihr wollt Pizza holen?« Nils ist hörbar erbost, weil die Kollegen ihren Fokus verlieren.

»Spielverderber«, entgegnet Manni geknickt. »Da passiert heute eh nichts mehr.«

Nils' Herz beginnt zu pochen, als er sieht, wie Mannis Worte Lügen gestraft werden. Es ist beinahe so, als hätten sie es herbeigeredet. »Vor unserem Objekt hält eine dunkle Limousine. Sie ist besetzt mit zwei männlichen Personen. Hinten sind die Scheiben verdunkelt. Sie fahren halb auf den Gehsteig und halten vor der Feuerwehrzufahrt. Warnblinker geht an.« Er beobachtet das Fahrzeug mit skeptischer Miene. Die haben bestimmt Dreck am Stecken. So verhält man sich ansonsten nicht, denkt er und betätigt wieder die Funktaste. »Die Beifahrertür geht auf. Ein Südländer steigt aus. Er schaut sich um. Der Fahrer bleibt sitzen.«

Nils greift nach seiner Kamera, um ein Foto von dem Beifahrer zu machen. Knurrte eben noch sein Magen vor Hunger, so hat die Aufregung dieses Gefühl verdrängt. »Der Beifahrer beugt sich in den Fahrzeugfond hinein. Er scheint etwas zu suchen. Ich stelle euch gleich Fotos in die Gruppe. Er hat mehrere Seiten Papier aus dem Auto hervorgeholt. Vielleicht aus dem Fußraum oder einer Ablage. Ich konnte es von hier aus nicht sehen. Jetzt nimmt er sein Handy, wählt und geht in Richtung unseres Hauseingangs. Kücük, kannst du mit? Ich habe gleich keine Sicht mehr.«

»Ja, ich hab noch ein paar Flyer dabei. Ich folge ihm.«

Nils sieht durch die abgedunkelten Scheiben seines Vans, wie der kleine, dickliche Kücük mit Werbeprospekten unter dem Arm in den Innenhof hineinspaziert. Er geht zügig, aber sieht dabei wie immer lässig aus. Nils ist froh, dass sie Kücük in ihrer Gruppe haben. Er ist ein wandelbarer Typ, dem sein fast pensionsfähiges Alter kaum anzusehen ist. Er zieht sein rechtes Bein leicht nach, trägt ein Cap und einen viel zu langen dunklen Kapuzenpullover. Die ausgetretenen Turnschuhe passen zu seiner Legende als Flyer-Verteiler im Minijob, und Nils und die Kollegen warten gespannt darauf, was Kücük aus dem Innenhof meldet.

»Unser Mann steht vor dem richtigen Eingang. Die Tür geht auf. Moment. Ich versuche … Mist.«

Kücük ist nicht mehr rechtzeitig zur Tür gekommen, um dem Mann ins Treppenhaus zu folgen. Dennoch freut es Nils, dass sein Bauchgefühl ihn nicht getrogen hat. Gerade ist der besondere Moment, auf den sie gelauert haben. Das Ausharren und die aufgebrachte Geduld haben sich wieder einmal gelohnt. Da ist Nils sich sicher.

58

Während sich im Hamburger Stadtpark immer mehr Bewohner der Stadt einfinden, um ihren Feierabend mit Sport oder einem Spaziergang mit dem Hund zu beginnen, herrscht ein paar hundert Meter weiter im zweiten Stockwerk des Polizeipräsidiums eine knisternde Spannung. Tim Dombrowski erwartet sehnsüchtig die Rückmeldung des Telefonproviders, dass die Handynummern von Claas und dessen Hintermann endlich aufgeschaltet wurden. Immer wieder überlegt er, was inzwischen passiert sein könnte, welche Dinge er bereits vorbereitet haben müsste, um schnell agieren zu können. Auch

Gerd und Otto sitzen bei ihm im Büro und harren der Dinge, die da kommen.

Wie vom Blitz getroffen greift Dombrowski auf einmal zum Hörer und beginnt zu wählen. »Moin, Brösel!«, begrüßt er seinen Gesprächspartner und wartet nicht auf dessen Erwiderung. »Du, es könnte gut sein, dass wir euch nachher brauchen, um ein oder zwei Handys zu lokalisieren.«

»Mmh, ja, wann denn ungefähr? Wir sind momentan noch draußen und versuchen, eine Vermisste zu finden. Da sind wir aber recht weit. Die Kollegen lokalisieren bereits engmaschig im Sachsenwald.«

Bedrückt vermag Tim Dombrowski nicht zu antworten. Er weiß, was es bedeutet, wenn die Kollegen der operativen Technik mit ihrem IMSI-Catcher zur Lokalisierung von Handys in Wäldern nach jemandem suchen. So wichtig er seine Arbeit im Rauschgiftdezernat auch findet, so unbedeutend wirkt sein Handeln in Situationen, in denen es wahrlich um Leben und Tod geht, und für die Kollegen, die nicht wissen, in welchem Zustand sie die gesuchte Person vorfinden werden, ist es immer eine psychisch belastende Situation.

»Dumbo? Noch da?«

Dombrowski besinnt sich wieder auf den Grund für seinen Anruf. »Ja, ähm, wir warten noch auf die Aufschaltung, aber dann kann es losgehen, sofern die Handys noch eingeschaltet sein sollten.«

»Um was geht es denn?«, fragt Brösel mit seiner leicht heiseren Stimme.

»Ein Drogendealer ist verschwunden und wird von seinem Mittäter vermisst. Der Typ wurde in Gegenwart seines Partners mit einem Messer verletzt. Der Täter, der zugleich auch der Hintermann und Lieferant der beiden ist, wird ebenfalls aufgeschaltet. Beide müssten lokalisiert und identifiziert werden.«

»Klingt spannend. Pass auf, Dumbo. Ginny meldet sich bei dir, sobald sie durch sind. Einverstanden?«

»Ja, super. Danke.« Erfreut verabschiedet sich Dombrowski

und legt den Hörer wieder auf. Er schaut auf seinen Monitor und aktualisiert den Bildschirm, auf dem endlich die Aktivierungsnachrichten beider Handynummern aufleuchten. Ungeduldig, beinahe hektisch, öffnet er die Visualisierung der eingehenden Daten. Seine Anspannung lässt auch Otto und Gerd aufmerksam werden, die ihn gebannt anstarren.

Als Dumbo sieht, dass die Handys weit voneinander entfernt sind, bläst er die Wangen auf, reibt sich den Dreitagebart und schaut grübelnd auf die Karte. Ein Handy befindet sich im Bereich Rendsburg, das andere im Hamburger Osten unweit des Ohlsdorfer Friedhofs. Dombrowski gleicht die Nummern ab, um sie richtig zuzuordnen. Demnach wäre das Handy von Claas in der Nähe des Nord-Ostsee-Kanals und das des Lieferanten in Bramfeld.

»Dumbo, spann uns nich auf die Folter«, nörgelt Gerd am Katzentisch. »Da is doch wat im Monitor. Sind die Handys an?«

»Claas liegt im Nord-Ostsee-Kanal und der Messerstecher auf dem Ohlsdorfer Friedhof.«

»Wie jetzt?« Gerd bleibt der Mund vor Schreck offen stehen.

»Weißt du doch, Gerd. Sendemasten sind kein GPS. Zumindest steckt das Messer nicht mehr in seinem Nacken, würde ich behaupten. Dafür sind die beiden zu weit auseinander.«

»Könnte ja ausschließlich sein Handy sein, das noch am Leben ist, während er mit Betonschuhen am Grund des Kanals dümpelt.«

»Das gilt es herauszufinden. Ginny meldet sich bei mir, sobald sie für uns lokalisieren können. Vielleicht führen die beiden bis dahin noch ein Telefongespräch, das uns Klarheit gibt. Ansonsten können wir vorerst nichts machen.«

Von der Eingangstür her ist zu hören, dass jemand auf den Flur kommt. Hektische Schritte tippeln über den Linoleumboden. Etwas, das sich schwer und raschelnd anhört, wird abgelegt.

»Hallo? Jemand anwesend?« Die Stimme gehört Scotty. Sie geht weiter bis zur Tür von Dombrowskis gut gefülltem Büro. »Ist hier eine Büroparty? Ich hätte ein paar Aufgaben zu verteilen, wenn euch langweilig ist.« Scotty grient Dombrowski und die anderen an, die ebenso zurückgrinsen, wohl wissend, dass sie von ihren Berichten spricht, die sie ihr kaum abnehmen können. »Erzählt mal, was ist los? Und du hier, Gerd? Lass dich mal drücken.« Scotty betritt das Büro und nimmt ihren ehemaligen Kollegen herzlich in den Arm, nachdem er sich ächzend von seinem Stuhl erhoben hat.

»Lange Geschichte, Scotty. Gerd hat uns 'nen Typen angeschleppt, der sich als der Freund von deiner Sandy Reinhard entpuppt hat. Kevin Schröter. Er hat vorhin bei mir ausgepackt und erzählt, dass sein Kumpel Probleme mit seinem Lieferanten hat. Geldschulden natürlich. Der Lieferant hat ihm ein Messer in den Nacken gestochen, und nun versuchen wir das Opfer zu finden und den Täter zu identifizieren.«

Scotty klopft Gerd anerkennend auf die Schulter. Dann stutzt sie. »Moment mal. Kann es sein, dass ich den Jackpot gewonnen habe?«

»Welchen Jackpot?«, fragt Gerd, während Otto und Dombrowski sich auf die Lippen beißen und es vermeiden, ihn anzuschauen, weil Gerd nichts von den Wetten weiß, die in der Abteilung darüber abgeschlossen werden, wie lange es wohl dieses Mal dauern wird, bis Gerd sich wieder in Ermittlungen einmischt.

Scotty bemüht sich, Gerds Einwurf zu übergehen. »Ähm, wo sind die Typen denn jetzt?«, fragt sie interessiert, während er verkniffen dreinschaut.

»In Rendsburg befindet sich das Opfer. Der heißt Claas. Den Nachnamen weiß Kevin nicht. Und der andere, der ist ...«

»Momentchen. In Rendsburg, sagst du? Ein Claas, der in Rendsburg ist? Das kann doch kein Zufall sein.« Scotty verschränkt mit grüblerischer Miene ihre Arme vor der Brust.

»Was meinst du, Scotty? Schenk uns bitte deine Gedanken.«

»Ähm, nun, ich habe heute Nacht einen Rufbereitschaftseinsatz gehabt. Ein Kurierfahrer wurde auf dem Weg zur dänischen Grenze angehalten. Ich müsste nachschauen, wo genau, aber der Fahrer hieß Pagel, Claas Pagel. Er hatte zwanzig Kilogramm Amphetamine im Gepäck. Und Kevin Schröter und seine Freundin hatten ja nun ebenfalls kilogrammweise Speed in ihrer Bude.«

»Die Polizeistation in Rendsburg …«, murmelt Dombrowski und beginnt, auf seiner Tastatur zu tippen. Er klickt mehrfach mit der Maus und blickt abschätzend auf den Monitor. »Ja, die liegt genau im Sendebereich des Handys. Das heißt, wenn dein Claas unser Claas ist, liegt sein Handy vielleicht noch als Beweismittel bei den Kollegen, die ihn festgenommen hatten, in der Asservatenkammer.«

»Aber das LKA Kiel hat den Fall bearbeitet.«

»Die sind bestimmt nicht mitten in der Nacht nach Rendsburg gefahren, um ein Handy abzuholen. Wenn der Pagel sich nicht äußern will, schreiben die von Kiel aus die Akte zusammen und lassen sich die Berichte aus Rendsburg zuschicken. Genug Stoff für einen Haftbefehl wurde ja gefunden, da brauchen sie weder ihn noch sein Handy. Bei einem Rufbereitschaftsfall, der vermutlich nicht einmal ihren örtlichen Bereich betrifft, haben die doch kein Interesse, umgehend tiefer einzusteigen. Der Pagel wäre schön nach Dänemark durchgerauscht und kommt aus Hamburg. Die haben ihn aufgrund der Menge zwar eingesperrt, und das Handy würden sie auch irgendwann auswerten, aber einen Grund zur Eile hätten sie sicherlich nicht gesehen. Höchstens vielleicht die Chance, das Verfahren zuständigkeitshalber doch nach Hamburg abzugeben.«

»Oder Pagel hat es aus dem Fenster geworfen, als die Kontrolle erfolgte«, wirft Gerd ein.

»Wenn du ein Handy auf der Autobahn aus dem Fenster wirfst, sendet es garantiert nichts mehr«, entgegnet Otto belustigt und zieht dabei eine Augenbraue hoch.

»Ja, hast recht. Oder es ist noch im Auto. Wir müssen an alle Möglichkeiten denken.«

»Ich rufe in Rendsburg an und frage nach, ob dort ein Handy von Claas Pagel liegt«, schlägt Scotty vor. »Dann gleichen wir die Gerätenummer mit unseren Verkehrsdaten der Handyüberwachung ab und haben Klarheit.«

»Jo. Klingt nach 'nem Plan.« Otto atmet rasselnd ein und schaut traurig in seine leere Metalltasse. »Ich geh mich mal versorgen und vorher entsorgen. Falls ihr mich braucht, ich bin gleich wieder da.«

»Die Welt ist echt klein«, sagt Scotty gedankenverloren. »Ich rufe auch noch mal bei Micha an und frage ihn, ob er Bilder von dem Stoff hat. Vielleicht finden wir weitere Gemeinsamkeiten.« Sie will in ihr Büro gehen, bleibt aber stehen. »Warte mal. Müsste der Pagel nach der Sache mit dem Hintermann nicht eine Verletzung im Nacken aufweisen?«

»Ist anzunehmen. Ich sehe nach.« Dombrowski ruft die Personalien im polizeilichen Auskunftssystem auf, schüttelt dann den Kopf und schaut zu Scotty auf. »Noch keine Bilder von ihm im System. Frag Micha bitte, ob sich etwas aus der Schriftlage der Kollegen ergibt oder ob er ihn gesehen hat.«

»Jo. Mache ich.« Scotty stellt sich neben Dombrowski und schreibt die Nummer von Claas auf einen Zettel. »Dann geh ich mal und telefoniere.« Scotty verlässt, ohne ein weiteres Wort zu verlieren, Dombrowskis Büro und geht in ihr eigenes.

»Und jetzt?«, fragt Harry.

»Jetzt warten wir.« Dombrowski sieht zum Computermonitor. »Moment mal, da kommt ein Gespräch rein auf der Leitung vom Hintermann.« Er setzt seine Kopfhörer auf und aktiviert das Gespräch. Geduldig lauscht er dem Freizeichen, bis es beginnt.

»Was ist?«, ertönt eine tiefe, grollende Stimme.

»Bruder, Digger. Noch immer alles scheiße, Digger. Ich erreiche die Leute nicht. Keinen. Nicht meinen Mann und auch nicht meinen Besuch heute.«

»Was ist mit den Papieren? Hast du sie?«

»Noch nicht komplett, Digger. Aber ich bin dran, ja? Ich werde dich nicht enttäuschen.«

»Ihr kleinen Bastarde denkt wohl, dass ihr mit mir alles machen könnt. Mein Studio ist von den Onkels besucht worden. Kurz nachdem du dort gewesen bist. Mein Bruder ist hops. Verstehst du, was das bedeutet? Du bist verantwortlich. Nur du. Komm zum Alten Teich. Ich muss mit dir sprechen.«

»Von mir wissen die nichts, Digger. Ich bin selber gefickt, Bruder. Verstehst du? Gefickt bin ich. Von den Onkels, von der Welt, Digger.«

»Komm zum Alten Teich. In einer halben Stunde beim Denkmal, oder ich fick dich, du Bastard.«

Unvermittelt wird das Gespräch beendet. Dombrowski reißt sich die Kopfhörer von den Ohren, öffnet die Geodaten zum Gespräch und sieht, dass der Hintermann immer noch in Bramfeld ist. Er öffnet Google Maps und gibt »Alter Teich Hamburg« ein, um sich zu vergewissern, dass es keinen zweiten Ort in Hamburg gibt, der so genannt wird. Ein kleiner See unmittelbar neben dem Ohlsdorfer Friedhof und dem Bramfelder See wird angezeigt. Dombrowski kennt die Gegend, er weiß, dass es eine ruhige Umgebung ist und dort lediglich ein paar Hundebesitzer spazieren gehen. Das Denkmal liegt ein wenig abgelegen, verwachsen und fernab des Fußwegs.

»Ich glaube, wir bekommen ein ernstes Problem.«

59

»Der Fahrer steht noch immer neben dem Auto und raucht«, meldet Nils von seinem Posten an die übrigen Fahnder. Kücük konnte inzwischen mit einem Draht, Übung und Geschick ins Treppenhaus gelangen, in dem sowohl der Briefkastenbefüller als auch die mögliche Kontaktperson verschwunden sind.

Dort harrt er nun im Abgang zum Keller aus, bis einer von beiden das Haus wieder verlässt, um ihn den Kollegen anzukündigen. Aber was, wenn die beiden Typen in den Keller gehen? Schweißperlen sammeln sich auf seiner hohen Stirn. Er entschließt sich zögerlich, ihnen zuvorzukommen, und will gerade die Treppe hinaufsteigen, als aus einem der oberen Geschosse Stimmen erklingen. Laut und barsch, aber kaum verständlich.

»... du weißt, was zu tun ist?«, hört Kücük heraus. »Keine Fehler, ich verlass mich auf dich. Das kann ich doch, oder?«

»Ja. Klar«, antwortet eine beinahe jugendliche Stimme ehrfürchtig winselnd.

»Das will ich hoffen.« Schritte erklingen auf der Treppe. Kücüks Herz bleibt beinahe stehen, doch das Ende des Gesprächs deutet darauf hin, dass der Mann nicht bis in den Keller kommt.

»Die Kontaktperson verlässt gleich das Haus«, funkt er flüsternd an die Kollegen.

»Emre, Hase, Manni, ihr bleibt an dem Fahrzeug dran. Ich nehme Kontakt zu Dumbo auf und frage ihn, was er will. Hier vor Ort reichen Kücük und ich vorerst für unseren Briefträger. Die beiden Typen sind eigenartig.«

»Check.«

»Hase kann den Wagen direkt übernehmen, wenn er in Richtung Berner Allee abfährt.«

»Emre steht im Mützendorpsteed, falls es zurückgeht.«

»Manni bleibt im Reembusch und kann in beiden Richtungen direkt folgen.«

»Die Kontaktperson kommt aus dem Innenhof, der Fahrer schmeißt die Zigarette weg und steigt ein«, meldet Nils. Mehrfaches Klicken ist im Hintergrund zu hören. »Bilder von beiden habe ich im Kasten. Motor geht an. Es geht weiter Im Soll. Hase, du kannst übernehmen. Ich habe keine Sicht mehr.«

»Die beiden geben Gas. Ich bleibe mit Abstand dran. Wir fahren auf die Berner Allee zu. Blinker für links.«

»Manni ist hinter dir«, gibt Manni in einer kurzen Funkpause durch.

»Ja, ich sehe dich. Wir biegen ab. Freie Fahrt auch für dich, Manni. Ich bin direkt dran. Mehr als eine Bewegung mache ich nicht mehr mit. Wir passieren den Mützendorpsteed, jetzt den Aldi und rollen auf die Bramfelder Chaussee zu. Ruhige Fahrt bislang. Der Beifahrer gestikuliert allerdings wild und sabbelt auf den Fahrer ein. Sie setzen den Blinker rechts. Ich fahre noch einmal mit. Manni, ich brauch dich gleich. Sie gehen in die linke Spur.«

»Ja, ich bin mitgekommen und direkt an dir dran. Bleib du in der rechten Spur. Ich gehe gleich in die linke, wenn wir einen Fremden zwischen uns haben.«

»Vom Turm: Falls es gleich hinter dem Eiscafé links reingeht in die Straße Am Ehrenmal, dann lasst sie einfahren. Ich kenne die Gegend. Dort herrscht tote Hose, und es ist eine Sackgasse. Ihr würdet sofort aufplatzen.«

»Warum glaubst du, dass die dort reinfahren, Dumbo?«, fragt Nils irritiert nach.

»Erklär ich euch, wenn es so kommen sollte.«

»Wir passieren Burger King. Noch immer linke Spur, Geschwindigkeit fünfzig. Er wird langsamer. Deutlich langsamer. Sie biegen ab, ohne zu blinken. Ich fahre weiter, parke und gehe zu Fuß zum Teich.«

»Okay. Aber passt auf. Der Typ ist gefährlich. Er wird gleich einen Kontakt am Denkmal treffen. Vermutlich ein Streitgespräch. Wenn ihr keinen Hund habt, dann lasst euch nicht zu oft blicken. Der Alte Teich ist kein Hotspot für mehrere Spazierrunden.«

»Wir machen das schon, Dumbo. Das ist unser Revier. Wir kennen uns aus«, versichert Nils. »Manni, du verschaffst dir einen Überblick in der Sackgasse und gehst zum Teich, triffst dort Emre und spazierst mit ihm eine Runde. Aber denkt an Dumbos Worte. Wir müssen dort nicht verbrennen. Es gibt keinen Grund, etwas zu überstürzen.«

»Der Teich hat nur drei Zugänge. Dort können wir warten, den Kontakt identifizieren und einen von beiden weiter begleiten.«

»Dumbo, entscheide dich. Wir können nicht auf zwei Hochzeiten tanzen. Entweder der Kontakt oder dieser Typ.«

»Wir konzentrieren uns auf den Mann mit der Limousine. Der ist erst einmal wichtiger. Bei deren Fahrstil sollten wir außerdem mit mehr als drei Leuten dran sein. Wer weiß, wie lange wir sie gleich durch Hamburg begleiten müssen. Ich bemühe mich um weitere Kräfte für den Briefträger. Da müssen wir jetzt erst einmal auf Lücke setzen.«

»Also ziehen wir hier jetzt ab? Richtig?«

»Ja. So machen wir es. Für euch zum Hintergrund: Der Typ könnte jemand sein, den wir gerade aufgeschaltet haben und noch identifizieren müssen. Wenn er wirklich zum Denkmal geht, dann ist es mit Sicherheit unser Mann. Er soll einem Mittäter in den Hals gestochen haben und handelt in großem Stil mit Speed.«

»Was ist das Ziel? Sollen wir ihn festnehmen, wenn sich der Verdacht bestätigt?«, hakt Nils nach.

»Wir versuchen, die Leute sicher zu identifizieren. Dann schauen wir weiter.«

»Vom Fahrer und dessen Beifahrer schicke ich dir gleich Bilder, Dumbo. Auch vom Auto und Kennzeichen. Vielleicht kennt ihr die beiden bereits. Aus Bramfeld kommen die jedenfalls nicht. Die wären mir schon mal aufgefallen.«

»Ja, schick rüber. Wir schauen drauf.«

Auf leisen Sohlen schleicht Kücük sich aus dem Treppenhaus Am Soll und geht dann, so schnell er kann, zu seinem Auto. Er schaut kurz zum Horizont. Die Sonne ist bereits am Untergehen und verleiht dem blauen Himmel einen orangenen Schimmer, der eine baldige Dämmerung ankündigt.

60

In Dombrowskis Postfach leuchtet eine neue E-Mail auf, während er noch einmal das Telefonat zwischen Claas' und Kevins Hintermann und dessen Kontaktperson abspielt.

»Kommt mir irgendwie bekannt vor, die Stimme«, grübelt Otto im Türrahmen stehend.

»Vom Hintermann?«

»Nee, von dem anderen.«

»Und woher?«

»Weiß nicht genau. Ich komme nicht drauf. Aber ich habe den irgendwie schon mal gehört.«

»Dann grab mal tief in deinen Gehirnwindungen, ich schaue mir solange die Bilder an, die Nils geschickt hat.« Dombrowski öffnet die Mail, was Gerd dazu animiert, sich zu erheben und um den Katzentisch herumzustampfen, um Dombrowski über die Schulter zu sehen.

»Ja, verdammte Scheiße. Die kenn ich doch. Dat sind doch die Typen, die bei Kevins Lütter waren.«

Mit großen Augen schaut Dombrowski zu Gerd. Das Kennzeichen kam ihm gleich bekannt vor. Er sucht hektisch auf seinem Schreibtisch nach dem Notizzettel, auf dem die Nummer steht, die Gerd ihm genannt hat, und gleicht sie mit der auf dem Foto ab. »Stimmt. Es ist derselbe Wagen.«

»Na klar. Hast du daran gezweifelt, oder wat?«

»Nee, nee. Wie könnte ich. Aber das bedeutet ja, das würde, also ...« Dombrowski fehlen die Worte. Er greift nach seinem Stressball und drückt ihn grübelnd gegen sein Kinn. Eine tiefe Furche bildet sich zwischen seinen Augenbrauen. »Es ist total logisch. Der Hintermann will die Kohle von Kevin, geht zu ihm nach Hause und bedroht seine Freundin, wird aber von dir vertrieben und nimmt anschließend die Suche nach Kevin auf, beginnend im Club. Du siehst ihn und das Fahrzeug. Jetzt haben wir die Nummer aufgeschaltet, die Kevin uns von seinem Hintermann gegeben hat, und dort, wo er sich aufhält, ist auch wieder das Auto von heute Morgen. Aber was hat er mit den Zetteln bei dem Typen eben gemacht? Gebracht hat der dem nichts. Zumindest keinen Stoff. Und wen trifft er jetzt am Denkmal?«

»Ist der Beifahrer Enis Karew?«

»Könnte er gut sein. Warte, ich öffne das Bild.« Nach ein paar Klicks erscheint das Foto der letzten erkennungsdienstlichen Behandlung auf dem Bildschirm von Dombrowski.

»Könnte er sein«, schlussfolgert Otto, der sich mit Harry hinter den beiden postiert hat, klingt jedoch unsicher, ob es wirklich so ist.

»Wie alt ist denn dat Bild?«, hakt Gerd nach, der sich ebenfalls nicht absolut sicher zu sein scheint.

»Warte. Hier steht es. Sieben Jahre. Beim letzten Mal wurde er offenbar nicht fotografiert. Keine Ahnung, warum nicht.«

»Sieben Jahre ist natürlich lang«, gibt Otto zu bedenken.

»Ist deutlich älter geworden, wenn er es ist. Und einen Bauch hat er ebenfalls bekommen«, urteilt Harry.

»Gerd auch«, bemerkt Dombrowski, der von selbigem zunehmend von seinem Bürostuhl geschoben wird, weil Gerd sich möglichst dicht mit seinem Gesicht an den Monitor heranbeugt.

»Werd nich frech, Bürschchen. Und wat nu?«

»Wir müssen an ihm dranbleiben. Was wir bis jetzt haben, reicht nicht, um ihn als möglichen Täter einzusperren.«

Hektische Schritte tippeln auf dem Flur. Scotty steht plötzlich mit einem breiten Grinsen im Türrahmen. »Dumbo, mein Claas ist dein Claas. Die Kollegen aus Rendsburg haben mir die Nummer von Pagel genannt, es ist genau die, die du aufgeschaltet hast. Und im Nackenbereich soll er auch tatsächlich eine Verletzung aufweisen.«

»Super. Ein Problem weniger. Dann sitzt das vermeintliche Opfer inzwischen vermutlich warm und trocken in der JVA Neumünster. Aber Claas Pagel hat sich hinsichtlich des Übergriffs gegen ihn offenbar nicht geäußert, und nur mit Kevins

Aussage bekommen wir den dringenden Tatverdacht gegen den Typen nicht zusammen. Außerdem war die Körperverletzung ohnehin nicht schlimm genug, wenn Claas im Anschluss noch Kurierfahrten nach Dänemark machen konnte. Enis Karew würde morgen direkt wieder auf der Straße stehen«, fasst Dombrowski zusammen.

»Er wird auch etwas mit dem Labor im Achtern Born zu tun haben. Dort hatte ich ihn ebenfalls gesehen. Dat kann alles kein Zufall sein«, wirft Gerd ein.

Otto ergänzt: »Und mit unserem Briefkastenbefüller scheint er auch per Du zu sein.«

»Dumbo, was wollen wir machen?«, fragt Harry.

»Erst mal muss ich zusätzliche Kräfte für den Postboten organisieren. Die Wohnung ist jetzt wichtiger als zunächst gedacht.«

»Wat stellst du dir denn vor?«, fragt Gerd aufmerksam und verschränkt dabei die Arme vor der Brust.

»Ehrlich gesagt, ich weiß es nicht. Schauen, was er macht, wenn er die Wohnung wieder verlässt. Aber ich werde sowieso keine Kräfte mehr finden, die das übernehmen können. Doggy hat in seiner Region schon alles zusammengezogen. Und unsere Leute sind ebenfalls komplett draußen oder müssen schreiben. Wir können leider nicht alles schaffen.«

Gerd schaut zuerst ein wenig verkniffen drein, doch dann schleicht sich ein Lächeln auf seine Lippen. »Pass auf. Ich fahr mit dem Lovemobil hin und behalte das Gebäude im Blick. Vielleicht sehe ich ja zufällig, in welcher Wohnung er sich aufhält.«

»Gerd, das geht nicht«, mischt sich Harry ein. »Wir können dich nicht mit solchen Dingen beauftragen.«

»Wer hat denn von 'nem Auftrag gesprochen? Irgendwo muss ich ja heute Nacht bleiben.«

»Wie wäre es mit deinem Bett in Dalldorf?«

Empfindlich getroffen schaut Gerd seinem ehemaligen Chef in die Augen. Er steckt die Hände tief in seine Hosentaschen, lehnt sich leicht nach vorne wie ein angriffsbereiter Stier und wendet sich von Harry ab. »Wat meinst du, Dumbo?«, fragt er Dombrowski, ohne das Schnaufen von Harry zu beachten.

»Ich kann dir nicht vorschreiben, wo du dich des Nachts aufhältst und was du machst, Gerd«, erwidert Dombrowski mit einem Schulterzucken und spürt Harrys scharfen Blick. Der Chef ist mit dieser Bemerkung offenkundig nicht einverstanden, in Gerds Augen hingegen stellt sich ein Glänzen ein.

»Nur gucken, Gerd«, lenkt Harry mahnend ein. »Du mischst dich nicht noch mehr in unsere Ermittlungen ein. Die Baake steigt mir so schon aufs Dach. Die ist sehr dünnhäutig geworden in den letzten Monaten.«

»Du kennst mich doch, Harry.«

»Eben. Genau deshalb sage ich es ja.«

»Keine Sorge. Ich sitze dort ganz entspannt und passe auf. Weiter nichts. Versprochen.«

»Ich nehme dich beim Wort, Gerd.«

Der watschelt bereits ohne ein Wort des Abschieds aus dem Büro hinaus. Er wird gebraucht und strahlt vor Glück, während Dombrowski und die übrigen ehemaligen Kollegen ihm belustigt hinterhersehen.

61

Am liebsten würde Liam noch immer auf seiner Schaukel an der Alster sitzen und die Aussicht genießen. Stattdessen hockt er angespannt im kleinen Fiat 500 seiner Freundin und parkt in eine Parknische in der Anderheitsallee ein. Die dumpfen Bässe aus den Lautsprechern verstummen, als er den Zündschlüssel aus dem Schloss zieht. Liam lässt den Kopf gegen die Stütze fallen und schließt die Augen, kneift sie regelrecht zusammen. Sorgenvolle Gedanken fluten seinen Kopf. In seinen Ohren rauscht die Wut über den Verlauf des Tages. Dann beginnt er auf einmal, mit beiden Händen auf das Lenkrad zu schlagen, und brüllt, bis alle Luft aus seinen Lungen entwichen ist.

»Verdammte Scheiße«, flüstert er mit hoffnungslosem Blick. Er schaut aus dem Fenster zum Alten Teich, den er aufgrund der Böschung aber nicht sehen kann. Dann geht ein Ruck durch seinen Körper. »Scheiß drauf.«

Liam stößt die Tür auf, steigt aus und verschließt das Auto. Er läuft durch die Zuwegung zum Teich und anschließend mit schlurfenden Schritten den Gehweg entlang. Kleine Steinchen springen bei jedem Schritt zur Seite. Die Herbstluft ist mit dem Einbruch der Dämmerung kühler geworden. Das Sonnenlicht bleibt hinter den Bäumen des Ohlsdorfer Friedhofs verborgen. Samtiger Nebel wabert lautlos über die dunkle Wasseroberfläche am Rand des Alten Teichs. Eigentlich will Liam nicht weitergehen, das Treffen meiden und das verbliebene Geld nehmen, um woanders neu anzufangen. Doch er weiß, dass sich diesem Mann niemand wirklich entziehen kann. Diejenigen, die es versucht haben, sind verschollen.

Mit jedem zögerlichen Schritt kommt er dem Ende des Fußwegs näher. Das Kriegerdenkmal, das im Gedenken an die gefallenen Soldaten aus dem Ersten Weltkrieg errichtet wurde, ragt aus sanften Nebelschwaden empor, die auch über dem feuchten Rasen immer dichter werden. Hinter einer mehrstufigen breiten Treppe steht der steinerne Soldat auf einem Sockel, vor sich ein Gewehr auf dem Boden abgestellt. Er ist eingerahmt von groben, hohen Steinbögen, die ihm etwas Bedrohliches verleihen.

Liam bleibt kurz stehen. Er schaut, ob er Enis irgendwo entdecken kann. Doch niemand ist zu sehen. Nichts ist zu hören. Da vernimmt Liam auf einmal Schritte hinter sich. Es ist ein Pärchen, das hier spazieren geht. Liam lässt die beiden passieren und schaut ihnen nach. Sie haben sich, als sie hinter ihm vorbeischlenderten, über das Wetter und den Nebel unterhalten. Jetzt gehen sie weiter den Weg am See entlang. Liam bleibt stocksteif stehen. Er wartet ab, ob das Pärchen wieder zurückkommt oder sich nach ihm umdreht, doch dem ist nicht so. Er schaut noch einmal in die andere Richtung den Gehweg hinab, auf dem er um den Teich herumgegangen ist, aber weitere Fußgänger sind nicht zu entdecken. Nicht einmal ein Hund oder eine Ente auf dem kleinen Gewässer.

Liam nimmt all seinen Mut zusammen, auch wenn sich die Beine schwammig anfühlen, und geht auf die Steintreppe vor dem Denkmal zu. Dem Soldaten schenkt er keine Beachtung. Ihn interessieren nur die Gegenwart und die herannahende Zukunft, die so unsicher wirkt.

Warum hier? Was will er von mir?

Argwohn macht sich in Liam breit, als er am Fuß der Treppe angekommen ist.

62

Manni und Emre spazieren fest umschlungen am Alten Teich entlang. Sie lächeln sich an, drücken sich von Zeit zu Zeit, schauen sich tief in die Augen und lachen. Wie ein frisch verliebtes Pärchen hatten sie einen Moment auf einer Bank verharrt, doch das dichte Grün der Uferböschung versperrte ihnen den Blick auf das Denkmal. Sie sind daher zurückgegangen und wollen versuchen, ob sie einen letzten Blick riskieren und etwas von dem sehen können, was gerade am Kriegerdenkmal vor sich geht, um anschließend durch den Stichweg zu Mannis Auto zu schlendern.

Die Wiese und das Kriegerdenkmal sind vollkommen leer. Niemand ist zu sehen, außer dem Gezwitscher der Vögel ist nichts zu hören, und man könnte meinen, dass sie die einzigen Menschen auf dem Planeten sind.

Mannis Magen zieht sich zusammen. Ein ungutes Gefühl überkommt sie. Was, wenn sowohl die Kontaktperson als auch ihre Zielperson das Gelände unbemerkt wieder verlassen haben? Eigentlich kann sie das ausschließen, denn über das schmale Gewässer hatte sie stets den Weg am anderen Ufer im Blick, und ihnen ist niemand entgegengekommen. Außerdem beobachtet Nils von der Tankstelle an der Bramfelder Chaussee aus die Zufahrt zur Sackgasse. Niemand kann diesen Bereich verlassen, ohne von einem von ihnen gesehen zu werden, und doch liegt er wie ausgestorben vor ihnen.

Emre und Manni biegen in die kleine Zuwegung ab und spazieren bergauf, um in die schmale Sackgasse zu gelangen, an deren Ende die dunkle Limousine steht. Ihr Anblick beruhigt Mannis Nerven. Der Fahrer ihrer Zielperson wartet neben dem Auto, raucht genüsslich eine Zigarette und fixiert sie und Emre mit stechendem Blick. Seine angespannte Körperhaltung, der dunkle Vollbart und die frisch rasierte Glatze verleihen ihm etwas zusätzlich Furchteinflößendes. Keine Spur von Freundlichkeit strahlt er aus, eher Aggressivität, untermalt von wummernder Rapmusik, die aus den offenen Fenstern seiner Limousine dröhnt.

Manni ist bemüht, dem Mann keine weitere Aufmerksamkeit zu schenken, schlendert fest umschlungen mit Emre über den Sandweg neben der Straße und dreht sich nicht um, schaut nicht, was hinter ihnen passiert. Als sie außer Hörweite sind, betätigt sie den Taster ihres Funkgeräts. »Nils, wir verlassen den Teich und gehen zu meinem Auto. Der Fahrer steht immer noch mit dem Fahrzeug am Ende der Sackgasse. Ihm können wir nicht noch einmal begegnen. Der hat uns voll drauf. Am Denkmal ist niemand mehr zu sehen. Die beiden müssen aber noch dort sein.«

»Ja, verstanden. Ich sehe euch. Geht zu deinem Auto und macht euch bereit für den Fall, dass sie stadteinwärts fahren. Ich kann in Richtung Sasel folgen. Kücük und Hase bleiben bitte an den anderen beiden Ausgängen, falls sie dort entlangkommen.«

Manni und Emre gehen die Bramfelder Chaussee weiter bergauf und steigen nach wenigen Metern in den kleinen dunklen Wagen, der unscheinbar auf einem schmalen Parkstreifen steht.

»Nils, wir sind am Wagen und haben ebenfalls Sicht auf die Ausfahrt.«

»Ja, ich seh euch. Wir sind gut aufgestellt. Das kann nicht schiefgehen.«

Erschrocken schauen Manni und Emre sich an.

»Hat er das jetzt wirklich gesagt?«, fragt Emre entgeistert.

»Ich hab es auch gehört.«

»Was ist los mit ihm? Er weiß doch, dass es Pech bringt, so etwas zu sagen.«

»Drück die Daumen, dass es dieses Mal nicht passiert.«

»Es passiert immer. Also auch heute. Wirst sehen.«

»Emre, du bist einfach zu pessimistisch. Was soll schon geschehen?«

»Jetzt fängst du auch noch an.« Emre schlägt kopfschüttelnd die Hand vor die Augen.

Ein aufbrüllender Motor ist zu hören. Manni schaut in den Rückspiegel, um festzustellen, woher das Geräusch kommt, während Emre die Straße vor ihnen beobachtet. Die Ampel an der Kreuzung steht auf Rot. Die Fahrzeuge auf der Bramfelder Chaussee kommen davor zum Stehen, als aus der Sackgasse auf einmal eine schwarze Limousine geschossen kommt, in einem Tempo, als würde sie auf der Landstraße unterwegs sein. Sie rast weiter geradeaus, ohne auf die entgegenkommenden Fahrzeuge zu achten, die wild hupend beiseite fahren.

»Leute, was war das?«

»Das war unser Mann. Er ist direkt in die gegenüberliegende Einbahnstraße gerauscht. Ich habe keine Sicht mehr«, meldet Nils. »Ich fahre parallel den Nüßlerkamp hinauf. Konntet ihr sehen, ob er geradeaus hoch ist oder gleich abgebogen?«

»Nein. Negativ. Wir hatten sofort keine Sicht mehr. Wir fahren die Bramfelder rauf in Richtung Sasel und schauen, ob er dort rauskommt.« Mit quietschenden Reifen wendet Manni auf der Bramfelder Chaussee und fährt mit Vollgas die ansteigende Straße hinauf. Am Hirsekamp biegen sie rechts ab und rauschen die schmale Straße entlang, ohne großartig das Tempo zu reduzieren.

Nils ist bereits am Hohnerkamp angekommen und links abgebogen. An der Einbahnstraße, in die das Zielfahrzeug hineingerast ist, ist von der dunklen Limousine nichts mehr zu sehen. Er fährt weiter, schaut auf das Display des Navigationsgeräts und sucht nach Möglichkeiten, wo er dem Auto noch begegnen könnte.

»Nils für Kücük – wo sollen wir hinziehen?«, fragt Kücük über Funk.

»Bleibt erst mal dort. Der andere Typ muss ja auch noch zu seinem Auto zurückkehren. Dumbo für Nils.«

»Ja, ich höre.«

»Das wird hier nur eine wahnsinnige Verfolgungsjagd, falls wir ihn überhaupt entdecken. Was ist dein Vorschlag? Mit Observation hätte das hier nichts mehr zu tun, so wie der davongefahren ist.«

Stille tritt auf der Leitung ein. Manni hört nur den schwachen Motor ihres Kleinwagens bei jeder Beschleunigung aufstöhnen.

»Ich hab es gesagt. Es bringt Unglück«, gibt Emre besserwisserisch von sich. »Das ist immer so.«

»Okay. Von Dumbo: Abbruch der Verfolgung. Vielleicht hatten Sie euch auch drauf und sind deswegen abgehauen. Dieses Gefühl müssen wir nicht bestärken. Das Handy ist auch aus. Das wäre Fischen im Trüben. Wir konzentrieren uns auf das Verlassen der Kontaktperson. Bitte alle Ausgänge besetzen, damit wir diese wenigstens noch identifizieren.« Dombrowski ist trotz des rauschenden Funks die Enttäuschung anzuhören. Aber in seiner Stimme liegt auch ein Funken Hoffnung, dass die Kontaktperson ihnen vielleicht neue Erkenntnisse liefert. »Wer weiß, wofür es gut ist.«

63

Im Polizeipräsidium in Alsterdorf kommt Otto schnaufend, trotz des kurzen Weges über den Flur, in Dombrowskis Büro gelaufen. »Ich … ich …« Er stützt seine Hände auf die Knie und atmet rasselnd und keuchend ein und aus.

»Alles klar, Otto?« Dombrowski springt auf und geht zu seinem Kollegen, der abwinkt und sich aufrichtet.

»Bin nur zu schnell aufgestanden. Seit meiner Krankheit … sagt mein Körper es mir sofort, wenn ich zu schnell bin.« Schweißtropfen stehen auf seiner Stirn. »Okay. Also. Ich weiß jetzt, wer der Kontakt von Karew ist. Es ist Liam. Ich kenne doch seine Stimme. Ich kam nur nicht gleich drauf. Liam ist vor Ort. Hab gerade nachgesehen, es ist seine Nummer, und die Geodaten sind am Alten Teich.«

Dombrowski nickt und will bereits zum Funkgerät greifen, als Otto die Hand hebt. Er atmet tief und gibt ihm zu verstehen, dass er noch nicht alles berichtet hat.

»Er hat eben versucht, bei Timon anzurufen. Während es klingelte, hörte ich, dass er am Stöhnen ist. Klang gar nicht gut. Schweres Atmen, ganz so, als hätte er Schmerzen.«

»So wie du gerade?«

»Schlimmer. Viel schlimmer.«

Dombrowski zögert nicht länger. »Von Dumbo: Der Kontakt scheint schwer verletzt zu sein. Bitte sofort das Denkmal aufsuchen. Wir alarmieren den Notarzt. Sein Name ist Liam Wisowski.«

»Verstanden, Dumbo. Ihr habt es gehört, Leute. Alle so schnell es geht zum Denkmal.«

»Und falls er nicht verletzt ist, nehmt ihn fest wegen des Handels mit Speed«, setzt Dombrowski nach.

»So soll es sein. Erklär uns später, woher du das jetzt schon wieder weißt«, antwortet Nils, während er hörbar aufs Gaspedal tritt und den Motor aufbrummen lässt.

Dombrowski geht zur Wand neben der Tür und nimmt

seine Einsatztasche aus dem Schrank. Otto schaut ihn erschrocken an. »Wat ist denn jetzt los?«

»Wenn dort das passiert ist, was ich befürchte, fahre ich hin und unterstütze die Fahnder vor Ort. Behältst du die Telefonüberwachung im Blick und informierst uns, wenn Karew das Handy wieder einschaltet? Und sag Gerd Bescheid, dass er die Augen offen halten soll, ob die Limousine wieder bei dem Briefträger auftaucht. Er soll aber keine Alleingänge machen. Auf gar keinen Fall. Die Typen sind gefährlich.«

Es klingelt an der Eingangstür zum Dienststellenflur. Dombrowski linst kurz aus seinem Büro und sieht, dass Harry bereits dort ist und gerade die Tür für Doggy öffnet, der mit zwei großen Papiertüten den Flur betritt.

»Doggy, dich schickt der Himmel. Stell die Beutel da vorne rechts ab. Wir müssen direkt wieder raus. Und schick bitte das Bild von dem Briefträger an Gerd. Der braucht das«, ruft Dombrowski ihm zu, holt seine Tasche aus dem Büro und geht schnellen Schrittes auf den Fahnder zu, der bereits dabei ist, das Foto an Gerd zu senden.

In der Sackgasse am Denkmal halten Nils, Emre und Manni gleichzeitig mit ihren beiden Fahrzeugen, steigen aus ihren Autos und laufen zum Alten Teich, die Hände an den Griffen ihrer Waffen. Kurz vor Ende des Stichweges ziehen sie ihre Pistolen aus den Holstern und drosseln das Tempo. Nils biegt als Erster um die Ecke und scannt die Umgebung des Denkmals, das friedlich und totenstill vor ihnen liegt und umfasst ist von grünen Hainbuchenhecken.

»Polizei!«, schreit Nils, als sie sich nähern. Auch Manni und Emre stimmen mit ein.

»Herr Wisowski, wir wissen, dass Sie hier sind. Machen Sie keine Dummheiten.«

Nichts ist zu hören.

An der Treppe angekommen, trennen sie sich. Manni geht nach links, Emre nach rechts, und Nils steigt vorsichtig die

Treppenstufen hinauf. Niemand ist zu sehen. Kein Geräusch zu vernehmen.

»Herr Wisowski, wir sind die Polizei!«, brüllt Nils noch einmal laut.

»Fund!«, ruft Manni von der linken Seite. »Er ist hier. Dumbo, wir haben ihn. Er braucht dringend einen Notarzt. Mehrere Wunden am Oberkörper.«

Nils und Emre machen kehrt und laufen zu Manni, die neben Liam kniet. Aus angsterfüllten Augen starrt er sie an. Blut läuft aus seinem Mundwinkel.

64

Im Trittauer Amtsweg rangiert Gerd Sehling sein eierschalenfarbenes Wohnmobil in eine günstig gelegene Parklücke. Auch wenn er entgegen der Fahrtrichtung parkt und sein Lovemobil dadurch schneller ins Auge fällt, kann er von hier aus perfekt auf das Wohnhaus des Briefboten schauen. Andersherum kann er sein Auto nicht abstellen, weil Dörte darauf beharrt hat, dass die Scheiben im Heck verschlossen werden, nachdem sie dort für die nächtliche Notdurft eine kleine Campingtoilette installiert haben. Gerd störte es nicht, in der Nacht zur Erleichterung vor die Tür zu treten, doch Dörte ist der ewige Weg zum Waschhaus, wenn überhaupt eins vorhanden war, auf Dauer dann doch zu weit gewesen.

Gerd macht es sich auf dem ausgeklappten Bett gemütlich, bleibt aufrecht sitzen und schaut hinüber zu dem Neubau, der vor ihm emporragt. Auf der schmalen Ablage neben dem Bett steht eine kleine Flasche Wasser neben einer Tüte mit einem belegten Brötchen, das er sich eben noch schnell aus einer Bäckerei geholt hat. Sein Magen grummelt bereits vor Hunger, und so packt er voller Vorfreude sein Abendbrot aus.

Als er gerade in das mit Wurst, Salat und Ei belegte Brötchen hineinbeißen will, surrt auf einmal sein Handy, das er auf das Bett geschmissen hat. Auf dem Display erscheint das Bild von Dörte und lässt Gerd erstarren. Ihm dämmert der Grund für ihren Anruf. Er legt sein Brötchen zur Seite und ergreift das Telefon. Kurz verharrt sein Zeigefinger über dem grünen Hörer, doch dann spricht er sich Mut zu und nimmt das Gespräch an.

»Geeerhard, wo bist du?«, schlägt ihm Dörtes aufgebrachte Stimme entgegen, und er ist froh, dass er das Telefon noch nicht am Ohr hatte.

»Dörte, hör zu, ich schaffe es nicht. Ich bin noch unterwegs.«

»Wie bitte?«

»Ich bin noch –«

»Ich habe dich verstanden, Gerhard. Sag mal, bist du von allen guten Geistern verlassen? Ich habe hier alles vorbereitet. Zwei Salate stehen im Kühlschrank, ich habe Grillgut eingekauft, den Tisch gedeckt und sogar schon die Kohle angefeuert. Nino und Angelique sitzen im Garten, und wir alle warten auf dich, und jetzt sagst du, dass du es nicht schaffst?« Bei den letzten Worten überschlägt sich Dörtes Stimme gleich mehrfach. Gerd vermutet, dass ganz Dalldorf sie hören konnte. »Komm du mir heute nach Hause, mein Lieber. Du wirst dein blaues Wunder erleben.«

»Das wäre der nächste Punkt, Dörte. Ich muss heute in der Stadt bleiben und penne im Wohnmobil.«

Das Gespräch wird abrupt beendet. Gerd hätte sich gewünscht, dass sie noch weiter mit ihm schimpft, ihn anbrüllt, all ihre Wut in diesem Telefonat entlädt, damit die Sache danach vom Tisch ist. Das kommentarlose Auflegen bereitet ihm große Sorgen. Nicht nur, dass er das letzte Mal, als Dörte derart wütend war, eine Reise nach Barcelona für sie beide bezahlen musste, sie hat ihm seine Verfehlung auch eine schier unendliche Zeit vorgehalten. Bei jeder Gelegenheit und immer mit diesem vorwurfsvollen, traurigen Blick, der ihm das Herz zerreißt und sein schlechtes Gewissen aufs Neue entfacht.

»So ’ne Scheiße. Warum ausgerechnet heute?« Gerd sitzt grübelnd da und hat sogar den Appetit verloren. Als sein Handy nach einigen Minuten erneut zu vibrieren beginnt, nimmt Gerd das Gespräch, ohne zu zögern, an. »Dörte, es tut mir so leid. Ich liebe dich, aber es ist etwas Wichtiges dazwischengekommen, und das konnte ich einfach nicht aufschieben. Würde jetzt zu lange dauern, dir alles zu erklären, und du würdest dich nur noch mehr aufregen. Nimm es mir bitte nicht übel, okay?«

»Junge, Junge, das wird teuer«, erwidert Otto mit kratziger Stimme und beginnt heiser zu kichern. »Barcelona wird nicht reichen, mein Lieber.«

»Du bist es, du kleines Arschloch. Hör bloß auf. Ich habe unseren Grillabend verpennt. Nun hockt Dörte mit Nino und Angelique allein zu Hause. Sie hat alles vorbereitet, und ich hab ihr gerade spontan abgesagt.«

»Aber du hast ihr nicht den wahren Grund genannt, oder?«

»Nicht so richtig.«

»Wenn du ein Zimmer brauchst, mein Sohn ist gerade wieder ausgezogen.«

»Ja, nee, lass man. Morgen sieht die Welt schon wieder besser aus. Jetzt muss ich mich auf meinen Job konzentrieren.«

»Gerd, du kannst auch nach Hause fahren. Wir finden schon weitere Kräfte.«

»Nichts da. Ich habe das vorgeschlagen, und daran halte ich mich. Außerdem habe ich bereits alles im Blick.«

»Du musst es ja wissen. Aber denk dran: Happy wife, happy life.«

»Ja, ja, das lass man meine Sorge sein. Darum rufst du doch nicht an, oder?« Gerd beißt herzhaft von seinem Brötchen ab. Die wenigen Sätze mit Otto haben gereicht, um ihn das Gespräch mit Dörte vergessen und das Hungergefühl wieder aufleben zu lassen.

»Jo, pass auf. Enis Karew ist auf der Flucht. Er hat Liam Wisowski am Ehrendenkmal getroffen und schwer verletzt. Ehe wir was bemerkten, konnte er mit seinem Fahrer entkommen. Falls er bei dir auftaucht, sag mir bitte umgehend Bescheid. Ich mach jetzt den Turm, Dumbo ist unterwegs zum Tatort. Und keine Alleingänge. Die Typen sind echt gefährlich.«

»Ja. Mach ich nich. Kennst mich doch. Safety first.«

»Klar, Gerd. So kennen wir dich«, entgegnet Otto übertrieben sarkastisch.

»Sonst noch wat, das ich wissen müsste? Baut der Briefträger vielleicht Bomben, anstatt Drogen zu versenden?«

»Nee, die Briefe waren alle voll mit Stoff. Was du dir nur vorstellen kannst. Koks, Gras, Haschisch, Speed und Ecstasy.«

»Dat ist ja 'ne ganze Apotheke.« Gerd aktiviert den Lautsprecher des Handys, um beide Hände wieder frei zu haben. Dabei stellt er fest, dass er eine Nachricht erhalten hat. Er öffnet sie und sieht ein Bild von einem jungen Mann mit Kappe, schwarzer Jacke und blauen Jeans. »Otto, ich hab von Doggy ein Foto geschickt bekommen.«

»Ja. Das ist der Mann, der den Briefkasten befüllt hat. Falls er heute noch einmal rauskommen sollte, kannst du ihn wenigstens wiedererkennen.«

»Dann schaue ich mal, was ich mit dem Bild so anfangen kann.«

»Nur gucken, Gerd. Nicht mehr. Schauen, melden und warten.«

»Mach ich, Otto«, entgegnet Gerd und beendet das Gespräch. Genüsslich beißt er ins Brötchen, während seine Gedanken um Möglichkeiten kreisen, wie man das Ganze ein wenig beschleunigen könnte.

65

Zwischen den Hochhausburgen des César-Klein-Rings und den Discounter-Supermärkten auf der gegenüberliegenden

Seite rauscht der dunkle Mittelklassewagen von Doggy die Steilshooper Allee entlang. Das kleine Blaulicht flackert auf dem Dach des zivilen Streifenwagens und treibt den Feierabendverkehr in die rechte Spur. Doggy fühlt sich immer wie Moses, der das Meer teilt, wenn er mit Martinshorn unterwegs ist.

Dombrowski ist neben ihm tief in den Beifahrersitz gesunken und umklammert krampfhaft den Griff über der Beifahrertür. Er mag kaum hinschauen, wie die anderen Fahrzeuge an ihnen vorbeifliegen. »Wir wollen auf jeden Fall heil ankommen, Doggy«, wirft er mit leicht zittriger Stimme ein.

»Das hier ist meine Heimat. Mach dir keine Sorgen.«

»Wir könnten trotzdem einen Tick defensiver fahren. Es sind ja bereits Kollegen vor Ort, es geht nicht mehr um Leben und Tod.«

»Ist ja schon gut«, lenkt Doggy ein und nimmt den Fuß vom Gas, bleibt aber deutlich über der Maximalgeschwindigkeit von Sonderrechtsfahrten.

Dombrowski entspannt sich ein wenig, zieht sein Handy hervor und sucht in den Kontakten nach der Nummer von Mario Beyer. Bis vor vier Jahren waren sie Kollegen im Rauschgiftdezernat, dann folgte Mario dem Ruf einer Beförderung zur Mordkommission. Völlig zum Unverständnis von Dombrowski, der mit Leichen überhaupt nichts anfangen kann.

Er lässt das Telefon länger als üblich klingeln, denn bei Mario kann man sich nie sicher sein, ob er gerade in seiner Forstwirtschaft arbeitet und das Telefon nicht hört oder aber in Phantasien von erfolgreichen Fußballspielen seiner Lieblingsmannschaft schwelgt. Früher dröhnte zur Mittagszeit regelmäßig die leiernde Vereinsmusik seiner Mannschaft über den Flur des Rauschgiftdezernats und brachte den einen oder anderen auf üble Gedanken. Den Toaster, der das Lied abspielte, nahm er zum Glück mit, als er die Dienststelle verließ. Ebenso die vielen Jagdtrophäen aus Afrika, die an seiner Bürowand hingen.

»Beyer, hallo.«
»Mario. Ich bin es. Dumbo.«
»Hallöle, mein Lieber. Naa, was verschafft mir die Ehre?«
»Ich habe einen Fall für euch.«
»Mmh, mmh, mmh. Was ist denn passiert?«
»Das wissen wir selbst noch nicht so genau. Zwei Rauschgifthändler haben sich in Bramfeld getroffen. Offenbar ist es zum Streit gekommen, denn einer ist danach liegen geblieben.«
»Soso. Bist du vor Ort?«
»Auf dem Weg dorthin.« Dombrowski schrickt zusammen, weil am Straßenrand ein rotes Blitzlicht aufleuchtet.
»Kleine Erinnerung an unsere gemeinsame Fahrt«, sagt Doggy und kann sich ein süffisantes Lachen nicht verkneifen.
»Ich rufe meine Leute an, damit sie schon einmal Bescheid wissen, dass etwas reinkommen könnte. Bitte passt auf, dass ihr die Spuren nicht zertrampelt.«
»Ich gebe mein Bestes, Mario. Der Tatort ist beim Ehrenmal am Alten Teich in Bramfeld. Bis gleich. Ich melde mich wieder bei dir, wenn ich vor Ort bin.«
»Ja. Tschüss, tschüss.«
Doggy biegt in hoher Geschwindigkeit in die Bramfelder Chaussee ein. »Ist nicht mehr weit.«
»Jo. Ich weiß.« Dombrowski greift nach seinem Funkgerät, das er in die Mittelkonsole gelegt hat, und drückt die Sprechtaste. »Otto für Dumbo.«
»Otto hört.«
»Hast du Gerd erreicht?«
»Jo.«
»Und?«
»Er hat alles im Blick.«
»Wird er die Füße stillhalten, falls etwas passiert?«
»Ich habe ihn darum gebeten. Aber du kennst ihn.«
Dombrowski schweigt. Er grübelt, während sie an der Abzweigung zum Trittauer Amtsweg vorbeisausen, an dessen anderem Ende sein pensionierter Freund in seinem Wohn-

mobil sitzt und die Wohnung des Postboten für sie im Blick behält. Wie würde er reagieren, wenn er im Ruhestand und dort positioniert wäre? Würde er sich an die eigenen Anweisungen halten?

Vor Dombrowskis innerem Auge spielen sich Bilder ab, wie Gerd Enis Karew und seinem Fahrer wie einst Bud Spencer Backpfeifen verpasst. Er kann sich ein Schmunzeln nicht verkneifen. Da biegt Doggy abrupt in die kleine Straße zur Sackgasse ein und reißt Dombrowski aus seinen Gedanken zurück in die Wirklichkeit.

Doggy hält hinter den Fahrzeugen seiner Kollegen, neben denen schon ein Rettungswagen steht. Auch zwei Streifenwagen der Schutzpolizei parken in der Sackgasse. Er steigt aus, nachdem er den Motor ausgeschaltet hat, und lässt ebenso wie der Rettungssanitäter das Blaulicht weiterlaufen.

Dombrowski ist ebenfalls ausgestiegen und eilt mit seiner Einsatztasche in der Hand den kleinen Stichweg zum Alten Teich entlang. Rot-weißes Flatterband weht im Wind und versperrt Passanten den Weg, die neugierig an der Begrenzung stehen und zum Denkmal hinübergaffen, ohne wirklich etwas erkennen zu können. Vor dem Flatterband steht Nils mit einem Beamten der Schutzpolizei.

»Moin moin, ich bin Tim Dombrowski vom Rauschgiftdezernat«, begrüßt Dombrowski den Schutzpolizisten, der ihm die Hand reicht und seine beinahe zerdrückt. Er versucht, sich den Schmerz nicht anmerken zu lassen, und späht über die vier silbernen Sterne auf der Schulter des Mannes hinweg zum Denkmal. »Wo befindet sich denn die Leiche?«

»Also, tot ist der noch nicht«, antwortet Nils.

»Nee? Das sind ja mal gute Nachrichten.«

»Aber gut aussehen tut es auch nicht. Er liegt dort hinter der Hecke. Die Sanitäter versuchen gerade, ihn zu stabilisieren, damit er es bis ins Krankenhaus schafft.«

»Hat er was gesagt?«

»Musst du Manni fragen. Die hat ihn gefunden und Erste

Hilfe geleistet. Wir sind hintereinander links über die Wiese gelaufen. Dort wird es keine Spuren geben, die wir vernichten könnten. Geh dort lang, um zu ihr zu kommen. Sie ist noch bei den Sanitätern.«

»Ja, okay.« Dombrowski geht über den genannten Trampelpfad hinüber zum Ehrenmal, läuft seitlich an dem Rondell vorbei und tritt von hinten an Manni heran. »Wie schaut es aus?«

»Keine Ahnung. Nicht gut, aber zumindest nicht aussichtslos.«

In diesem Moment wuchten die Sanitäter den leblosen Körper auf die danebengestellte Trage. Emre hält einen Tropf hoch, während ein Sanitäter mit einer hellblauen Plastikblase Luft in Liams Lungen pumpt. Beide gehen neben der Trage her, die von dem zweiten Sanitäter und einem Schutzpolizisten zum Rettungswagen getragen wird. Dort packt auch Manni mit an und hilft, die Trage in den Rettungswagen zu schieben. Mit lautem Martinshorn fährt der Rettungswagen kurz darauf die kleine Straße hinauf und biegt ungeachtet der roten Ampel nach rechts ab, um schnellstmöglich zum Barmbeker Krankenhaus zu gelangen.

Manni atmet tief durch, schaut auf ihre Hände, die tiefrot verfärbt sind vom Blut, ebenso wie die Ärmel ihres grauen Pullovers und die Beine ihrer Jeans. »So ein Mist«, flucht sie leise. »Ich habe versucht, die Blutungen zu stoppen. Aber es waren so viele. Überall lief das Blut aus den Wunden heraus.« Bedauern liegt in ihrer Stimme. Sie wendet sich Dombrowski zu und schaut ihn mit Tränen in den Augen an.

»Willst du darüber sprechen?«

»Ich hoffe, dass er es schafft. Egal, was er getan hat. Der ist fast noch ein Kind, hat das ganze Leben noch vor sich. Ein so frühes Ende hat er sicherlich nicht verdient.«

»Das hat niemand. Wir werden sehen. Er ist in guten Händen, und wenn er durchkommt, hat er dir vermutlich sein Leben zu verdanken. Mehr hättest du nicht leisten können, Manni. Was ist denn jetzt genau passiert?«

»Karew und er haben sich offenbar hinter dem Denkmal getroffen. Karew ist danach rasant abgehauen. Der war sofort weg. Keine Chance, hinterherzukommen. Wir hatten es ja noch probiert, aber er war wie vom Erdboden verschluckt. Die Fahndung nach dem Auto ist raus, aber bislang wurde er nirgendwo gesehen. Sein Fahrer wusste schon vorher, was er tun würde. Da bin ich mir sicher.«

»Das müssen wir nur erst einmal beweisen.«

»Es ist ja wohl eindeutig, was hier passiert ist.«

»Vor Gericht wird er dennoch eine Geschichte auftischen, die man ohne Augenzeugen nicht widerlegen kann. Entweder behauptet er, Liam hätte ihn angegriffen, und er habe sich nur gewehrt, oder aber er beteuert, dass Liam noch unversehrt war, als er gegangen ist.«

»Damit kommt der niemals durch.«

»Da wäre ich mir nicht so sicher. In dubio pro reo – im Zweifel für den Verbrecher. Wir müssen hoffen, dass Liam es übersteht und mit uns spricht. Dann sehen wir weiter.« Dombrowskis Handy klingelt. Er zieht es aus seiner Tasche und nimmt das Gespräch entgegen. »Mario!«

»Jo, Dumbo. Wie schaut es aus?«

»Das Opfer ist gerade mit lebensgefährlichen Verletzungen auf dem Weg ins Krankenhaus. Wir müssen warten, bis er ansprechbar ist, falls er es überhaupt schafft.«

»Okay. Wir kommen mit drei Leuten zu euch. Wir sind ein bisschen knapp. Ein Kollege muss sich spontan um seine Kinder kümmern, und eine Kollegin ist krank. Magen-Darm. Ihr müsst uns bitte unterstützen, wenn es irgendwie geht.«

»Machen wir.«

»Dann machen wir den Tatort, und ihr kümmert euch um mögliche Zeugen.«

»Ja. In Ordnung. Wir warten, bis ihr hier seid. Dann legen wir los. Wir sind in der Sackgasse Am Ehrenmal. Von dort sind es nur ein paar Schritte zum Tatort. Ein kleiner Stichweg führt zum Denkmal hinab. Dort stehen wir.«

»Gibt es einen Tatverdacht?«

»Vermutlich Enis Karew. Das ist –«

»Ach, den kenne ich noch. Gegen den hatten wir vor drei Jahren ein Verfahren. Lass mich kurz überlegen. Da wollte ein Abnehmer nicht zahlen. Karew hatte hohe Schulden eingefordert. Angeblich sollte Stoff verschwunden sein, und schuld daran war nach Karews Meinung der Abnehmer. Der dann dran glauben musste.«

»Und warum läuft Karew noch frei herum?«

»Man konnte ihm die Tat nicht nachweisen. Nur sein Rauschgiftgeschäft, das wir beobachten konnten, blieb über. Das hatten wir doch damals an euch abgegeben.«

»Schau mal an, das Verfahren kam von euch. Das wusste ich gar nicht mehr. Wir hatten alles versucht, aber im Prozess lief er dann mit seinem Konfliktverteidiger auf, der für jeden Vorwurf eine entlastende und nicht widerlegbare Erklärung fand, die Zeugen verunsicherte und unglaubwürdig machte und im Gegenzug eigene Entlastungszeugen beibrachte. Das hat das Amtsgericht offenbar derart beeindruckt, dass sie noch einmal eine Bewährungsstrafe aussprachen. Obwohl Enis Karew einschlägig vorbestraft ist. Lass uns den Cold Case morgen gemeinsam anschauen. Vielleicht finden wir neue Ansätze.«

»Da waren noch mehr Leute beteiligt. Die Namen fallen mir bestimmt noch ein. Ich bin dann jetzt auf dem Weg zu euch. Kann aber noch einen Moment dauern. Ich muss ja ganz aus Bendestorf anreisen.«

»Ist gut. Wir warten auf deine Kollegen, und dann beginnen wir schon einmal, die Anwohner zu befragen. Bis später, Mario.« Dombrowski beendet das Gespräch. Er geht zu Doggy, bespricht mit ihm die weiteren Aufgaben und beobachtet dabei Manni, die sich kraftlos auf eine Bank am Wegesrand fallen lässt.

66

In seinem luxuriösen Penthouse an der Elbchaussee mit Blick auf die Containerterminals sitzt Thilo Müller in einem gemütlichen knallroten Ohrensessel. Es ist der Lieblingsplatz seiner Mutter gewesen, bis zu ihrem Tod. Hier schlief sie friedlich ein, und hier fühlt er sich dem einzigen Menschen, den er je geliebt hat, so nah, als würde sie noch immer bei ihm sein. Sie konnte bis zu ihrem letzten Atemzug nicht begreifen, dass ihr Sohn es von den Straßen St. Paulis bis in die edlen Elbvororte und zu einem ehrenhaften Beruf geschafft hat, der ihnen dieses Leben ermöglichte. Sie war immer fest davon ausgegangen, dass ein Kind aus einer Arbeiterfamilie, das in einer Sozialwohnung aufgewachsen ist, eine solche Chance niemals erhalten würde.

Doch das Umfeld und die Freunde von Thilo Müller bildeten die Basis für seinen finanziellen Erfolg. Ihm wurde in gewissen Kreisen von Beginn an vertraut, und er gewann zunehmend Mandanten, die seinen Service zu schätzen wussten. Er ist kein normaler Jurist, der sich steif an Gesetzestexte hält. Kreativität ist seine große Stärke. Von ihm lernen sie, wie Aussagen herbeigeführt und Regeln umgangen oder bestmöglich gedehnt werden können und was die größten Gefahren im Spiel mit dem Feuer sind. Welche Möglichkeiten die Bullen haben, um ihnen auf die Schliche zu kommen, und wie sie ihrer Aufmerksamkeit entgehen können. Bei ihm kommen sie zusammen, unter dem Schutzmantel des heiligen Mandatsverhältnisses. Hier dürfen sie nicht belauscht werden, sondern können offen besprechen, was passiert. Er vermittelt zwischen verhärteten Fronten, die häufig nur auf Missverständnissen beruhen, jedoch im Anschein des Gesichtsverlusts und gekränkter Eitelkeiten zu einem gefährlichen Spiel werden können.

Natürlich haben seine Dienste ihren Preis, doch jeder Euro dieser Investition zahlt sich am Ende für alle Beteiligten aus. Seine Mandanten, aber auch deren Widersacher ersuchen ihn um wertvollen Rat. Auch andere Anwälte suchen inzwischen seine Nähe. Schauen zu ihm, den sie in ihren elitären Kreis nie hatten aufnehmen wollen, auf. Der Hochmut derjenigen, die ihn im Studium als Gossenkind und Asozialen beschimpften und ausgrenzten, war früher seine Motivation, und nun bewundern sie sein Werk.

Thilo Müller schenkt dem weitläufigen Hafenbecken vor seinen bodentiefen Fenstern keine Beachtung. Er schaut auf das Notebook auf seinem Schoß und studiert elektronische Akten, die er von der Staatsanwaltschaft übersandt bekommen hat. Konzentriert liest er die Aussage eines Zeugen, der vor einem halben Jahr umfassend gegen einen seiner Mandanten ausgesagt hatte und morgen vor Gericht die Angaben wiederholen wird. Er sucht geduldig nach Lücken und Angriffspunkten in der Aussage, um ihn vor dem Gericht unglaubwürdig zu machen. Ein unerwartetes Klingeln an der Tür lässt ihn zusammenschrecken.

Thilo klappt den Laptop zu und erhebt sich aus seinem Sessel. Er geht zur Haustür, wo er sich zunächst mittels Videoüberwachung ein Bild von seinem Besucher macht.

Er erkennt ihn sofort. Das Manische in den Augen des Mannes verrät Thilo, dass sein langjähriger Mandant mal wieder impulsiv und unbedacht gehandelt haben muss. Er betätigt den Summer und sieht, wie der Mann die Tür aufdrückt.

Als die Klingel erneut ertönt, öffnet Thilo die Tür. Enis Karew tritt über die Schwelle, ohne auf ein Wort des Einlasses zu warten. Er geht direkt in Thilos Arbeitszimmer und setzt sich auf einen Lederstuhl vor dessen mächtigem Schreibtisch aus Mahagoniholz, hinter dem kurz darauf Thilo Platz nimmt.

»Was führt dich dieses Mal zu mir?« Sein Blick fällt auf die mit Blut besprenkelten, kräftigen Finger seines Mandanten, doch er lässt sich sein innerliches Schaudern nicht anmerken.

»Scheiße, Mann. Heute ist ein Scheißtag.«

»Lebt er noch?«

»Weiß ich nicht. Er hat mich so derbe provoziert mit seinem

Grinsen. Führt die Onkels zu meinem Labor und wagt es, mich anzugrinsen. Was erlaubt der sich? Glaubt der, ich bin jemand, mit dem man Faxen machen kann?«

»Was für ein Labor?«

»Ein Speed-Labor. Wir haben gerade eine neue Ladung produziert. Felix und Tarek waren in der Wohnung, als die Bullen kamen. Liam hatte dort kurz vorher Speed abgeholt. Seine Abnehmer wurden auch festgenommen. Ich bin nicht dumm. Er ist schuld, dass mein Bruder im Knast sitzt, weißt du. Aber das habe ich schon geklärt. Du musst Felix vertreten, im Sinne meines Bruders. Felix weiß, wie es läuft. Für ihn und seine Familie wird gesorgt.«

»Und was ist mit Liam?«

»Keine Ahnung. Er ist gleich zusammengesackt. Scheiß auf ihn. Er ist mir egal. Er ist ersetzbar. Du sollst dich um meinen Bruder kümmern.«

»Wie oft hast du zugestochen?«

»Weiß nicht. Ein paarmal. Er ist ein Bastard. Soll er verrecken.«

»Ich kümmere mich um deinen Bruder und seinen Freund. Lass dir neue Klamotten herbringen, aber nicht von deinem Fahrer. Deine Freundin soll mit dem Taxi kommen.« Thilo erhebt sich aus seinem Stuhl, verlässt das Zimmer und kommt kurze Zeit später mit einem blauen Müllsack zurück. »Geh duschen. Pack alle Klamotten und die Schuhe in den Müllsack. Deine Freundin soll ihn in den Müllcontainer von irgendeinem Hochhaus schmeißen, das keine Rückschlüsse auf euch zulässt.«

»Bist du verrückt? Das sind alles Designerklamotten. Allein die Schuhe haben fast tausend Euro gekostet.«

»Knast ist teurer, Enis. Und das Auto muss auch weg. Dein Fahrer soll es gegen irgendeinen Baum fahren und anschließend abfackeln. Am besten am anderen Ende der Stadt oder noch weiter weg.«

Schweigend bleibt Enis vor Thilo sitzen. Am Flackern seiner dunklen Augen kann Thilo sehen, dass ihm der Ernst der Lage langsam bewusst wird.

67

Dombrowski sieht zu Manni, die auf dem Beifahrersitz eines zivilen Streifenwagens Platz genommen hat, und wechselt einen besorgten Blick mit Doggy. Die Tür ist geöffnet. Sie lässt ihre Füße aus dem Auto hängen und betrachtet mit unbewegter Miene die Blutflecke auf ihren hellen Turnschuhen. Die Unterarme hat sie auf den Oberschenkeln abgestützt. Ihre Hände sind vom getrockneten Blut gezeichnet. Der Ausdruck ihrer Augen ist nachdenklich und doch leer.

»Soll ich dich zum Polizeikommissariat fahren?«, fragt Doggy, der neben ihr steht, sanft. »Willst du Feierabend machen? Dich vielleicht ein paar Tage erholen?«

Kaum merklich schüttelt Manni den Kopf. »Ich werde diese Bilder nie vergessen können.« Traurig blickt sie zu Doggy auf. »Wir lernen so viel in der Ausbildung. Wieso werden wir auf solche Situationen nicht vorbereitet? Dieser verzweifelte Ausdruck in seinen Augen, als er am eigenen Blut zu ersticken drohte. Das Geräusch seiner flachen Atmung und dieser bleierne Geruch des Blutes.« Sie verstummt und starrt wieder auf ihre Schuhe, während Doggy geduldig neben ihr wartet. Er würde noch Stunden hier stehen bleiben. Nichts zählt für ihn im Moment mehr als das Wohlbefinden seiner Mitarbeiterin, für die er verantwortlich ist.

»Wie geht es ihr?«, hakt Dombrowski, der seinen Beobachtungsposten am Ende der Sackgasse verlassen hat, bei Doggy nach, in der Annahme, dass Manni gerade kein unnötiges Wort wechseln mag.

»Es geht ihr gut«, antwortet Manni, bevor Doggy etwas sagen kann. Sie steht auf, wie aus einer Trance erweckt, und geht ein paar Schritte. Dabei atmet sie laut hörbar ein und wieder aus. »Ich komme klar, Jungs. Macht euch keinen Kummer. Diese Geschichte werde ich allerdings erst mal verarbeiten müssen. Ich werde gleich den Bericht dazu schreiben. Das wird mir bei der Aufarbeitung helfen.«

»Bist du dir sicher?« Doggy schaut Manni eindringlich in die Augen, die zunehmend klarer werden.

»Ganz sicher. Ich fahre gleich mit Emre rein. Mach dir keinen Kopf, Doggy.«

»Aber du nimmst dir die Zeit, die du brauchst. Okay?«

»Alles gut, Doggy. Danke.«

Doggy nickt und geht mit Dombrowski ein Stück in Richtung der Bramfelder Chaussee, von wo ihm Emre entgegenkommt, der auf der Suche nach etwaigen Zeugen die Anwohner befragt hat.

Neben Emre fährt ein Kombi im Schritttempo die Sackgasse entlang und hält unmittelbar vor Dombrowski und Doggy an. Der Fahrerseite entsteigt ein dem Pensionsalter naher, aber jung gebliebener Mann und schaut ihnen spitzbübisch entgegen. »Na, ihr beiden. Sind meine Kollegen bereits eingetroffen?« Sein fein kariertes rot-beiges Hemd hat Mario Beyer in seine ebenfalls beige Jeans gesteckt. Die leicht krausen blonden Haare verdecken nur ansatzweise seine hohen Geheimratsecken.

»Die sind schon am Tatort. Viel zu holen gibt es dort aber vermutlich nicht.«

»Abwarten, Dumbo. Jeder Tatort hat Spuren. Man muss sie nur finden.«

»Ihr seid die Spezialisten.« Dombrowski zuckt mit den Schultern.

»Wo ist denn das Opfer?«

»Der ist im Barmbeker Krankenhaus. Ich würde gleich dorthin aufbrechen. Falls er noch einmal aufwachen sollte, will ich dort sein.«

»Ja, gute Idee. Es könnte bei mehrfachen Stichverletzungen

allerdings dauern, bis die behandelnden Ärzte dich zu ihm lassen.«

Wieder zuckt Dombrowski mit den Schultern. »Ich habe heute nichts mehr vor.«

Als sein Handy zu klingeln beginnt, wendet er sich von den Kollegen ab und nimmt das Gespräch entgegen. Es ist Harry.

»Dumbo, der Empfang hat sich bei uns gemeldet. Was ist mit Kevin Schröter? Der wird langsam ungeduldig.«

»Ach du Scheiße. Den habe ich vollkommen vergessen. Der kann bitte vorläufig festgenommen werden. Den werden wir ebenso wie seine Freundin und Timon dem Haftrichter vorführen.«

»Vergiss nicht, dass wir uns auch noch um die Festnahmen aus dem Labor kümmern müssen. Verlier nicht den Überblick, Dumbo.«

»Keine Sorge, Harry. Ich habe alles im Griff.«

»Hast du das?«

»Na klar. Ich komme nachher wieder rein. Ali und Scotty können sich um Kevin kümmern und danach weiter ihre Berichte schreiben. Ich baue dann später die Akten zusammen und schreibe den Bericht über alle heute erlangten Erkenntnisse. Jetzt muss ich aber erst einmal ins Krankenhaus zu Liam. Ich hoffe, dass er überlebt und gegen Karew aussagt.«

»Hast du vielleicht die beiden aus Wismar vergessen?«

»Nee, die wurden aber in Schleswig-Holstein festgenommen.«

»Das ist mir wohl bewusst. Der Polizeiführer vom Dienst hat sich bereits bei mir gemeldet. Er findet es gar nicht lustig, dass wir bei ihnen Festnahmen getätigt haben, ohne den Einsatz anzumelden. Das hätte wirklich gefährlich werden können für unsere Leute, Dumbo.«

Zustimmend brummelt Dombrowski ein paar unverständliche Worte.

»Der Lübecker Dauerdienst nimmt uns die beiden ab und überstellt sie einem Haftrichter. Da haben wir Schwein gehabt, mein Lieber. Die wollten schon auf stur stellen und uns die beiden nach Hamburg liefern, weil hier die Übergabe stattfand. Ich konnte den Polizeiführer zum Glück mit viel Geschick davon überzeugen, dass wir ihre Unterstützung benötigen.«

»Danke, Harry.«

»Ist schon gut. Was ist mit Claas Pagel?«

»Claas Pagel? Der sitzt doch bereits in Schleswig-Holstein.«

»Moment mal«, wirft Mario Beyer hinter Dombrowski ein. »Claas Pagel kenne ich.«

Dombrowski sieht ihn aufmerksam an und wartet gespannt auf die nun folgende Erklärung.

»Ich habe dir doch vorhin von unserem Cold Case berichtet, bei dem wir das Rauschgiftgeschäft von Karew beobachten konnten, aus dem er sich in der Verhandlung mit Hilfe seiner Anwälte herauswand. Claas Pagel war damals der Lieferant des Opfers. Wir hatten den Jungen mit multiplen Stichverletzungen am Öjendorfer See aufgefunden. Er war geradezu aufgeschlitzt worden. Die Auswertung des Handys ergab, dass er selber mit Drogen Handel getrieben hatte. Paul Gabler hieß das Opfer. Er lag unmittelbar neben einem Fußgängerweg, ganz so, als wollte er vor seinem Mörder flüchten. Die Untersuchung zeigte, dass er es wohl tatsächlich versucht hatte, nach mehreren Stichen in den Rücken drehte er sich jedoch um oder wurde eingeholt und von einem letzten Stich in den Hals tödlich verletzt. Wir haben damals zunächst Ermittlungen gegen Pagel aufgenommen, konnten ihn aber als Täter ausschließen. Er ist unscheinbar, wirkt wie ein Geschäftsmann.«

»Ihr schließt Personen aufgrund ihres Erscheinungsbildes als Täter aus?«

»Quatsch. Natürlich nicht. Pagel ist Rechtshänder, wie wir im Rahmen der Observation festgestellt haben. Der Täter hat die Tat jedoch mit der linken Hand und großer Kraft ausgeübt. Pagel wäre dazu nicht in der Lage gewesen. Und das Spurenmuster sprach für eine Tat im Affekt. Warum sollte Pagel mit seiner schwachen Hand derart oft zustechen?«

»Verrückte Dinge schreibt nur das Leben«, erwidert Dombrowski.

»Er hatte auch ein Alibi. Er war zur Tatzeit im Stress-Man-Club und konnte diverse Zeugen benennen. Das war auch das Einzige, was er uns mitteilte. Zu den Hintergründen, zu Paul Gabler, der eigentlich sein Freund gewesen sein soll, und zu dessen Rauschgifthandel machte er keine Angaben. Er schien Angst zu haben. Wir haben damals alles versucht, doch wir konnten keinen weiteren Ermittlungsansatz erarbeiten. Keinen Tatverdacht formulieren. Pagel ist anschließend erst einmal für ein halbes Jahr nach Brasilien gereist, hat hier alle Zelte abgebrochen, uns keine passenden Kontaktpersonen geliefert. Enis Karew ist Linkshänder und für sein aufbrausendes Naturell bekannt. Ihn haben wir daher als Nächstes unter die Lupe genommen. Der war aber wie ein Phantom. Wir konnten ihn zwei Tage kurzfristig observieren. Er hat viel Geld ausgegeben beim Einkaufen von Klamotten, Personen getroffen, es uns wahrlich schwer gemacht, für ihn unentdeckt zu bleiben, und am Ende hat es nicht gereicht. Einen Richter zu überzeugen, dass wir einen längerfristigen Observationsbeschluss für ihn benötigen, war einfach nicht möglich. Die Spur wurde nicht weiterverfolgt, obwohl unser Bauchgefühl eindeutig war. Das Einzige, was wir hatten, waren drei Kilogramm Gras, die wir am zweiten Tag der Observation bei einem Abnehmer nach einer Übergabe sicherstellen konnten. Doch in unserem Mordverfahren gab es keine Ansatzpunkte, um die Spur am Leben zu halten.«

»Vielleicht ist jetzt die Zeit gekommen, in der wir sie wieder aufnehmen können«, erwidert Dombrowski, und seine Augen scheinen für einen kurzen Moment zu strahlen.

68

Scotty legt ein Paket mit gelblich weißem, zähflüssigem Inhalt auf die vor ihr auf dem Bürotisch stehende Waage. Sie notiert das Gewicht auf einem Blatt Papier und legt das nächste Paket auf die Waagschale. Neben ihr sitzt Ali Bernbuch und hat bereits damit begonnen, den Durchsuchungsbericht zu schreiben, als Harry Goldutt in den Raum tritt.

»Scotty, Ali, habt ihr eine Sekunde?«

»Ja, was ist denn? Wir machen die Berichtslage fertig.«

»Wir haben ein versuchtes Tötungsdelikt an Liam Wisowski. Dumbo ist auf dem Weg ins Krankenhaus, um ihn zu vernehmen. Unten sitzt noch Kevin Schröter. Er müsste festgenommen und in die Zelle gebracht werden. Wärt ihr so nett?«

»Dafür immer. Klar. Jetzt?«

»Wäre gut. Er wird wohl langsam zum Störfaktor im Lobbybereich.«

»Okay. Ali, wir machen dann gleich weiter.«

»Logisch. Auf geht's«, erwidert Ali, der geradezu enthusiastisch aufspringt und Scotty folgt, die bereits das Büro verlässt.

Am Fahrstuhl wartend, schaut Scotty ihren langjährigen Kollegen fragend an. »Wie wollen wir vorgehen?«

»Freiheraus, würde ich sagen. Am besten, wir verraten ihm gleich, dass wir auch seine Freundin festnehmen mussten.«

»Ja. Da wird er den Ehrenmann geben und alles auf sich nehmen.«

»Vermutlich.«

Im Erdgeschoss angekommen, gehen die beiden schnellen Schrittes in den Wartebereich, wo Kevin Schröter am Fenster steht und in den Innenhof des kreisrunden Mittelbaus blickt.

»Herr Schröter?«

Kevin dreht sich um und schaut die beiden irritiert an. »Wo ist Herr Dombrowski?«

»Der ist verhindert.«

»Wie jetzt?«

»Und wir müssen Ihnen mitteilen, dass Sie vorläufig festgenommen sind.«

Auf einen Schlag weicht sämtliche Farbe aus Kevins milchigem Gesicht. Die schwer tragenden Beine scheinen unter ihm nachzugeben, und er tastet nach der Bank, um darauf niederzusinken. Schweiß bildet sich auf seiner Stirn, die Atmung wird zunehmend flacher, und er blickt wild hin und her. Er öffnet den Mund, ohne einen Ton von sich zu geben, bis er sich langsam besinnt und räuspert.

»Was wird mir denn vorgeworfen?«, fragt er Scotty.

»Handel mit Speed im Kilogrammbereich. Ihre Freundin haben wir ebenfalls festgenommen.«

»Meine Freundin?«

»Richtig.«

»Wieso? Sie ist schwanger und hat nichts mit Drogen zu tun. Ich auch nicht mehr.«

»Dann erklären Sie uns die Sporttasche mit Speed, die aus Ihrer Wohnung kam. Besser gesagt aus der Wohnung Ihrer Freundin. Allerdings muss man hierbei berücksichtigen, dass wir wissen, dass Sie sich ebenfalls in ihrer Wohnung aufhalten.«

»Natürlich. Ich wohne bei ihr, aber Drogen? Ich verstehe das nicht.« Ungläubig und entsetzt schaut Kevin zu Scotty auf. »Das muss uns jemand untergeschoben haben. Die wollen mich ans Messer liefern.«

»Wer sollte so etwas denn machen und warum?«

»Diejenigen, gegen die ich ausgesagt habe? Die würden alles tun, um zu verhindern, dass ich auspacke.«

»Wir haben den Stoff bereits sicherstellen können, bevor Sie hier aufgetaucht sind.«

»Vielleicht haben die geahnt, dass ich rede, nachdem sie Claas in den Hals gestochen haben?« Kevin steht die Verzweiflung ins Gesicht geschrieben.

»Nun gut. Folgen Sie uns bitte? Wir haben noch andere Dinge zu tun«, fegt Ali barsch von der Seite dazwischen.

»Sonst was?«, entgegnet Kevin forsch, fast schon provozierend.

»Entweder begleiten Sie uns jetzt friedlich zum Zellentrakt, oder wir sorgen dafür, dass Sie dorthin kommen. Das wird dann aber unsanft.« Ali spricht mit leicht zittriger Stimme, die als Nervosität oder Schwäche wahrgenommen werden könnte. Doch wer das Feuer in seinen Augen sieht, der spürt, dass Ali zu allem bereit ist. »Schauen Sie einmal dort in den Glaskasten. Das sind Oleg und Dmitri. Die kann ich gerne zur Unterstützung herrufen.«

Kevin blickt, wie ihm geheißen, zum Bereich der Personenschleuse hinüber, wo hinter einer Glasscheibe die genannten Polizisten sitzen und ihn argwöhnisch beobachten. Er steht stöhnend auf. »Ist ja schon gut. Meine Freundin könnt ihr allerdings gleich rauswerfen. Die hat mit der Sache überhaupt nichts zu tun. Ich habe das selber nur ganz kurz aufbewahrt, weil ein Freund Hilfe brauchte. Ich hatte keine Ahnung, was in den Taschen drin war, als er sie bei mir abgestellt hat.«

»Komm, lass die Geschichten«, wütet Ali.

»Ehrlich, genauso war es«, beteuert Kevin mit unschuldiger Miene.

»Und wer war der Typ, der die Tasche brachte?«, hakt Scotty nach.

Kevin schweigt einen Moment, kaut angestrengt auf seiner wulstigen Unterlippe herum und schüttelt schließlich den Kopf. »Ich habe Ihrem Kollegen bereits gesagt, dass diese Leute gefährlich sind. Die gehen über Leichen. Ich möchte die Namen nicht nennen. Es geht dabei nicht um mich, die Leute wissen, wer meine Freundin ist und wo sie wohnt.«

»'tschuldigung, ich muss gleich brechen.« Ali verdreht genervt die Augen. »Halt lieber die Klappe und behalt dein Geseier für dich. Die Märchen kannst du dem Haftrichter auftischen. Glaub ja nicht, dass wir dir den Mist abnehmen. Und deine Freundin kommt ebenso vor den Haftrichter. Schwanger oder nicht.«

»Ich will meinen Anwalt sprechen.«

»Das können Sie gerne gleich machen«, sagt Scotty und weist ihm den Weg.

Vor der hölzernen Eingangstür zum Erkennungsdienst bleiben sie stehen. Scotty klingelt. Die Tür wird von einer älteren Frau mit schwarzer Hornbrille geöffnet.

»Moin. Bringt ihr uns einen neuen Gast? Auf den einen kommt es jetzt auch nicht mehr an. Wurde er schon durchsucht?«, fragt sie mit rauchiger Stimme.

»Noch nicht. Könntet ihr uns das abnehmen? Das ist Kevin Schröter. Er ist kooperativ und will keinen Ärger machen.«

»Und seinen Anwalt würde er gerne anrufen.«

»Ausnahmsweise machen wir das dann mal. Aber nur, weil ihr so lieb fragt. Nicht weitersagen. Harry hatte uns schon Bescheid gegeben, dass ihr im absoluten Stress seid.«

Kevin Schröter betritt die Räumlichkeiten des Erkennungsdienstes, wo vor einem Raum bereits zwei Männer auf ihn warten.

»Adieu. – Dann kommen Sie mal mit, Herr Schröter. Die Kollegen würden Sie erst einmal durchsuchen, und danach geht es in Zelle Numero fünf. Ihr Anwalt muss sich noch einen Moment gedulden, aber wir werden Ihnen den Anruf zeitnah ermöglichen.«

Scotty und Ali gehen zurück zum Fahrstuhl.

»Woher kennst du eigentlich die Namen vom Sicherheitspersonal in der Eingangsschleuse?«, fragt sie ihn, während sie darauf warten, dass sich die Türen des Aufzugs für sie öffnen.

»Kenn ich nicht. Aber die Namen passten doch zu denen, oder? Wichtig war ja nur, dass Kevin mir glaubt«, erklärt Ali feixend und betritt mit zufriedener Miene die Kabine.

69

In den Hamburger Elbvororten steht Thilo Müller an seinem Panoramafenster und schaut auf die Elbe hinab. Er hört das Rauschen der Dusche, unter der Enis steht und einen unverständlichen Sprechgesang von sich gibt. Vor der Badezimmertür steht der dunkle Müllbeutel, in dem sich die blutbeschmierten Designerklamotten befinden und auf ihre Abholung warten.

Enis hatte anstelle seiner Freundin seine jüngere Schwester angerufen, bevor er sich ins Badezimmer begab. Langsam könnte sie mal kommen, denkt Thilo genervt. Er mag es nicht, wenn Mandanten und Beweismaterial gleichzeitig in seiner Wohnung sind, auch wenn er weiß, dass die Polizei niemals bei ihm durchsuchen würde. Als Anwalt ist er quasi über jeden Verdacht erhaben. Er darf sich mit Bargeld bezahlen lassen, obwohl er genau weiß, dass es schmutzige Drogengelder, Erlöse aus der Prostitution oder Schutzgelder sind, die er annimmt. Sein Telefon darf nicht abgehört werden, zum Schutz des besonderen Mandatsverhältnisses, was er den potenziell abhörenden Beamten gegenüber auch gern kundtut, wenn ein Gespräch beginnt. Er darf nicht als Zeuge für all die Schandtaten gehört werden, die ihm seine Mandanten gebeichtet haben, und auch seine Wohnung wird niemals über einen längeren Zeitraum observiert oder gar abgehört werden. Dieses Wissen gibt ihm ein verlässliches Gefühl der Sicherheit.

Es klingelt. Endlich, denkt Thilo und geht zur Tür, während die Dusche weiter leise rauscht und Enis singt.

Vor der Kamera der Videoüberwachung steht eine südländische, etwas dickliche Frau, die mit gelangweilter Miene Kaugummi kaut. Thilo betätigt den Summer. Er kennt Laila bereits von der letzten Gerichtsverhandlung, in der er ihren Bruder Tarek vertreten hatte. Damals saß sie mit identischem Gesichtsausdruck am Ende des Saals auf einer Zuhörerbank hinter einer Glasscheibe und beobachtete den Prozess. Nur als Thilo die Zeugin, die von Tarek misshandelt worden war, mit stechenden Fragen derart durcheinanderbrachte, dass er ihre Aussagen am Ende als unglaubwürdig darstellen konnte, legte sich ein kurzes Lächeln auf ihre Mundwinkel. Natürlich folgte kurz darauf der Freispruch für Tarek, weil vonseiten der Staatsanwaltschaft nicht nachgewiesen werden konnte, dass der Geschlechtsverkehr, den er eingeräumt hatte, nicht einvernehmlich war.

Schleppenden Schrittes steigt sie die Treppe zu Thilos Apartment hinauf. Sie zieht die Sohlen über jede Stufe. Thilo spürt ihre ablehnende Haltung für derartige Botendienste für ihren Bruder, noch bevor sie in Sicht kommt. Auch wenn Enis ihr dafür ein ordentliches Taschengeld geben wird. Sie demonstriert übellaunige Lustlosigkeit, als sie wortlos an Thilo vorbeischlendert. Im Flur stellt sie die dunkle Sporttasche ab, die sie geschultert hatte, und nimmt den Müllbeutel an sich.

»Du weißt, was zu tun ist?«

»Ich werf die Klamotten in eine Mülltonne«, erwidert Laila schmatzend und pustet eine Blase aus ihrem Kaugummi, die knallend zerplatzt. »Ich weiß, was zu tun ist, und werde es erledigen. Macht tausend Euro.«

»Ich habe damit nichts zu tun.«

»Du glaubst doch wohl nicht, dass mein Bruder von allein auf solche Ideen kommt? Der würde eher ein Video von sich drehen, in dem er mit der Sache prahlt, und ins Netz stellen. Also, tausend Euro, oder ich lasse den Sack hier stehen. Stell meinem Bruder einfach zweitausend in Rechnung. Ist fifty-fifty.«

»Gut gerechnet«, lobt Thilo, zieht eine goldene Geldklammer aus seiner Anzughose und zählt fünf gelbe Zweihunderter ab, die er Laila in die Hand drückt. Bevor er die Scheine loslässt, zieht er die Hand noch einmal zurück, um Lailas Aufmerksamkeit zu erhalten. »Du schmeißt den Sack in eine Mülltonne am anderen Ende der Stadt. Verstanden? Keine Rückschlüsse auf deinen Bruder.«

»Ja, ich mach das schon. Ist ja nicht das erste Mal. Tschüss.« Laila nimmt das Geld und verlässt die Wohnung, ohne die Tür hinter sich zu schließen.

Kurz darauf wird die Dusche abgestellt. Thilo öffnet die Badezimmertür und schiebt die Sporttasche mit dem Fuß ins Badezimmer. Er geht zurück zu seinem roten Sessel, in den er sich fallen lässt, um für eine Weile den Ausblick zu genießen, als sein Handy zu klingeln beginnt. Der Anrufer hat seine Nummer unterdrückt. Kein gutes Zeichen.

»Müller.«

»Rechtsanwalt Thilo Müller?«

»Richtig.«

»Mein Name ist Dreher vom Erkennungsdienst der Polizei in Hamburg. Ich habe hier Herrn Kevin Schröter stehen, der gerne mit Ihnen sprechen möchte«, sagt eine raue weibliche Stimme.

»Dann geben Sie ihn mir mal. Es versteht sich, dass dies ein Mandantengespräch ist und somit kein Beamter im Raum verbleiben darf.«

Stille kehrt auf der Leitung ein, ehe Kevins Stimme ertönt.

»Hallo?«

»Sind wir allein, oder hört jemand zu?«

Enis kommt in einem weinroten Jogginganzug aus dem Badezimmer und spaziert gemächlich auf Thilo zu.

»Die Polizistin hat den Raum verlassen.«

»Okay. Was ist los?«

»Die Bullen haben mich soeben festgenommen. Ich wollte eigentlich eine Aussage machen, aber die sperren mich jetzt in eine Zelle. Ganz übel. Erst reden die mit mir, und dann marschieren sie zu meiner Freundin und nehmen die hops mit meinem Stoff. Jetzt sitzt sie in einer Zelle, heult sich bestimmt die Augen aus und soll vor den Haftrichter kommen. Aber es ist mein Stoff. Eigentlich der von Claas. Sie hat nur gebunkert für ihn. Ich habe nicht mehr gedealt in letzter Zeit, wollte das Zeug nur zu Geld machen, nachdem ich

Claas nicht mehr erreichen konnte, damit ich die Schulden bezahlen kann.«

»Was wolltest du denn bei den Bullen aussagen?« Thilo aktiviert den Lautsprecher und bedeutet Enis mit dem Zeigefinger auf den Lippen zu schweigen.

»Nichts Besonderes. Nur von Claas' Lieferanten, aber den kenne ich ja nicht weiter. Ich glaube, der hat Claas ermordet. Er hat ihm mit seinem Messer im Nacken rumgebohrt. Total krass. Claas hat geschrien vor Schmerz. Ich konnte das nicht aushalten und bin geflüchtet. Seinen letzten Schrei höre ich noch immer in meinem Kopf.«

»Aber warum machst du eine Aussage?«

»Ich hatte derbe Angst, habe keinen Ausweg mehr gesehen. Die haben mich gejagt wegen der Schulden, richtig gesucht und aufgespürt. Haben meine Freundin angegangen.«

»Hast du denen noch mehr erzählt?« Konzentriert schaut Thilo auf das Display seines Handys. Dennoch bleibt ihm nicht verborgen, dass die Adern an Enis' Stirn hervortreten und pulsieren. Seine Haut läuft sichtlich rot an.

»Nur die Nummern der beiden habe ich ihnen gegeben. Mehr habe ich ja eh nicht. Keine Ahnung, was die Bullen jetzt machen. Wahrscheinlich wollen die mich einfach einsperren, weil ich vorbestraft bin und so. Der Typ von Claas soll seine Leute überall haben. Wer weiß schon, ob die da nicht die Hand drin haben. Kein Plan, Alter.«

Thilo deaktiviert den Lautsprecher, steht auf und legt Enis, der unmittelbar davor zu stehen schien, seine aufkeimende Wut in den Hörer zu schreien, eine Hand auf die Schulter. »Ja, okay. Pass auf. Du sagst jetzt nichts mehr. Ich komme morgen zum Haftrichter und hol dich raus, verstanden? Keinen Ton mehr. Ein Kollege von mir wird sich um deine Freundin kümmern. Wenn alles gut geht, kommt ihr morgen beide raus.«

»Okay. Dann bis morgen. Ich will aber auf keinen Fall in den Knast.«

»Nur eine Nacht, Kevin. Eine Nacht musst du durchhalten. Bis morgen.« Thilo legt auf und steckt sein Handy in die Hosentasche. Er wartet, bis Enis seine Wut weggeatmet hat. »Hast du deine Nummer weggeworfen?«

»Das ganze Handy habe ich entsorgt.«

»Und das Messer?«

»Das hat eben mitgeduscht.«

»Schmeiß es weg. Das hättest du damals schon tun sollen.«

»Niemals. Das ist das Einzige, was ich von meinem Vater habe. Und es ist mein Markenzeichen. Die Leute fürchten meine Klinge. Das Messer ist sauber.«

»Das Messer kann dein Fallstrick werden. Es geht vielleicht um Mord. Das bedeutet lebenslänglich. Verstehst du das?«

»Wofür bezahle ich dich?«

Thilo verdreht die Augen. Er kennt diese Diskussion bereits und weiß, dass sie endlos laufen würde. Immer wieder ist dieses Messer Thema. »Apropos Geld. Ich bekomme noch tausend Euro von dir für die Klamottenlieferung deiner Schwester.«

Enis zieht ein Bündel Geldscheine aus seiner Hosentasche, greift blind hinein und reicht Thilo einen dicken Stapel. »Stimmt so. Du musst ja auch leben.«

Thilo legt das Geld wortlos in eine Schublade in seinem Schreibtisch und nimmt ein Smartphone von der ledernen Schreibauflage. »Hier. Ich habe deinem Fahrer bereits eine Nachricht geschrieben. Er holt dich gleich ab. Das Auto ist weg. Er kommt mit einem Mietwagen. Haltet die Füße still. Okay? Die Bullen werden nach euch suchen, und mindestens ein Karew sollte möglichst draußen bleiben.«

»Ab morgen werden wieder beide auf der Straße sein. Ist doch so?«

Thilo antwortet nicht. Er weiß, dass Enis keine leeren Versprechungen erwartet, ihn jedoch fürstlich entlohnen wird, wenn er seinen Bruder morgen in die Arme schließen kann.

Es klingelt an der Tür. Ohne ein Wort der Verabschiedung steckt Enis das Telefon ein und verlässt die Wohnung.

Thilo setzt sich in seinen roten Sessel und klappt seinen

Laptop auf. Er muss noch den Prozess vorbereiten, der zur Mittagszeit beginnt. Bei einem schlechten Verlauf wäre der morgige Mandant ihm gegenüber mindestens ebenso ungnädig, wie es Enis in diesem Moment gegenüber Kevin Schröter ist.

70

Unmittelbar am Rübenkamp, gegenüber dem legendären Schachcafé, in dem es Usus ist, sich ein Schachfeld am Tisch aufzubauen, während man auf das Essen wartet, liegt das Barmbeker Krankenhaus. Soeben biegt Doggy mit seinem Wagen in die Einfahrt zur Notaufnahme ein. Als Beifahrer sitzt Tim Dombrowski neben ihm. Hier muss er immer an eine Festnahme denken, die er vor gut einem halben Jahr an dieser Stelle getätigt hatte. Es gibt so viele Orte in Hamburg, die mit Erinnerungen an Einsätze und Festnahmen verknüpft sind. Ihm fällt es manchmal schwer, sich davon zu lösen und in seiner Freizeit einfach nur die Gegenwart zu genießen.

Doggy fährt an den Parkdecks vorbei und folgt dem Weg zur Notaufnahme, der unter normalen Umständen den Krankenwagen vorbehalten ist. Am Kopf der Sackgasse steigt Dombrowski aus und verabschiedet sich von seinem Kollegen, der in seine Dienststelle zurückkehren möchte, um sich um Manni zu kümmern, die bei ihrer Abfahrt mit Emre noch sichtlich unter Schock stand. Er bedankt sich und geht unter dem lang gezogenen Vordach auf den Eingang des Krankenhauses zu.

Eine mittelalte Dame sitzt am Empfang und lächelt Dombrowski freundlich entgegen. Erwartungsfroh beugt sie sich vor, wodurch sie ihre üppige Oberweite auf dem Tresen ablegt. »Wat kann ich Ihnen denn Gutes tun? Suchen Sie etwas Bestimmtes?«

»Ja, das kann man so sagen.« Dombrowski zieht seinen

Dienstausweis aus der Tasche und zeigt ihn der Dame, die das Kärtchen neugierig betrachtet.

»Was treibt uns denn die Polizei ins Haus?«

»Sie dürften soeben eine mehrfach verletzte Person eingeliefert bekommen haben.«

»Dat ist richtig.«

»Kann man bereits mit ihm sprechen?«

»Da müssen Sie die Ärzte fragen. Dat kann ich Ihnen nun wirklich nicht sagen.« Schweigend betrachtet sie Dombrowski, der wiederum sie anschaut. Nach einer gefühlten Ewigkeit zieht er seine Augenbrauen hoch und bedeutet der Empfangsdame, dass er gerne mehr wissen würde. Doch die schaut ihm nur fragend entgegen.

»Wo finde ich denn einen auskunftsfähigen Arzt?«, fasst Dombrowski nach und sieht der Dame an, dass sie nun verstanden hat.

»Ich weiß nich, ob ich Ihnen dazu Auskunft geben darf«, erwidert sie und verschränkt ihre Arme vor der Brust. »Datenschutz, wissen Sie?«

»Was hat denn bitte die Auskunft über den Namen eines hier offiziell beschäftigten Arztes mit dem Datenschutz zu tun? Es geht um versuchten Mord.«

»Vorschrift ist Vorschrift. Ich muss Sie bitten, vorerst im Wartebereich Platz zu nehmen.«

»Das ist jetzt nicht Ihr Ernst.«

»Bitte setzen Sie sich hier vorne auf einen der schwarzen Stühle. Ich kümmere mich gleich um Ihr Anliegen.«

Widerwillig, jedoch wissend, dass er hier mit Nachdruck kaum weiterkommen wird, solange die Mitarbeiterin sich als den verlängerten Arm der ärztlichen Schweigepflicht begreift, setzt sich Dombrowski auf einen schwarzen Stuhl, dessen blankes Metallgestänge leicht unter seinem Gewicht nachfedert. Die Empfangsdame hat inzwischen den Telefonhörer in der Hand und hört gebannt zu, was der Gesprächspartner ihr erzählt, nachdem sie von seiner Anwesenheit berichtet hat. Sie legt auf und schaut zu Dombrowski. »Es kommt gleich ein Arzt. Bitte haben Sie einen Moment Geduld.«

Zufrieden lehnt sich Dombrowski zurück, greift zum Handy und schaut, ob er Nachrichten von den Kollegen erhalten hat. Ginny hat ihm geschrieben, dass es noch ein wenig dauern wird. Die IMSI-Catcher hatte Dombrowski in der Hektik völlig vergessen. Er schreibt zurück, dass sie heute kein Handy mehr lokalisieren müssen, und sucht in seinen Kontakten nach Scotty. Sie meldet sich nach wenigen Klingelzeichen mit konzentriert und erschöpft klingender Stimme.

»Hey, Scotty. Ich bin jetzt bei Liam im Krankenhaus in Barmbek. Wie schaut es bei euch aus?«

»Kevin haben wir festgenommen. Aktuell arbeiten wir an den Berichten für die Zuführung von Timon, Kevin und Sandy. Wird eine lange Nacht für uns alle. Bert und Ernie sind noch immer im Labor. Dort sind anscheinend noch ein paar Dinge zu klären wegen der ganzen Chemikalien, aber das Speed haben Lasse und Heini gerade reingeschleppt, und Lasse hat auch bereits mit dem Schreiben angefangen. Tarek Karew und Felix Scholz müssen ja ebenfalls bis morgen dem Haftrichter überstellt werden. Heini wiegt den mitgebrachten Stoff.«

»Wie ich höre, habt ihr alles im Griff. Was ist mit Enis Karew?«

»Keine Ahnung, warte mal.« Lauthals brüllt Scotty Ottos Namen über den Flur. »Ich hol mal Otto her. Der hat da alles im Blick. Warte, Dumbo. Er kommt.« Der Hörer wird übergeben, und ein lautes Schnaufen und Pusten ertönt.

»Na, biste neugierig?«, fragt Otto.

»Ich muss hier bei Liam im Krankenhaus warten, bis sich ein auskunftsfreudiger Arzt findet. Wie schaut es aus? Gibt es einen Anhaltspunkt für Karews Aufenthaltsort?«

»Leider nein. Das Handy ist immer noch aus. Das wird er gleich weggeworfen haben. Das Auto ist in der Fahndung, aber wie vom Erdboden verschluckt. Davon gibt es natürlich Tausende in Hamburg. Bei seiner Wohnanschrift und der seiner Mutter in Wilhelmsburg habe ich Zivilfahnder der örtlichen Wachen für uns gewinnen können, die aufpassen, falls er dort auftauchen sollte. Aber es sind nur wenige im Dienst. Die können keine großen Bewegungen machen. An beiden Anschriften habe ich jeweils nur ein Team. Soll Enis festgenommen werden, wenn er entdeckt wird?«

»Wir haben noch nichts Entscheidendes gegen ihn in der Hand, außer dass er am Tatort war und das Telefonat, in dem er sich verabredet hatte.«

»Aber reicht das nicht schon aus? Vielleicht finden wir die Tatwaffe bei ihm?«

»Ich denke drüber nach. Eigentlich ist es ja auch Sache von Mario und seiner Mordkommission.«

»Ich kann ehrlich gesagt kaum glauben, dass du freiwillig deine Finger aus dem Verfahren lässt.«

»Na klar. Ich bin Rauschgiftfahnder. Mord ist nicht so mein Thema.«

»Wo bist du noch mal gerade?«

»Ja, gut. Neugierig bin ich natürlich schon. Aber Liam ist ja gleichzeitig auch ein Drogenhändler, den wir eigentlich einsperren wollen.«

»Alles gut. Pass aber auf, dass Mario dich nicht wegschnackt.«

»Keine Sorge.« Dombrowski muss amüsiert auflachen. Er sieht, wie sich die Flügeltür zur Notaufnahme öffnet und eine junge blonde Frau hervortritt, die offenbar nach jemandem Ausschau hält. »Bis später, Otto. Ich muss auflegen.«

Dombrowski steht auf und geht auf die attraktive Ärztin zu. »Moin. Mein Name ist Dombrowski vom Landeskriminalamt. Sind Sie die behandelnde Ärztin von Liam Wisowski?«

»Nicht ganz. Guten Tag. Der Patient befindet sich derzeit im Operationssaal. Durch die mehrfache Verletzung beider Lungenflügel erlitt der Patient einen schweren Pneumothorax. Die Lungenflügel sind kollabiert. Außerdem beklagen wir enormen Blutverlust durch die Stichverletzungen.«

»Das hört sich nicht gut an.«

»Es besteht akute Lebensgefahr. Mehr können wir erst nach der Operation sagen. Die wird allerdings einige Zeit in Anspruch nehmen. Wir können Sie anrufen, wenn wir mehr wissen.«

Dombrowski zieht eine Visitenkarte aus seinem Portemonnaie, schreibt auf die Rückseite die Durchwahl von Mario Beyer sowie dessen Namen und reicht sie der Ärztin, die sich beide Seiten genau anschaut und mit tiefblauen Augen prüfend zu Dombrowski blickt. »Hauptkommissare habe ich mir irgendwie anders vorgestellt. Mit Schnurrbart und älter.« Eine Mischung aus Interesse und Arroganz liegt in ihrem Blick und ihrer Stimme. Dann wendet sie sich ab und strebt auf die Flügeltür zur Notaufnahme zu. Dabei hält sie die Visitenkarte in die Luft, ohne sich umzusehen, winkt mit ihr wie zum Abschied und schaut schließlich doch noch einmal über ihre Schulter. »Wir melden uns dann bei Ihrem Kollegen.«

Die Flügeltür schließt sich hinter ihr. Irritiert von dieser Erscheinung schaut Dombrowski ihr nach, ehe er sich kopfschüttelnd abwendet und das Krankenhaus verlässt. In der klaren, kühlen Abendluft wird ihm bewusst, dass niemand mehr vor Ort ist, der ihn jetzt ins Präsidium oder zurück zum Tatort fahren könnte. Schlurfend geht er die Auffahrt hinab. Ein kleiner Fußmarsch an der frischen Luft wird ihm guttun.

71

Einen Steinwurf von der St.-Michaelis-Kirche, dem Wahrzeichen der Stadt Hamburg, entfernt, deren Kirchturm von den Einwohnern der Stadt nur Michel genannt wird, liegt das Portugiesenviertel. Geprägt von Einwanderern aus Portugal und Spanien, haben sich hier viele Cafés und Restaurants etabliert, in denen sich zum Abend hin die Touristenströme vom Hafen einfinden.

Durch die engen Straßen rollt eine sportliche Limousine mit dem Werbeschriftzug einer Autovermietung auf der Suche nach einem Parkplatz. In einer Parkbucht in der Ditmar-Koel-Straße kommt sie schließlich zum Stehen. Die Beifahrertür schwingt auf, und Enis Karew steigt aus. Er richtet seinen dunkelroten Trainingsanzug, steckt das Smartphone, das er soeben von seinem Anwalt erhalten hat, in seine rechte Jackentasche und geht auf die Eingangstür eines vierstöckigen Mehrfamilienhauses zu. Das alte Gemäuer verspricht klassische Altbauwohnungen, ebenso die braune Flügeltür, deren Fenster schwarze Metallgitter zieren. Acht Klingelknöpfe befinden sich an dem billigen weißen Klingeltableau, das überhaupt nicht zu dem Charme des alten Hauses passt.

Enis klingelt oben rechts bei »Perez« und schiebt die Tür auf, als laut vibrierend der Summer erklingt.

Im weiten Treppenhaus ohne Lift hallen Enis' Schritte von den Wänden wider. Gelegentlich schaut er über das Geländer zur obersten Etage, doch dort ist niemand zu sehen. Er konnte auch kein Öffnen einer Tür vernehmen. Als er den letzten Treppenabsatz erreicht, hört er dumpfe Reggae-Musik, und der Geruch von Marihuana dringt in seine Nase. Kurz darauf wird die Tür geöffnet, und spätestens jetzt ist klar, wo der Geruch herkommt.

Vor Enis steht ein südländischer Mann mit verklebten dunklen Haaren und hagerem, nacktem Oberkörper, auf dessen Brust sich ein paar vereinzelte Brusthaare kräuseln. Er steht in einer tief hängenden, zerschlissenen Jeans vor ihm, mit nackten Füßen und einem aufglimmenden Joint zwischen den Lippen. Sie sind umrandet von einem Bart, der an den Wangen zu einem ungepflegten Dreitagebart wird.

Die rot durchzogenen Augen des Mannes weiten sich, als er erkennt, wer da vor seiner Tür steht. »Enis, mein Freund, como estas?«, begrüßt er ihn mit aufgesetzter Freude.

»Es ist Zahltag, Pedro. Wo ist mein Geld?« Enis tritt unaufgefordert ein und geht direkt in das gegenüber der Tür liegende Wohnzimmer. Auf dem kleinen gläsernen Couchtisch häuft sich eine größere Menge Marihuana, unmittelbar daneben liegt eine noch unberührte Linie weißen Pulvers. »Hast du noch Größeres vor heute Abend? Bisschen feiern und mit Freunden chillen?«

»Nur ein, zwei Freundinnen wollen später vorbeikommen.«

»Hast du dir kleine Schlampen eingeladen?« Enis dreht sich abrupt um und bleibt direkt vor Pedro stehen, dem er mit den Fingerspitzen der rechten Hand gegen die Brust tippt. »Von meinem Geld? Oder wovon bezahlst du sie?«

»Gar nicht. Es sind Freundinnen«, antwortet Pedro stoisch und schaut gebannt auf die grobe Militärkette um Enis' Hals.

»Ich will meine Kohle haben. Du schuldest mir achtundvierzig Mille, Pedro. Wo sind die?«

»Ich habe noch nicht alles zusa... Puuh ...« Ein herber Faustschlag in Pedros Magen lässt ihn nach Luft schnappen. Er beugt sich tief einatmend vor. Enis greift in das verklebte Haar und reißt den jungen Mann daran zu Boden. Zwei, drei Mal tritt er ihm in die Seite. Zunehmend wütender und gewaltvoller. Dann greift er dem Spanier erneut in die Haare und zieht ihn nach oben, bis Pedro mit schmerzverzerrtem Gesicht vor ihm steht.

»Die Zeit des Verarschens ist vorbei, mein Lieber. Ich habe keinen guten Tag gehabt, und ich will jetzt Geld sehen. Comprendes?«

Pedro wagt es nicht, auch nur ein Wort von sich zu geben. Schwer atmend schleppt er sich zu einem großen Bild, das über seiner Couch an der Wand hängt. Es ist ein maßstabsgetreuer Druck des Abendmahls von Leonardo da Vinci. Ein breiter Bilderrahmen, von dessen oberer Ecke eine Halskette mit einem großen goldenen Kreuz als Anhänger baumelt, umgibt das von einer Plexiglasscheibe geschützte Bild, das ansonsten eher nach einem billigen Poster aussieht. Pedro nimmt das Bild von der Wand und legt es mit dem Rücken nach oben auf der Couch ab. Er entfernt einige Klemmen, die die Abdeckung hinter dem Bild vor dem Herausfallen sichern, und hebt sie an. Darunter kommen gleich mehrere Geldstapel aus Einhundert- und Zweihundert-Euro-Scheinen zum Vorschein.

Noch bevor Pedro das Brett ablegen kann, trifft ein kräftiger Schlag seinen Wangenknochen, er stürzt zu Boden. Benommen will er sich aufrichten, als Enis mit dem Fuß ausholt und ihm in den Magen tritt. Die Luft bleibt ihm weg, er ringt nach Atem. »Du kleiner Bastard. Wolltest du mein Geld vor mir verstecken?«

Ein weiterer Tritt in den Magen lässt Pedro gequält aufstöhnen. Enis greift nach den Geldscheinen, die er fest aufeinanderpresst und in die Jackentaschen seiner Trainingsjacke steckt. »Wie viel ist das?«

Pedro kann nicht antworten. Ihm fehlt noch immer die Luft dafür.

»Weißt du was? Das ist mir scheißegal. Das sind die Zinsen für deine Schulden und deine Lügen. Verstanden? Ich betrachte das Geld als Entschuldigung, weiter nichts. Du wirst mir jeden Euro, den du mir schuldest, zurückzahlen! Zur Not gehst du anschaffen oder schickst deine Freundinnen ackern, du kleiner Wichser. Ist das klar?« Enis greift Pedro kraftvoll in die Haare und zieht ihn auf die wackelnden Beine. Mit der anderen Hand packt er den Griff des an der Militärkette um seinen Hals hängenden Messers und zieht die im Deckenlicht aufblitzende Klinge aus der hellen Scheide. Pedro erstarrt. Enis fährt nervenzerreißend langsam mit der stumpfen Seite der Klinge über Pedros Wange und den Hals. »Wenn du mich noch einmal anlügst oder mir mein Geld verwehrst, das du für Drogen und Schlampen aus dem Fenster wirfst, wirst du dir wünschen, ich hätte deinem jämmerlichen Leben schon heute ein Ende bereitet. Comprendes?«

»Ja. Verstanden«, keucht Pedro.

Enis lässt seine Haare los, steckt das Messer zurück in die

Scheide und schiebt sie unter den Kragen seiner roten Trainingsjacke. Er tätschelt Pedro sanft die Wange. »Dann sind wir uns ja einig.«

Enis dreht sich um und verlässt die Wohnung. Adrenalin rauscht durch seine Adern und gibt ihm ein Stück weit das Gefühl der Unantastbarkeit zurück, das er im Lauf des Tages verloren hatte.

72

In Bramfeld sitzt Gerd Sehling in seinem eierschalenfarbenen Wohnmobil und beobachtet das Haus, in dem die Zielperson seiner ehemaligen Kollegen verschwunden ist. Ihn stört es allerdings zunehmend, dass er keine direkte Sicht auf das Objekt hat und keine Vorstellung davon, wie es im Innenhof aussieht und wo die fragliche Wohnung exakt liegen könnte. Als er selber noch Rauschgiftfahnder war, machte er sich immer zunächst mit der Umgebung vertraut, in der seine Verfahren abliefen. Er wollte dieselbe Luft atmen, das sehen, was den Tätern ins Auge fällt, wenn sie sich in ihrer vertrauten Umgebung bewegen. Die beginnende Dunkelheit verschlechtert die Sicht in den Innenhof noch zusätzlich. Immerhin ist die Zuwegung hell beleuchtet, und Gerd kann alle Personen sehen, die zur Wohnanschrift gehen.

Dennoch ist er unzufrieden, umso mehr, weil sein Magen schon wieder knurrt und keinerlei Geschäfte in unmittelbarer Nähe sind, in denen er sich etwas zu essen kaufen könnte. Nach einer Weile greift er zum Handy und stöbert in den Lieferdiensten. Was spricht dagegen, sich eine Pizza ins Wohnmobil zu bestellen? Eigentlich überhaupt nichts. Gar nichts. Das ist die Lösung. Ein freudiges Schmunzeln legt sich auf seine Lippen. Er wählt die Nummer des Pizzadienstes und wartet aufs Freizeichen.

»Jennys Pizzaservice, was dürfen wir liefern?«

»Moin. Gerd Sehling hier. Ich hätte gerne eine große Pizza Salami mit extra Käse.«

»Sind Sie bereits Kunde bei uns?«

»Nee. Ist das erste Mal, also gebt euch Mühe.«

»Wohin darf die Pizza geliefert werden?«

»In mein italienisches Wohnmobil im Trittauer Amtsweg.«

»Bitte?«

»Ja, ist schon richtig so.«

»Verarschen kann ich mich alleine.« Ohne ein weiteres Wort legt die Bedienung auf.

»Wat soll dat denn jetzt? Ich hab Hunger.« Gerd wählt den nächsten Pizzadienst im Internet aus, schaut aus dem Fenster auf die Hausnummer, vor der er steht, gibt sie als Adresse in seine Onlinebestellung ein und drückt auf Senden. Kurz darauf wird er per E-Mail benachrichtigt, dass er fünfunddreißig Minuten auf seine leckere, knusprige Salamipizza warten muss. »Na, dann geh ich doch noch mal 'ne Runde spazieren.«

Gerd öffnet die Fahrertür und steigt aus. Es ist inzwischen ein wenig frischer geworden. Die Luft ist klar, ebenso wie der Himmel, an dem sich die ersten Sterne zeigen. Gerd schlendert auf den Innenhof zu, gerade so weit, dass er einen Blick auf das Wohnhaus werfen kann, in dem seine Zielperson verschwunden ist, und betrachtet die Fenster.

Im Erdgeschoss hängen in beiden Wohnungen altbackene Gardinen, darüber ist im Fenster auf der rechten Seite ein Kindernachtlicht zu sehen, und im Zimmer hinter dem linken ist es stockfinster. Im zweiten Stock steht eine ältere Dame mit einer rosafarbenen Duschhaube auf dem Kopf am Fenster. Gerd schaut gleich ein zweites Mal hin, weil er nicht glauben kann, dass, außer Dörte, Frauen noch immer solche Ungetüme tragen. Die übrigen Fenster auf dieser Etage sind dunkel.

In der obersten Etage sind alle Fenster beleuchtet, eines eher dämmrig. Flackerndes bläuliches Licht deutet darauf hin, dass irgendwas im Fernsehen läuft.

»Wo wohnst du, du Sack?«, knurrt Gerd ungehalten. »Bestimmt ganz oben.«

Er geht die Straße weiter hinab und entdeckt einen kleinen Stichweg, der hinter die Neubauten führt.

»Schaun wir doch mal, ob wir dich vom Park aus entdecken.« Watschelnd geht Gerd den Weg entlang, zählt die Fenster und versucht, so gut es geht abzuschätzen, an welcher Stelle der Häuser die Wohnungen der Nummer 45a liegen könnten. Am Ende bleibt er stehen, weil er die Dame mit der Duschhaube in einem kimonoähnlichen Bademantel an einem bodentiefen Fenster ausmachen kann, kurz bevor sie die Jalousien hinablässt.

Er betrachtet die Fenster der anderen Wohnungen, doch so recht mag ihn auch hier keines anspringen und ihm das Gefühl geben, dass der Typ exakt dort und nirgendwo anders wohnt. Weitere Bewohner sind trotz mehrerer Minuten des Wartens nicht zu sehen.

Gerd schaut auf die Uhr und geht schnellen Schrittes zurück zu seinem Wohnmobil. Immerhin dürfte gleich seine bestellte Salamipizza eintreffen, nach der sein Magen bereits wieder lautstark verlangt.

73

Müde stapft Tim Dombrowski die Treppe zum Foyer des Hamburger Polizeipräsidium hinauf. Auf der Brücke, die über den nicht überdachten Außenring der Tiefgarage führt, stehen zwei orange-weiße Kegel, die vor abgesackten Gehwegplatten warnen. Dombrowski schüttelt nur verwundert den Kopf, dass es immer wieder passiert, dass die Platten absinken und zu Stolperfallen werden.

Der zurückgelegte Fußweg vom Barmbeker Krankenhaus bis zum Präsidium hat ihm gutgetan. All die vielen Gedanken, die ihm durch den Kopf gehen, konnte er ordnen, ein wenig mit sich selber darüber sprechen und den Fokus für die nächsten Stunden ausrichten.

Es ist viel passiert an nur einem Tag, wie so häufig in seinem Dezernat. Die Festnahmen der verschiedenen Täter aus den Observationen heraus, das überraschend entdeckte Labor und dann noch Gerd, der es wieder einmal nicht lassen konnte. Soeben hat er ihm ein Selfie aus dem alten Wohnmobil geschickt, mit einer überdimensional großen Pizza auf seinem Schoß und dem Blick zur Wohnung, die er nicht mehr aus den Augen lassen wird. »Alles im Griff«, hatte er unter das Bild geschrieben, bewusst doppeldeutig, weil er das erste Stück Pizza bereits in der Hand hielt.

Die elektrischen Türen zum Eingangsbereich schwingen auf, und Dombrowski passiert die Schleuse, um direkt im Anschluss zu den Fahrstühlen abzubiegen. Immer wieder nimmt er sich vor, die Treppen hinaufzugehen, doch so richtig kann er seinen inneren Schweinhund nicht überwinden. Schon gar nicht nach einem längeren Fußmarsch.

Die Fahrstuhltüren öffnen sich, und Bert und Ernie stehen mitsamt einem großen Schwerlast-Trolley vor ihm, bestückt mit mehreren Umzugskartons.

»Nehmt ihr mich mit?«

»Zwäng dich rein.« Ernie macht eine einladende Handbewegung.

»Ihr wart erfolgreich, wie ich sehe«, erwidert Dombrowski, während er eintritt.

»Jo.«

»Jupp.«

Nach kurzer Fahrt öffnen sich die Türen wieder, und Dombrowski steigt aus, geht vor und hält den beiden Kollegen die Tür zum Flur des Rauschgiftdezernats auf.

»Danke.« Ernie zieht den Wagen durch die Tür hinter sich her und lässt ihn an einer Wand stehen. »Jetzt muss ich aber erst mal was essen. Bert, gehst du zum Dönermann?«

»Logo. Heut ist Mönerstag«, freut sich Bert und schiebt seine Brille auf dem Nasenrücken nach oben. »Für dich auch, Dumbo?«

»Gerne. So wie immer.«

»Noch jemand Döner?«

Nacheinander kommen Scotty, Harry, Ali und Otto auf den Flur und geben ihre Bestellungen ab.

»Dann mal zurück an die Arbeit, bis Bert mit dem Essen kommt, Leute. Wir haben noch eine lange Nacht vor uns«, erklärt Harry, ehe der Schlendrian in der Abteilung einkehren kann. Auch er geht zurück in den Technikraum, um die Fotos von den Chats in Timons Handy einzeln in ein Textdokument einzufügen, das er für die Akte ausdrucken kann. Auch wenn er der Chef ist, packt er gerne mal mit an, um den Kollegen den Rücken für die dringend benötigten Berichte freizuhalten.

Knapp fünf Kilometer weiter östlich beißt Gerd Sehling genüsslich in sein letztes Stück Pizza. Konzentriert schaut er dabei zur Wohnanschrift Im Soll hinüber, damit ihm beim Essen nichts entgeht. Er spürt langsam die Länge des Tages. Das Essen tut sein Übriges, eine Bettschwere tritt ein, die Gerd nicht willkommen heißt. Er reibt sich über die Augen und das Gesicht und beginnt zu gähnen, nachdem er den letzten Bissen zerkaut hat.

Er öffnet zur Ablenkung zischend eine Colaflasche, die er noch in einem Seitenschrank gefunden hat, und nimmt ein paar Schlucke von dem viel zu warmen Getränk. Von der Kohlensäure muss er aufstoßen und pustet anschließend kräftig aus.

In diesem Moment fällt sein Blick auf ein schwarz eingebundenes Buch, das in der Ablage der Seitentür steckt. Gerd kratzt sich kurz am Hinterkopf, greift nach dem Buch und dreht es um, damit er die Aufschrift sehen kann. Es ist eine Bibel, die er im Rahmen seiner ehrenamtlichen Arbeit bei der internationalen Seemannsmission der Duckdalben als Dankeschön erhalten hat.

Gerd ist kein gläubiger Mensch, doch ihm kommt eine Idee, wie ihm das Buch dennoch von Nutzen sein könnte.

Wenige Minuten vor Berts Rückkehr haben sich alle Ermittler im Besprechungsraum des Rauschgiftdezernats eingefunden. Sie wissen, wie lange es ungefähr dauert, bis Bert mit dem Essen eintrifft. Das metallische Ratschen der Eingangstür kündigt sein Erscheinen an, und kurz darauf steht er mit der lang ersehnten weißen Plastiktüte in der Hand im Türrahmen.

»Da warten sie schon alle«, stellt er mit einem Augenzwinkern fest, verteilt die Bestellungen und setzt sich mit seiner Dürümrolle mit extra Fetakäse an den Kopf des Besprechungstisches, wo er immer sitzt, wenn sie hier essen.

Stille kehrt ein. Alle wissen den Moment der Ruhe und Stärkung zu genießen.

»Was liegt jetzt eigentlich noch an?«, fragt Ernie, nachdem er aufgegessen hat.

»Die Akte für Sandy, Kevin und Timon muss fertiggestellt werden. Ebenso die für Tarek Karew und seinen Kumpel aus dem Labor. Die Inhalte der Briefe müssten zu Ende gewogen und getestet werden, damit wir das morgen fertig haben, falls wir herausbekommen sollten, in welcher Wohnung der Briefeinwerfer wohnt, und damit wir dann einen Durchsuchungsbeschluss beantragen können«, fasst Dombrowski zusammen.

»Das hat doch nun wirklich keine Eile«, klagt Otto. »Das reicht morgen oder im Verlauf der Woche völlig aus.«

»Manchmal geht es schneller, als man denkt, und meistens genau dann, wenn man es am wenigsten braucht.«

»Recht hat er«, wirft Scotty ein.

»Wie weit sind wir mit dem Stoff aus Timons Bude?«

»Damit bin ich fettich«, wirft Heini kauend aus der Ecke ein. »Ich könnt mich also um die Briefe kümmern.«

»Super. Dann mach du die Briefe. Bert und Ernie übernehmen das Labor und die beiden Festnahmen. Wie schaut es bei Kevin, Sandy und Timon aus?«

»Wir schreiben an den Durchsuchungsberichten, der Chef wertet Timons Handy aus. Ich würde dann auch noch den Zuführbericht schreiben. Ich habe ja die ganze Nacht Zeit dafür.« Scotty schaut ein wenig müde drein.

»Soll ich den Zuführbericht schreiben? Ich hab ansonsten vorerst nichts mehr zu tun«, stellt Dombrowski fest.

»Nee, mein Lieber. Du kannst gleich mal Feierabend machen, und Otto ebenso. Morgen früh dürft ihr wieder hier im Büro antanzen und die Ermittlungen und die Fahndung nach Enis Karew vorantreiben. Außerdem muss die Observation des Briefkastenbefüllers betreut werden«, gibt Harry mit strengem Tonfall vor. »Die anderen können dann morgen ausschlafen.«

Dombrowski schaut seinen Chef ein wenig verkniffen an. Er würde viel lieber seinen Kollegen helfen. Einfach mitten in der Arbeit abzudampfen gibt ihm das Gefühl, dass er sie im Stich lässt. Außerdem hasst er es, früh aufstehen zu müssen.

»Wenn du jetzt nicht nach Hause gehst, pennst du wieder im Büro. Ich kenn dich doch. Was ist eigentlich mit Gerd? Hast du was gehört?«

»Ich kann ihn gleich mal anrufen. Vorhin hat er mir ein Bild von einer leckeren Pizza geschickt.«

»Der soll keinen Unfug machen«, erwidert Harry.

»Ach, Gerd wird auch langsam ruhiger, glaube ich zumindest«, bemerkt Dombrowski und steckt sich das letzte Stück seiner türkischen Pizza in den Mund. Noch während er kaut, revidiert er seine Meinung. Er lässt die Geschehnisse des Tages Revue passieren, und sein Magen zieht sich unwohl zusammen. »Ich glaube, es ist besser, wenn ich auf dem Heimweg noch einmal bei ihm vorbeischaue«, erklärt er den wissend nickenden Kollegen, wischt sich den Mund mit einer Serviette ab und verlässt zügig den Besprechungsraum.

74

Der dunkle Mietwagen von Enis Karew fährt über die Niederbaumbrücke in Richtung der imposant illuminierten Gebäude der Hafencity. Wie eine stille Königin thront die Elbphilharmonie über allem.

Enis hat keinen Blick für den neuen Stadtteil und seine Gäste übrig, die gut gekleidet in die edlen Restaurants gehen, auch nicht für die Bewohner, die bei einem abendlichen Spaziergang die frische Brise an der Elbe genießen. Er sitzt mit gesenktem Haupt auf dem Beifahrersitz und zählt das Bargeld, das er Pedro Perez abgenommen hat.

»Vierundneunzig, sechsundneunzig, achtundneunzig, zehntausend.« Enis umwickelt das Geldbündel mit dem letzten gelben Schein und legt es zu drei weiteren in den Fußraum. Dann stapelt er die verbliebenen Scheine in seinem Schoß und beginnt, auch diese abzuzählen. Er schaut auf, als sie auf dem Kaiserkai unmittelbar an der hell beleuchteten Elbphilharmonie vorbeifahren, ohne sie jedoch zu bemerken. »Warum biegst du nicht ab? Wir müssen hier rein«, herrscht er seinen Fahrer wütend an.

»Nur für Anwohner, Digger. Und da vorne standen Bullen. Kein Bock, dass die uns anhalten, während du das Para zählst, Digger. Du weißt, was die sagen würden, wenn die die ganze Kohle sehen. Dies das.«

»Ist ja gut. Dann fahren wir von hinten rein.« Enis' Handy brummt auf. Auf dem Display steht: *Wo bleibst du? Ich warte unten auf dich.*

Enis reagiert nicht auf die Nachricht. Er weiß, dass sie gleich am Zielort eintreffen und die Antwort sich damit erübrigt. »Vierunddreißig, sechsunddreißig, siebenunddreißig, neununddreißig.« Enis verstummt beim Abzählen der letzten Scheine, steckt drei übrig gebliebene zurück in seine Jackentasche und legt anschließend das Geldbündel zu den anderen auf die schwarze Velourfußmatte.

»Hier ist auch nur für Anlieger frei. Da dürfen wir nicht rein.«

»Wir haben ein Anliegen. Jetzt fahr schon und stell dich nicht so an. Es geht um meine Kohle.« Enis schaut zu seinem Freund und Fahrer, der kommentarlos in den Kaiserkai abbiegt. Kurze Zeit später fahren sie die Auffahrt zu einer Tiefgarage hinab, deren Rolltor bereits offen steht, als würde man auf sie warten. Direkt hinter ihnen schließt sich das Metalltor wieder, nahezu lautlos.

Das helle Neonlicht im Parkdeck beleuchtet die exklusiven Sportwagen und Luxuslimousinen der Anwohner. Völlig deplatziert wirkt der weiße Smart, an dessen Heck ein Mann in dunklem Kapuzenpullover lehnt. Enis rätselt noch immer, woher er stammen könnte. Viele Worte hat er mit seinem Kontakt nie gewechselt. Er ist eine Mischung aus Südamerikaner, Nordafrikaner und Südosteuropäer mit einem Hauch Niederländer darin. Enis weiß, dass er vermutlich nur ein Läufer ist und keine Entscheidungen trifft. Er dürfte auch nicht derjenige sein, mit dem er die Treffen vereinbart. Diese Leute sind sehr vorsichtig. Dessen ist Enis sich bewusst. Schlimme Dinge werden über sie erzählt. Dinge, die geschehen, wenn man ihren Forderungen nicht nachkommt. Trotzdem sind immer mehr auf ihre Ware angewiesen. Nur wenige beziehen ihren Stoff nicht von dieser Gruppierung. Die Frage ist nicht, ob, sondern über wie viele Zwischenhändler man ihr Kokain bekommt.

Je weniger man pro Kilogramm bezahlt, desto näher ist man an der Quelle dran. Enis verdankt diesen nahezu direkten Kontakt seinem Ruf und der Verlässlichkeit in der Szene. Bei ihm muss man nicht lange auf Geld warten. Er zahlt immer. Für ihn ist es eine Ehrensache, seine Lieferanten nicht warten zu lassen. Manchmal zum Leidwesen seiner Abnehmer.

Enis beugt sich in den Fußraum, stapelt die Geldbündel aufeinander und öffnet die Tür. Der Mann schaut ihm entgegen. Abwartend und stumm. Die dunkle Kapuze seines Sweatshirts hat er tief ins Gesicht gezogen. Enis geht auf ihn zu und hält ihm auffordernd das dicke Geldbündel hin.

Der Mann starrt Enis aus dunklen Augen an, als würde er ihn mit seinem Blick durchbohren wollen. »Wie viel?«

»Fünfundvierzigtausend.«

»Das reicht nicht für beide Blöcke.«

»Ich werde den Rest bringen. Schon bald.«

»Er wird nicht glücklich sein.«

»Dann sag ihm, dass ich zahlen werde. Wie immer. Er braucht sich keine Sorgen machen.«

Der Mann nimmt das Geld und wendet sich ab, um den Kofferraum des Smarts zu öffnen. Darin liegen zwei gut gefüllte Rucksäcke. Er öffnet einen, nachdem er sich ein Paar Einweghandschuhe übergezogen hat, zieht eine kleine Plastiktüte daraus hervor und steckt das Geld in den Plastikbeutel, den er mehrfach fest verknotet. Mit einem Edding schreibt er »45k E« auf den Beutel, steckt ihn in ein Seitenfach des Rucksacks und öffnet anschließend den großen Reißverschluss. Aus der Abseite des Kofferraums nimmt er eine rote Tasche mit dem Werbeaufdruck eines Drogeriemarktes und legt zwei quaderförmige Klötze hinein, die mit dunklem Klebeband fest umwickelt sind.

»Sei schnell und bring uns unser Geld«, gibt er Enis mit auf den Weg, als er ihm den Stoffbeutel reicht. »Dein Messer wird dir sonst nicht weiterhelfen.« Ein abschätziger Blick auf Enis' ganzen Stolz, das Messer seines Vaters, begleitet seine Worte.

»Ich werde ihn nicht enttäuschen.« Enis wendet sich von dem Mann ab und steigt wieder in den dunklen Mietwagen, dessen Motor noch immer läuft. Er ist froh, dass sie die Garage direkt wieder verlassen können, und schaut beim Anschnallen durch die Heckscheibe, um sicherzugehen, dass der Mann nicht noch einmal zu ihnen kommt.

75

Schrille Töne und dumpfe Bässe wummern durch das Arbeitszimmer, in dem grelles Licht auf mehrere Zettel gerichtet ist, die auf dem Schreibtisch von Robin Meister liegen. Er selbst kniet auf dem Boden und wühlt in einer dunklen Sporttasche. Auf dem Kopf trägt er ein schwarzes Cap mit weißem Schirm, sein dunkler Kapuzenpullover ist gefühlt eine Nummer zu groß. Seine Hände stecken in blassgelben Einweghandschuhen, und vor dem Mund trägt er eine Atemmaske. Er weiß, dass er keinerlei Spuren auf seiner Ware hinterlassen darf. Das wäre der einzige Weg, wie sie seiner irgendwann habhaft werden und sein Geschäft gefährden könnten. Er hat ihn sich selber aufgebaut, den kleinen Versandhandel in der Wohnung seiner Patentante, die ihrer Internetliebe nach Spanien gefolgt ist und seit gut einem Jahr kein Auge mehr auf ihren Schützling wirft.

Robin war immer ihr ganzer Stolz. Der Sohn, den sie nie hatte, sich aber inniglich wünschte. Als seine Mutter, ihre beste Freundin, durch einen Fahrradunfall aus dem Leben gerissen wurde, nahm sie sich seiner an. Sie hat unendliches Vertrauen in Robin, der immer zuverlässig ist und ordentlich.

Dass ihre Entscheidung für ein neues Leben auf der Sonneninsel ihrem Patenkind den gesamten Halt in seinem Leben entriss, entging ihr, denn nach den vielen Jahren des Zurücksteckens und der Entbehrungen war es Robin gewesen, der seine Patentante dazu ermuntert hatte, sich wieder einen Partner zu suchen, und ihr zuliebe wollte er sich seine Trauer nicht anmerken lassen.

Das Abitur hatte ihm den Weg zu einem betriebswirtschaftlichen Studium geebnet. Robin war zwar eingeschrieben, doch zu den Vorlesungen ging er kaum. In ihrer Familie wäre er der Erste, der es zu einem Universitätsabschluss brächte. Die Einsamkeit, viele Feiern und falsche Freunde zum schlechtesten Zeitpunkt besiegelten seinen Ausstieg noch im Grundstudium. Um einem neuen Bekannten zu helfen, dessen Freundin ihn verlassen hatte, ging er für ihn auf Wohnungssuche. Sein neuer Freund Tarek poussierte ihn mit großzügigen Geschenken und ließ ihn an seinem luxuriösen Leben teilhaben. Robin wurde gierig. Er wollte mehr, er sehnte sich danach, sich ebenfalls einen solchen Lebensstil leisten zu können, und der Bruder von Tarek half ihm dabei und zeigte ihm, wie er sein eigenes Geld verdienen konnte.

Ihm wurde Ware gebracht, die er verpacken und versenden sollte. Robin ahnte schon beim ersten Gespräch mit Enis, dass es sich bei den Möglichkeiten des schnell verdienten Geldes, von denen er ihm erzählte, um illegale Dinge handeln würde. Sein Schock war dennoch groß, als er die Sporttasche öffnete, die ihm in die Wohnung seiner Tante geliefert wurde.

Die Brüder beschwichtigten ihn, er könne jederzeit aufhören. Sie würden die Tasche abholen, keine Fragen stellen, und er sei zu nichts verpflichtet. Sie versicherten ihm allerdings ebenso eindringlich, dass man ihm als Deutschen nicht auf die Spur kommen könnte und er keinerlei Risiko trage, entdeckt zu werden.

Robin fasste Vertrauen und begann, Marihuana, Kokain, Ecstasy und Amphetamine zu verwiegen und vakuumiert in Plastikfolie zu verschweißen. Regelmäßig erhielt er Zettel mit Bestellmengen und Adressen, die er abarbeitete. Das Geld, das er für seine Dienste bekam, stimmte. Er musste nur wenig dafür tun und erhielt regelmäßig seine Gewinnbeteiligungen. Vergangenen Monat bekam er den Zuschlag für eine mit seinem noch gültigen Wohnberechtigungsschein neu angemietete Ein-Zimmer-Wohnung in Osdorf. Die Schlüssel überreichte er Tarek, damit der nicht länger auf der Couch seines Bruders schlafen musste, und sie feierten den erfolgreichen Abschluss. Alles war gut.

Mit der Zeit war der ausgezahlte Gewinn für seine Arbeit jedoch weniger geworden, die Mengen Betäubungsmittel, die man ihm brachte, hingegen größer und die Versandlisten immer länger. Robin beschlich das Gefühl, dass sich seine

Geschäftspartner unzuverlässig und illoyal ihm gegenüber verhalten würden.

Vor zwei Wochen brachte er seine Bedenken gegenüber Enis zur Sprache, der ihm als Antwort unvermittelt in den Magen schlug. »Willst du behaupten, dass ich lüge?«, fragte er verärgert, während Robin nach Luft schnappte. »Du isst aus meiner Hand, verstanden? Und du machst, was ich dir sage.«

Ein weiterer Hieb in den Bauch ließ Robin zu Boden sacken, wo Enis ihm mehrfach gegen den Brustkorb trat, ihn an den Haaren packte und wieder auf die Füße riss. Er zog das Messer, das an einer Kette um seinen Hals hängt, und hielt es Robin an die Kehle. »Du gehörst mir, damit das klar ist. Deine Respektlosigkeit wirst du mir teuer bezahlen. Und wehe, du sprichst mit jemandem darüber. Ich habe meine Leute überall. In deiner Nachbarschaft, bei den Bullen, komm bloß nicht auf falsche Gedanken.«

Robin rollten Tränen der Angst über das Gesicht. Auf einmal war ihm Enis wie der leibhaftige Teufel vorgekommen.

Seitdem hat Robin kein Geld mehr gesehen. Den Mut, Enis auf die ausbleibende Vergütung seiner Dienste anzusprechen, hat er bislang nicht aufbringen können. Zu präsent ist die Erinnerung an dessen lodernden Blick, als er ihn mit dem Messer bedrohte.

Die lodernden Augen hat er auch heute wieder bemerkt, als Enis ihm die neuen Listen brachte. Diesmal war es jedoch anders. Es war wieder eine Verbundenheit zwischen ihnen spürbar und Dankbarkeit. Ein Zeichen wiederaufkeimender Freundschaft, das Robin hoffen lässt, dass zwischen ihnen wieder alles gut werden wird, wenn er Enis' Wunsch erfüllt, den dieser bittend und frei von jeglichem Druck geäußert hat. Das Strahlen in Enis' Gesicht, als er einwilligte, erfüllte Robin mit Zuversicht, die richtige Entscheidung getroffen zu haben.

Erst einmal will Robin jedoch die vorerst letzte Auftragsliste abarbeiten. Danach wird sich ihm die Tür in eine neue, eine andere Zukunft öffnen, die hoffentlich besser wird und nicht derart aussichtslos, wie es die letzten Wochen für ihn waren.

Robin legt mehrere verschweißte Beutel auf den Schreibtisch, in denen sich die Betäubungsmittel befinden, die von den Kunden auf seiner Liste bestellt wurden. Aus dem Drucker nimmt er den Bogen mit den beschrifteten Adressaufklebern und will den ersten gerade abziehen, als es mehrfach an seiner Tür klingelt.

Robin schaut auf die Wanduhr seiner Patentante. Es ist kurz nach zehn. Genervt verdreht er die Augen, geht zur Musikanlage, die er ausschaltet, und anschließend zur Haustür.

»Entschuldigen Sie, Frau Wuschke. Ich habe die Zeit aus den Augen verloren. Kommt nicht wieder vor«, ruft er mit reumütigem Tonfall, bevor er, ohne durch den Türspion zu schauen, die Tür aufreißt.

Vor ihm steht jedoch nicht seine grummelige Nachbarin, die sich eigentlich jeden Tag an seiner zu lauten Musik stört, sondern ein älterer Mann mit fein geriffelter Schiebermütze, grau meliertem Bart und einem überaus freundlichen Lächeln. Er trägt ein kariertes Hemd, das er in seine enge Jeans gestopft hat. In seiner rechten Hand hält er ein dunkles, in Leder eingefasstes Buch.

»Gesegnet sei dein Weg, mien Jung. Hast du schon einmal von der Entstehungsgeschichte gehört?«

»Äh, was?«

»Ich möchte dir deinen Glauben zurückschenken, den du vielleicht irgendwann verloren hast.«

»Ähm. Ich glaube nicht an Gott oder so.«

»Sag ich doch. Jesus wird dir helfen, auf den rechten Pfad zu gelangen, und ich möchte dir den Weg dorthin zeigen.«

»Pass mal auf. Ich weiß nicht, was für ein komischer Gottesbruder du bist«, entgegnet Robin, der die Kleidung des Mannes argwöhnisch betrachtet. »Aber mein Weg führt mich gleich auf meine Couch, und dort werde ich den Rest der Nacht an meiner Konsole Zombies töten. Da ist kein Platz für einen Kirchenbruder. Schönen Abend noch.« Er wirft die Tür, ohne zu zögern, ins Schloss und schließt lautstark gleich doppelt ab. »Jetzt ist man in der eigenen Wohnung schon nicht mehr sicher vor Spinnern«, mosert er vor sich hin, während er zum Schreibtisch zurückkehrt, um die letzten Umschläge des Tages fertig zu verpacken.

76

Während der Fahrt nach Bramfeld ist Tim Dombrowski bemüht, seinen wiederkehrenden Impuls, umzukehren und den Kollegen beim Wiegen und Dokumentieren der Ergebnisse zu helfen, zu verdrängen. Es wäre unvernünftig, wieder einmal nur wenige Stunden im Büro zu schlafen. Zu viel steht auf dem Spiel, um nicht ausgeruht in den nächsten Tag zu starten. Enis Karew muss gefunden und festgenommen werden. Das ist Dombrowskis Ziel, und dafür braucht er morgen einen klaren Kopf.

Am Trittauer Amtsweg setzt er den Blinker und biegt in die Straße ein. Er passiert den Mützendorpsteed und sieht bereits von Weitem das alte Wohnmobil von Gerd Sehling, das weiter hinten zwischen anderen abgestellten Autos emporragt. Claires Wagen parkt er in der ersten Lücke, die er entdecken kann, steigt aus und geht zum Wohnmobil, das mit dunklen Fenstern am Straßenrand steht. Dombrowski kann keine Bewegung im Inneren ausmachen, schaut sich mehrfach um und wechselt die Straßenseite, wo er nach ein paar Schritten an der Beifahrertür stehen bleibt. Noch einmal schaut er sich um, doch niemand ist zu sehen.

Dombrowski klopft mehrfach leise an die Tür. Er wartet, lauscht, ob sich im Inneren etwas regt, aber es ist kein Geräusch zu vernehmen.

»Gerd?« Dombrowski lauscht. »Gerd?« Nochmals klopft er an die Tür. Er greift zum Türgriff, aber sie lässt sich nicht öffnen. Verwundert geht er zurück in Richtung von Claires Auto und checkt im Gehen sein Handy. Kein Anruf, keine Nachricht. Er versucht, Gerd anzurufen, doch nur die Mailbox geht ran.

Kurz darauf brummt sein Telefon, und es erscheint eine Nachricht von Gerd auf dem Display: *Bin gleich wieder im Wohnmobil. Ich ruf dich an.*

Dombrowski macht auf der Stelle kehrt und hält erneut auf das Wohnmobil zu. Da sieht er einen dunklen Schatten aus dem Weg zum Hof kommen. Der watschelnde Gang ist unverkennbar, auch wenn Gerd im Dunkel der Nacht nur in Umrissen zu erkennen ist. Beim Wohnmobil treffen die beiden aufeinander. Gerd schließt, ohne zu reden, die Tür auf und steigt ins Auto ein, Dombrowski folgt ihm schweigend und schließt möglichst leise die Tür hinter sich.

»Wat machst du denn hier?«

»Ich wollte dich besuchen. Wo kommst du bitte her?«

»Ähm. Ich hab was rausgefunden.«

»Nee, näh? Gerd, das kannst du nicht machen. Vor allem nicht alleine. Was hast du angestellt?«

Gerd legt ein Buch auf den Klapptisch zwischen ihnen und erntet von Dombrowski einen verwunderten Blick. »Die Bibel? Ist alles in Ordnung bei dir?«

Gerd winkt ab. »Es ist nicht das, wonach es aussieht, Dumbo. Aber ich kann dir jetzt sagen, wo euer Junge wohnt. Wat sagst du dazu?«

»Will ich wirklich wissen, was du gemacht hast?«

»Na, logo. Der Junge vom Foto wohnt oben rechts. Auf dem Klingelschild steht ›Meister‹. Er hängt jetzt für den Rest der Nacht vor seiner Playstation.«

»Woher weißt du das?«

»Hat er mir einfach so erzählt«, erwidert Gerd achselzuckend. »Musst ich gar nicht nach fragen.«

»Nun lass dir nicht alles aus der Nase ziehen. Wie seid ihr ins Gespräch gekommen? Ich dachte, du beobachtest nur. Von Ermitteln war keine Rede, mein Lieber.«

»Sach du mir mal nich, wat ich zu tun und zu lassen habe.«

»Du bist Pensionär, Gerd. Das ist so, tut mir auch leid, aber du kannst hier nicht wie früher herumschnüffeln und dich gefährden. Die Typen sind gefährlich.«

»Du hörst dich schon an wie Dörte.«

»Ich kann sie ja mal anrufen und fragen, was sie davon hält, was du hier so treibst.«

»Nu werd mal nich unfair, Dumbo. Ich bin schließlich Zeuge.«

»Ein unkontrollierbarer Zeuge. Also, was ist passiert?«

»Ich wollt bloß ein wenig Werbung für den Herrn machen. Also, den Allmächtigen, ganz im Sinne der Seemannsmission, aber der hat mich gar nicht ausreden lassen. Ich konnt ihm nich mal meinen Segen aussprechen.«

»Du bist doch kein Priester, Bruder Tuck.« Dombrowski muss kopfschüttelnd lachen. Er kann es seinem ehemaligen Partner einfach nicht übel nehmen, dass er sich in die Ermittlungen einbringt. Und für das Ergebnis müsste er ihm eigentlich danken, aber diesen Impuls unterdrückt er lieber. Wer weiß, was Gerd ansonsten als Nächstes machen würde.

»Und jetzt?«

»Das frage ich dich. Du hast ihn doch gesehen.«

»Na ja, der sah ziemlich entspannt aus. Ich würde sagen, da geht heut nichts mehr. Ihr könntet natürlich die Bude stürmen. Genug Briefe mit Stoff habt ihr ja von ihm sichergestellt.«

»Er ist momentan der einzige uns bekannte und in Freiheit befindliche Kontakt von Enis Karew. Wir sollten ihn im Blick behalten. Vielleicht führt er uns zu ihm, oder Enis Karew kommt wieder hierher.«

»Okay. Dann halten wir morgen weiter die Augen offen und schauen, was passiert. Bleibst du hier? Dat Bett ist nich breit, aber ich bin ja Kummer gewohnt. Hauptsache, du schnarchst nich.«

»Mach ich nicht.«

»Woher willst du das wissen?«

»Claire hat sich bislang noch nicht beklagt.«

»Na ja, damit fängt sie erst nach zehn Jahren Ehe an, glaub mir. Aber lauter als Dörte kannst du gar nicht schnarchen. Also komm, hauen wir uns aufs Ohr, bevor uns die Augen zufallen. Deine sind ja noch kleiner als sonst.«

»Und du bist dir sicher, dass hier nichts mehr passiert? Was, wenn wir den Jungen oder Karew verpassen?«

»Ich bin mir absolut sicher. Dat sagt mir mein Bauch, und mein Bauch irrt sich nie.«

»So wie bei Kevin Schröter?«, entgegnet Dumbo skeptisch.

»Dat is jetzt aber mal wirklich unfair. Ausnahmen bestätigen die Regel«, entgegnet Gerd schmollend.

»Dann hoffen wir mal, dass es in naher Zukunft bei dieser einen Ausnahme bleibt.« Dombrowski zieht seine Jacke, Jeans und Schuhe aus und legt sich auf das Bett, das Gerd gerade hergerichtet hat. Aus einem Nachtschrank holt der ehemalige Kollege zwei Bettdecken und Kopfkissen und wirft sie Dombrowski zu. Dann zieht er die Jalousien an den Fenstern nach unten, damit das Licht der Straßenlaternen ein wenig gedimmt wird und neugierige Passanten nicht mehr zu ihnen hineinschauen können. »Muss ja nich gleich jeder sehen, der vorbeikommt, dat wir hier pennen.«

»Besser ist das. Nicht dass hier noch die Sittenpolizei vorbeikommt«, antwortet Dombrowski kichernd und deckt sich gähnend zu. »Ich bin echt im Eimer heute.«

»Dann wünsche ich eine gute Nacht.«

»Jo, ich dir auch.«

Nur einhundert Meter von Gerd und Dombrowski entfernt kommt just in diesem Moment ein dunkler Mietwagen zum Stehen. Der Beifahrer steigt aus, während die beiden ihre Augen schließen und bemüht sind, ein paar Stunden Schlaf zu genießen.

77

Auf den höchsten Häuserspitzen der Stadt glitzern die ersten Sonnenstrahlen des Tages, während die Vögel dem Morgengrauen ihre Lieder entgegenträllern. Der Himmel über der Stadt ist von einem klaren Blau. Es gibt keine Anzeichen schlechten Wetters, für das die Hansestadt so oft gescholten wird. Zu Unrecht, wie jeder Hamburger weiß, doch die Kritik stört hier niemanden.

Die herrlichen Sonnenstrahlen reichen jedoch nicht bis in die tiefen Keller der Untersuchungshaftanstalt am Holstenglacis. Dort sitzen die Festnahmen des Vortags bei künstlichem Licht in einem hell gefliesten Raum und warten darauf, dass es für sie weitergeht. Der Termin beim Haftrichter steht an, für jeden von ihnen.

Auf einer der Holzbänke sitzt Kevin Schröter. Er betrachtet verstohlen seine Leidensgenossen, versucht, ihnen anzusehen, was sie getan haben könnten, bleibt aber stumm. Mit hängenden Mundwinkeln sieht er auf seine Finger, puhlt ein wenig überstehende Haut neben den Nägeln ab. Sie fühlen sich dreckig an, wie alles an ihm. Dies ist kein sauberer Ort, obwohl die Reinigungskräfte die »Kachelküche«, wie die Zelle von den Bediensteten genannt wird, erst vor wenigen Stunden sauber gewischt haben. Der männliche Geruch, den die Anwesenden ausströmen, ihr Gemurmel, die finsteren Blicke und die psychische Anspannung der Insassen sind für die ungemütliche Atmosphäre verantwortlich.

Kevin kann keinen klaren Gedanken fassen. Er ballt die Finger zu Fäusten, dass die Knöchel weiß anlaufen, und lässt wieder locker. Zwei dunkelhäutige Männer sitzen ihm gegenüber. Sie sprechen miteinander in einer fremden Sprache, die Kevin nicht einmal im Ansatz verstehen kann. Stören lassen sie sich dabei nicht. Keinen Funken der Aufmerksamkeit schenken sie ihm. Stattdessen grinsen und lachen sie, während sie so plaudern, wofür Kevin gerade überhaupt keinen Sinn hat.

Ein lautes Schließen an der Gittertür lässt Kevin aufschrecken. Stille kehrt ein.

»Herr Schröter?«

»Ja. Hier.«

»Kommen Sie bitte mit? Ihr Anwalt ist hier. Folgen Sie mir.« Der Schließer macht ausreichend Platz in der Tür, sodass Kevin mit seinem breiten Körper an ihm vorbeikommt. Direkt hinter ihm wird die Gittertür ins Schloss geworfen und verschlossen.

Sie gehen einen langen Gang entlang, biegen ein, zwei Mal ab. Mehrfach wird eine Gittertür vom Schließer geöffnet und direkt hinter ihnen wieder verriegelt. Sie passieren hellgraue Stahltüren, die meisten sind verschlossen. An den Türen sind Schilder mit Nummern. Ein unwirklicher Ort, fast wie in einem schlechten amerikanischen Film. Der Schließer geht bis zur Besucherzelle mit der Nummer 4, in der auf einem hellen Plastikstuhl ein schmal gebauter Mann sitzt. Vor ihm auf dem Tisch steht ein Laptop, direkt daneben hat er eine dünne Papierakte abgelegt. Kevin kennt Thilo Müller bereits vom letzten Verfahren. Aber er weiß auch, dass er sich dessen Forderungen eigentlich kein weiteres Mal leisten kann.

Ein ungutes Gefühl macht sich in Kevins Magen breit. Hektisch kneift er seine Augen zusammen, als er auf Thilo Müller zugeht, der aufgestanden ist, um ihn zu begrüßen. Hinter ihm wird die Tür geschlossen.

»Herr Müller, ich sage es Ihnen lieber gleich. Ich werde mir Ihr Honorar dieses Mal nicht leisten können. Derjenige, der es beim letzten Mal finanziert hat, also, der dürfte momentan nicht ganz so gut auf mich zu sprechen sein, denn –«

»Psst. Ich weiß nicht, wovon Sie sprechen. Aber Sie sind ein kluger Mann. Derjenige, der sich um Sie kümmert und auch mich gebührend dafür bezahlen wird, macht sich Gedanken. Er sorgt sich um Sie und Ihre Zukunft. Er befürchtet, dass Sie wankelmütig werden könnten. Dass Sie vergessen, welche Hand Sie seit so langer Zeit schützt.«

Kevin bleibt schweigend stehen. Er fühlt sich entkräftet und perspektivlos. Keinen anderen Ausweg sehend, doch wissend, dass ihm nicht selbstlos geholfen wird, sondern er noch tiefer in der Schuld stehen wird, lässt er sich in den Plastikstuhl fallen, der vor dem Tisch steht. »Einverstanden. Ich tue, was er verlangt. Ich werde nicht mit den Bullen reden. Er braucht sich keine Sorgen machen. Die verarschen einen sowieso nur und lassen einen in diesem Loch hier verrecken. Sogar meine schwangere Freundin haben die eingebuchtet.«

»Dann werde ich Ihnen beiden helfen, rauszukommen. Es warten bereits neue Aufgaben auf Sie. Sie dürfen sich beweisen, zeigen, wie loyal Sie sind, und Sie erhalten eine Chance, Ihre Schulden abzuarbeiten.«

»Was muss ich tun?«

»Das werden Ihre Freunde mit Ihnen besprechen. Ich mache lediglich meinen Job, und der ist, Sie hier herauszuholen.«

»Ich bin auf Bewährung. Wie soll das bitte gehen?«

»Ihre Freundin wird ein Geständnis ablegen und Sie entlasten.«

»Bitte? Das macht sie nicht. Das darf sie nicht. Dann bleibt sie bis zur Verhandlung hier drin. Das lasse ich nicht zu.«

»Sie steht bereits vor dem Haftrichter.«

»Warum sollte sie eine solche Aussage machen?«

»Das Geständnis wird ihr zu einer Verschonung verhelfen. Sie ist deutsche Staatsangehörige, hat einen festen Wohnsitz, sie ist in froher Erwartung und hat einen neuen Job in der Schanze in Aussicht. Da gibt es keinen Haftgrund der Fluchtgefahr.«

»Was für ein Job? Sandy hat keine Arbeit. Sie hat nicht einmal einen Schulabschluss.«

»Wir haben einen großzügigen Arbeitgeber gefunden, der ihr für den Termin heute einen Arbeitsvertrag als Tresenkraft vorgelegt hat.«

»Und ich?«

»Sie haben doch nichts getan. Oder? Ihr Kumpel Timon hat die Drogen bei Ihrer Freundin gelagert. Sie wusste übrigens gar nicht, was das in ihrem Tiefkühlfach genau ist. Es war nur ein

Freundschaftsdienst. Mehr nicht. Sie hatten davon überhaupt keine Ahnung. Stimmt's?«

Kevin schaut den Anwalt ungläubig an. Wie hat er es in so kurzer Zeit geschafft, sich diese Geschichte auszudenken? »Wer ist Timon?«

»Derjenige, der den Stoff gestern aus der Wohnung deiner Freundin abgeholt hat.«

»Ach so, ja. Und warum sollte er die Sache auf sich nehmen?«

»Vertrauen Sie mir. Er wird keinen Ton von sich geben.«

»Ich verstehe nicht.«

»Deswegen übernehme ich das Denken. Ich werde Ihre Einlassung gleich verlesen, und Sie werden schweigen. Verstanden?«

Kevin nickt zögerlich.

»Sie werden auf freien Fuß kommen. Die Kaution für Ihre Freundin wird sich auf zehntausend Euro belaufen.«

»Woher soll ich die bitte nehmen? Ich habe Ihnen bereits gesagt, dass ich kein Geld habe.«

»Ihr Freund legt auch die Kaution für sie aus. Vergessen Sie seine Gutmütigkeit niemals. Er gibt nur eine zweite Chance.«

Kevins Hals fühlt sich an wie ausgetrocknet. Er kann kaum schlucken. Ohne es wirklich zu wollen, beginnt er zu nicken. Es gibt keinen anderen Weg. Nichts anderes, was akzeptiert werden würde. Und Kevin würde alles tun, um diesen grauen Mauern noch einmal zu entkommen.

78

Tim Dombrowski liebt die Wärme, die von seiner Freundin Claire ausgeht, wenn sie sich am Morgen an ihn schmiegt. Das Gezwitscher der Vögel lässt ihn langsam aus seinen Träumen finden, die spannend und aufregend waren. Er jagte Rauschgifthändler und Mörder. Durch Dombrowskis geschlossene Augen dringt Helligkeit. Die Luft ist muffig und verbraucht, und die Bettwäsche unter seinem Kopf fühlt sich klamm an. Claire scheint ihn heute nur ungern zur Arbeit gehen lassen zu wollen, denn sie hält ihn mit einem Arm fest umschlungen. Dombrowski greift zärtlich nach ihrem Handgelenk, um sich aus ihrer Umarmung zu lösen. Mit einem Kuss auf die weiche Innenseite von Claires Hand will er sich unter ihr hervorwinden, öffnet leicht die Augen und erblickt einen behaarten Unterarm. Vor Schreck stößt er das Ungetüm unsanft von sich weg, wirft sich herum und schaut geradewegs in Gerds Gesicht.

Seine Erinnerung an den gestrigen Tag kehrt zurück, und er muss herzlich lachen.

»Wat gibt es denn so Lustiges? Mach mir lieber mal 'n Kaffee.«

»Kann ich nicht. Ich hab keinen Plan, wie das hier in dieser Schlafsauna gehen soll.« Dombrowski streicht mit dem Finger über die komplett beschlagene Fensterscheibe.

»Wat kannst du eigentlich?« Gerd richtet sich auf und bleibt mit verschlafenem Gesichtsausdruck auf dem Bett sitzen, während Dombrowski neben ihm seine Hose und anschließend Socken und Schuhe anzieht.

Ein Blick auf die analoge Uhr im Armaturenbrett verrät ihm, dass es sieben Uhr ist. »Mann. Spät ist es. Hoffentlich haben wir den Jungen nicht verpasst.«

»Mach dir keine Sorgen, der steht niemals so früh auf.«

Dombrowski sieht aus dem Fenster und schreckt zusammen. Der Junge, dessen Foto er sich bereits mehrfach angeschaut hat, schlendert in derselben Klamotte wie gestern den Trittauer Amtsweg hinauf. »Und wer bitte ist das dort? Das ist doch unser Mann, oder nicht?«

Gerd springt auf und lehnt sich zu dem Fenster vor, durch das Dombrowski den Jungen entdeckt haben will. »Scheiße, du hast recht. Wat is denn mit meinen Antennen los? Lieg ich jetzt immer falsch, oder wat?«

»Egal. Ich folge ihm als Fuß.« Dombrowski streckt Gerd seinen Autoschlüssel entgegen. »Du nimmst den Wagen von Claire. Fahr bitte vorsichtig.«

»Wieso dat denn? Zeig mal her.« Gerd greift nach dem Schlüssel und starrt auf das Emblem. »Mit 'nem Franzosen soll ich fahren?«

»Du standest ihm gestern Abend direkt vor der Nase. Der muss dich nicht schon wieder zu Gesicht bekommen.«

Gerd antwortet mit einem Grummeln, während Dombrowski möglichst lautlos die Tür aufschiebt. Er richtet seinen Kapuzenpullover und die Windjacke und folgt dem Jungen auf der gegenüberliegenden Straßenseite. Im Gehen steckt er sich einen Kopfhörer ins Ohr und ruft Gerd an, der umgehend abnimmt.

»Ja, ich hör dich, Dumbo. Ich folge dir gleich in deinem Auto. Behalt ihn im Auge.«

»Er geht schnell. Gelegentlich schaut er sich um, aber er hat mich bislang nicht entdeckt.«

»Wollen wir ihn nicht umhauen?«

»Auf gar keinen Fall. Er ist unsere einzige Spur zu Enis Karew. Wer weiß, wann der wieder vorbeischaut.«

»Und wenn der Rucksack voll mit Stoff ist?«

»Das ist mir gerade egal. Er biegt am Mützendorpsteed ab in Richtung Einkaufszentrum. Am Bramfelder Dorfplatz hat er gestern die Briefe eingeworfen.«

»Ja. Verstanden. Ich fahre zum Dorfplatz und suche mir ein gutes Plätzchen.« Gerd fährt mit aufbrausendem Motor an Dombrowski vorbei.

»Fahr vorsichtig. Der ist nagelneu.«

Gerd muss lachen. »Dann muss ich den wohl mal richtig einfahren, wie sich dat gehört.«

Fünfhundert Meter weiter bleibt der junge Mann an der Ampel am Bramfelder Dorfplatz stehen. Er sieht sich in alle Richtungen um. Dombrowski hatte rechtzeitig die Straßenseite gewechselt und geht nun auf dem Gehweg in Richtung der Postfiliale. Seine Zielperson schaut sehr verschlafen aus und vermittelt den Eindruck, als hätte sie die gesamte Nacht kein Auge zugetan. Die Schultern hängen herab, er steht leicht nach vorne gelehnt, als müsste er das Gewicht des Rucksacks ausgleichen. Die Schirmmütze hat er nur halb aufgesetzt, sodass vorne ein Teil seiner Haare heraushängt. Ungeduldig schaut er in beide Richtungen die Straße hinab und geht, als kein Auto mehr kommt, über die rote Ampel. Kurz bevor er hinter der Hausecke zur Postfiliale verschwindet, zieht er ein Paar Einweghandschuhe aus der Tasche.

»Der Jung zieht sich Handschuhe an, Dumbo. Jetzt nimmt er den Rucksack ab und stellt sich damit vor den Briefkasten. Ganz schön auffällig. Hier ist doch schon richtig Betrieb.«

»Hast du gute Sicht?«

»Jo.«

»Dann gehe ich jetzt nicht um die Ecke. Ich bleibe drüben bei der alten Schule. Sag an, wenn er wieder zurückkommt.«

»Jo.«

Dombrowski läuft über die Straße, geht über einen Parkplatz der Stadtteilschule hinter einem Restaurant entlang und stellt sich in einen kleinen Stichweg zwischen der ehemaligen Schule, die inzwischen einige Ärzte beherbergt, und dem Steakhouse.

»Ich sehe ihn jetzt auch wieder. Der steckt ja immer noch Briefe ein.«

»Jo.«

»Wie viele hast du bislang gezählt?«

»Kann ich von meiner Position aus nicht sehen, weil ich keinen freien Blick auf seine Hände habe. Aber sicherlich einige von den Armbewegungen her. Beim ersten Brief stand er noch anders da. Es scheinen etwas größere weiße Polsterumschläge zu sein.«

»Also wie gestern. Die machen guten Umsatz, die Jungs. Ich rufe dich gleich wieder an, Gerd.« Dombrowski zieht sein Handy aus der Hosentasche und beendet das Gespräch. Er wählt die Nummer des Polizeikommissariats in der Ellernreihe und wartet, bis sich der Wachhabende meldet.

»Das Polizeikommissariat in Bramfeld, Bertram«, singt die fröhliche Stimme einer Frau ins Telefon.

»Moin moin. Tim Dombrowski hier vom Rauschgiftdezernat. Wir hatten gestern einen Fall eines Rauschgift-Versenders bei eurer Postfiliale am Bramfelder Dorfplatz.«

»Ja, ich habe davon in den Tagesmeldungen gelesen. Wie können wir helfen?«

»Ich befinde mich gerade in der Observation des Täters, und er befüllt wieder den Briefkasten.«

»Sollen wir ihn festnehmen?«

»Nein. Ich bitte euch, den Briefkasten zu bewachen, bis wir den nächsten Postbeschlagnahmebeschluss erwirkt haben. Nicht dass ein übereifriger Postmitarbeiter das Ding zwischenzeitlich leert.«

»Okay. Da schicke ich doch mal den bürgernahen Beamten vorbei. Wie schnell soll er kommen?«

»Am besten sofort. Der Junge ist hier jeden Moment fertig und setzt sich wieder in Bewegung. Ich muss dranbleiben.«

»Na, dann alarmiere ich erst mal einen Streifenwagen. Sylle, Stefan, bitte einmal zum Bramfelder Dorfplatz, alles Weitere gleich über Funk. – Hast du gehört?«

»Jo. Vielen Dank. Ich melde mich bei euch, sobald wir den Beschluss haben.«

»Ich gebe deine Nummer an die Kollegen weiter. Ist die angezeigte auf dem Display hier richtig?«

»Ja, genau. Da bin ich immer erreichbar.«

»Ist notiert. Viel Glück, und meldet euch, wenn wir später noch helfen oder jemanden festnehmen können.«

»Das machen wir. Versprochen.« Dombrowski beendet das Gespräch und ruft wieder Gerd an. Dabei geht er den Stichweg hinab zum Bramfelder Dorfplatz, wo er an der Ampel stehen bleibt, ebenso wie seine Zielperson vor der Postfiliale. Es wird grün, und er schlendert über die Straße. Grübelnd, was der Junge vorhaben könnte, entschließt sich Dombrowski, zur Bushaltestelle zu gehen. »Gerd, ich habe keine Sicht. Folgt er mir?«

»Jo. Er geht offenbar auch zur Bushaltestelle. Er passiert den Dönerladen. Jetzt den Supermarkt. Er ist dreißig Meter hinter dir.«

»Sag mir, wenn er einsteigt. Ich schaue solange den Bussen entgegen. Die 17 und die 8 kommen gerade.«

»Er schaut auch in Richtung der kommenden Busse. Sieht ganz so aus, als wenn er zusteigen würde.«

Durch Dombrowskis Haare weht der Luftzug der in die Haltebucht einfahrenden Busse. Er streicht sie sich gleich wieder aus dem Gesicht.

»Er geht zur 17, Dumbo. Er steigt vorne ein.«

»Okay. Dann steige ich hinten zu.« Dombrowski wartet, bis eine ältere Dame mit ihrem Rollator ausgestiegen ist, nachdem sie sein Hilfeangebot schroff und leicht lallend abgelehnt hat, und steigt in den Bus ein. Seine Zielperson ist im vorderen Bereich stehen geblieben und schaut aus dem Fenster zur Postfiliale. Dort ist zu Dombrowskis Beruhigung bislang keine Bewegung festzustellen. Der Streifenwagen ist sicherlich noch auf dem Weg hierher. Kaum gedacht, sieht er jedoch den blau-silbernen Mercedes an die Ampel des Bramfelder Dorfplatzes heranfahren. Die Kollegen biegen auf den Parkplatz hinter dem Steakhouse ein. Kurz darauf beginnt Dombrowskis Handy zu klingeln, während der Bus langsam anfährt. »Gerd, ich ruf dich gleich zurück.«

Er nimmt das Gespräch an, und es meldet sich der Funkstreifenwagen Peter 36-zwo.

»Moin. Ich kann gerade nicht frei sprechen. Ich bin im Bus.«

»Okay. Können wir an den Briefkasten herantreten?«

»Noch nicht. Wir fahren gerade los. In zwei Minuten. Okay?«

»Ja. Haben wir verstanden. Bis später.«

Der Bus reduziert die Geschwindigkeit und hält unmittelbar vor einer zum Einstieg drängenden Menschentraube. Der Junge macht keine Anstalten, den Bus zu verlassen. Dombrowski wartet, bis die Türen sich wieder geschlossen haben, und ruft sogleich Gerd an. Er verzichtet jedoch darauf, sich zu melden.

»Dumbo, hier ist gerade eine Eule vorgefahren. Soll ich die ansprechen, oder kommt die von dir?«

»Von mir.«

»Wissen die, was sie zu tun haben, oder soll ich sie einweisen?«

»Wissen Bescheid.«

»Okay. Dann folge ich euch.«

»Jo.«

Der Bus fährt langsam an die rechte Abbiegespur zur Steilshooper Allee heran und biegt ab, um in der Haltestelle hinter der Kurve direkt wieder anzuhalten. Der Junge steigt aus und bleibt an der Haltestelle stehen. Dombrowski folgt ihm nach draußen, stellt sich ein paar Meter von ihm hin und schreibt eine Nachricht an Gerd, dass er gerade nicht sprechen kann.

»Ich biege in die Fabriciusstraße ein und warte dort ab, wohin die Reise weitergeht, Dumbo. Brauchst nicht antworten. Ich habe deine Nachricht gelesen. Endlich kann ich dich mal so richtig zulabern.«

Nach einigen Minuten des Wartens hält ein Bus der Linie 26 vor Dombrowski und dem Jungen in der Haltebucht. Beide steigen ein. Der Junge setzt sich in der ersten Vierergruppe ans Fenster, während Dombrowski im hinteren Teil des Gangs stehen bleibt. Ich bin gespannt, wohin du uns führst, mien Jung, denkt Dombrowski und muss vor Schreck schmunzeln, weil er sich nun offenbar schon wie Gerd anhört.

79

Während draußen schon die ersten Jogger im Glanz der morgendlichen Sonnenstrahlen um die Außenalster laufen, auf der majestätisch ein Schwanenpaar schwimmt, liegt Enis Karew auf einer Schlafcouch in seiner Wohnung im vierten Obergeschoss eines Mehrfamilienhauses am Schwanenwik. Er ist nur halb zugedeckt, das Gesicht liegt auf dem rauen Bezugsstoff. Das Kissen ist in der Nacht von der Couch gerutscht und auf den Boden gefallen. Sein dunkles, halblanges Haar hängt ihm speckig ins Gesicht. Neben ihm auf dem Couchtisch liegt sein Messer, das er nur zum Schlafen abnimmt. In einem Aschenbecher sind noch die Überreste eines Joints, den er zur Beruhigung geraucht hatte, nachdem sein Fahrer ihn hier abgesetzt hatte.

Auf dem verklebten Hochflorteppich stapeln sich gleich mehrere Pizzakartons unterschiedlicher Lieferdienste. Manche sind noch offen und präsentieren die Essensreste der letzten Bestellungen. In einer Ecke des geräumigen Wohn- und Schlafraums stehen diverse leere Energydrink-Dosen. Große Staubflocken tanzen dazwischen im Wind, der durch das geöffnete Fenster hereinweht.

Enis Karews Handy, das unmittelbar neben der Messerscheide auf der Glasplatte des Wohnzimmertischs liegt, beginnt zu surren. Es lässt auch die Kugelkette des Messers vibrieren. Enis öffnet verschlafen die Augen, tastet nach dem Handy und schaut auf das Display. Urplötzlich ist er wach und setzt sich auf. Er nimmt das Gespräch an, streicht sich die Haare nach hinten weg und begrüßt den Anrufer mit einem groben Brummen.

»Ich bin es«, entgegnet die vertraute Stimme von Thilo Müller.

»Was gibt es Neues?«

»Vorweg: Dies ist ein Mandantengespräch, liebe Polizei. Sie dürfen ab jetzt gerne abschalten. Nun zu dir, Enis. Deinen Bruder werden wir rausholen. Hast du deine Aufgaben erledigt?«

»Ja. Er hat versprochen, früh aufzustehen.«

»Es ist wichtig. Können wir uns darauf verlassen? Um halb

zwei kommt Tarek vor den Haftrichter. Bis dahin muss alles geklärt sein.«

»Es wird klappen. Glaub mir. Was ist mit Timon? Wird er uns Probleme machen?«

»Nein. Mein Kollege war bei ihm und hat ihm die möglichen Gemeinsamkeiten mit Paul und Liam aufgezeigt. Er hat verstanden. Schweigsamkeit liegt ihm.«

»Ich vertraue dir, Thilo. Enttäusche mich nicht.«

»Spar dir das für deine Schuldner, Enis.«

»Was ist mit Kevin?«

»Auch er wird schon bald wieder auf freiem Fuß sein. Du musst die Kaution für seine Freundin stellen. Sie wird beträchtlich sein, also vergiss nicht die Kaffeekasse, wenn du am Nachmittag zu mir kommst, um die Akte zu lesen. Ich werde die Kosten für deine Leute nicht ewig tragen.«

»Keine Sorge. Ich bin verlässlich. Du bekommst alles am Nachmittag. Aber erst, wenn Kevin wieder in meinem Dienst steht und Reue zeigt.«

»So wird es geschehen, Enis. Ich melde mich, wenn es so weit ist, damit ihr ihn einsammeln könnt, bevor ihm die verrückten Gedanken an Flucht und eine bessere Zukunft wieder in Erinnerung kommen.«

»Es wird mir eine Freude sein, ihm die Vernunft tief in sein Gedächtnis einzuritzen«, entgegnet Enis scharf. Er greift nach seinem Messer und hängt es sich an der Kette um den Hals.

»Keine Dummheiten, Enis. Bleib cool. Noch mehr Blut können wir nicht gebrauchen.«

»Melde dich, wenn er draußen ist.« Enis legt auf, geht ins Badezimmer und bleibt vor der Toilette stehen. Mit einem gezielten Griff öffnet er den Spülkasten, in dem ein vakuumierter Beutel mit vielen braunen, grünen und gelben Euronoten im Wasser schwimmt. Er fischt ihn heraus und steckt ihn in eine Umhängetasche.

Es sind seine Ersparnisse der letzten Wochen. Sicherheitshalber wird er sie komplett in Thilos Hände geben. Nur für den Fall, dass die Bullen ihm doch noch auf die Schliche kommen sollten.

80

Kevin Schröter sitzt in einem kahlen grauen Gang des Amtsgerichts auf einer massiven Holzbank und wartet geduldig darauf, dass er endlich seinen Termin beim Haftrichter bekommt. Traurig schaut er in seine Handflächen. Seine Gedanken kreisen um seine Ausbildung bei der Sicherheitsfirma, den Strohhalm, der ihm unerwartet geschenkt worden war. Ärger macht sich dabei in ihm breit. Warum hat er sich bloß wieder darauf eingelassen? Er hatte doch alles. Seine Freundin, eine Wohnung, auch das Geld hat gelangt. Nichts für große Sprünge, aber zum Leben und für die kleine gemeinsame Wohnung völlig ausreichend. Und mit den zweitausend Euro Lohn, die ihn nach Ende der Ausbildung erwartet hätten, hätte er ein gutes Leben führen können. Durch gelegentliche Nachtschichten an der Tür im Club wären noch ein paar Scheine hinzugekommen.

Vor Wut haut Kevin mit der Faust in seine Hand. »So eine Scheiße«, murrt er leise, als sich die schwere Holztür vor ihm öffnet.

»Herr Schröter?« Eine Frau in den Fünfzigern streckt ihren Kopf durch die Tür und begegnet ihm mit einem freundlichen Lächeln. Es fühlt sich für Kevin unpassend an, und dennoch beruhigt es sein Gemüt ein wenig.

»Jo.« Er pustet tief durch und steht auf.

»Kommen Sie bitte herein.«

Kevin tritt in den hell gestrichenen Saal, an dessen Ende sich ein breites Pult aus dunklem Eichenholz erhebt. Es steht auf einem grauen Podest und ist von zwei schmalen Tischen flankiert, die in den Raum hineinragen. Davor steht Thilo

Müller und sieht Kevin freundlich, jedoch auch abweisend entgegen, ganz so, als würden sie sich an diesem Tag zum ersten Mal begegnen.

»Guten Tag, Herr Schröter. Wir haben uns bereits über den Sachverhalt ausgetauscht. Der Richter hat mich im Vorgespräch über erfolgte Einlassungen informiert, und ich habe das Ergebnis aus unserem Gespräch vorgetragen.«

»Okay …« Kevin bleibt verwundert stehen. Er kann sich an kein Wort ihres Gesprächs mehr erinnern. Unweigerlich muss er an seine Freundin denken, die hier auch irgendwo im Gebäude sein muss. War sie schon in diesem Raum, der so bedrohlich auf Kevin wirkt, obwohl der Richter hinter dem Pult ihn ohne Groll von seiner erhöhten Sitzposition aus anschaut.

Thilo Müller zieht aus seiner schmalen Aktentasche einen kleinen Laptop hervor, den er aufklappt und auf seiner Hand balanciert.

»Herr Kevin Schröter, ist das richtig?«, ertönt unerwartet die Stimme des Richters hinter dem Pult, und Kevin bestätigt die Frage mit einem Nicken. »Sie werden beschuldigt, in der Wohnung Ihrer Freundin Amphetamine in nicht geringer Menge gelagert zu haben. Aufgrund vorangegangener Einlassungen müssen wir jedoch davon ausgehen, dass nicht mehr von einem dringenden Tatverdacht ausgegangen werden kann. Die Staatsanwaltschaft hat bereits signalisiert, dass sie keinen Antrag auf Haftbefehl stellen wird. Möchten Sie sich noch zum Sachverhalt äußern?«

Thilo Müller räuspert sich und tritt einen Schritt nach vorne. »Ich möchte eine kurze Einlassung für meinen Mandanten verlesen, die wir vorhin gemeinsam aufgenommen haben.«

»Ja, bitte.«

»Ich, Kevin Schröter, möchte betonen, dass ich mich vom Rauschgifthandel stets ferngehalten habe. Von einer Lagerung von Betäubungsmitteln in der Wohnung meiner Freundin habe ich nichts gewusst. Ich bin mir außerdem sicher, dass meine Freundin, die noch nie Drogen konsumiert hat, gar nicht wusste, was sie dort für ihre Freunde lagerte, auch wenn ich mir nicht erklären kann, wann und wo diese Drogen in der Wohnung gewesen sein sollen, denn normalerweise hätte ich sie sehen und erkennen müssen. Ich gehe deshalb davon aus, dass sie nur für kurze Zeit und lediglich in meiner Abwesenheit in der Wohnung gelagert wurden. Ich mache momentan eine Ausbildung im Sicherheitsmanagement und habe ein gutes Einkommen. Nach einem erfolgreichen Abschluss will ich mich weiter fortbilden und ein entsprechendes Studium in diesem Bereich anstreben. Meine Firma ist sehr zufrieden mit mir und wird mich nach meiner abgeschlossenen Ausbildung in verantwortungsvoller Position als Truppführer fest einstellen. Meine Freundin ist schwanger, wir planen, eine Familie zu gründen und ein normales Leben zu führen.« Thilo Müller verstummt, klappt den Laptop zu und steckt ihn in seine Tasche zurück.

»Danke. Das wird so ins Protokoll aufgenommen. Da vonseiten der Staatanwaltschaft kein Antrag gestellt wird, kann ich Ihnen mitteilen, Herr Schröter, dass Sie sogleich wieder entlassen werden.« Der Richter schließt die Anhörung und ebenso die rote Akte, die aufgeklappt vor ihm liegt.

Thilo Müller wendet sich vom Richterpult ab und reicht Kevin Schröter die Hand. »Ich wünsche Ihnen alles Gute. Ich halte Sie auf dem Laufenden über Ihr Verfahren, das von der Staatsanwaltschaft nun eingestellt werden sollte. Ihre Freundin hat übrigens wie erwartet Haftverschonung bekommen. Mein Kollege hat sich ihrer erfolgreich angenommen. Sie wird sich bis zu ihrem Verfahren zweimal die Woche in der Polizeiwache in Billstedt melden müssen. Zumindest vorerst. Sobald sie einen festen Arbeitsplatz hat, werden wir beantragen, dass diese Auflage erlassen wird. Ist der Haftbefehl erst einmal aufgehoben, kann es ein paar Jahre dauern, bis es zur Verhandlung kommt, und wenn bis dahin Kinder in der Welt sind, wird es auf jeden Fall auch für sie auf eine Bewährung hinauslaufen.«

»Aber sie hat doch …«

»Psst. Ein einfaches Dankeschön reicht mir bereits. Alles Gute für Ihre werdende Familie. Sie werden zeitnah entlassen werden. Sie müssen nur noch ein paar Kleinigkeiten unterschreiben, dann erhalten Sie Ihre Sachen zurück und sind wieder an der frischen Luft. Weil ich ein missverständliches Telefonat, das die Polizei aufgezeichnet hatte, ebenfalls aufklären konnte, wird gegen Sie nicht weiter ermittelt. Ich denke, Sie können vollends zufrieden sein.« Mit diesen Worten wendet sich Thilo Müller von Kevin ab und verlässt den Saal, vor dem bereits der nächste Anwalt mit seinem Mandanten auf dessen Vorführung wartet und unter dessen hoher Decke Kevin verloren allein zurückbleibt.

81

Seelenruhig sitzt Robin Meister auf seinem Platz, während der Bus über die Hebebrandbrücke in die City Nord hineinfährt. Das Zentrum für Bürogebäude nördlich des Stadtparks wurde in den siebziger Jahren gebaut und sollte eine Nähe zwischen dem Wohn- und Arbeitsort herstellen. Doch der Standort setzte sich nicht richtig durch, und auch das Konzept schien seiner Zeit voraus, denn die wenigsten wollten nahe am Arbeitsplatz wohnen. Manche Bürogebäude verfielen durch den fortschreitenden Leerstand, waren teilweise mit Asbest verseucht und wurden am Ende abgerissen. Inzwischen werden neue und moderne Zentren gebaut. Dort soll nun, fünfzig Jahre später, erneut versucht werden, Wohnen und Arbeiten miteinander in Einklang zu bringen.

Tim Dombrowski betrachtet die Großbaustellen mit Skepsis. Sowohl das Konzept als auch die riesigen kastenförmigen Wohnblocks wirken abschreckend auf ihn. Er liebt es so sehr, auf dem Balkon seiner Altbauwohnung zu sitzen und in den Eichtalpark zu schauen, dass er sich überhaupt nicht vorstellen könnte, in einen betonierten Innenhof mit ein paar wenigen neu gepflanzten Bäumen zu blicken.

Durch die Heckscheibe des Busses sieht Dombrowski Claires Wagen, der mehrere Autos hinter ihnen den Berg zur Brücke hinabfährt, während sich der Bus zunehmend in die scharfe Kurve neigt und langsamer wird, um an der nächsten Einbuchtung zu halten.

Zwei Personen steigen aus, nachdem sich die Türen des Busses geöffnet haben, und gehen auf ein lang gezogenes schwarzes Gebäude zu. Der Bus fährt wieder an, und Dombrowski bemerkt, dass Robin Meister ein wenig unruhig wird. Erneut biegt der Bus rechts ab und fährt auf das Polizeipräsidium und den Bacardi-Tower zu, auf dessen Dach sich das goldene Zeichen der Rum-Marke dreht. Robin Meister steht auf und drückt, während der Bus unmittelbar vor dem Präsidium an der nächsten Ampel hält, den Signalknopf.

Dombrowski schreibt Gerd eine Nachricht, dass sie an der nächsten Haltestelle aussteigen werden, und fragt sich, was wohl das Ziel seiner Zielperson werden könnte, um ihm möglichst unauffällig und vorausschauend zu folgen.

Gerd antwortet mit einem erhobenen Daumen.

An der U-Bahn-Station steigen fast alle im Bus verbliebenen Fahrgäste aus und gehen entgegen der Fahrtrichtung zur Ampel, um zur Haltestelle zu gelangen. Auch Tim Dombrowski und seine Zielperson folgen der Menge an Leuten und stehen nur wenige Meter voneinander entfernt an der Ampel. Es wird grün, und die wartenden Passanten spazieren mehr oder minder schnell auf den Zugang zur U-Bahn zu, die hier überirdisch verläuft. Der Junge schiebt sich zwischen den Leuten immer weiter nach links und folgt nicht den Personen, die zur Haltestelle hinaufgehen, sondern denen, die in Richtung des Präsidiums gehen.

Wo willst du denn hin?, fragt sich Dombrowski argwöhnisch. Du wirst doch nicht … du wirst doch nicht zu uns wollen?

»Dumbo, ich mache in der Wende kehrt und parke auf dem Präsidiumsparkplatz. Dann kann ich dich als Fuß ablösen.«

»Nee, lass mal, Gerd. Mich kennt er nicht. Der geht in Richtung des Präsidiums. Wo will der bitte hin? Zum Stadtpark wäre er mit anderen Buslinien einfacher und schneller gekommen, und zur Grundschule muss der sicherlich nicht mehr. Mehr gibt es hier doch gar nicht.«

»Vielleicht will er zu Bacardi? Dort sind auch noch andere Firmen drin.«

»Nee. An der Treppe sind wir bereits vorbei.« Dombrowskis Flüstern ist kaum zu hören, doch er will nicht riskieren, lauter zu sprechen. »Noch fünfzig Meter bis zur Einfahrt zum Präsidium.«

»Jo. Ich sehe euch. Ich fahre eine Extrarunde bis zum Stadtpark und komme wieder zurück.«

»So langsam, wie der momentan geht, kannst du zwei Runden drehen. Er bleibt fast stehen. Gleich geht er rückwärts. Was stimmt denn mit dem nicht? Jetzt gibt er sich offenbar einen Ruck und wird wieder schneller. Wir gehen auf die Einfahrt zu. Noch zehn Meter. Fünf. Und er biegt ab. Er will tatsächlich zum Präsidium. Eben Stoff eingeworfen, und jetzt zum Präsidium? Spinnt der?«

Dombrowski folgt der Zielperson mit ausreichend Abstand die Treppe hinauf, verzögert den Aufstieg ein wenig, indem er kurz innehält und noch einmal über sein Handydisplay wischt, und nimmt dann die letzten Stufen. Am Ende des Übergangs zum Foyer öffnet sich gerade die automatische Schwingtür, durch die der Junge das Foyer betritt. Dombrowski folgt ihm nun wieder schneller. Er will sein Anliegen nach Möglichkeit hören, ohne dabei aufzufallen oder ihn direkt ansprechen zu müssen.

Durch die Personenschleuse kommen ihm gleich mehrere Personen laut lachend entgegen. Sie sehen müde aus, dennoch scheinen sie sich nicht die Laune verderben zu lassen. In ihrer Mitte geht Mario Beyer, der von allen am breitesten grinst. Was

Dombrowski mitbekommt, wird gerade über Fußballergebnisse gespottet. Mario bemerkt den sich irritiert und suchend umschauenden jungen Mann und tritt an ihn heran. »Alles in Ordnung bei Ihnen? Können wir Ihnen helfen?«

»Ich möchte eine Aussage machen.«

»Das ist wunderbar, aber zu wem wollen Sie denn? Haben Sie einen Termin oder eine Vorladung erhalten?«

»Nein. Ich bin hier, weil ich ein Geständnis ablegen möchte.«

Mario Beyer sieht ihn aufmerksam an. »Was ist denn geschehen?«

»Ich habe ein Rauschgiftlabor in Osdorf betrieben.«

»Oh, dafür bin ich leider nicht zuständig. Aber Sie haben Glück. Direkt hinter Ihnen steht unser Spezialist für Rauschgiftdelikte. Wenn ich vorstellen darf: Das hier ist Herr Dombrowski vom Rauschgiftdezernat. Er wird sicherlich Zeit für Sie haben.«

Dombrowski ist nicht sicher, ob er Mario für die Vorstellung anschreien oder ihm danken sollte.

Der Junge dreht sich zu ihm um. »Herr Dombrowski, ich heiße Robin Meister und möchte eine Aussage machen.«

»Schön. Danke, Mario.«

Während Mario Beyer mit seinen Kollegen das Präsidium verlässt, begleitet Tim Dombrowski den spürbar aufgeregten Robin Meister zur Schleuse des Wachdienstes.

»Moin moin, Kollegen. Das hier ist Herr Meister. Mögt ihr ihn bitte einmal auf gefährliche Gegenstände und Drogen durchsuchen? Ich bin gleich wieder bei euch. Der Termin kam ein wenig überraschend für mich.« Beide Beamten hinter der Glasscheibe beginnen zu nicken, einer von ihnen erhebt sich und greift nach einem Metallscanner, der in dem aquariumähnlichen Wachraum an der Wand hängt. Dombrowski wendet sich wieder Robin zu und zeigt durch die Scheibe auf die Stuhlgruppe hinter der Schleuse. »Okay, Herr Meister. Sobald Sie durch die Kontrolle durch sind, können Sie bitte dort vorne im Wartebereich Platz nehmen. Ich hole Sie in wenigen Minuten dort ab. Dann werden wir ausreichend Zeit haben. Einverstanden?«

»Ja. Klar. Ich werde auf Sie warten.«

»Bis gleich, Herr Meister«, verabschiedet sich Tim Dombrowski und geht in Richtung des Fahrstuhls. Es gilt, ein paar Kleinigkeiten vorzubereiten – falls ihr Drogenpostbote nach einer ausführlichen Belehrung überhaupt noch bereit sein sollte, auszusagen.

82

Auf einem Blatt Papier mit seinen persönlichen Daten und einem festgeklebten Foto, das bei seiner Ankunft gestern Abend angefertigt wurde, hinterlässt Kevin Schröter seine geschwungene Unterschrift. Mit Skepsis in der Miene, denn er mag noch nicht recht glauben, dass er wirklich auf freien Fuß kommt. Der Auftritt von Thilo Müller vor dem Haftrichter war für ihn beeindruckend. Dass dessen Dienste nicht aus gutem Willen von Claas' Hintermann bezahlt werden, ist allerdings beunruhigend, fast angsteinflößend für ihn.

Vor Kevin geht ein Schließer in dunkler Uniform, dessen Schlüssel tief in einer dunklen Ledertasche stecken, die mit einer langen Metallkette an der Hose befestigt ist. Der ältere Mann pfeift lautstark Heidi Kabels »In Hamburg sagt man Tschüss« vor sich hin, öffnet zwei Türen, die er unmittelbar hinter Kevin wieder zuschließt, und lässt durch einen Kollegen, der am Empfang sitzt, eine letzte Tür zur Schleuse öffnen, wo das von Kevin unterschriebene Formular abgestempelt und in einem Aktenordner abgelegt wird. »Alles Gute, Herr Schröter. Bleiben Sie sauber.«

»Ich habe nichts getan. Der Richter entlässt mich nicht ohne Grund«, erwidert Kevin und spürt, dass er ein wenig zu viel

Aggressivität in seine Stimme gelegt hat. »Entschuldigung. Selbstverständlich werde ich hier niemals wieder auftauchen.«

»Das sagen sie alle.«

Die schwere Stahltür fällt hinter Kevin ins Schloss, und eine Holztür vor ihm öffnet sich. Strahlendes Sonnenlicht schlägt ihm entgegen. Die Luft draußen ist mild und klar.

Kevin atmet tief ein, alles wirkt umgehend schöner. Die Sonne, der Himmel, die umliegenden Messegebäude. Einfach alles.

Er steigt die erste Stufe hinab, bewegt den Kopf nach links, nach rechts und wieder zurück. Er hält nach Sandy Ausschau. So sehr hatte er gehofft, dass sie hier auf ihn warten würde. Ist sie überhaupt schon draußen? Oder wird es bei ihr vielleicht noch einen Moment länger dauern? Kevin geht eine weitere Stufe nach unten. Nirgends kann er Sandy entdecken. Könnte sie schon vorgefahren sein, weil sie nicht mehr mit ihm rechnete? Immerhin wusste sie, wer die Amphetamine wirklich in ihren Kühlschrank gelegt hatte. Das war er.

Kevin fragt sich, wie sie auf seine Aussage reagiert haben mag. Ob sie ihm die Einlassung des Anwalts verzeihen wird, die ihn vor dem Gefängnis bewahrt, während sie dadurch zunehmend in den Fokus der Ermittler gerät, weiß er nicht.

Nirgends kann er sie entdecken. Dafür sieht er jemand anders, als er über die Straße hinweg zum Messegelände schaut. Sein Herz bleibt beinahe stehen, und eine innere Hitze steigt in ihm auf, obwohl kühle Luft seine nackte Haut an den Armen umspielt. Es sind die Augen, die er umgehend wiedererkennt, der lodernde Blick. Sie gehören dem Mann, der hinter Claas im Fahrzeug saß und ihm mit einem Messer in den Hals stach.

Der Mann kommt Kevin entgegengeschlendert. Er achtet nicht auf den Verkehr. Die teuflischen Augen blitzen auf. Er trägt die schwarzen Haare zurückgekämmt. Der rote Trainingsanzug sitzt locker, die Jacke ist halb offen, und bei jedem Schritt blitzt der Griff seines Messers aus dem Ausschnitt hervor.

Kevin verspürt eine unbändige Angst, die seine Beine und sein Herz zugleich umgreift und ihn erstarren lässt. Keine Chance, sich zu bewegen, wegzulaufen oder in anderer Form zu reagieren. Obgleich er ahnte, dass dieser Mann hinter dem Anwalt steht, hat er zu keinem Zeitpunkt damit gerechnet, dass er ihm unmittelbar nach seiner Entlassung auflauern wird.

»Na, mein Lieber. Wie schmeckt die Freiheit? Ich glaube, wir müssen sprechen. Ich bin Enis. Wir werden uns jetzt häufiger sehen.«

»Glaubst du das?«, antwortet Kevin mit zittriger Stimme.

»Ja. Wir werden Geschäftspartner. Du darfst bei mir deine Schulden abarbeiten. Es ist zufällig gerade genau der richtige Job für dich frei geworden.« Enis Karew umgreift Kevins Schulter und drückt ihn in Richtung der Straße, um zu signalisieren, wohin sie jetzt gehen.

»Und wenn ich nicht will?«

»Du willst, mein Lieber. Glaub mir. Ich kann mir nicht vorstellen, dass es dir oder deiner Kleinen wie deinem alten Freund Paul oder Liam ergehen soll, oder?«

Entsetzt zuckt Kevin bei Pauls und Liams Namen zusammen. Ein ungutes Gefühl durchdringt ihn. Was hat er mit Liam gemacht? Und warum? Die aufkommende Angst macht Kevin bewusst, dass er keine andere Wahl hat, als Enis zu folgen. Auch wenn sich jede Faser seines Körpers dagegen sträubt.

83

Auf dem Flur des Rauschgiftdezernats herrscht eine trügerische Ruhe. Lediglich Tim Dombrowski und Otto Kuhnert sind bereits anwesend. Ihr Chef Harry Goldutt wurde zu Frau Baake zitiert und muss ihr über die Ereignisse des Vortags Rede und Antwort stehen.

Dombrowski druckt die Belehrungsbögen aus, damit er

direkt mit der Vernehmung beginnen kann. Sobald er Robin Meister belehrt hat, will er starten. Außerdem hat er sich die Berichtslage zur gestrigen Postbeschlagnahme in einen extra Ordner gelegt, um darauf zurückgreifen zu können, falls Robin Meister tatsächlich eine Lebensbeichte ablegen sollte.

»Ach, Mist. Beinahe vergessen«, schimpft Dombrowski, als ihm bei der Gelegenheit die Bramfelder Kollegen wieder einfallen, und wählt eine altbekannte Nummer, während er gleichzeitig beginnt, Daten in eine E-Mail zu kopieren.

»Nicht schon wieder, Dombrowski.«

»Tut mir leid, Herr Schmidt, aber wir haben eine gleich gelagerte Tat wie gestern. Derselbe Briefkasten, derselbe Täter.«

»Ich hoffe, dass Sie ihn dieses Mal festgenommen haben?«

»Nicht ganz.«

»Wie bitte? Wie lange wollen Sie das Spiel denn noch weiterspielen?«

»Er hat sich soeben gestellt.«

»Ach. Wieso das denn?«

»Nicht wegen des Versands, wie es scheint, sondern die Amphetaminküche vom gestrigen Abend betreffend. Er will sich dafür verantwortlich melden. Ich habe die Unterlagen zur Wohnung eben noch einmal gesichtet. Sie läuft auf seinen Namen.«

»In einer Stunde habe ich die Vorführung in dieser Sache. Ich möchte daher umgehend über die Inhalte der Vernehmung unterrichtet werden.«

»Was ändert das denn an der Situation, dass Felix Scholz und Tarek Karew in der Wohnung waren und die Drogen hergestellt haben?«

»Das werden wir sehen. Sie können sich gar nicht vorstellen, was ich hier bereits für Einlassungen gehört habe. Zumal Thilo Müller sich und seinen Kompagnon bereits als Anwälte für die beiden legitimiert hat. Da sind komplett aufeinander abgestimmte Geschichten zu erwarten, die aber zumindest im Moment der Vorführung nicht zu widerlegen sind.«

»Okay. Ich werde mich melden. Aber vor diesem Hintergrund verschafft mir das spontane Erscheinen von Robin Meister kein besseres Gefühl.«

»Dass Anlass dazu besteht, ist zu befürchten. Dennoch dürfen wir das Geständnis nicht zurückhalten. Wenn Müller das rausbekäme, würde es erheblichen Ärger geben.«

»Ich höre mir gleich mal an, was der Junge zu erzählen hat. Bis später. Ach, Moment. Der Briefkasten wurde um Viertel nach sieben von Robin Meister befüllt und steht derzeit unter Bewachung. Die Daten schicke ich Ihnen gerade per E-Mail. Geben Sie mir bitte Bescheid, sobald der Beschluss vorliegt? Nach der gestrigen Sicherstellung sollten vonseiten des Richters Kapischke ja keine Vorbehalte bestehen.« Dombrowski klickt auf Senden und erhebt sich aus seinem Bürostuhl.

»Der Kapischke hat grundsätzlich Vorbehalte, und zwar gegenüber der damit einhergehenden Arbeit.«

»In diesem Sinne, Herr Schmidt. Ich muss in die Vernehmung.«

Nach der Verabschiedung legt Dombrowski auf und geht zu Otto Kuhnert, der am Schreibtisch vor seinem Monitor sitzt und konzentriert mit zwei Fingern einen Bericht in die Tasten hackt.

»Tastatur will man bei dir nicht sein«, wirft Dombrowski mit einem Schmunzeln ein.

»Hm? Wat willst du, du kleiner Scheißer?«, entgegnet Otto und lacht kehlig. »Irgendjemand muss ja die Gespräche aus der Telefonüberwachung zusammenfassen und auswerten. Oder siehst du hier noch jemanden auf dem Flur? Nee, oder? Ich bin schon wieder seit fünf Uhr hier.«

Dombrowski betrachtet die tiefen Ringe unter Ottos Augen, die nach Erholung und Urlaub schreien. Und doch weiß er, dass Otto ohne die Arbeit gar keine Ruhe finden würde. Sie schenkt ihm Halt und eine stetige Aufgabe, Freude und einen Sinn im Alltag. »Falls Staatsanwalt Schmidt sich meldet, während ich weg bin, kannst du dann den Postbeschlagnahmebeschluss an das Polizeikommissariat in Bramfeld weiterleiten? Die Kollegen bewachen dort momentan den Briefkasten und warten.«

»Jo. Mach ich. Wat machst du?«

»Ich vernehme einen Jungen, der sich gerade unten gestellt hat. Er will verantwortlich für das Labor sein. Es ist der, der auch die Briefe in den Briefkasten geschmissen hat. Davon hat er allerdings noch nichts gesagt. Mal schauen, ob ich dazu etwas aus ihm rauskitzeln kann. Immerhin kennen wir jetzt die richtige Wohnung, und seine Schlüssel dürfte er ja dabeihaben.«

»Woher kennen wir denn plötzlich die Wohnung?«

»Gerd. Lange Geschichte, erzähle ich dir nachher. Ich muss runter zu dem Jungen. Nicht dass er ungeduldig wird und es sich anders überlegt.«

Ohne weitere Worte wendet Dombrowski sich mit den Mappen unter dem Arm von Otto ab und geht nach unten.

84

Auf der Steilshooper Allee fährt Gerd mit Claires französischem Kombi im zügigen Tempo zurück nach Bramfeld. Er will so schnell wie möglich in sein Wohnmobil und die Anschrift im Blick behalten. Nur für den Fall, dass Enis Karew oder seine Mittäter noch einmal vor Ort auftauchen sollten.

Neben ihm recken sich die Hochhäuser von Steilshoop gen Himmel. Auch wenn Gerd sein beschauliches Haus in Dalldorf nie gegen eine hiesige Wohnung eintauschen würde, blickt er interessiert an den neu gemachten Fassaden hinauf. »'ne schöne Aussicht soll man da drin ja haben«, sagt er zu sich selbst und richtet den Blick anschließend wieder auf die Straße.

Gerds Telefon beginnt zu klingeln. »Oh, wer is dat denn

schon wieder?«, ruft er und nimmt das Gespräch an, ohne auf das Display zu schauen.

»Gerhard, wo bist du?«, fragt Dörte lautstark, woraufhin er das Telefon erst einmal ein Stück vom Ohr weghält.

»Ach, Dörte, du bis dat.«

»Wie, ich bin dat? Wer denn sonst? Kannst du mir mal erklären, wo du bleibst? Ich muss nach Bergedorf, und du wolltest mich fahren, weil mein Auto in der Werkstatt is.«

»Oh Mist, dat hab ich ganz vergessen.«

»Dat ist jetzt nich dein Ernst, Gerhard. Weißt du eigentlich, wie lang ich schon auf diesen Termin bei dem neuen Kardiologen warte?«

»Tut mir leid, dat schaff ich jetzt nich. Ich hab zu tun.«

»Wie bitte?«

»Ich kann jetzt auf keinen Fall, Dörte. Dat is wichtig, wat ich hier mach. Verstehst du dat nich?«

»Sach mal, bist du noch bei Trost? Ich soll den Termin jetzt absagen, weil du dich in der Stadt rumtreibst? Und ich muss doch auch zur Arbeit kommen! Wie soll ich dat denn machen ohne Auto?«

»Ach, Dörte. Du gehst doch bald in Rente. Mach doch mal 'n Tag blau. Die könn dir nu eh nichts mehr.«

»Meine Arbeit ist mir aber wichtig.«

»Man muss auch mal loslassen können. Bald is doch sowieso vorbei mit der Arbeit.«

»Na, dat sagt ja genau der Richtige! Aber wat is nun mit meinem Arzttermin?«

»Jo, dat tut mir wirklich leid. Kannste mir glauben. Mach doch bidde 'nen neuen Termin.«

»Mein lieber Gerhard, wenn du so weitermachst, dann brauch ich den Termin bald gar nicht mehr«, schreit Dörte wutentbrannt ins Telefon und legt auf.

»Mann, Mann, Mann, dat gibt wieder ein paar Tage Schlechtwetterstimmung«, resümiert Gerd genervt. Kurz überlegt er, Dörte eine Nachricht mit einer Entschuldigung zu schreiben, steckt das Telefon dann aber doch kopfschüttelnd weg. »Jetzt würde sie sowieso alles, was ich schreib, falsch verstehen.«

Im Mützendorpsteed parkt Gerd meckernd in eine enge Parklücke ein, weil er das intensive Piepen des Einparkassistenten beim Rangieren einfach nicht ausgeschaltet bekommt. Die Tür schlägt er donnernd ins Schloss, schließt ab und stapft, noch immer wütend über Dörtes Gezeter, die Straße hinab. Dass er sie am Vorabend mit seinen Freunden alleine gelassen und nun auch noch ihren Termin verschwitzt hat, vergisst er dabei total.

»Na, wenigstens bleibst du mir treu«, sagt er zu seinem Wohnmobil, dem er im Vorbeigehen sanft über die Seite streicht. Er öffnet die Tür und steigt in den noch immer feucht-muffig riechenden Innenraum. »Uiuiui. Ich glaub, die Tür bleibt lieber ’nen Moment offen. Hier passiert vermutlich sowieso nichts mehr in den nächsten Stunden.«

Gerd reißt hungrig den Kühlschrank auf und schaut auf leere Glasflächen. »Nee, näh? So eine Scheiße«, schimpft er und steigt direkt wieder aus dem Wohnmobil aus. An der Bramfelder Chaussee ist er eben an einem Bäcker vorbeigefahren. »So viel Zeit muss sein«, erklärt er, um sich selbst die nötige Sorglosigkeit zuzusprechen, und geht watschelnd zurück in Richtung Hauptstraße.

85

Im Wartebereich des Hamburger Polizeipräsidiums tritt Tim Dombrowski aus dem Rundgang heraus und hält auf Robin Meister zu. Der hat sein Cap tief in die Stirn gezogen und pult an seinen dreckigen Fingernägeln herum. Ein kleines Stück beißt er gerade ab, als Dombrowski vor ihm stehen bleibt. »Ich wäre dann so weit. Folgen Sie mir bitte, Herr Meister.«

Wortlos steht Robin auf und geht hinter Dombrowski her

bis zum Fahrstuhl, wo sie darauf warten, dass die Türen sich öffnen. Er vermeidet es, zu Dombrowski aufzuschauen, der einen halben Kopf größer ist und ihn mustert. Stattdessen dreht er sich um und prüft, ob ihnen jemand folgt.

»Hier arbeiten nicht so viele Leute, wie man meinen könnte«, erklärt Dombrowski das stille Treiben auf den Gängen, während die Fahrstuhltür sich ruckelnd aufschiebt. Sie treten ein, und Dombrowski wählt das dritte Stockwerk aus, wo der Fahrstuhl kurz darauf hält.

Nur wenige Augenblicke später nehmen sie im Vernehmungsraum Platz. Der Gang ist wie ausgestorben. Das Flurlicht ist ausgeschaltet. Im Zimmer strahlt die Morgensonne durch das Fenster direkt auf Dombrowskis Monitor. Er erhebt sich noch einmal und zieht den Vorhang zu, um wenigstens ein bisschen was erkennen zu können.

»Gut, Herr Meister. Das hier ist der Belehrungsbogen für Ihre verantwortliche Vernehmung, die wir nun durchführen können. Sie wollten Angaben zur Beteiligung an einem Drogenlabor machen, dafür müssten Sie dort unten das Kreuz an der richtigen Stelle am Ende der Seite machen.«

Dombrowski verfolgt, wie Robin Meister das Blatt Papier studiert, das er ihm vorgelegt hat, und schließlich mit zitternden Händen ein Kreuz an der Stelle macht, hinter der steht, dass er eine Aussage vor der Polizei machen möchte.

»Bevor Sie unterschreiben, möchte ich Sie jedoch zunächst über Ihre Rechte und Pflichten in einem Strafverfahren belehren. Sie beabsichtigen, sich selbst eines Verbrechens zu beschuldigen, daher besteht die Verpflichtung zur notwendigen Verteidigung. Das heißt, dass Sie mit einem Anwalt sprechen müssen, bevor wir diese Vernehmung führen können.«

»Ich kenne meine Rechte.«

»Das glaube ich Ihnen, dennoch müssen Sie zunächst mit einem Anwalt sprechen. So ist das Gesetz.«

»Habe ich bereits getan.«

»Wer ist denn Ihr Anwalt, wenn ich fragen darf?«

»Das möchte ich nicht sagen. Ich will jetzt einfach aussagen. Können wir also?« Hektisch unterschreibt Robin Meister den Belehrungsbogen und schiebt ihn zu Dombrowski rüber.

»Vorher muss ich Sie noch kurz darüber belehren, dass Sie weder sich noch Ihre Angehörigen belasten müssen und es sich strafmildernd auswirken kann, wenn Sie gegen Ihre Hinterleute auspacken.«

»Ja, 31er werden, ich weiß, was Sie meinen. Aber ein Verräter bin ich nicht. Ich bin ehrlich, ich lüge nicht. Erst recht nicht, wenn ich eine offizielle Aussage mache. Aber ich werde niemanden ans Messer liefern, verstehen Sie? Ich bin hier, um etwas klarzustellen.«

Dombrowskis Finger fliegen über die Tastatur, während er versucht, Robin Meisters Worte so genau wie möglich mitzuschreiben.

»Die Wohnung am Achtern Born, wo Sie gestern die Razzia gemacht haben, die ist meine. Der eine Junge, Felix heißt er, der ist mein Koch. Er rührt für mich Speed an. Das Öl besorge ich. Normalerweise bin ich dabei, aber ich konnte gestern nicht kommen. Darum habe ich Tarek gebeten, ihm zu helfen. Aber Tarek hat keinen Plan von dem, was wir machen. Er ist ein korrekter Junge, wissen Sie? Er macht nichts Verbotenes. Ich habe ihm erzählt, dass wir Farbe anrühren, dies das, und er sollte einen Fuchs dafür bekommen, dass er hilft. Er hatte keine Ahnung, dass wir Dings machen in der Wohnung.«

»Ist das so?«, wirft Dombrowski mit kritischem Blick ein und unterbricht die Protokollierung der Aussage. »Soll ich das wirklich glauben?«

»Ja, das ist so. Tarek hat nichts damit zu tun. Er hat keinen Plan von Speed. Er wollte sich Taschengeld verdienen. Er hat nie Kohle, das wusste ich und habe es ausgenutzt.«

»Sie? Sie meinen, Sie haben Tarek Karew ausgenutzt?«

»Genau.«

Dombrowski schnauft abschätzig. »Das soll ich Ihnen glauben?«

»Tun Sie, was Sie für richtig halten, aber so ist das.«

»Werden Sie bedroht?«

Dombrowskis Frage bringt Robin Meister ins Stocken. Er bewegt zwar seine Lippen, aber es wollen ihm offenbar keine passenden Worte einfallen.

»Ich kann verstehen, dass Sie vor diesen Leuten Angst haben.«

»Ich habe vor niemandem Angst. Es ist meine Wohnung und meine Küche. Die Jungs haben für mich gearbeitet, doch Tarek wusste nicht, was er dort tut.«

Dombrowski hebt zweifelnd die Augenbrauen, aber Robin Meister bekommt es nicht mit. Er schaut grimmig auf seine Hände, greift nach dem Kugelschreiber, mit dem er den Belehrungsbogen unterschrieben hat, und beginnt, die Mine raus- und wieder reinzuklicken. Dombrowski schweigt und starrt ihn an.

»Was ist das da für eine Schramme an Ihrem Hals?«

»Das war die Katze.«

»In der Laborwohnung war keine Katze.«

»Die ist von den Nachbarn.«

»Wie heißen die Nachbarn?«

»Nicht von meinen Nachbarn.«

»Wessen Nachbarn dann?«

»Die von einer Freundin.«

»Wie heißen die?«

»Das will ich nicht sagen. Die haben damit nichts zu tun.«

»Und Ihre Freundin?«

»Die hat erst recht nichts mit der Sache zu tun und soll auch nichts davon wissen.«

»Was war das für eine Katze?«

»Keine Ahnung. Eine getigerte, fette Katze.«

»Muss eine besondere Katze gewesen sein.«

»Wie kommen Sie denn darauf?«

»Weil sie mit nur einer Kralle gekratzt hat.«

Robin Meister verstummt. Seine Augen werden ausdruckslos. Tim Dombrowski kann die Gedanken hinter seiner Stirn förmlich greifen. Er will unbedingt etwas Kluges erwidern, ohne jedoch auf eine vernünftige, logische und nachvollziehbare Antwort zu kommen.

»Und eine breite Kralle muss sie gehabt haben. Komisch«, setzt Dombrowski nach.

»Scheiß auf die blöde Katze. Dann hat sie halt nur den Mittelfinger benutzt.«

»Woher nehmen Sie denn die Grundstoffe für das Amphetamin?«

»Was?«

»Wenn Sie Amphetamine in Ihrer Wohnung anrühren, dann brauchen Sie doch die nötigen Chemikalien dafür.«

»Ja. Klar.«

»Woher haben Sie die denn bezogen?«

»Das möchte ich nicht sagen. Die Leute sind wirklich gefährlich. Die gehören zu einem Kartell im Ausland.«

Wieder hebt Dombrowski verwundert die Augenbrauen, so hoch, dass sich seine Stirn in Falten wirft. »Und wie viel bezahlen Sie dafür?«

»Für was?«

»Für die Grundstoffe natürlich.« Dombrowski lehnt sich aufmerksam nach vorne, ganz so wie ein Pokerspieler, der den Eindruck vermitteln möchte, dass ihn sein Blatt überzeugt.

»Fünftausend Euro.«

»Für was?«

»Na, für die Grundstoffe.«

»Und welche wären das?«

»Das wissen Sie doch. Sie waren doch in der Wohnung.«

»Also für Wasserstoffperoxid?«

»Ja, genau.«

»Sie haben keine Ahnung, oder?«

Stille tritt ein. Robin Meister lehnt sich erschöpft zurück und pustet die Wangen auf.

»Sie wissen überhaupt nichts über die Amphetaminherstellung, Herr Meister. Ich glaube außerdem, dass Sie selbst gar nicht in dieser Wohnung waren. Ich war zwar nicht persönlich vor Ort, aber ich habe die Bilder gesehen, und dort wohnt garantiert niemand. Sie nicht und auch niemand sonst.«

»Es ist meine Wohnung. Meine Küche. Ich wollte Felix nicht weiter belasten, aber er hat sich um alles gekümmert für die Produktion, und ich habe das Zeug verkauft. Ich habe die Wohnung zur Herstellung der Drogen angemietet. Tarek dachte, wir rühren nur Farben an. Mehr will ich dazu auch nicht mehr sagen.«

Dombrowski beobachtet Robin Meister noch eine Weile, doch er sieht, dass er hier nicht weiterkommt. Kein weiteres Wort wird der Junge verlieren. Er schreibt die letzten Sätze unter die Vernehmung und druckt sie aus. Während Robin Meister die Vernehmung durchliest, bereitet er eine E-Mail an Staatsanwalt Schmidt vor, in die er die Vernehmungsniederschrift als Anlage einfügt.

Nachdem Robin Meister seine Aussage unterschrieben hat, verschickt Dombrowski die Mail und schaut Robin an. »Sie sind damit vorläufig festgenommen, Herr Meister. Ich denke, Sie konnten damit rechnen.«

Das Gesicht von Robin Meister läuft rot an. Dombrowski ist unschlüssig, ob es aus Ärger über die eigene Aussage ist, über den Verlauf der Vernehmung, oder aus Furcht vor der Ungewissheit, die nähere Zukunft betreffend.

»Sie werden heute noch dem Amtsgericht überstellt. Bis spätestens morgen wird der Haftrichter eine Entscheidung treffen, ob Haftgründe gegen Sie vorliegen. Da Ihre Wohnung mit Sicherheit kein fester Wohnsitz ist, müssen wir den Haftgrund der Fluchtgefahr annehmen.«

»Ich lebe in meiner Wohnung. Einen anderen Ort kenne ich nicht. Gelegentlich schlafe ich bei meiner Freundin. Die will ich aber nicht mit reinziehen, und ich wohne auch nicht bei ihr.«

»Bevor Sie mir weitere Märchen erzählen, würde ich Sie

jetzt nach unten zum Erkennungsdienst bringen, Herr Meister.«

Wortlos steht Robin Meister auf und folgt Dombrowski zu den Fahrstühlen.

86

Kevin Schröter sitzt in sich zusammengesackt im Fond des Leihwagens von Enis Karew. Der Gurt ist unter seinem überlappenden Bauch verschwunden. Seine Mundwinkel hängen traurig herab, während er nervös die vorbeifahrenden Autos betrachtet. Er ist auf einer Reise ins Ungewisse. Ein ungewohnt gutes Gefühl keimt in ihm auf, weil Enis Karew freundlich zu ihm war, ihm ganz anders begegnete als beim ersten Mal, als Enis Claas mit dessen Krawatte würgte und ihm die Spitze seines Messers in den Nacken bohrte. Doch beim Gedanken an die Vergangenheit legt sich ein eiskaltes Gefühl auf Kevins Haut. Die Härchen auf seinen Armen stellen sich auf, und kurzzeitig schnürt ihm die Erinnerung die Luft ab.

»Digger, du kannst mit dem neuen Job zehn Scheine im Monat machen. Deine Schulden wirst du schnell abgearbeitet haben, wenn du fleißig bist. Du musst dich in der Bude um nichts kümmern. Alles wird dir gebracht. Praktisch kein Risiko und schnelles Geld. Leben sollst du natürlich auch, also werde ich dir nicht den gesamten Lohn abknöpfen. Ich bin kein Unmensch, Digger.« Enis schaut über die Schulter nach hinten zu Kevin, der den Blickkontakt sucht, ihm aber gleich wieder ausweicht. Enis' teuflischer Blick jagt ihm Angst ein, obwohl Enis ihm momentan wohlgesonnen zu sein scheint.

»Fahr noch eine Extrarunde, Cristian. Nicht dass wir Verfolger hinter uns haben.«

Sie cruisen durch eine ruhige Einfamilienhausgegend. Nichts lässt vermuten, dass ihnen jemand folgt. Auch Kevin schaut gelegentlich aus dem Heckfenster, doch er kann schon seit Minuten kein Fahrzeug entdecken, dass er mehrfach gesehen hätte.

»Ich glaube, wir können vorfahren. Ich komme mit rauf, Kevin. Oben werde ich dir alles erklären. Cristian, wir halten bereits im Reembusch. Den restlichen Weg gehen wir zu Fuß. Wir wollen lieber nichts riskieren.«

Enis' Fahrer hält vor der Kurve zum Soll und schaltet den Motor aus. Schweigend wartet er, bis Enis und Kevin ausgestiegen sind. Dann steigt er ebenfalls aus und geht zu der gegenüberliegenden Wiese, wo er sich eine Zigarette anzündet und auf dem Fußweg durch den Park schlendert.

Kevin und Enis spazieren den Gehweg entlang. Kurz vor einem kleinen Stichweg bleibt Enis stehen. »Digger, wir gehen hier lang. Ein kleiner Umweg. Alles zu deiner Sicherheit.«

Sie betreten den schmalen Sandweg, der durch eine Grünanlage führt. Nach kurzer Zeit kommen sie an einem Baggersee vorbei, in dessen Mitte ein kleines Boot auf dem Wasser schwankt, in dem ein Angler auf den Biss des Tages wartet. Niemand sonst ist zu sehen. Keiner, der ihnen folgt oder auf sie aufmerksam geworden ist. Kein Hund und kein Jogger kreuzt ihren Weg. In einer Kurve führt ein kleiner Trampelpfad in ein Gebüsch hinein. Ohne ein Wort zu verlieren, geht Enis hindurch und bleibt ein paar Meter weiter stehen. Kevin folgt ihm. Er weiß nicht, warum er es tut. Die Erinnerung keimt wieder in ihm auf. An die Drohungen und das Messer, dessen Kette um Enis' Hals herum aufblitzt.

Sie stehen da und schauen hinab auf den vor ihnen liegenden See. Nur das Zwitschern der Vögel ist zu hören. Keine Autos, keine Menschen, nur die Natur und der Wind in den Blättern.

»Kevin, ich liebe das Gefühl der Freiheit. Und das Gefühl der Macht. Wenn mir keiner widerspricht, wenn ich das Sagen habe. In meiner Position muss ich ernst genommen werden, verstehst du? Ich kann nicht zulassen, dass mir kleine Bastarde auf der Nase herumtanzen. Der Mensch ist wie ein Hund. Durch Schmerzen lernt er. Er lernt, zu fürchten und zu gehorchen, wie ein Tier. Verstehst du, Digger?«

Kevins Hals wird trocken vor aufkommender Nervosität. Seine Zunge klebt ihm am Gaumen. Er schaut sich um. Niemand ist zu sehen. »Ja, verstehe.«

»Okay, Mann. Dann musst du verstehen, dass du mir, auch wenn du jetzt für mich arbeitest, nicht überallhin folgen musst, Digger.«

Ein leichtes Plätschern ertönt. Kevin ist erleichtert, dass Enis es offenbar gut mit ihm meint. Auch wenn er sich selber beinahe in die Hose macht, wagt er es nicht, sich neben ihn zu stellen und sich ebenfalls zu erleichtern. Stattdessen geht er zurück auf den Weg und wartet, bis Enis wieder aus dem Gebüsch tritt. Sie gehen auf dem Stichweg einmal um die Mehrfamilienhaussiedlung herum und dann durch die breite Aussparung zum Hauseingang mit der Nummer 45a.

Enis Karew greift in seine rechte Jackentasche und zieht einen kleinen Schlüsselbund hervor, mit dem er die Haustür öffnet. »Die Wohnung ist ganz oben rechts«, sagt er leise und geht voran.

Kevin kommt schnaufend oben an. Mitleidig blickt Enis ihm entgegen. »Keine Sorge. Du musst nur einmal am Tag raus. Die Treppen werden dir also nicht allzu oft begegnen.« Er schließt die Wohnungstür auf und geht in die Wohnung hinein.

Kevin bleibt mit kritischem Gesichtsausdruck stehen. »Wieso nur einmal am Tag?«

Nach kurzem Zögern betritt er ebenfalls die Wohnung und schließt die Tür.

»Das ist dein neues Reich.« Enis breitet die Arme aus und schaut Kevin mit aufgesetzter Fröhlichkeit entgegen. »Homeoffice, könnte man dazu sagen. Es gibt drei Zimmer. Ein Wohnzimmer mit Küche dort hinten, ein Schlafzimmer und ein Arbeitszimmer. Vom Arbeitszimmer geht auch der Balkon ab. Der ist wichtig, dazu kommen wir gleich.«

Auf einem Sideboard im Flur liegt ein Ring mit zwei Schlüsseln daran. Enis greift danach und reicht die Schlüssel an Kevin weiter. »Dein neuer Wohnungsschlüssel. Deine Klamotten holen wir nachher noch bei deiner Freundin raus.«

»Ihr fahrt nicht noch einmal zu meiner Freundin, ist das klar?«

»Wie bitte?« Umgehend beginnt das Feuer in Enis' Augen wieder zu lodern. Er geht schleichenden Schrittes auf Kevin zu. Der macht zögerlich zwei Schritte rückwärts und stößt mit dem Rücken gegen die Wohnungstür. Eine schallende Ohrfeige reißt seinen Kopf herum. »Wir werden deine Sachen holen. Du bleibst hier in dieser Wohnung.« Ansatzlos schlägt Enis Kevin in den Magen, der daraufhin in sich zusammensackt und zu Boden geht. »Steh auf, du Fettsack. Ich muss dir deinen Arbeitsplatz zeigen.«

Mühsam und schwer atmend richtet Kevin seinen Oberkörper auf.

»Ich warte, mein Freund. Ich habe nicht ewig Zeit.«

Kevin rappelt sich hoch. Leicht vorgebeugt geht er in das Arbeitszimmer, in dem Enis auf ihn wartet.

»Das hier ist dein Arbeitsplatz.«

Das Arbeitszimmer ist ein aufgeräumter Raum mit einem breiten Schreibtisch, auf dem ein Laptop, ein Etikettendrucker und mehrere Kartons mit weißen Polsterumschlägen stehen. Vor dem Laptop liegt ein Stapel DIN-A4-Ausdrucke, der oberen Seite nach zu urteilen eine Liste mit Adressen, die teilweise von oben nach unten abgehakt wurden.

»Deine Arbeitsaufträge findest du auf diesen Papieren. Du gibst die Namen und Adressen, die hier stehen, in den Computer ein und startest den Etikettendrucker. Hinter dem Namen und der Adresse stehen die Grammzahlen, die du verpacken und versenden sollst. Meistens sind es glatte Mengen. Wir verschicken Kokain, Marihuana, Haschisch, Speed und Ecstasy.

Die aktuellen Abkürzungen sind dort auf den Schreibtisch geklebt. Nicht dass du durcheinanderkommst.«

»Warum dieser Aufwand? Warum werden die Listen nicht einfach per Mail verschickt?«

»Ist sicherer. So können sie von den Bullen nicht abgefangen werden. Wir bringen dir regelmäßig neue Auftragslisten und neuen Stoff. Wir wissen immer, wie der Bestand ist. Du brauchst dir also keine Sorgen machen, dass du irgendwann auf dem Trockenen sitzt. Du bleibst hier und verpackst das Zeug. Wiegst es gewissenhaft ab. Ich will nicht zu hören bekommen, dass zu wenig in den Verpackungen landet. Das bringt schlechte Beurteilungen in den Verkaufsplätzen im Darknet, und das wollen wir alle nicht, mein Lieber. Am wenigsten du. Natürlich darfst du auch nicht zu viel rausgeben. Das schürt nur ungute Erwartungen und kostet mein Geld, das ich dir dann vom Lohn abziehen würde.«

»Und wenn die Bullen die Listen in die Finger bekämen?«

»Es sind nur Namen und Adressen. Die Abkürzungen können sie niemals zuweisen. Wir ändern sie bei jeder neuen Lieferung. Es ist undurchschaubar für die Bullen, aber simpel genug.«

»Und was passiert dann? Wenn ich alles verpackt habe?«

»Dann ab in den Briefkasten mit den Sendungen. Die Marken findest du in der obersten Schublade. Und pass auf beim Frankieren. Wenn das Porto nicht stimmt, geht die Sendung verloren, und das kostet mein Geld.«

»Was wiederum für mich bedeuten würde, dass mein Lohn gekürzt wird.«

»Gut, sehr gut, mein Lieber. Ich sehe, wir verstehen uns.«

Kevin schaut sich im Arbeitszimmer um. Auf dem Boden liegt sorgsam ausgebreitet ein helles Bettlaken, auf dem sich Drogen in Vakuumfolie stapeln. Auf den durchsichtigen Verpackungen steht die Grammzahl der Betäubungsmittel. Mehrere kleine Küchenwaagen, auf denen die Drogen offenbar abgewogen werden, um sie anschließend einzuschweißen, sind daneben aufgereiht. Der Geruch nach Marihuana liegt in der Luft, weil der große Beutel, der auf dem Laken liegt, leicht offen steht.

»Marihuana immer doppelt einschweißen. Dann riecht es nicht mehr. Ansonsten alles normal. In der Nähe ist eine Postfiliale. Dort kannst du die Briefe dann einwerfen. Aber nur einmal am Tag und nie zur gleichen Zeit, verstehst du?«

»Und wenn mich jemand entdeckt?«

»Wer würde schon anzeigen, dass jemand Briefe einsteckt? Denk daran, dass du beim Verpacken immer einen Mundschutz und Handschuhe tragen musst. Nicht dass deine DNA oder deine Fingerabdrücke zusammen mit dem Stoff in Bayern ankommen.«

»Was ist mit meiner Freundin? Ich kann doch jetzt nicht immer nur hier abhängen, aber sie soll auch nicht herkommen. Wenn die das sieht, dreht sie durch.«

»Eure Beziehung hat Pause. Bis du deine Schulden bezahlt hast, wirst du jeden Tag hier arbeiten. Ansonsten werde ich einen Job für deine Alte suchen, der ausreichend Kohle einbringt, und der wird dir auf gar keinen Fall gefallen, das kann ich dir versprechen. Hast du das kapiert?« Enis greift Kevin mit seinen kräftigen Fingern ins Gesicht und drückt seine Wangen zusammen. In der freien Hand hält er auf einmal sein Messer und drückt Kevin die kalte und scharfe Klinge an den Hals. »Wir wollen unsere Freundschaft doch nicht für irgendwelche Weiber riskieren? Oder, Kevin? Frag Liam, wie es ihm ergangen ist, nachdem er gestern Scheiße gebaut hat. Ach nee, den wirst du nicht mehr fragen können. Den wird niemand mehr irgendwas fragen können.«

Enis lässt Kevin los und steckt sein Messer zurück in die Halterung an der Halskette. »Es zählt nichts mehr als der Job. Und glaub ja nicht, dass ich es nicht mitbekomme, wenn du Scheiße baust, Kevin. Ich habe hier nicht nur dich als Mitarbeiter. Und der andere hält immer schön die Augen offen. Natürlich auch zu deinem Schutz, Dickerchen. Wenn die Bullen auftauchen sollten, schlägt er Alarm. Dann beginnt das Telefon auf dem Schreibtisch zu klingeln. Wenn das passiert, rollst du das Bettlaken mit dem Stoff zusammen, sodass nichts herausfällt, und läufst damit auf den Balkon. Dort ist ein Seesack. In den kannst du alles reinstecken, und dann wirfst du ihn über die Brüstung. Möglichst so, dass er auf den Balkon unter unserem fällt. Dort wohnt so eine alte Messie-Tante, die gleichzeitig noch blind ist. Das Seil vom Seesack ist so befestigt, dass man es nicht sieht, wenn der Beutel runtergeworfen wurde. Niemand wird diesen Seesack finden. Alles bleibt sauber, und wenn die Bullen weg sind, ziehst du den Sack einfach wieder am Seil nach oben.«

»Wer ist der Typ, der Alarm schlägt?«

»Akzeptier einfach, dass irgendwo ein kleiner Schutzengel für dich sitzt. Du musst nicht alles wissen. Und jetzt ran an die Arbeit. Die Päckchen werden nicht von alleine fertig. Wir sind sowieso schon im Verzug, seit dein Vorgänger hier abhauen musste.«

»D-d-darf ich fragen, wo er jetzt ist?« Kevin muss schlucken.

»Er beweist mir seine Loyalität. Er will aufsteigen, nachdem Liam Scheiße gebaut hat und dafür büßen musste. In unserem kleinen Unternehmen gibt es immer einen Weg nach oben, aber dafür muss ich sicher sein, dass ich mich auf ihn verlassen kann. Sei dankbar und froh, dass Liam sich zu viele Fehltritte erlaubt hat. Sonst hätte ich keine Verwendung mehr für dich gehabt.«

Das teuflische, eiskalte Grinsen, das sich bei diesen Worten auf Enis Karews Lippen legt, lässt Kevin erschaudern. Es gibt keinen Ausweg für ihn. Kein Zurück mehr. Er muss das machen, was Enis ihm aufgetragen hat. Ansonsten wird Enis ihn niemals zurück ins Leben lassen.

87

Im Erdgeschoss des Polizeipräsidiums steht Tim Dombrowski mit Robin Meister im sicheren Raum des Erkennungsdienstes, in dem Personen durchsucht oder renitente Festnahmen im Notfall auf einer Liege mit breiten Ledergurten fixiert werden. Robin Meister betrachtet ihn mit fragendem Blick, nachdem er von Dombrowski aufgefordert wurde, seine Kleidung auszuziehen, damit sie durchsucht werden kann. Im Türrahmen warten zwei Angestellte des Erkennungsdienstes, die den Festgenommenen argwöhnisch betrachten.

»Aber ich wurde doch vorhin bereits abgescannt. Was soll das denn jetzt bitte?«

»Es ist Vorschrift, Herr Meister. Ich muss Sie auf gefährliche Gegenstände durchsuchen. Es ist auch zu Ihrer persönlichen Sicherheit.«

»Verstehe ich nicht.«

»Wir wollen nicht, dass Sie sich in der Zelle etwas antun.«

»Das mach ich nicht.«

»Die letzten Worte eines Suizidenten: ›Keine Sorge. Ich mache das nicht.‹« Dombrowski grinst, und auch Robin Meister muss schmunzeln.

»Wenn es Sie glücklich macht.« Er zieht die Schuhe und die Hose aus und übergibt sie Dombrowski, der die Taschen abtastet und den Inhalt entnimmt. Ein paar Geldmünzen, ein Feuerzeug und ein Zettel mit einer Telefonnummer kommen zum Vorschein.

»Jetzt das T-Shirt bitte.«

»Das sitzt doch locker. Was soll ich denn unter dem Shirt haben?«

»Sie glauben gar nicht, was wir hier alles erleben. Gerade bei Selbststellern.«

Robin Meister ziert sich, als wäre es ihm unangenehm. Eine kurze Schonfrist bleibt ihm noch, denn in diesem Moment beginnt Dombrowskis Handy zu vibrieren. Er zieht es aus der Hosentasche, schaut auf das Display und beschließt, Gerd gleich zurückzurufen. Der Anruf kann nicht so wichtig sein, dass er ihn sofort annehmen muss, ihre Zielperson steht schließlich hier vor ihm. Er steckt das Telefon wieder weg und spürt weiterhin das Vibrieren in der Hosentasche, bis Gerd schließlich auflegt.

»Das T-Shirt bitte«, fordert er Robin Meister auf, der anscheinend gehofft hatte, dass Dombrowski sein Anliegen zwischenzeitlich vergessen hat. Zögerlich zieht er das T-Shirt aus.

Dombrowski schaut erschrocken auf die Narben am Oberkörper des Jungen, die an Spuren von Peitschenhieben erinnern. An den Rippenbögen hat sich ein grünblaues Hämatom gebildet.

»Woher stammen die Narben? Und die blauen Flecken?«

»Ich habe mich gestoßen.«

»Woran haben Sie sich denn derart gestoßen?«

Robin Meister schweigt zunächst. »An einer Tischkante«, sagt er dann.

»In der Höhe?«

»Es ist eine Art Bartresen.«

»Und wo steht der? In Ihrer Wohnung jedenfalls nicht.«

»Ich sage jetzt gar nichts mehr, bis ich meinen Anwalt gesprochen habe.«

»Haben Sie Angst? Wurden Sie misshandelt? Sind Sie gezwungen worden, sich hier zu stellen? Ich muss die Verletzungen fotografisch dokumentieren, Herr Meister. Bitte strecken Sie einmal die Arme aus.«

Robin Meister beißt sich auf die Lippen. Ein ablehnender Gesichtsausdruck legt sich auf sein ansonsten so freundliches Gesicht. Dennoch streckt er die Arme zur Seite und lässt Dombrowski Fotos von seinen Verletzungen machen.

Da beginnt das Telefon von Dombrowski erneut zu vibrieren. Er sieht nach. Es ist wieder Gerd, der anruft. Dombrowski will sich jetzt nicht damit befassen. Aber es scheint wichtig zu sein. Also nimmt er das Gespräch an.

»Na endlich«, dröhnt es polternd aus dem Hörer. »Karew war hier.«

»Was? Wo?«

»An der Adresse von unserem Postboten. Er kam zu Fuß, und jetzt halt dich fest: Er wurde von Kevin Schröter begleitet.«

»Hast du die Kollegen verständigt?«

»Wen?«

»Irgendeinen Streifenwagen. Wir wollen den doch festnehmen.«

»Kevin?«

»Nein, den anderen. Ich kann gerade nicht frei sprechen.«

»Der ist weg, Dumbo.«

»Warum? Und Kevin?«

»Der ist noch in der Wohnung. Karew kam eben rausgerannt, als würde ihn der Teufel persönlich verfolgen, und lief in Richtung Reembusch davon. Deswegen habe ich dich ja angerufen. Ich wollte wissen, an wem ich dranbleiben soll. Aber du scheinst Besseres zu tun zu haben, als an dein Telefon zu gehen.«

»Ja, ich hab zu tun, Gerd. Hast du sein Auto gesehen?«

»Nö. Da kam nichts. Der muss woanders geparkt haben.«

»Scheiße. Dann behalt die Wohnung im Blick. Ich schaue hier nach einem Schlüssel. Warte.«

Dombrowski legt sein Telefon beiseite und beginnt, die Jacke von Robin Meister, die bereits auf der Liege abgelegt wurde, zu durchsuchen. Doch er findet nichts in den Taschen. Er schaut Meister an, der nur mit Unterhose bekleidet vor ihm steht, die Arme schützend vor dem malträtierten Oberkörper verschränkt.

»Einmal die Unterhose noch runter, bitte.«

Meister folgt dem strengen Kommando, das keinerlei Widerworte duldet, dreht sich einmal um sich selbst und zieht im Anschluss die enge, dunkle Shorts wieder nach oben.

»Wo ist Ihr Haustürschlüssel?«

»Den haben Felix und Tarek bekommen.«

»Ich meine den für die andere Wohnung.«

Überrascht schaut Robin Meister ihn an. »Ich weiß nicht, was Sie meinen.«

»Die Schlüssel der Wohnung, aus der Sie am heutigen Morgen gekommen sind.«

Robin Meister zuckt nur mit den Schultern.

»Ich weiß, wo Sie wirklich wohnen, Herr Meister. Wo sind die Schlüssel?«

Der junge Mann scheint sich an der Hektik in Dombrowskis Stimme zu erfreuen. Seine Lippen kräuseln sich zu einem Lächeln. »Ich weiß nicht, was Sie meinen.«

»Dann werden wir die Tür zur Not aufbrechen.«

Robin Meister hebt störrisch das Kinn. Vergessen ist die Scheu der vorherigen Situation. Er meint, wieder Oberwasser zu haben, und genießt es.

»Sie dürfen sich dann wieder anziehen, Herr Meister. Könnt ihr übernehmen?«, fragt Dombrowski an die beiden Angestellten gewandt, die brummend zustimmen. »Danke. Alles Gute, Herr Meister. Sie werden nun zeitnah dem Untersuchungsgefängnis überstellt. Falls Sie sich doch noch einmal äußern wollen, melden Sie sich gerne bei mir.«

Robin Meister erwidert nichts, nickt aber. Kurz darauf verlässt Dombrowski mit dem Telefon am Ohr den Flur des Erkennungsdienstes.

»Gerd, wir haben hier keinen Schlüssel zur Wohnung. Ich versuche, Kräfte für dich zu organisieren. Behalt die Wohnung im Blick und mach keinen Unfug.«

88

»So ein Idiot, wat für ein Idiot«, murmelt Gerd immer wieder und bleibt vor der Haustür mit der Nummer 45a stehen. Aus der Hosentasche zieht er eine flexible Plastikkarte, die er für persönliche Notfälle immer dabeihat, falls er mal wieder den Schlüssel vergisst und die Tür hinter ihm zufällt. Er schiebt sie mit sanftem Nachdruck in den Türspalt, ruckelt ein wenig an der Tür und bewegt die Karte geschickt durch die Nut der Tür, bis er den Schnapper beiseitegeschoben bekommt und die Haustür sich öffnen lässt. »Es kann so einfach sein«, murmelt er leise. »Wollen Sie eintreten, Herr Sehling? Aber sicher. Ab ins Schutzmannsparterre nach ganz oben.«

So gut er kann, schleicht Gerd Sehling die Treppe hoch. Gelegentlich schleift eine Sohle über eine Treppenstufe, dennoch ist kaum etwas zu hören. Stockwerk für Stockwerk arbeitet er sich vor, mit grimmigem Blick, verärgert über Kevins Dummheit, dass er sich auf diese Leute eingelassen hat. Ich kann nich jeden retten, denkt er, um sich ein wenig zu beruhigen. Doch die Wut wächst mit der Anstrengung.

Vor der Wohnungstür angekommen, atmet Gerd kurz durch. Er richtet sich zu voller Größe auf und legt sein Ohr an die Tür. Lauschend verharrt er einen Moment. Es ist nichts zu hören. Höchstens ein kurzes, leises Rascheln, ein, zwei Schritte oder ein Rollen, als würde ein Schreibtischstuhl ein kleines Stück verschoben werden.

Gerd klingelt dreimal an der Tür und horcht noch einen Moment am Türblatt, bis er in der Wohnung Schritte vernehmen kann. Den Türspion hat er fest im Blick, die Fäuste geballt. Eine kleine Bewegung ist in der Linse zu erkennen, woraufhin Gerd mehrmals gegen die Tür schlägt. »Mach auf, Kevin. Ich bin es. Ich weiß, dass du da drin bist.«

Der Schatten im Türspion taucht wieder auf. Aus der Wohnung ist nichts zu hören. Keine Schritte. »Was wollen Sie hier?«, ertönt auf einmal Kevins Stimme.

»Ich will mit dir reden.«

»Sie sind nicht mein Vater, Herr Sehling.«

»Sei froh. Dann würde ich reinkommen und dir ein paar hinter die Löffel hauen.«

»Verpissen Sie sich. Lassen Sie mich einfach in Ruhe.«

»Ich bin dein einziger Ausweg, Kevin. Sei vernünftig. Mach die Tür auf«, brüllt Gerd lauter als gewollt. Die Tür der gegenüberliegenden Wohnung schwingt auf, und eine ältere Dame mit Lockenwicklern im Haar und einem geblümten Bademantel schaut ihn entgeistert an.

»Wat is hier denn los? Gibt es Probleme?«

»Gute Frau, man wird sich ja wohl mal angeregt mit seinem Jungen durch 'ne Tür unterhalten dürfen.«

»Da stimmt wat nich in der Wohnung, guter Mann, dat sach ich Ihnen. Da fühlen Sie Ihrem Sohn mal besser ordentlich auf den Zahn. Ganz komische Leute gehen da ein und aus. Dat könn Sie mir glauben. Also meinen Jungs hätte ich diesen Umgang nicht gestattet, aber die sind ja längst aus dem Haus.«

»Na, dem werde ich gleich mal auf den Grund gehen. Danke für Ihren Hinweis. Würden Sie mich dann jetzt mit meinem Sohn alleine lassen? Sie können ja auch bei geschlossener Tür weiter zuhören.«

»Na, nun tun Sie mal nich so, als wäre ich neugierig. Wir sind hier ja nich bei ›Tratsch im Treppenhaus‹ im Ohnsorg Theater.« Mit pikiertem Gesichtsausdruck schließt die Frau die Wohnungstür, und Gerd wendet sich wieder Kevin zu.

»Komm, mien Jung. Mach auf und lass uns reden.«

»Ich darf niemanden reinlassen.«

»Dann bleibt mir nichts anderes übrig, als bis drei zu zählen. Eins!«

»Was?«

»Zwei!«, brüllt Gerd lauter.

»Warte.«

»Drei!« Gerd geht einen Schritt zurück, visiert die Tür an, hört von drinnen Schritte, die sich entfernen. »Du hast es nich anders gewollt.«

Mit Gebrüll stürmt er los und tritt direkt unter den Türgriff. Holz knackt, die Tür gibt bereits ein wenig nach. Gerd nimmt erneut drei Schritte Anlauf und tritt mit lautem Schrei gegen das Türblatt, das splitternd aus der Zarge springt. Ein leerer Flur liegt vor ihm. Er rennt in die Wohnung hinein, wirft flüchtige Blicke in das Badezimmer und die Küche und bleibt in der Tür zum Arbeitszimmer stehen.

»Mach keinen Unsinn, Junge!«, schreit er, als er Kevin auf dem Balkon stehen sieht, wo er sich über das Geländer beugt, als wollte er abschätzen, wie tief es dort hinuntergeht. »Dat is zu hoch. Hat doch alles keinen Sinn, mien Jung.«

Verschreckt dreht Kevin sich um. Seine Augen sind weit aufgerissen. Er atmet hektisch und hebt beide Hände. »Alles okay. Ich will nicht springen.« Beschwichtigend senkt er sie wieder.

»Du kommst jetzt erst mal wieder rein und setzt dich hier hin.« Gerd zieht den Stuhl vom Schreibtisch weg und dreht die Sitzfläche Kevin entgegen.

»Und dann? Was dann?«

»Dann hörst du dir an, was ich dir zu sagen habe.«

Kevin bleibt starr stehen, verschränkt die Arme vor der Brust und schaut Gerd abschätzig an. »Und wenn nicht?«

»Dann rufe ich die Bullen, und du kannst denen alles erklären.«

»Was soll ich denen erklären? Dass ich 'ne neue Bude habe? Oder nicht mit jemandem sprechen will, der mir die Tür eintritt?«

»Ich könnt mir vorstellen, dass sie sich für das interessieren, was du gerade über den Balkon geworfen hast.«

Kevin schaut einmal schnell zur Brüstung, wie um zu prüfen, ob dort irgendwas zu erkennen ist, das darauf hindeuten kann, doch nichts ist zu sehen. Sofort dreht er sich wieder zu Gerd zurück.

»Siehste. Dort hättest du jetzt nicht hingeschaut, wenn ich nicht recht hätte.« Sanft klopft Gerd auf die Sitzfläche des Drehstuhls. »Es tut nich weh, zu reden.«

Wie ein kleiner Junge, der bei etwas Verbotenem ertappt wurde, schleicht Kevin ins Arbeitszimmer und lässt sich auf den Stuhl fallen. Ergeben schaut er zu Gerd auf, ganz so, als würde dadurch eine Last von seiner Schulter genommen werden.

»Dat is kein Spiel, Kevin. Egal, was du hier machst, wie lange du für diesen Scheißkerl arbeitest. Er wird dir deine Schulden niemals erlassen. Fest hat er dich gemacht. Mit Schulden, mit Furcht und Angst vor dem, was er tun wird, wenn du dich ihm widersetzt. Der lässt dich nicht mehr von der Leine. Er wird dich ackern lassen, jeden Tag, bis du irgendwann erwischt wirst, und dann steckt er den nächsten Jungen in diese Bude hier, um seinen Stoff zu verschicken. Wat glaubst du, wie lange das gut gehen wird? Denkst du echt, es würde niemandem auffallen, wenn du jeden Tag Unmengen von Briefen einwirfst?« Gerd hat sich vor Kevin aufgebaut und schaut ihm direkt in die Augen. Kevin weicht seinem Blick aus und sieht zu Boden. »Du musst da jetzt durch. Aber geh nicht dat Risiko ein, dass dir diese Bude ans Bein genagelt wird. Du musst auspacken. Allet erzählen, wat passiert is, damit meine Kollegen die richtigen Leute einsperren können. Er würde dich nur ausbeuten, dich an die Polizei ausliefern oder am Ende sogar töten, wenn du ein Risiko für ihn darstellst. Es gibt bei denen keinen Ausweg durch Fleiß und Treue. Enis Karew kennt nur sich und seinen Bruder. Alle anderen sind ersetzbar.«

»Und wer soll mich dann vor ihm beschützen? Meine Freundin? Mein Sohn? Was wird aus ihnen, wenn ich wieder in den Knast muss? Sandy wird diesen Leuten ausgeliefert sein.«

»Wir sperren Enis ein, Kevin. Mit deiner Hilfe für sehr lange Zeit.«

»Glaubst du, er würde im Knast an Macht verlieren? Der Mann hat Paul auf dem Gewissen, der war mein bester Freund. Und Liam. Ich werde der Nächste auf der Liste sein, wenn ich seine Bude auffliegen lasse. Nirgends werde ich mich mehr sicher fühlen können, wenn ich auspacke. Vor allem nicht, wenn ich wieder in den Bau muss.«

»Meine Kollegen können euch beide schützen. Schenk uns

dein Vertrauen, Kevin. Wat weißt du von diesem Paul und Liam?«

»Enis hat Andeutungen gemacht, die sich ziemlich endgültig anhörten.«

»Erzähl meinen Kollegen davon. Sie werden dir zuhören und dir helfen. Vertrau mir, wenn du ihnen schon nich trauen willst. Ich war für dich da, Kevin, obwohl du mich von hinten bis vorne verarscht hast, und wenn du es wirklich willst, bin ich es noch. Solange du ehrlich bist. Ich verstehe ja, dass du Angst hattest, aber dass du mir gestern nich die Wahrheit gesagt hast, das nehme ich dir übel, mien Jung. Ich hab mich total in dir getäuscht. Du hast mich angelogen, als ich mich für dich eingesetzt habe, hast behauptet, du wärst raus aus der Sache, während du kilogrammweise Speed in deiner Bude lagerst. Und erzähl mir jetzt nich die Räuberpistolen von deinem Anwalt. Den Kram glaub ich dir sowieso nich. Ich weiß gar nich, warum du dir das antust. Du hast ein reizendes Mädel, eine gute Wohnung, einen Job, der gar nicht mal schlecht bezahlt wird und in dem du trotz deiner Vergangenheit sogar Aufstiegschancen hattest. Dat alles trittst du mit den Füßen für ein paar schnelle Scheine, die du dann im Club durch die Nase ziehst und für falsche Freunde und ein paar Buddeln Schnaps zum Fenster rauswirfst. Es ist Zeit, dass du mal erwachsen wirst, Kevin. Deine Entscheidung. Ich bin da.«

Schwere Schritte dröhnen auf einmal durch das Treppenhaus. Mehrere Männer kommen die Stufen heraufgerannt.

»Erwartest du jemanden?«

Im selben Moment beginnt das Telefon auf dem Schreibtisch zu klingeln.

»Beeilen Sie sich, sonst passiert hier noch wat Schlimmes!«, ruft die Nachbarin mit schriller Stimme durchs Treppenhaus.

»Polizei! Polizei«, brüllen gleich darauf mehrere Stimmen, und mehrere uniformierte Polizisten stürmen durch die aufgebrochene Tür in die Wohnung. Als sie Gerd und Kevin im Arbeitszimmer entdecken, bleiben sie stehen.

»Sehling? Wat machst du denn hier? Biste nich in Pense?«, fragt der vorderste Beamte überrascht. »Is gut, Leude, der is einer von uns. Zumindest mal gewesen.«

»Axel, lang nich gesehen. Arbeitest du jetzt in Bramfeld an der Wache? Keine Lust mehr auf den Remmidemmi aufm Kiez und inner Schanze gehabt? Ich leiste hier nur 'n büschen Überzeugungsarbeit im Auftrag vom Rauschgiftdezernat. Bin ja so wat wie 'nen Senior Expert. Die jungen Hüpfer schaffen dat noch nich ganz allein. Weißt ja, wie dat immer is.«

»Oh Mann. Dat gibt doch wieder Ärger«, grummelt der Schutzpolizist mit sorgenvollem Blick auf die aufgebrochene Tür, kann sich ein amüsiertes Grinsen aber nicht verkneifen.

89

Die Fenster im Gerichtssaal der Haftrichter sind geöffnet. Ein leichter Wind weht herein und erfüllt den dunklen Raum mit frischer Luft.

Vor dem Pult des Richters steht Felix Scholz mit gesenktem Haupt neben einem kahlköpfigen, groß gewachsenen Mann. Der Anwalt trägt einen dunklen Designeranzug und verliest mit stierenden Augen die vorbereitete Einlassung.

»Mein Mandant möchte mitteilen, dass er nur im Auftrag seines flüchtigen Bekannten Robin Meister gehandelt hat. Erstmalig hat er sich bereit erklärt, das Anrühren der Farbe eigenverantwortlich zu übernehmen. Hierfür hat er ein Rezept erhalten, das er strikt umgesetzt hat. Als Lohn für seine Arbeit sollte er dreihundert Euro bekommen. Mein Mandant ist derzeit arbeitssuchend und lebt vom Bürgergeld. Für ihn bedeutete dieser Geldbetrag, ein bis zwei Monate einigermaßen sorgenfrei leben zu können. Gesetzt den Fall, dass am Ende noch ein paar Euro übrig bleiben, wollte er sich auch etwas gönnen. Ein Paar Fußballschuhe, um wieder seinem

Hobby nachgehen zu können. Im Vorgespräch hat mir Felix Scholz mitgeteilt, dass er nicht gewusst habe, dass es sich bei der Farbe, die er dort anrühren sollte, um Drogen handeln würde. Seinen flüchtigen Bekannten, Herrn Tarek Karew, habe er nur aufgrund dieser Unwissenheit gebeten, dass er ihm helfen möge, die neue Farbe anzumischen. Mein Mandant ist sich bewusst, dass Herr Karew Drogen aller Art ablehnt. Für seine Unterstützung sollte Herr Karew fünfzig Euro vom vereinbarten Lohn abbekommen. Er sollte nur rühren, während mein Mandant die Inhaltsstoffe gemäß Zutatenliste und Rezept zugefügt hat.«

»Wir haben hier die Vernehmung des Robin Meister vom heutigen Morgen. Darin heißt es, Ihr Mandant habe durchaus gewusst, dass er Speed anrühren würde«, widerspricht Staatsanwalt Schmidt der Einlassung mit kritischem Blick.

»Erst gestern, unmittelbar vor der Festnahme, ist es ihm bewusst geworden, als Herr Meister gar nicht mehr auftauchte und Herr Scholz zum ersten Mal komplett auf sich allein gestellt war. Mein Mandant hatte allerdings Angst vor Herrn Meister und traute sich nicht, dessen Anordnung zu widersprechen.«

Der Richter beugt sich über sein breites Pult und mustert Felix Scholz abschätzend. »Ich habe Herrn Meister nicht gesehen, aber ist er wirklich die Person, vor der man Angst bekommen könnte? Er ist jung und bislang nicht in Erscheinung getreten. Ganz im Gegensatz zu Ihrem flüchtigen Bekannten Tarek Karew. Ich kann mir nur schwer vorstellen, dass Sie wirklich Angst vor Herrn Meister hatten.«

»Ich denke, wir können das hier abkürzen«, erwidert der Anwalt von Felix Scholz nonchalant. »Mein Mandant hat sich klar und deutlich geäußert. Es gibt zwei Aussagen, die Herrn Karew entlasten. Sowohl Herr Meister als auch mein Mandant bestätigen dessen Angaben. Mein Mandant hat somit entscheidend zur Aufklärung beigetragen. Ich würde Sie daher bitten, eine Entscheidung zu treffen, und möchte noch einmal ausdrücklich darauf hinweisen, dass Herr Scholz bemüht ist, einen Ausbildungsplatz zu finden. Daher kommt aus meiner Sicht eine Entlassung in Frage oder ein Haftbefehl, der mit einfachen Auflagen von seiner Vollstreckung bis zur Verhandlung ausgesetzt wird, sodass meinem Mandanten beruflich keine Steine in den Weg gelegt werden.«

»Wenn dies Ihre letzte Einlassung ist, möchte ich hiermit verkünden, dass ein Haftbefehl gegen Felix Scholz erlassen wird. Er ist an die Untersuchungshaftanstalt zu überführen. Als Haftstatut lege ich fest, dass er getrennt von Robin Meister untergebracht wird. Telefongespräche und Besuche sind vonseiten der Staatsanwaltschaft zu überwachen. Die Überwachung kann vonseiten der Staatsanwaltschaft auf die Polizei übertragen werden. Und nun, Herr Scholz, bitte ich Sie, mich zu entschuldigen. Ihr flüchtiger Bekannter muss, obwohl ich mich damit wirklich sehr schwertue, weil ich weder Ihnen noch Ihrem Anwalt glaube, was Sie mir hier erzählt haben, aufgrund der vorliegenden Aussagen umgehend entlassen werden.« Der Richter erhebt sich von seinem Stuhl und verlässt den Raum.

Erschrocken schaut Felix Scholz zu seinem Anwalt, der gleichgültig mit den Schultern zuckt. »Machen Sie sich keine Sorgen. Um Ihre Familie wird sich gekümmert. Sie blicken dank Ihrer Treue in eine äußerst positive Zukunft, Herr Scholz.« Mit diesen Worten wendet sich auch der Anwalt ab und verlässt den Raum.

Die kräftige Hand eines Schließers ergreift Felix' Arm, dessen Kopf kraftlos auf die flache Brust hinabfällt.

90

Lachend tritt Scotty auf den Flur des Rauschgiftdezernats. Ihre vom Duschen noch nassen Haare hat sie zu einem Pferdeschwanz zusammengebunden. Neben ihr geht Ernie, der gut gelaunt von den morgendlichen Eskapaden seiner vier Kinder berichtet. Dombrowski kommt aus seinem Büro geschossen, als er ihre Stimmen hört, und läuft ihnen entgegen.

»Super Timing, Leute. Ich brauche eure Hilfe.«

»Oha! Wieder so ein kurzes, schnelles Ding wie gestern?«, erwidert Ernie und beginnt glucksend zu lachen.

»Jetzt hat er es gesagt. Toll.« Scotty verzieht das Gesicht und seufzt. »Ich rüste schnell auf, und dann sag uns, was anliegt.«

»Bert kommt auch gleich«, ergänzt Ernie. »Heini bestimmt auch. Der muss sich nur noch um seine ganzen Pflegekinder kümmern, denen er mit seiner Frau ein sicheres Zuhause schenkt.«

»Und er wohnt am anderen Ende der Welt.«

»Auf jeden Fall super, dass ihr da seid. Lasst uns keine Zeit verlieren. Gerd braucht unsere Hilfe. Kevin Schröter ist von Enis Karew an dessen Postversenderbude abgesetzt worden.«

»Habt ihr sie festgenommen?«

»Nee. Enis hat ihn zwar reingebracht, aber rannte dann weg.«

»Er rannte weg? Das war doch gestern bei Liam auch so«, gibt Scotty zu bedenken.

»Das stimmt.« Dombrowski nickt. »Ich glaube aber nicht, dass er den Schröter aus der Untersuchungshaft abholt, um ihn dann in seiner Versandbude niederzustechen.«

»Würde keinen Sinn ergeben«, bemerkt Ernie mit einer abwägenden Kopfbewegung.

»Hast du etwas von Liam gehört?«

»Noch nichts. Die Ärztin wollte sich bei Mario Beyer melden«, entgegnet Dombrowski.

»Und was ist jetzt der Plan?«, hakt Ernie nach.

»Ihr rüstet euch auf, und dann geht ihr in die Bude. Ich versuche euch noch zwei Streifenwagen zu organisieren.«

»Okay. Mit der Ramme?«

»Jo. Wer weiß, was uns in der Wohnung erwartet.«

Ein Lächeln der Vorfreude legt sich auf Ernies Lippen. Ehe die beiden sich abwenden können, beginnt Dombrowskis Handy zu klingeln. Er zieht es aus der Hosentasche und schaut auf das Display.

»Es ist Gerd.« Mit einem schnellen Wischen nimmt er das Gespräch an und aktiviert den Lautsprecher des Telefons. »Moin, Gerd. Ich habe hier Scotty und Ernie stehen und organisiere zusätzlich noch zwei Streifenwagen. Dann können wir in die Bude rein. Wie ist die Lage vor Ort? Noch alles ruhig?«

»Hier is alles im Lot.«

»Was heißt das?«

»Na ja, es ist so, also ... Es hat sich halt ergeben. Es hätte ja um Leben und Tod gehen können, so wie Enis hier weggerannt ist.«

»Was soll das heißen? Gerd, wo bist du gerade? Sag bitte nicht, in der Wohnung.«

»Also, ich bin nicht in der Wohnung.«

»Dann ist ja gut.«

»Ich bin auf den Balkon gegangen, um in Ruhe mit dir sprechen zu können.«

Dombrowski fasst sich verärgert an den Kopf. »Sag mal, hast du mir vorhin eigentlich zugehört?«

»Doch. Schon. Aber die Kollegen von der Wache sind ja bereits vor Ort.«

»Hast du die gerufen?«

»Nee, nicht direkt.«

»Jetzt lass dir nicht alles aus der Nase ziehen.«

»Ich bin halt in die Wohnung gegangen, weil ich befürchtet hab, dass Kevin etwas passiert sein könnte. Zumindest war das die ursprüngliche Idee. Aber egal jetzt. Das kann ich dir auch später alles erklären. Auf jeden Fall ist die Bude voll Stoff. Gewissermaßen. Es war alles luftig verpackt, damit wir es nicht finden. Der Büdel liegt vor meinen Füßen, und ich hab schon mal reingeluschert. Ist eine ganze Apotheke drin. Die

Kollegen passen hier auf, und Kevin will auspacken. Er hat mir gesagt, dass er gegen Enis aussagen kann. Der hat ihn hier eingewiesen und ihm gegenüber wohl Andeutungen wegen Liam gemacht. Aber Kevin hat Angst.«

»Okay. Gib mir einen Moment, Gerd. Das muss ich kurz verdauen.« Regungslos bleibt Dombrowski auf dem Flur stehen. Seine Kollegen starren ihn an. Er schiebt nachdenklich das Kinn hin und her und starrt auf sein Handydisplay. »Gerd?«, ruft er plötzlich.

»Ja, mien Jung?«

»Pass auf. Ernie und Scotty kommen jetzt zu dir, machen die Durchsuchung mit den Kollegen und bringen Kevin dann mit. Ich kontaktiere den Zeugenschutz. Die können sich um ihn und seine Freundin kümmern. Zumindest, dass sie vorerst woanders unterkommen.« Auf dem Display von Dombrowskis Handy erscheint die Handynummer von Staatsanwalt Schmidt, der ihn zu erreichen versucht. »Gerd, ich bekomme gerade einen Anruf von der Staatsanwaltschaft. Du kommst so weit klar, oder?«

»Jo, logo. Ich habe hier alles im Griff. Ein alter Kollege von mir ist auch da. Den hab ich ausgebildet.«

»Wen hast du nicht ausgebildet, Gerd? Wir hören uns später.« Dombrowski unterbricht die Verbindung und nimmt das nächste Gespräch an. »Moin, Herr Schmidt.«

»Dombrowski. Gibt es was Neues in Sachen Enis Karew?«

»Nein. Wir konnten ihn bislang nicht auffinden.«

»Wir werden seinen Bruder entlassen müssen.«

»Bitte was? Wieso das denn?«

»Sie haben die entlastende Vernehmung doch selbst geführt.«

»Aber die Story war doch total unglaubwürdig. Wer glaubt denn so einen Quatsch?«

»Uns sind die Hände gebunden, Herr Dombrowski. Der zweite Beschuldigte, Felix Scholz, hat leider dasselbe erzählt und Tarek Karews Aussage daher ebenso bestätigt wie Robin Meister.«

»Das ist doch alles abgesprochen.«

»Das wissen wir alle, auch der Richter, aber wir müssen uns an die Gesetze halten, und wenn alle Beteiligten aussagen, dass Tarek Karew nicht gewusst habe, was er dort tat, und gutgläubig gewesen sei, müssen wir ihn entlassen. Wir können keinen dringenden Tatverdacht gegen ihn äußern, obwohl auf der Hand liegt, dass es anders ist.«

»Wann kommt er raus?«

»Das wird nicht lange dauern. Wir sind gerade durch mit den Zuführungen. Er wird jetzt seine Sachen zurückbekommen und dann vor die Tür gesetzt.«

»Konnte er bereits telefonieren?«

»Er hat eben seine Mutter angerufen, dass er abgeholt werden möchte.«

»Ja, verstanden. Danke.« Dombrowski legt auf, denkt kurz nach und schaut zu Harry Goldutt, der sich zu ihm auf den Flur gesellt hat, während Scotty und Ernie zur Waffenkammer weitergegangen sind.

»Harry, hol deine Waffe.«

»Ich?«

»Jo. Wir müssen auch raus.«

91

Dunkelheit. Tief eingesunken in eine weiche Fläche liegt er regungslos da. Zu kraftlos, um sich bewegen zu können. Jeder Atemzug schmerzt. Umso mehr, je tiefer er versucht einzuatmen. Er traut sich kaum, nach Luft zu schnappen. Der Mund ist trocken, die Zunge fühlt sich rau und geschwollen an. Er blinzelt, doch das Licht, das durch seine Lider fällt, ist zu grell.

Mühsam leckt er sich über die Lippen. Wieder versucht er, die Augen aufzuschlagen. Sie gewöhnen sich zunehmend an die Helligkeit.

Im Raum herrscht Stille. Gelegentlich ertönt ein leises Piepen. Unfähig, sich zu bewegen, sieht Liam nichts als die Decke, von der helle Leuchtröhren auf ihn herabstrahlen. Fühlt es sich so an, tot zu sein? Liam versucht sich zu erinnern, was passiert ist. Ihm wurde in den Oberkörper gestochen. Schnell und mehrfach hintereinander. Die Stiche fühlten sich an wie heftige, unerwartete Schläge. Unmöglich, sich gegen sie zu wehren. Enis ließ erst von ihm ab, als seine Kraft, sich aufrecht zu halten, schwand und er unter seinem eigenen Körpergewicht zusammenbrach. Hilflos, frierend und geschwächt lag er danach auf den Stufen zum Denkmal, halb bewusstlos und den sicheren Tod vor Augen, als auf einmal ein blonder Engel in sein Sichtfeld trat. Sie war freundlich, ganz so, als wollte sie ihn in eine bessere Welt mitnehmen.

Vorsichtig betastet Liam mit den Fingerkuppen die Finger seiner anderen Hand. Am Zeigefinger hängt etwas Klammerartiges. Es gelingt ihm, die Hand zu heben und sie sich vor die Augen zu halten. Auf dem Handrücken sieht er einen Zugang, durch den eine durchsichtige Flüssigkeit in seine Venen fließt. Der schmale Schlauch führt zu einem Tropf, der rechts neben ihm an einem Ständer hängt.

Liam hebt leicht den Kopf. Ein stechender Schmerz zieht durch seine Bauchdecke, sodass er den Versuch gleich wieder abbricht. Den Kopf dreht er zur anderen Seite und sieht einen Mann in dunkler Uniform neben der Zimmertür sitzen. Liam kneift die Augen zusammen. Auf der Brusttasche des Mannes steht in großen Buchstaben das Wort »Justiz«. Unbewusst runzelt er die Stirn, bewegt den Kopf nun schon etwas flüssiger von links nach rechts und versucht, alles im Zimmer zu erfassen. Wie im Gefängnis sieht es hier nicht aus, denkt er und schaut wieder zu dem Justizbeamten, der sich auf sein Handy konzentriert und noch nicht mitbekommen hat, dass er wach ist.

»Hallo? Herr Wachtmeister?«

Der Mann blickt von seinem Smartphone auf. »Moin. Wie geht es Ihnen?« Er erhebt sich und tritt an Liams Bett heran.

»Wo bin ich?«

»Sie sind im Krankenhaus in Barmbek.«

»Was machen Sie hier?«

»Ich passe auf.«

»Das sehe ich, wie Sie hier aufpassen. Aber wieso?«

»Damit Sie nicht abhauen.«

Liam versucht erneut, sich aufzurichten, aber die Schmerzen zwingen ihn ins Kissen zurück. »Da sehen Sie es. Wie soll ich bitte weglaufen? Und selbst wenn ich könnte, warum sollen Sie aufpassen, dass ich es nicht tue? Ich verstehe gerade gar nichts mehr«, flüstert er angestrengt atmend.

»Gegen Sie wurde ein Haftbefehl erlassen, Herr Wisowski.«

»Warum? Weil ich abgestochen wurde?«

»Er liegt auf Ihrem Nachtschrank.« Der Justizbeamte nimmt zwei rosafarbene Zettel und reicht sie Liam, der danach greift und sie sich vor das Gesicht hält. Die Buchstaben verschwimmen vor seinen Augen. Mühsam ordnet er sie und liest, dass er beschuldigt wird, mit Amphetaminen Handel getrieben zu haben. Auch Timons Name wird genannt. Erschrocken lässt Liam die Zettel los. Nicht nur, dass er sich kaum bewegen kann, jetzt wird man ihn auch noch ins Untersuchungsgefängnis bringen, sobald es ihm ein wenig besser geht. Und Enis? Der wird draußen mit seinem Bruder andere Leute zwingen, für ihn zu arbeiten, und dabei die frische Luft genießen, während Liam allein in einer kleinen Gefängniszelle hockt. »Fuck!«, schimpft er. »Was ist mit Enis? Sitzt er?«

»Ich kann Ihnen nichts sagen. Ich bin nicht bei der Polizei. Mein Job ist es, auf Sie aufzupassen.«

»Verstanden. Dann möchte ich einen Bullen sprechen. Ich habe dringenden Redebedarf.«

»Worüber wollen Sie denn sprechen?«

»Das geht Sie gar nichts an.«

»Aber ich muss denen doch etwas sagen. Ansonsten werden die wohl kaum hierherkommen.«

»Geben Sie Bescheid, dass ich umfassend aussagen will. Ich

habe keinen Bock mehr, den Kopf für andere hinzuhalten, um dann zum Dank dafür abgestochen zu werden. Ich will ein neues Leben. Ich werde alles sagen, was ich weiß.«

»Okay. Das gebe ich weiter.«

Liam lässt erschöpft seinen Kopf zurück ins Kissen sinken. Zur Ruhe kommt er aber nicht. Viel zu hoch kocht die Wut darüber, dass Enis Karew ihm das angetan hat. Ich werde ihnen alles über dich und deine Machenschaften erzählen, denkt er wütend, koste es, was es wolle. So kommst du mir nicht davon.

92

Graue Wolken türmen sich am Himmel über Hamburg auf. Erste Regentropfen fallen hinab auf die Straßen und zerplatzen auf den Windschutzscheiben der Autos. Tim Dombrowski hat das Blaulicht auf das Dach seines Dienstwagens gestellt und die Sirene eingeschaltet, um sich einen Weg durch den zähflüssigen Verkehr zu bahnen. Auf dem Beifahrersitz hält sich Harry Goldutt am Türgriff fest und beobachtet aufmerksam den Verkehr. »Rechts ist frei«, ruft er aufgeregt und schaut weiter in beide Richtungen, um sicherzugehen, dass kein Fahrzeug überraschend ihren Weg kreuzt.

Die Fahrer, die ihnen ausweichen, reagieren manchmal abrupt und riskieren teilweise einen Achsenbruch, indem sie panisch die Kantsteine hinauffahren. Andere bleiben regungslos mitten auf der Fahrbahn stehen und fahren erst zur Seite, nachdem Tim Dombrowski mehrfach die Hupe und das Fernlicht bemüht hat, um auf sich und den Dienstwagen aufmerksam zu machen.

Dombrowski mag es nicht, so durch den dichten Verkehr der Stadt zu eilen. Dennoch überwindet er sich, immer wieder zu beschleunigen, um schnellstmöglich voranzukommen. Viel zu viel steht auf dem Spiel. Er hat ein Ziel vor Augen, und nur darauf sind seine Bemühungen ausgerichtet.

»Warum düsen wir jetzt eigentlich hier entlang?«, erkundigt sich Harry vorsichtig, als sie die Barmbeker Straße in Richtung des Mundsburg Centers hinabsausen.

»Ich habe eine Idee. Mit ein wenig Glück sollten wir Enis Karew gleich festnehmen können.«

»Enis Karew?«

»Ja, genau. Er hat Kevin Schröter heute Morgen aus der Untersuchungshaft abgeholt und in die Briefversenderwohnung gebracht. Jetzt wird gleich sein Bruder entlassen. Ich kann mir kaum vorstellen, dass er ihn sich selbst überlassen wird.« Dombrowski zieht scharf nach rechts und biegt auf den Mundsburger Damm ab, wo er gleich wieder Gas gibt.

»Und was ist dein Plan?«

»Wir werden ihn festnehmen.«

»Wir beide?«

»Ja. Warum denn nicht?«

»Karew hat gestern Abend aus Wut einen Menschen abgestochen, der nur eventuell überleben wird. Hast du das vergessen?«

»Deswegen werden wir ihn festnehmen.«

»Das wird er kaum anstandslos geschehen lassen, noch dazu in Anwesenheit seines Bruders.«

»Das werden wir ja sehen. Ruf mal bei der Einsatzzentrale an, dass wir Unterstützung benötigen. Wir werden zunächst nur aus der Entfernung zuschauen. Wenn wir sicher sind, dass er es ist, ziehen wir die Kräfte heran.«

Dombrowski muss einmal abrupt auf die Bremse treten, weil ihm eine breite Limousine überraschend in den Weg fährt. Der Fahrer kurbelt jedoch sofort wieder zurück, als er bemerkt, woher dic Sirene kommt.

»Hast du mal die Nummer von der Zentrale für mich?«, fragt Harry, während er sein Handy entsperrt.

»Du bist wirklich zu lange raus aus dem operativen Geschäft«, erwidert Dombrowski mit einem Kichern, ohne dabei den Blick vom Mundsburger Damm abzuwenden.

Im Untersuchungsgefängnis unterschreibt Tarek Karew gerade bei der Ausgabe seiner Habe, dass er alle persönlichen Gegenstände zurückerhalten hat. Er ist in Begleitung von Thilo Müller, der das Gebäude ebenfalls verlassen will.

»Ich bekomme erst einmal fünftausend Euro von euch«, informiert er seinen Mandanten. »Das sollte für die Akteneinsicht und die nächsten Schritte ausreichen.«

»Enis wird sich darum kümmern«, erwidert Tarek grimmig. Er will nichts mit den Absprachen zwischen Thilo Müller und seinem Bruder zu tun haben. Jedes Mal, wenn er sich um finanzielle Dinge gekümmert hat, führte es zum Streit, weil er wieder etwas nicht bedacht hatte. Enis kann auch ihm gegenüber ungnädig werden, wenn es ums Geld geht. Tarek weiß, dass er nichts zu befürchten hätte, dem potenziellen Ärger will er jedoch lieber aus dem Weg gehen.

Die Schleuse zum Ausgang öffnet sich, und Tarek tritt hinaus ins fahle Sonnenlicht, das sich kaum noch durch die dunklen Wolken hindurchkämpfen kann. Er geht mehrere Treppenstufen hinab auf den Gehweg und schaut sich suchend um. Nur ein paar Schritte weiter steht Enis an die Hauswand gelehnt und wartet auf ihn.

»Bruder. Du bist wieder frei. Die Bullen können uns gar nichts, merkst du das? Wir haben die Macht.« Enis kommt auf ihn zu und schließt ihn in seine kräftigen Arme. Dann zieht er sein Handy aus der Hosentasche und macht von sich und Tarek ein Selfie vor den roten Backsteinmauern der Untersuchungshaftanstalt.

»Thilo will fünftausend Euro von uns.«

»Die hat er auch verdient. Das ist der Lohn für deine Freiheit.« Enis wendet sich Thilo Müller zu und schlägt mit anerkennendem Blick in dessen ausgestreckte Hand ein. »Gute Arbeit, Thilo. Dein Geld bekommst du gleich, ich habe es bei

Cristian im Auto gelassen. Es ist eine größere Summe, die ich dir geben will. Ich könnte es schnell holen. Oder ich setze dich zu Hause ab.«

»Nein. Das ist nicht nötig. Ruf mich einfach an. Wir treffen uns an einem anderen Ort, nicht mehr bei mir. Und ich will nur die Fünftausend haben.«

»Was denn? Willst du mich nicht mehr bei dir zu Hause haben, oder was?«

»Weißt du, Enis, nach dem letzten Ding ... Wundert dich das?«

»Ja, nee, Digger. Wir sind doch Freunde.«

»Zunächst einmal bin ich dein Anwalt, Enis. Vor allem das, und ich habe keinen Bock auf Mandanten, die blutverschmiert bei mir in der Wohnung auftauchen, nachdem sie Scheiße gebaut haben«, zischt Thilo Müller dem deutlich kräftigeren und größeren Enis entgegen.

»Kommt nicht wieder vor, Thilo.«

»Hast du das Messer entsorgt?«

»Nein, Mann. Ich habe es komplett gesäubert. Hab ich dir doch gesagt. Ich werfe dieses Messer nicht einfach weg.«

»Kannst du einmal das machen, was man dir sagt? Bist du völlig geisteskrank, immer noch damit herumzulaufen?«, regt sich Thilo Müller flüsternd auf.

»Willst du mich beleidigen? Hier? Vor meinem Bruder?« Enis macht einen Schritt auf seinen Anwalt zu und tippt ihm mit den Fingern gegen die Brust. »Hast du ein Problem? Hä?« Wieder drückt er seine Finger auf Thilos Brust und schiebt dieses Mal kräftiger, sodass der Anwalt einen Ausfallschritt nach hinten machen muss.

»Was soll das hier werden?«, erkundigt sich Thilo mit aufgesetzter Überheblichkeit und zieht sein eingedrücktes Hemd wieder glatt.

»Ich bin also geisteskrank, ja?« Jetzt schubst Enis Thilo mit beiden Händen. Zornesröte steigt in sein Gesicht, und die Augen verdunkeln sich zunehmend.

»Bleib locker, Enis«, wirft Tarek von der Seite ein.

»Locker bleiben, sagst du? Wenn dieser kleine Bastard mich beleidigt, soll ich locker bleiben?« Enis umgreift schraubstockartig Thilo Müllers Hals und drückt kräftig zu. Erschrocken will der Anwalt etwas entgegnen, doch er bekommt keine Luft.

»Wolltest du etwas sagen? Ich verstehe dich gar nicht, du kleiner Wichser. Rede doch.«

»Enis. Hör auf! Er ist unser Anwalt. Er hat mich rausgeholt.«

»Ich lasse mich von niemandem als geisteskrank beleidigen, hörst du? Schon gar nicht vor meinem Bruder.« Enis lockert den Griff ein wenig, woraufhin Thilo japsend einatmet. »Du arbeitest umsonst für uns, verstanden? Als Wiedergutmachung für deine Frechheit.«

Thilo will gerade widersprechen, da drückt Enis ihm wieder die Luft ab. Ein Motor brummt auf, und mit quietschenden Reifen hält ein Wagen neben ihnen. Zwei Männer springen heraus und ziehen ihre Waffen. Sie schreien »Stopp« und »Polizei« und laufen auf sie zu. Ohne zu zögern, zieht Enis sein Messer und hält die Klinge an Thilos Hals. »Die Waffen runter, oder ich steche ihn ab.«

»Es ist vorbei, Herr Karew.«

»Die Waffen runter und zu mir damit. Das ist mein letztes Wort. Ich töte ihn, das verspreche ich.«

»Das können Sie vergessen, Herr Karew. Wir werden die Waffen nicht niederlegen. Geben Sie auf, oder wir werden schießen.«

Enis versucht, möglichst vollständig hinter dem deutlich kleineren Thilo in Deckung zu gehen, das Messer noch immer fest an dessen Hals gedrückt. »Ich werde zustechen, auch wenn sie mich treffen.«

»Geben Sie auf, Karew. Es hat keinen Zweck.«

Völlig irritiert steht Tarek zwischen beiden Parteien. Abwechselnd betrachtet er seinen Bruder, Tim Dombrowski und

Harry Goldutt. Bedachtsam und mit erhobenen Händen geht er langsam auf seinen Bruder zu. »Enis, hör auf damit. Die können dir gar nichts. Die haben doch eh nichts in der Hand. Und falls doch, haben wir den besten Anwalt.«

Die Panik in Thilo Müllers Augen zeigt, dass er sich nicht mehr als dieser Anwalt sieht. Reglos steht er da, bemüht, den Druck des Messers an seinem Hals durch flaches Atmen auszugleichen, und fixiert die Mündung von Dombrowskis Waffe, während Tarek sich direkt neben ihn und damit schützend vor seinen Bruder stellt.

»Sie werden nicht auf meinen Bruder schießen. Vorher müssen Sie mich treffen. Ich bin unbewaffnet«, ruft er. Die Waffen der beiden Polizisten sinken kaum merklich ein Stück herab, jedoch nur für wenige Sekunden.

Wieder werden Motorengeräusche laut, und neben Enis, Tarek und Thilo Müller kommt ein dunkler Mietwagen zum Stehen. »Keine Bewegung oder ich stech den Anwalt ab. Haben Sie mich verstanden?«, schreit Enis aus der Deckung heraus. Mit dem Messer an Thilo Müllers Kehle und seinem Bruder als lebendem Schutzschild bewegt sich Enis auf das Fahrzeug zu. »Sie werden uns fahren lassen. Ansonsten ist er tot. Verstanden?«

Die Mündungen der Waffen bleiben weiter auf ihn gerichtet. Lauernd behalten Tim Dombrowski und Harry Goldutt Enis im Visier, in der Hoffnung auf eine Unachtsamkeit, die ihnen ein freies Schussfeld ermöglicht. Am Fahrzeug angekommen, öffnet Tarek die Tür. Enis lässt sich auf den Beifahrersitz fallen, und das Auto fährt mit durchdrehenden Reifen los, während Thilo Müller nach Atem ringend auf die Knie geht und Tarek dem Fahrzeug zufrieden nachschaut.

»Schnell, Harry.« Dombrowski steckt seine Waffe weg und rennt zum Dienstwagen, in den er nahezu hineinspringt und den Motor startet. Er stellt das Blaulicht, das er kurz vor der Ankunft runtergenommen hatte, zurück aufs Dach und gibt

Gas, nachdem auch Harry auf seinem Platz sitzt, das Telefon am Ohr.

»Moin, Harry hier, vom Rauschgiftdezernat. Unser Täter ist flüchtig in Richtung Esplanade. Die fahren gleich unter dem CCH durch. Wir sind dran, aber wir brauchen dringend Unterstützung. Der Täter ist mit einem Messer bewaffnet und gewalttätig, derzeit jedoch ohne Geisel mit einem Fahrer unterwegs in einem schwarzen Mietwagen mit dem Hamburger Kennzeichen Wilhelm, Ida, Acht, Acht, Acht, Neun. – Dumbo, gib Gas. Der darf uns nicht entkommen.«

Dombrowski beschleunigt den Wagen weiter, während sie, hinter Enis Karew und seinem Fahrer her, in die Tiefgarage des Hamburger Kongresszentrums hinein- und ungeachtet der Passanten, die ihnen erschrocken hinterherschauen, am anderen Ende der Parkfläche wieder hinausfahren, direkt auf ein großes Kino zu. Gefühlt aus allen Himmelsrichtungen nähern sich Polizeisirenen.

»Das Zielfahrzeug ist nun am Ende der Auffahrt und fährt rechts in die Esplanade. Wir haben noch einhundert Meter Abstand. Jetzt keine Sicht mehr.«

Mit leicht ausbrechendem Heck saust Dombrowski in die Kurve, doch er behält die Kontrolle und beschleunigt gleich wieder, um anschließend in ein wild blinkendes blaues Lichtermeer zu schauen, vor dem der Fluchtwagen von Enis Karew stehen geblieben ist. Mehrere Schutzpolizisten bewegen sich mit gezogenen Waffen und »Polizei, Polizei« schreiend auf die Limousine zu, öffnen beide Türen und ziehen sowohl Enis als auch den Fahrer aus dem Fahrzeug, die sich kraftlos ergeben und am Boden liegend mit Handschellen gefesselt werden.

Dombrowski parkt den Wagen quer auf der Straße, um den nachkommenden Verkehr von einer Weiterfahrt abzuhalten. Aus dem Kofferraum holt er seine Einsatztasche und geht mit Harry auf die Kollegen und die beiden fixierten Männer zu. Unmittelbar vor Enis und seinem Fahrer bleiben sie stehen.

»Herr Karew, wir nehmen Sie wegen des Verdachts eines

versuchten Tötungsdelikts, der mutmaßlichen Beteiligung an der Herstellung und dem Handel mit Amphetaminen in nicht geringen Mengen, der Nötigung und gefährlichen Körperverletzung und all der anderen Delikte, die Sie in den letzten Tagen begangen haben, vorläufig fest«, erklärt Dombrowski mit Genugtuung in der Stimme. »Sie werden einem Haftrichter überstellt. Falls Sie einen neuen Anwalt brauchen sollten, können Sie den hierfür vorgesehenen Notdienst anrufen. Haben Sie mich so weit verstanden?« Er geht neben Karew in die Hocke, stellt seine Umhängetasche neben dessen Gesicht ab und nimmt aus der Tasche ein paar blaue Einweghandschuhe, die er sich in aller Seelenruhe überzieht. »Sie gestatten?«

Dombrowski nimmt Enis vorsichtig die Kette vom Hals und steckt sie mitsamt dem Messer in einen Asservatenbeutel aus Papier. »Jetzt sind wir doch alle mal gespannt, wessen Blut wir noch an der Klinge finden werden.«

»Die Klinge ist sauber. Gar nichts werdet ihr daran finden, ihr Bastarde.«

»Na, na. Wer wird denn da gleich schimpfen?«, wirft Harry mahnend ein.

»Aber echt, Harry. Kannst du dir doch denken, dass er sein Messer gründlich gereinigt hat, nachdem er Claas Pagel damit im Nacken herumgebohrt und Liam Wisowski mit mehreren Stichen schwer verletzt hatte.«

»Ich würde davon ausgehen. Ganz auf den Kopf gefallen ist er vermutlich nicht. Zumindest hat er einen raffinierten Anwalt, der ihm sicherlich dazu geraten hat.«

Ein grimmiges Lächeln erscheint auf Enis' Lippen, ganz so, als hätten sie ihn für seine Umsicht gelobt.

»Weißt du, was die meisten aber vergessen?«

»Du wirst es mir vermutlich gleich sagen.«

Zufrieden betrachten die beiden ihre Festnahme und schauen Enis geradewegs in die dunklen Augen.

»Die Messerhülle.«

»Wirklich?«

»Ja, das ist optimal. Das Messer wird zwar gereinigt, aber die Messerscheide bleibt so, wie sie ist. Dort sammelt sich dann die DNA der Opfer und wird über Jahre erhalten. Verrückt, oder? Die wird darin richtig geschützt und konserviert. Wenn wir nur ein bisschen Glück haben, Herr Karew, finden wir darin also nicht nur die DNA Ihrer jüngsten Opfer, sondern auch ein wenig Spurenmaterial von Paul Gabler. Wir brauchen gar nicht viel, nur ein bisschen.«

Sprachlos schaut Enis zu ihnen auf. Seine Kiefermuskeln mahlen. Die dunklen Augen sprühen Funken vor Wut. Dann sieht er auf einmal weg. Er hat genug gehört und gibt keinen Ton mehr von sich.

Tim Dombrowski geht ein paar Schritte in Richtung seines Dienstwagens, schreibt eine kurze Nachricht an Gerd, dass sie Enis festnehmen konnten, und erhält beinahe zur gleichen Zeit einen Anruf. Die Nummer von Mario Beyer erscheint auf dem Display.

»Mario! Ich wollte dich auch gerade anrufen.«

»Moin moin. Ja, da war ich wohl schneller. Liam Wisowski ist wieder bei Bewusstsein, und er will aussagen. Dic Ärzte haben mich soeben verständigt. Ein Team ist bereits auf dem Weg ins Krankenhaus.«

»Das nenne ich mal großartige Neuigkeiten und perfektes Timing. Wir konnten soeben Enis Karew festnehmen und die mutmaßliche Tatwaffe bei ihm sicherstellen. Dem Haftrichter wird die Entscheidung leichtfallen«, frohlockt Dombrowski.

»Wie habt ihr den denn so schnell gefunden?«

»Sein Bruder wurde aus der Untersuchungshaft entlassen. Da lag es nahe, dass er ihn abholen wird. Gerd hat übrigens auch wieder seine Finger im Spiel gehabt.«

»Der kann es auch nicht lassen, oder?«

»Ich will gar nicht wissen, was Dörte dazu sagen wird.«

Beide beginnen lauthals zu lachen.

»Dumbo, mal was ganz anderes«, sagt Mario kurz darauf überraschend ernst. »Hier bei uns wird bald eine Stelle frei, auf die du dich bewerben könntest, und vielleicht gefällt es dir ja? Du könntest dir dadurch den Fall um Paul Gabler noch einmal genauer anschauen. Was meinst du? Ja oder ja?«

»Mit Leichen habe ich es nicht so wirklich, Mario. Und ich fühle mich einfach wohl im Rauschgiftdezernat.«

»Man gewöhnt sich an alles, Dumbo. Und auf die Leichen bekommt man einen ganz neuen Blick, wenn man in der Mordkommission arbeitet. Du musst es ja nicht heute entscheiden, aber hin und wieder bereichert es die eigene Entwicklung, wenn man seinen Wohlfühlbereich verlässt.«

»Ich denke darüber nach, Mario. Vielleicht ergibt es wirklich Sinn, mal zu hospitieren, jedenfalls für diesen einen Fall.«

»Mehr wollte ich nicht hören. Bis später, Dumbo. Ich werde mit Frau Baake darüber sprechen. Sie wird dieser Idee mit Sicherheit wohlwollend gegenüberstehen.«

Das Telefonat wird von Mario Beyer ohne weitere Umschweife beendet. Ein ungutes Gefühl beschleicht Dombrowski bei dem Gedanken, sich die Arbeit bei einer anderen Dienststelle anzuschauen. Und dann auch noch bei der Mordkommission, wo er eigentlich nie arbeiten wollte.

»Alles klar, Dumbo?«, fragt Harry Goldutt, der plötzlich neben ihm steht.

»Jo, ich denke schon, Harry. Ich hoffe es zumindest.«

93

In Bramfeld hat sich Gerd Sehling schweren Herzens von den ehemaligen Kollegen verabschiedet, die Kevin und die Durchsuchung der Wohnung übernommen haben. Natürlich musste er Scotty und Ernie zuvor alles genau zeigen und erklären, wie der genaue Ablauf seines Eingreifens war. Er bot ihnen an, ins Präsidium zu fahren, um ihnen einen Bericht zu schreiben, doch sie wirkten nicht überzeugt von dieser Idee.

Das wollten sie lieber selber übernehmen und Gerds Aussage kurz und bündig halten, um zu viele Nachfragen zu seinem heroischen Einschreiten zu vermeiden.

Die Hamburger Anwaltschaft legt gerne den Finger in die Wunden des Rauschgiftdezernats, und da ist ein pensionierter, türenaufbrechender ehemaliger Rauschgiftfahnder ein willkommenes Fressen für langwierige Diskussionen vor den Landgerichtskammern über die Ermittlungsarbeit.

Ein wenig traurig schlendert Gerd ganz allein den Gehweg entlang. Er schaut zu seinem Wohnmobil, wirft noch einmal einen wehmütigen Blick über die Schulter zurück und geht die letzten Schritte bis zu seinem in die Jahre gekommenen Gefährt.

»Wenigstens du bleibst mir treu«, haucht er dem alten Italiener entgegen und streicht mit der Hand über das eierschalenfarbene Blech. »Dann wollen wir mal. Hier braucht uns ja keiner mehr. So is dat, wenn du alt wirst. Einfach ausrangiert, und keiner fragt mehr nach dir. Egal, was du geleistet hast. Selbst wenn du zeigst, dass du es noch genauso draufhast wie die andern. Irgendwann ist es halt vorbei.«

Gerd bleibt regungslos hinter seinem Lenkrad sitzen, nachdem er eingestiegen ist. Dann geht ein Ruck durch seinen Körper, und er steckt den Schlüssel ins Zündschloss. Als er bereits losfahren will, fällt sein Blick auf sein Handy, das er neben sich abgelegt hat. »Moment. Dumbo hat geschrieben. Siehste, den andern haben die auch festgenommen. Dann ist doch alles tutto bene.« Gerd startet den Motor. »Weißt du, früher hätte er mich angerufen, damit ich es als Erster erfahre. Jetzt schickt er nur noch Nachrichten. Keine Zeit mehr für ein kurzes Pläuschchen. Allet muss immer schnell gehen. Husch, husch, wie meine Mutter immer sagte.«

Das Telefon vibriert auf einmal in Gerds Hand, während er noch darüber nachdenkt, ob er auf die Nachricht antworten soll.

»Dörte, ich bin gerade auf dem Heimweg. Wat is denn?«

»Der feine Herr könnte sich ja mal melden. Aber nein, er fährt lieber durch die Weltgeschichte und lässt nichts von sich hören.«

»Es war alles ein bisschen kompliziert, Dörte.«

»Dann will ich dir mal eines sagen: In Zukunft geht das so nicht weiter. Diesen neuen Job, den kannst du dir schön an den Hut piken. Irgendwelche Kriminellen ausbilden. Da kommst du ja nie zur Ruhe mit dem ganzen Polizistenkram. Dein Freund Nino hat mir gestern Abend erzählt, was du da eigentlich immer so treibst. Das kommt dabei raus, wenn man mich mit den Gästen alleine lässt, Gerhard.«

»Dörte, dat kannst du nich verlangen. Der Job macht mir viel Freude. Da komme ich unter Menschen, kann ein bisschen schnacken und mich nützlich machen.«

»Daran soll es nicht scheitern, mein lieber Gerhard. Ich habe bereits etwas Neues für dich. Nadja, die Tochter meiner Cousine, hat in der Hafencity ein Café eröffnet und benötigt dringend Unterstützung. Gutes Personal ist teuer, und ich habe deine Hilfe angeboten. Da kannst du schnacken, kommst unter Leute und machst dich sogar nützlich.«

»Dat is nich dein Ernst, Dörte.«

»Und ob das mein Ernst ist. Das Beste daran ist, dass ich bald selber in Rente gehe und sie dort ebenfalls unterstützen werde. So kann ich dich den gesamten Tag im Auge behalten. Und wenn du noch einen einzigen Bock baust, das verspreche ich dir, Gerhard, dann hilfst du ihr das nächste halbe Jahr ohne Lohn. Hast du mich verstanden?«

Gerds Handy surrt auf. Es ist Tim Dombrowski. »Du, Dörte, ich … ich … ich kann dich ganz … schwer kkrrrsss … schlechter … Empfang … ich kkrrrsss … ruf wieder an«, entgegnet Gerd und beendet das Gespräch, um Dombrowskis Anruf entgegenzunehmen. »Dumbo, meldest dich ja doch noch.«

»Ja, klar. Ich weiß doch, dass du es hasst, wenn ich dir nicht alles haarklein erzähle. Aber immerhin hast du es per Nachricht gleich als Erster erfahren. Jetzt habe ich Zeit, genauer zu berichten. Enis wollte noch flüchten, aber die Infanterie hat ihm die Straße versperrt, und so musste er aufgeben. Wir haben das mutmaßliche Tatmesser bei ihm gefunden. Es hing unübersehbar um seinen Hals. Drück uns die Daumen für den DNA-Test. Als Krönung haben wir in seinem Fahrzeug noch eine Tasche voll Geld gefunden. Keine Ahnung, warum er damit durch die Gegend gefahren ist.«

»Sauber. Das hört sich gut an.«

»Und Thilo Müller wird ihn wohl nicht mehr vertreten, aber das erzähle ich dir ganz in Ruhe bei einem kühlen Bier.«

»Wann hast du denn mal Zeit? Bist ja immer schwer beschäftigt.«

»Wieso? Kommst du nicht ins Präsidium? Ich muss zwar noch ein bissel schreiben, aber ich dachte, dass wir im Anschluss noch ein paar Absacker in unserer Kneipe um die Ecke nehmen. Oder hast du heute schon was anderes vor?«

»Nö, und wenn schon. Pennen und sonnen kann ich mich auch noch die restliche Pension, und der Ärger, der mir ins Haus steht, wird morgen kaum schlimmer sein als heute. Ich bin schon auf dem Weg, Dumbo. Bis gleich und tschüss.«

In Erinnerung

August 2003

Günter Lemke, den alle nur Günni nennen, sitzt in seinem Bürostuhl und blickt seinen Praktikanten mit freundlichem Gesichtsausdruck an. Der junge Mann ist ehrgeizig, kaum zu bremsen in seinem Eifer, will sich nicht mit den erreichten Festnahmen zufriedengeben und sich immer tiefer in die Ermittlungen des Rauschgiftdezernats stürzen.

Günni greift nach einem Blatt Papier, hält es hoch und deutet mit dem Finger darauf. »Das hier ist die Rauschgiftkriminalität in Hamburg.« Er nimmt einen Kugelschreiber, drückt die Mine heraus und tippt mit der blauen Spitze einmal kräftig auf das Blatt Papier, wodurch ein kleiner Punkt entsteht. Wieder hält er das Blatt seinem Praktikanten hin. »Und das hier ist der Teil, den wir bei uns bekämpfen. Du wirst Hamburg niemals drogenfrei bekommen, also lerne, mit dem zufrieden zu sein, was wir erreicht haben, und erfreue dich an unserer spannenden Arbeit, die niemals ein Ende finden wird.«

Ruhe in Frieden, Günni († 2022). Ich werde dich nie vergessen!

Ben Westphal
ELBE HAFEN BULLE
Broschur, 336 Seiten
ISBN 978-3-7408-1787-9

Um sich von seinem ungeliebten Ruhestand abzulenken, betreut der ehemalige Drogenfahnder Gerd Sehling im Hamburger Hafen ehrenamtlich ortsfremde Matrosen bei ihren Landgängen. Als er einen heftigen Streit zwischen einem Schiffsoffizier und einem Hafenarbeiter beobachtet, an dessen Ende ein dickes Geldbündel den Besitzer wechselt, wird sein Ermittlerinstinkt geweckt. Entschlossen mischt er sich in die Arbeit seiner einstigen Kollegen ein und kommt dabei mehr als einem Verbrecher in die Quere.

»Klar, schnörkellos und rasant.« NDR 90,3

www.emons-verlag.de